◎ 孙建伟 著

大江

DAJIANG

DACHUAN

大船

百花洲文艺出版社
BAIHUAZHOU LITERATURE AND ART PRESS

图书在版编目（CIP）数据

大江大船/孙建伟著. –– 南昌：百花洲文艺出版社,2024.6
ISBN 978–7–5500–5637–4

Ⅰ.①大… Ⅱ.①孙… Ⅲ.①长篇小说 – 中国 – 当代 Ⅳ.①I247.5

中国国家版本馆CIP数据核字（2024）第082587号

大江大船

孙建伟　著

出 版 人	陈　波	
责任编辑	郝玮刚　蔡央扬	
书籍设计	方　方	
制　　作	何　丹	
出版发行	百花洲文艺出版社	
社　　址	南昌市红谷滩区世贸路898号博能中心一期A座20楼	
邮　　编	330038	
经　　销	全国新华书店	
印　　刷	江西千叶彩印有限公司	
开　　本	720 mm × 1000 mm　1/16	印张 24.5
版　　次	2024年6月第1版	
印　　次	2024年6月第1次印刷	
字　　数	310千字	
书　　号	ISBN 978–7–5500–5637–4	
定　　价	58.00元	

赣版权登字　05–2024–70
邮购联系　0791–86895108
网　　址　http://www.bhzwy.com
图书若有印装错误，影响阅读，可与承印厂联系调换。

上海定当在黄浦江边的泥岸上崛起，这似乎不可避免。

上海像一杯鸡尾酒，成分混杂了伦敦的土壤、空气、水、建筑，以及士麦那^①的举止、习惯、希冀与恐惧。

——阿诺德·约瑟夫·汤因比

---

① 士麦那：伊兹密尔旧称。土耳其第三大城市，位于爱琴海边，是重要的工业、商业、外贸、海运中心之一。

目 录

第一部分　造船

沙船家族迁徙上海 / 水师奋战，甲午英雄负伤失踪 / 前水匪遇上海盗船 / 航运贸易公司能否拯救古老船队？ / 造船！造船！"中国人必须有自己的轮船。"

楔　　子 / 003

第一章　梦中的船帆 / 010

第二章　船队靠上董家渡 / 019

第三章　巨轮与沙船 / 030

第四章　觊觎魔盒打开了 / 047

第五章　少年的志向 / 062

第六章　以德报怨 / 075

第七章　难以安放的心绪 / 098

第八章　华兴遭遇扼杀 / 107

第九章　甲午之恨 / 120

第十章　爱与火 / 129

第十一章　船厂 / 149

第十二章　水匪恩怨 / 158

第十三章　大船首航 / 181

第十四章　水清的牵挂 / 197

第二部分　沉船

战火燃起，日军入侵 / "长江盛满了金子。"落
魄日本小说家鼓吹航运控制中国 / 封锁长江 / 岂
因身残忘报国？前北洋水师军官驾船怒撞日方军
舰 / 昔日水匪潜伏日军补给船厂 / 留下自保还是
潜回上海？"哪怕死，也要做点什么。"

第一章　野心 / 213

第二章　无力回天 / 227

第三章　重启 / 242

第四章　江河联运 / 256

第五章　情缘和亲缘 / 270

第六章　沉船 / 278

第七章　同归于尽 / 285

第八章　胁迫 / 301

第九章　走还是不走 / 311

第十章　笼头 / 326

第十一章　报应来了 / 340

第三部分　远航

抗战胜利，万物生长 / 矢志不渝，远渡重洋进
修造船 / 异国恋人遭遇狂风巨浪 / 中国人的万吨
轮，扬帆启航！

第一章　海浪席卷而来 / 355

第二章　遥远的梗水木 / 366

第三章　远航，向未来 / 372

余　音 / 384

第 一 部 分

造船

沙船家族迁徙上海

水师奋战，甲午英雄负伤失踪

前水匪遇上海盗船

航运贸易公司能否拯救古老船队？

造船！造船！"中国人必须有自己的轮船。"

楔　子

　　刚到上海，黄浦江上林立的桅樯一定是最先闯入视线的场景。比如二十岁的美国人爱德华·金能亨。这一年，他见证了上海开埠。

　　1853 年太平天国定都南京，扼守安庆、芜湖、镇江、江阴等长江下游水道，这一段水道成为太平军和清军争夺地盘的水上角斗场。货物运输被禁。这一片成了黯淡无光的暗区。

　　金能亨的视线却从黄浦江扩展到浩瀚无垠的长江。他在盘算着一局大棋。
就在太平军与清军镇江大战之际，金能亨和他的商业伙伴共同出资租赁一艘从广东驶来上海的威廉迈特号商船装载进口洋布、呢绒，在船桅上升起一面美国星条旗，逆江而上，向汉口方向驶去。回来是满舱的蚕丝和茶叶。一来一回，净赚一万多两白银。而后，长江成了外籍商船的黄金水道。金能亨又自购轮船投入长江航运，仅棉花一项就获利颇丰。

　　1862 年 3 月 27 日。旗昌轮船公司，亦名上海轮船公司（Shanghai Steam Navigation Co.）在黄浦江边成立。

　　这是上海开埠的第十九个年头。

　　至关重要的是，旗昌公司的组织结构和运行规则颠覆了中国商业传统。有着美国驻沪领事代表头衔的金能亨动用他的人脉"招商引资"。一些意识超前的华商决定加盟这个新公司。他们确认金能亨不是"画饼"。真正吸引他们的是公司运行规则。这个规则就是兴起于欧洲并延续至今的股份制。船只的购买或建造、航运基地的成立、业务量、船舶维修、码头建设、保险支出等等，均由最高权力机构股东大会表决，不是由一两个大佬说了算。这种"利益共享，风险共担"的做法使第一次接触股份制的华商觉得公平合理，下决心赌一把，因此华商股份占了重头。以湖州丝商顾春池和陈竹坪为主的商业大亨手握旗昌轮船股票，成了中国现代企业第一批资本家。

1862 年，这个叫金能亨的美国人，在上海抢了世界的风头。

成立一个月后，旗昌超过一千吨位的轮船投入长江营运。

旗昌之后，各洋行纷纷投入长江航运。旗昌由一家独大渐渐四面树敌，但它先后剪除了所有对手，确立了垄断地位。金能亨没有辜负投资人，旗昌轮船公司占有长江航运 80% 的份额。从 1867 年开始，进入七年独霸长江航运的所谓"旗昌时代"，一骑绝尘。中国东部沿海航线和长江航线汇聚到它的枢纽位置——上海，一个数一数二的亚洲大港横空出世。

江湖永远潜伏着对手。

1866 年 11 月，一艘从英国驶来的轮船停靠上海十六铺码头，来自利物浦的商人约翰·塞缪尔·斯怀尔下了船。从踏上上海外滩的第一天起，他和他的家族命运将与上海，将与中国这个从古老走向现代的国家联系在一起。他的父辈建立了与中国的进出口贸易，出口棉布、呢绒，进口茶叶、生丝……而他决定驻扎上海，谋求更直接的贸易联系。六天后，福州路四川路（今四川中路）口的吠礼查洋行老房子挂出了一块新招牌——太古洋行。

"Tai-Koo"为何译为"太古"，有一种说法是英国驻上海原领事密迪乐在洋行开业时为它命的名。此人对汉学颇有研究。在西方人看来，"太古"二字看起来颇像"大吉"。中国农历新年家家户户张贴"大吉大利"的春联喜帖。中文的"太"本意"太初""极大"，"古"源出"盘古""久远"，合起来就是"宏博、亘古"，哲理意蕴十足，全无俗气，这个名字成为巧妙的视觉双关语，恰合中国本土的讨口彩年俗，寓意为公司带来大吉大利。

1872 年元旦，太古轮船公司（又名中国航业公司）以三十六万英镑在伦敦注册。目标是至少与旗昌平分长江航运。同年 10 月，老牌英商、鸦片战争幕后推手、在上海开设第一家欧洲公司的怡和洋行组建华海轮船公司。

太古买下了被旗昌压得喘不过气来的公正轮船公司两艘船，拿下了法兰西外滩（今金陵东路外滩）南侧一块原先的栈房和打铁铺地块，长五百余米，命名为太古码头。旗昌意识到，它的大麻烦来了。

洋商逐利长江，锱铢必较，然而这究竟是谁的地盘？

早在同治元年（1862），身处核心决策层的奕䜣就说过，西方列强拥有"坚船利炮"，这两样也是我们最需要的。船是炮的后盾。没有船，炮也动不得。要抵御列强，必先得有船有炮，目的是不再挨打。

曾国藩和李鸿章亲眼见识过"助剿"的西方炮舰的厉害。强调购买外洋船炮乃是"今日救时之第一要务"。1861 年湘军收复安庆后，曾国藩开办了中国近代第一个官办兵工厂——作坊式的安庆内军械所。1865 年制造了中国第一艘蒸汽机明轮船黄鹄号，在南京下水。这艘汽船长五十余尺，时速二十余里（一说四十余里），造价白银八千两。黄鹄是神话传说中的大鸟，能一举千里。借神鸟之力兴国家之利，切切于心。

1865 年秋，曾国藩派容闳从美国买回机器，李鸿章以四万银两在虹口买下美商旗记铁工厂，成立江南制造总局。这是安庆内军械所的升级版。

轮船在李鸿章心目中的地位无可替代。建立江南制造局架构时，李鸿章就在规划中专设轮船制造分厂。中国人如果不把造船技术学到手，大把银子终究要流入洋人的口袋。

1868 年 9 月 28 日，一条簇新的、插着黄龙旗的机器动力轮船静卧在位于高昌庙（今高雄路、制造局路一带）的江南制造局船坞上，等待下水开启首航。这一天，上海全城都被壮阔悠远的轮船鸣笛声包裹着，围观军民里三层外三层，热闹非凡。曾国藩大赞此船坚硬灵便，又快又稳，随即以"四海波恬，厂务安吉"之句为其命名恬吉号（后避光绪载湉名讳改名惠吉号）。

第二次鸦片战争后，中国沿海沿江各大城市均已开放通商。各国轮船进入中国内河运营，中国以季风为动力的旧式帆船吨位小、速度慢，相形见绌，毫无竞争力。数年间，一万五千余艘大中型帆船毫无胜算地被挤压到支流。而清政府在列强逼迫下被迫开放"豆禁"更是给中国旧式航运业致命一击。刻着洋文、飘着列强国旗的轮船，在长江上劈出一片又一片白浪，留下黑黝黝（黑黢黢。全书括号中未注明是哪地方言的，均为上海方言）的浓烟和飘着铁锈味的油污。江边的中国小船桅杆倾倒，帆破底漏。

苏伊士运河通航后，1871年，欧亚海底电缆铺设到了上海，更多西洋商轮涌入中国，破败的沙船业雪上加霜。

浩瀚的长江流淌着巨大的财富，为什么中国人自己不能赚钱？！

以上海为枢纽的长江沿海已是外轮的天下，它们像黑色巨兽一样移动着庞大的身躯，吸附着沿江的景致。英美轮船航运业在长江的成功，标志着动力机器在近代中国的兴起。相反，清政府的运河漕粮运输系统效率一低再低，颓势如江河日下，传统平底船无奈沦为"落后产能"。清政府禁止华商购买洋船，通商口岸有见识的商人偷偷购买或租雇洋船，但只能寄在洋商名下，还得向洋商缴纳一笔可观的费用。尽管如此，他们系念于心的仍是组建自己的新式轮船企业，以抗衡洋商。

1872年12月26日，清政府批准李鸿章的《试办招商轮船折》，轮船招商局宣告成立。从上奏到奏准，用时三天。如此高效极为罕见。从核心层到有见识的官员，再到民间华商，面对汹涌流失的国家财富，再也熬不起了。

1873 年 1 月 17 日，轮船招商局在上海正式宣布开张。这是中国近代史上第一家官督商办的轮船运输股份制企业。重压之下，逼出"制度创新"。这一天对中国近代航运业乃至中国民族工商业和现代企业制度建设甚至中国近代史进程都具有里程碑意义。上海很长一段时间没这么热闹了。官员、绅商、洋行商人……有身份的人都聚集在这个叫作洋泾浜南永安街（今永安路）的地方，见证这个时刻。

从成立到开张，也仅三周余，办事效率同样令人惊喜。在航运这条线上，中国与外国资本较量的心情是多么迫切。

中国终于出现了本土挑战者。三家外轮公司控制长江的局面被打破了。

1873 年 1 月至 7 月，招商局第一艘局轮伊敦号首航香港、天津，并从上海开航到镇江、九江、汉口，长江航线由此开辟。同年 8 月初，伊敦号首航日本神户、长崎，开辟了中国至日本的第一条远洋商业航线；当年年底，航线远至南洋吕宋等地。伊敦与后续加入的永清、利运、福星等，共同组成了中国近代第一支远洋商船队，中国民族航运业诞生了。

从伊敦号下水开始，旗昌、太古和怡和的危机感逐渐加深。以一"中"挑战"美英"之三，三足鼎立变成了四角纷争，也让三家外轮公司暂时放下争斗，坐在了一条板凳上，来合力对付招商局这个血气方刚的"搅局者"。套路还是老套路，降价，但降法前所未有。上海到汉口的客票从十五两骤降至五两，砍掉三分之二，相当于"大甩卖"了。上海至镇江从四两降至二两。旗昌、怡和的货运费拦腰砍了百分之五十。

这一轮残酷的削价大战，旗昌是最大输家。旗昌股票从每股一百八十八两暴跌到八十两，1876 年再跌到五十两，这种断崖式的爆锤让曾经的长江航运老大蒙羞。

此时金能亨已离开旗昌，但他早就说过："上海航运的优势终究要落入中国人之手，让上帝从中国人拥有和管理轮船的厄运中拯救我们吧。"

在日后的竞争中，轮船招商局在李鸿章的特殊政策支持下站稳了脚跟，逐渐与太古、怡和并驾齐驱。并在上海总局之下设立了天津、牛庄、烟台、汉口、福州、广州、香港，以及横滨、神户、吕宋等境内外分局。

本来准备与旗昌"同仇敌忾"的太古也只能冷眼旁观，到1877年底，太古全年利润仅区区三千英镑，连股息都发不出了。

旗昌节节败退，股东纷纷撤资。招商局再出大招，加派江宽轮开航长江，旗昌无力招架，被迫歇业。

招商局会办徐润与正在勘探矿藏的盛宣怀都认为必须拿下旗昌，招商局就更有实力与太古、怡和竞争，多为国家争利。可旗昌开价近三百万两，这个价码超出了徐润的预估。盛宣怀请求李鸿章拨款。李鸿章回话："我支持拿下旗昌，但我手里没钱，找地方想办法。"

徐润一边观察旗昌"待价而沽"的市场效应，一边积极筹措资金，在适当的时候果断下手。

兜兜转转，旗昌终于把目光锁定于轮船招商局。经纪人找到徐润，表达了旗昌老板愿意降价的想法。

徐润抓住时机，与助手通宵筹划，决定先签下合同，交付定金。

那一边，盛宣怀向两江总督沈葆桢软磨硬泡，祭出复兴民族工商业的大道理——成立招商局的重要使命之一就是"迅速把江海航线外船排挤出去"，终于凑足了首付款。

1877年，招商局以二百二十万两总价买下旗昌公司所属全部轮船、码头仓栈和位于外滩九号的办公大楼。当天《申报》刊登买卖双方正式签署旗昌资产（包括原客户）整体转归招商局的声明。一夜之间，招商局轮船增加到三十艘左右，是以往两倍以上，轮船和总吨位数均超过怡和、太古，居于首位。"从此中国涉江浮海之火船，半皆招商局旗帜。"金利源、金方东、金永盛、金益盛四个华商码头整体并入招商局，定名金利源码头，还沿黄浦滩兴建了十三座浮码头。

在那个被列强围困的年代，第一代中资企业倾其全力，整体收购强大的外来资本，不啻一个奇迹，也是一个可歌可泣的大事件。才四岁的轮船招商局干成了一件几乎不可能干成的事，被列强倾轧的中国在商战中扳回转折性一局。中国经济开始有了近代化的影子。

招商局并购旗昌后，面临财政窘迫和两家英商公司竞争的双重压力，双方继续以减价角力。不久，太古迫于"受累甚重、亏折太多"上门求和，希望"终归和好，两有所裨"，招商局声明"只欲收回中国利权"。经过近十天的讨价还价，双方达成协议，正式签订中外航运业第一个为期三年的齐价合同。接着招商局再与怡和洋行订立齐价合同。三家公司确认，对各航线运费收入、货源分配重新分配比例，并不得擅自增加轮船数量和吨位。齐价合同给招商局带来明显利好。这是近代中国民族企业面对实力强于自己的外商绝不认输的经典范例。

四年后，招商局赢利达二百多万两，收回了收购旗昌的本钱。人们都以拥有招商局股票而自豪。招商局码头扩大到虹口中栈、北栈、东栈，浦东杨家渡。长江沿岸都有了招商局名下的新码头、新货栈，旧船加速淘汰、更新。长江航运迎来一个崭新的局面，中国近代航运业的基础由此奠定。

可惜的是，因争国家利权而建的招商局并未摆脱垄断桎梏，民间航运投资依然举步维艰。

第一章　梦中的船帆

1

天穹浩渺，瀚海星移。

寥廓、旷远的秋夜。水银泻地，满目空蒙。此时，我正在泰晤士河边，头上顶的是伦敦的月亮。

20 世纪 90 年代初，我随团前往英国交流。此行是船舶与海洋工程研究高级专家研发考察。考察任务结束后有几天自由活动行程，我停留在伦敦，见到了泰晤士河。无数次听说这条鼎鼎大名的河流，此行才第一次见识它的真容。在各种媒体上无数次看过伦敦塔桥，亲眼所见才知它确实是无可比拟的。河流上的船舶使我的意识立刻投射到黄浦江。我的记忆再次被搅动。这两条河流的相同之处比比皆是，都孕育了世界性良港，航运发达，都是著名城市的母亲河。河流与文明天然关联，它孵化的延展度和纵深常常超出期待。在繁荣的贸易和忙碌嘈杂中，河流托起了一座城市甚至一个国家，又不幸沦为文明进程中的废物池。因为更早进入工业化，泰晤士河的污染来得更早，也更令人头痛。然而开埠后的黄浦江丝毫不亚于前者，到了夏季，两者曾经都一样"臭"名昭著，甚至还前赴后继，多次引发了霍乱大流行。直到一百多年之后，它们才重启新生。

泰晤士河南岸的格林尼治小镇古木葱茏，开阔秀丽。曾经坐落在这里的皇家天文台，是世界公认的计算地理经度的起点，也是世界时区的起点。站在天文台旧址远眺，草坪、宫殿、河流，加上后来的摩天大楼，泰晤士河上的船只……一座小镇几乎浓缩了一个国家的景象。

我沿着河岸随意走、随意看，走着走着就感觉累了。路边有个小店，放着各种极富小镇特色的自制工艺品，最勾我眼睛的是各种船模，帆船轮船舰艇、木质铁质铜质应有尽有。做工精巧，甚至一些小零部件都恍如原件，当然价格不菲。它们让我的脚步停了下来。我久久盯着它们，无奈囊中羞涩，看着看着，我感觉眼皮不可遏制地越来越沉重，也不知道什么时候迷糊起来。

我睡醒（确切地说是惊醒）过来的时候大叫着："船翻了，船翻了。"有人摇着我："嗨，你怎么啦？"我发现自己大汗淋漓，摸了把头，头发都涸湿了。刚才的梦境还没有完全消失，我好像刚从湍急的海水中有幸逃生成功。我抬起头问："老爹（爷爷）呢？老爹呢？"

那人看看我，摊摊手，耸耸肩："先生，我不知道你在说什么。嗨，你醒了吗？"声音苍老干枯，我一把抓住他那只摇晃我的手："侬是老爹哦？对，侬是老爹。呒没事体就好……哦，还有阿爸，阿爸呢？"我感觉到一只带着温度的粗糙的大手，抚摸着我的头，自言自语："哦，天哪，他这是怎么啦？"我能听懂他的话，可他听不懂我的话。我感到头晕忽忽的，就用拳头捶着，终于从梦里出来了。

才看清是一位老者，高鼻深目，略带棕色的长胡须，神态安详。他问我："先生，你真的醒了吗？"

我这才不好意思起来，站起来恭敬地向他抱歉，用不太连贯的英语说："我也不知道刚才发生了什么，一定是打扰您了。真是不好意思。"

老者仍微笑着："哦，没关系，需要我帮助吗？"我不知道该怎么回答。他说："你刚才是做梦了吗？你在大喊什么？"

"我在喊什么，我忘了。"

"你好像很恐惧，在寻找什么。你还抓住了我的手。"

我依稀记得我喊过老爹、阿爸。刚才也许把这位老者当作我的老爹了。我突然想起来，阿爸跟我说过，我的太公在航海时，因为雷电引发火灾，他坚持与船共存亡而遭遇不幸。算起来这件事与今相隔百年，怎么会突然出现在我的梦境里。

　　"如果你在梦中看到什么，那一定是你一直在寻找的东西。"老者说。

　　我突然问："先生，这里为什么有这么多船模？"

　　"很简单，因为格林尼治有英国国家航海博物馆。哦，就是原来的天文台。这里很多店都有船模，也许我的比他们的更多。"老者很自豪。

　　原来如此。刚才迷糊过去，现在仔细看，除了船模，还有不少老照片和无名画家的航海油画，画风都很有气势。我徜徉在这个目测二十余平方米的小店里，心里渐渐充溢起久违的宁静和温馨。

　　我盯着一个帆船船模，为它纤毫毕现的精致做工惊叹。船首装饰着一个手拿丝带的白色女神，似乎在召唤船员平安归来。老者看我如此专注，走近告诉我，这艘三桅机帆船的原型是苏格兰人在1869年造的卡蒂·萨克号（Cutty Sark）。我忽然想起当年学《新概念英语》的时候一篇短文提到过19世纪最有名的帆船之一卡蒂·萨克号。老者证实了我的想法。原来格林尼治码头上的那艘巨型帆船就是它呀。他说："蒸汽船还没有出现的时候，卡蒂·萨克可是独一无二的帆船老大。有人说，它是世界帆船史上航行速度最快的飞剪式帆船。它经常去中国运回茶叶，到澳大利亚运回羊毛。它的使命太伟大了。先生，你是中国人、日本人，还是韩国人？"

　　"我是中国人，我来自上海。"

　　"你来自上海？太好了。卡蒂·萨克最初就是为中英茶叶贸易建造的，它运回的中国茶叶大都是从上海出发的，第一次去上海就运回了超过六十万公斤的中国茶叶到伦敦。你知道，那个时候，中国茶叶可是风靡英国上流社会的稀有奢侈品。"

我知道这段历史，也深为中国茶叶骄傲。

"可惜后来，这艘无与伦比的古帆船失火了，船帆烧得像枯枝败叶，船体都烧得不成样子了……我花了整整一年时间制作了它的模型。"老先生非常伤心。

"先生，您对这艘船的感情很深啊。"

"是啊，我曾经是个水手，虽然在我那个时代已经有蒸汽轮船了，但我非常迷恋帆船那种精巧美妙的工艺。我曾制作了一艘用于比赛的帆船，我还参加过奥运会帆船比赛呢，虽然什么名次都没得到，但我很享受。"

这是一位高人，岁月沧桑，心底仍旧年轻，充满对世界的欢悦。

那个晚上我半眠半醒。这是我出远门在外的第一夜明知故犯又无法纠正的不良习惯，何况还遇见了这位有故事有阅历的老先生。

我两眼盯着廉价客房的天花板，好像要把它看出花来。后来我索性下床，用客房床头柜上的一支铅笔和几张纸，迅速记录下我断断续续想到的文字。当然这也是我的习惯。回到床上不久我又做梦了，梦境里还是海与船。我奋力追逐着一艘大帆船，但怎么也追不上。追赶到几乎精疲力尽眼看支持不住的时候，船上突然抛下一根横梁似的巨木，把我稳稳托住了。尽管我还在海水中浮沉，但它就像一个安全网。就在这摇摇晃晃的舒适中，我终于又沉沉睡去。当然这是我醒后尽力回忆的场景，真正记住的是那根巨木。我记忆内存中的匹配资源告诉我，它就是梗水木，在船舶技术上叫减摇龙骨。这三天里，我在格林尼治小镇基本走了个遍，心里舍不下的还是老先生那个小店，我又到了那里。我远远看到，原来它的店招叫"德尼船屋"（Deniz Boathouse）。

2

老先生见到我十分高兴，就像老朋友一样。他让我叫他德尼，或者老德尼。我告诉他我叫浦瀛川。德尼热情地对我说："浦先生，你再次到我的店里，说明你一定喜欢这里，我也得有所表示。"一句话把我说得异常感动。"跟我来。"德尼招呼我跟着他，走上并不宽大但显然经过精心修缮的老楼梯，一直到了三楼。那是个三角形的尖顶。啊，里面堆着的很多物件立刻把我的眼眶挤满了，仅我认识的就有锚链、船帆、桅杆、罗盘、船舵、缆绳……大多与航海有关，我的记忆内存再次被点燃。德尼对自己曾经的职业念念不忘。他像一条泥鳅钻进了一堆杂乱的物件中。一番掏摸后探出头来，手里举着一个巴掌大的木质盒子。他兴奋地走向我："嘿，猜猜这是什么？"我摇头，它如此珍贵，我不敢瞎猜。德尼有点失望，我的不猜使他失却了一个解密的机会。他自言自语，好久没打开它了。打开它确实费了点劲，德尼那双历经沧桑的粗糙的大手显然缺乏对付它的灵便。但我只能看着，帮不上忙。他终于启开了一条缝。在即将打开的时候，他把木盒往鼻尖上凑了凑，自言自语："没变，还是这味道。"他示意我凑向木盒，我立刻闻到了一缕不太熟悉的陈年茶味，原来是个茶叶盒。德尼把它放在我手上："浦先生，你把它打开吧，它是从你的故乡来到伦敦的。"

我接过木盒，细心端详，它异常温润，已有了包浆。再仔细看，我判断是黑檀，难怪保存得这么好。

德尼说："这个木盒在我的家族已经传了三代，还是光亮如新。"

我小心翼翼打开茶叶盒，作为中国茶的铁杆拥趸，我第一次体验了年代长久的古董茶味。我说的是茶味。如果说茶香，就有点矫揉了，毋宁说茶味已与檀木的气味融为一体了，潜着绵软纤细的执拗和岁月磨砺的旷达。我喜欢这种古董茶的味道，与我喜欢其他古物一样，欣喜而陶醉。德尼告诉我："上一次打开至少十年前了。"我受宠若惊，忙说："谢谢德尼先生，不过，您为什么要为我打开它呢？"

德尼笑道："因为你是上海人啊，你还这么喜欢卡蒂·萨克号船模，这个木盒也是卡蒂·萨克号运过来的。这些年到伦敦来的上海人越来越多，留学的，工作的，游玩的，可就是没几个到我的小店，也没像你这样对我的船模这么有兴趣的。你是值得我交的朋友，虽然你年轻了些。（我在想，我年轻吗？也许在老德尼眼里是这样，我也没问过他的年龄。）这不是障碍，我们可以成为忘年交，你同意吗，浦先生？"他神采飞扬，兴高采烈。我说我太同意了。德尼高兴得哈哈大笑。为了表示我对他的感谢，我提议请他去街上喝一杯咖啡，他连连摆手："不用去街上，我这里就有咖啡。Costa（源于英国的国际知名咖啡品牌。2006年底在上海南京东路步行街开出中国首家门店），有兴趣尝尝吗？"我不太懂咖啡，也不知道这个品牌，那就随意吧。尽管我不太懂咖啡，但我喝咖啡从来不加牛奶和糖，德尼也是。我们俩相视而笑，看来还真是两个对脾气的家伙。

喝了咖啡，德尼说陪我去街上走走，反正没几个像我一样对船模感兴趣的，小店提早打烊了。我只得听他安排了。大约半个小时后，远远看到航海博物馆。德尼说他来过无数次，但每次经过这里，他的脚就会装了磁铁一样被吸进去。"浦，陪我去？我保证，每一个船模爱好者都会喜欢上这里的。"我说："我求之不得啊，有您这个老水手当导游，这待遇并不是哪个游客都能享受的。""浦，你真会说话。不过，我爱听。你看它都竖起来了。"德尼俏皮地指了指耳朵。

进到博物馆，我被深深震撼。硕大的帆船、大型船模、各种航海仪器，古代近代现代应有尽有。作为一个航海强国，英国自然要叙述它的航海史。商人和探险家的海上贸易、不列颠海军征战史、库克船长发现澳大利亚大陆，以及新西兰、北美大规模移民等。如果感兴趣，还可以体验亲自掌舵出海，在举世闻名的泰坦尼克号的电影场景中领略海难救助。

我伫立在一幅航海油画前，这是一艘狂风中的中国帆船，白色的海浪把船首顶了起来，让我联想起一匹昂首嘶鸣的马。耳朵里全是浪涌马嘶的交错回响，仿佛这是一幅添加了音色的艺术品。德尼悄无声息地站在身旁，问我："浦，陶醉了？"我点点头。

"我也很喜欢这幅画。我一直认为，这是世界航海的奇迹。"

"德尼你看，为什么这艘帆船的船首是往上翘的？"在我看到的大多数帆船作品中，很少见到这样的帆船造型。

德尼沉吟着，显然他没注意到这个："也许画家想说，帆船也可以迎着风浪行驶。"

"我想也是，画中的这艘船有好多个桅杆，有利平稳，这也许就是它逆风航行的原因吧。"

"帆船全是手工打造，按现在目光来看，说它是艺术品也不为过。"

"所以您才制作了那么多的船模。"

"所以，你是我的好朋友。"德尼伸出手，与我击掌，"为了庆贺我们的相遇，我们一定要喝一杯。晚上，我请你喝威士忌，那可是精美绝伦的苏格兰威士忌。按中国的说法，叫一……"

"一醉方休。"我接了过来，心里却有点怯阵。我知道威士忌是烈性蒸馏酒。我酒量不好，酒胆也不够。

出了博物馆，德尼带我到一家超市买了蓝纹奶酪、生蚝、巧克力和水果蛋糕。他说这些都是威士忌的好伙伴。这个我还真不知道，反正客随主便了。这样想，才使我稍加宽慰。

3

这一个下午，德尼先是让我亲眼见了古董茶叶，接着喝咖啡，又陪我去航海博物馆，晚上还要喝名酒，可我囊中羞涩无法表示，做不到礼尚往来，真是太难为情了。可我如果拒绝德尼的盛情恐怕更不能使他释怀。那就准备好一醉方休吧。我平时喝酒场面上还不输人，偶尔喝过几次的威士忌也想不起来啥感觉了，似乎没有中国高粱酒的辛辣。那就见识一下著名的苏格兰威士忌吧。稍微使我放心的是，英国人虽然嗜酒，但不劝酒，也不讲究下酒菜，想喝就喝，但我也不能当这是德尼的一时兴起，他作为东道主，这个举动就是为了表示对我的尊重和欢迎。

回到德尼的船屋已经夕阳西下了。德尼兴致勃勃地将他买的食物放在浅赭色的椭圆形餐桌上，这也是一个老物件，木纹和划痕清晰可见。德尼在摆成行的各色酒瓶里挑出一瓶，向我晃了晃："这瓶威士忌接近二十年了，还没启封呢。也许它知道要迎接一位贵客，就是你。浦。"我局促不安了："德尼，我都不知道怎么表达我的谢意了。""不用表达，在英国，喝威士忌就是男人的生活方式。"愣神间，德尼已经为我斟酒了。然后他给自己倒上，把酒瓶放在桌子中间，"好了，接下来你自便了。"英国人果然不劝酒。不过，既然他这么盛情相邀，我不能扫他的兴，第一杯一定要"cheers（干杯）"。德尼几乎只喝酒，他让我尝尝生蚝和蓝纹奶酪，他说这是威士忌的最佳搭配。陈年威士忌入口清纯，香气浓郁，没有白酒的辛辣。我还是第一次品尝蓝纹奶酪，感觉有点臭味，但在口腔里融化之后，就非常滑爽。德尼问我味道怎么样，我说口味有点重，还有点微辣。我说的时候想起了老上海的臭乳腐。从制作原理上这两者是共通的，只是奶类和豆类的区别罢了，与威士忌倒还真是相映成趣，各得其所。我越喝越畅快，真是自便了。德尼喝着酒说："苏格兰人说威士忌是生命之水。对，我们需要用它来点燃生命。有一阵，我突然不想喝酒了，就觉得生命缺乏了动力。所以这瓶酒居然放了这么多年，幸亏你来了。谢谢你，帮我重新燃起了生命的快乐。"我忘了那瓶酒我已经倒了几次，舌头有点麻木，头脑还清醒。我又吃了生蚝和巧克力，再喝一口酒，却没有开始的那种纯净感了。桌上那瓶酒也快见底了。德尼起身，又到他的酒档上随意拿过来一瓶，给自己倒了一杯，喝了一大口，他也醉了："浦，今天真高兴，你……和我，我们一……""醉方休。"我还试图补充，"drink till ……all's blue（一醉方休）。"我感觉自己都大舌头了，恍恍惚惚的，然后一头趴在了桌上。

腾云驾雾一样，我昏昏沉沉登上了那艘船首翘起的帆船，我尽力让自己像一个真正的船长那样，摆动着船舵，我把罗盘拨到东方，向前驶去。我依然混沌着，但我忽然意识到，我原来是会驾船的。帆船也没有那么慢，船舵在我手里像一个得心应手的加速器，船速越来越快，整个人像风帆一样飘了起来……后来……再后来……就进入我熟悉的江南水乡，我看到了阿爸跟我说过的老爹和太公那个年代曾经发生的故事……

大江大船

第二章　船队靠上董家渡

1

浦斋航在家里窝着，感觉浑身筋骨松塌，都听得到骨头"咯吱咯吱"的卡节声。好长时间没出远门了。这些年，太平天国军队与朝廷军队战事胶着，不分高下。传说中的太平天国军队却不是红眉毛绿眼睛，洋人倒是蓝眼睛和各种颜色的头发。褚塔人目睹了乱军乱枪的劫掠，也在惊恐中开了眼界。老辈人口口相传，后代仍心有余悸。传了几代的沙船生意至今没有恢复元气。傍晚时分，浦斋航推开沉重的黑漆屋门，一脚迈出高高的门槛，心里就宕（往下掉）了一下。秋水清冷，乌漆墨黑。从小到大，他看惯了早晨阳光下水汽氤氲的淀山湖，现在湖水罩在沉沉夜色中，混沌如晦。一阵秋风吹过来，似乎还呛着硝烟的余烬。他禁不住抖了抖身体，叹了一口气，心想，世道纷乱，但也不能坐以待毙。

长期的水上经历练就了船家的处变不惊，他们天生具有搏击风浪的禀赋，善于在危险和艰难的缝隙中寻找生机。如今，躲避兵燹是当务之急。几位家族长辈商议后，决定前往上海董家渡。那是一个大码头，他们的沙船一定会在那里找到新的机会。

据传明嘉靖二年（1523），上海县知县郑洛书在此地设立北仓渡等六处义渡。一董姓家族在这里设船摆渡往来浦东浦西，老城厢人争相来此，久而久之，北仓渡之名渐被遗忘，董家渡声名鹊起，成为沟通黄浦江两岸的一大要津。

过了正月十五，浦斋航就开始督促家人准备起来。他的二爷叔（叔叔），不到五十的人，看上去却有六十的样子，眉角和两道法令纹刻着黑色素沉淀一般的纹线，明显是江风海雨留下的痕迹。这次出航，年轻的浦斋航成了整个船队的主心骨。他有点担心随船的女眷，她们大多未出过远门，但船队又分不开人手护送她们走相对安全的陆路，也只能让她们跟着一起走了。其时水匪猖獗，人们将只在海上活动的称为海盗，更多的水匪则江、河、湖、海无所不去。

上船之前，浦斋航一步一回头，岂止是他呢，族人们何尝不是这样？他们几代人辛勤劳作，以船为家，累积成富，人丁兴旺，立起了这一带富殷的声望。就要远离世代祖宅了，这一走，啥时候再回来看淀山湖上的水汽呢。这水汽真好看，看不厌，看得久了，水汽会幻化出各种姿态，像窈窕的少女、成熟的姑娘、曼妙的少妇，轻软柔润，直看得人心旌摇曳，百般不舍。

作为家族的长子长孙，浦斋航每天早上要做的一件事就是去专供先人牌位的那间屋子进香磕拜，今天这个仪式当然更要紧了，心却一直静不下来。难道先祖们不认同这个决定吗？眼下这个局面，他早就盘得清清楚楚，走，凶险，但至少还有生的希望；不走，就干等着被毁灭。兵祸连绵，洋人的轮船也进来了，沙船营生岌岌可危，避祸既是无奈之举，也是最好的出路。此去带着浩浩荡荡三百多人，还有二十七条船，必定艰险重重，当下唯有险中求生，即使重蹈当年先祖的覆辙也在所不惜。

先是尖厉的哭声，接着惨叫连连。他惊悸了一下，祭拜时的那个预设立刻跳进他的思维。前面好几条船上，模糊的光亮，奔跑和追逐的人影，哭叫声就是从那里发出来的。浦斋航心急如焚，一路上担忧的事不幸发生了。他扯起大嗓门喊了起来："那里是什么人？"

喊了一会儿，没人应答。浦斋航立即朝二爷叔那里奔过去，却不见了二爷叔人影。他立即去了驾驶室，下令把船靠上去。

舵手的目光似有些迟疑。

浦斋航的大嗓门不容违拗："不要看我，看船啊。快靠过去。"

"老大，这太危险了。"

"正因为危险才要过去。要是不去阻止这些强盗，难道二十七条船就一个个挨着让他们抢？"

船快了起来。才靠上，浦斋航就迈出一腿，迫不及待地跳上了被劫持的船。

站在被劫船甲板上，浦斋航大声呵斥："敢问哪方强人到我的船上撒野？"

无人理睬。船上一时静默。很快又爆出炸雷一般的惨叫，是年轻女子的声音。浦斋航循声而去，船舱里传出凶狠的粗嗓门："小娘们，再给老子瞎叫，就把你扔进海里。"浦斋航一步踏进船舱，听到女子喊："大少爷救救我。"浦斋航眼里一派凌乱，小姑娘衣不蔽体，伏在她身上的男人还在狠命扯她的衣服。浦斋航上前，一把揪住男人的后背衣领，男人翻转过来，一张看上去有点病恹恹的瘦脸。"瘦脸"就势狠推一把浦斋航，浦斋航没想到对方手劲这么大，幸而他长年在船上颠簸，立即站稳了。"瘦脸"迎面扑了过来。浦斋航正思索如何对付他，那姑娘突然"嗷"的一声，从背后朝"瘦脸"推搡过去，"瘦脸"猝不及防倒地，浦斋航刚想再扑上去，"瘦脸"一蹬腿一弹腰，已经翻转过来。他的身手跟他看似病恹恹的样子显然不是一回事，看来练过几招。姑娘连连往后退，"瘦脸"嘴里骂着："就凭你们这对狗男女，想打老子的主意。哼。"一边说一边出拳，姑娘被击中倒地。浦斋航情急之中操起一把小铁锤，对着"瘦脸"抢过去，"瘦脸"遭此击打，才极不情愿地慢慢蹲了下去。

另一条船上出现了火情。浦斋航想，不好，永信号失火了。

永信是船队中的大船之一，火势是从驾驶舱里燃起来的，虽被扑灭，仍有黑烟余烬。浦斋航刚上船，就被两个黑瘦汉子拦住了去路。浦斋航无奈停下了脚步。他立刻明白了，刚才这火是故意把他引过来的。他低沉地问道："你们是谁？"

"你是谁？来干什么？"

"我是船主，让我进去。"他的声音明显提高了。

一个缓缓的、闷闷的，也是难懂的声音从黑瘦汉子背后传过来："喂，你喊什么呀？"

浦斋航也哼了一声："这是我的船，有种就站过来跟我说话。"

一个身形矮壮的男人从两个黑瘦汉子中间走出来，这个列阵显得有些滑稽。

矮壮男人在浦斋航面前站定："你就是船主？"

"正是。如果你是领头的，就叫他们让开，这是我的船。"浦斋航听出对方的福建口音，看样子还是个老手，但年纪应该比自己更小。

矮壮男人想了想，朝两边一甩头，两个汉子撤下。浦斋航一步跨进船舱，与矮壮男人换了个位置。矮壮男人哼了一声："还摆什么架势嘛。"

浦斋航问："你们究竟想干什么？"

"我们想干什么你不都看到了吗？明知故问啊。"

"你知不知道什么是王法？"

"去他娘的王法吧，大清都老态龙钟摇摇欲坠了，还王法。老大可真会讲笑话啦。"

"朗朗乾坤，你们劫货放火奸淫，猪狗不如。官府饶不得你们。"

"我看你也识文断字的，叫你一声老大，难道不知道官府都已经自顾不暇了吗？还会理你们这些烂船帮子？！"

"我情愿烧了船，你们也别想跑。"

"好，你有种。在下佩服你的胆气，不过不要后悔哦。你一辈子靠船吃饭，没了船，也没了人，船上那么多死鬼还是照样骂你，你在地下能安生吗？"男人说完，猛的一声咳嗽，响亮而快速地啐出一口痰，像是一颗飞向浦斋航的流弹。浦斋航嗫嚅半天却说不出一句完整的话来。

矮壮男人继续说："好好想想吧。如今这世道，大家都是讨生活嘛。老大，你家财万贯，也可怜可怜我们这些吃不饱饭穿不起衣才打劫的穷人，就当施舍给我们口饭吃，大家方便。真想烧船，也不劳你动手啦，一把火就是啦。"

浦斋航憋了半天才闷闷出言："你究竟要干什么？"

"不是说得很明白了吗？讨口饭吃，大家两便。"

"我是民，你是盗，怎可两便？"

"老大，别想不明白嘛。民与盗也是可以变的嘛。"

"怎么变？岂有此理。"

"我以前也是民，还读过几天书，当过水手，没生意做啦，总不能饿死，就干了这个。你今天如果被我劫得两手空空，为了活下去，就要去偷去抢，不就变盗了吗？你想是不是？"矮壮男人又啐出一口痰，"这世上之事，本无定法，何况这乱世？拼命，不是你做老大的本意吧？再说你也拼不过我。烧船，只是你赌一口气罢了。你要是让一步，我也不会做得太绝，总要给你留一条生路啦。"

浦斋航觉得自己的骨架"吱吱"作响，内脏翻滚，似乎要碎裂。矮壮男人一派强盗逻辑，却还说得有条有理，他竟然想不出什么话来反驳，但他咽不下这口气。

矮壮男人突然嘿嘿一笑："看来老大还是放不下呀。那好，我来帮你下这个决心。"他朝身后拍了拍手，刚才两个黑瘦汉子夹着一个人出来了。浦斋航失声叫了出来："二爷叔，二爷叔。"然后指着矮壮男人，"你们把他怎么啦？"

矮壮男人嘿嘿笑道："别紧张，老大，我们没把他怎么样。

就是帮你下个决心嘛。”

“你们，真无耻。”浦斋航感到自己的牙齿咬痛了舌头。

“什么叫无耻啊，为了讨口饭吃，有啥无耻不无耻的。”

“劫持人质，还不无耻？真是丧尽天良。”

“话不要说得这么难听。人活着，不就是为了一张嘴嘛。老大，这句话没毛病吧。”

浦斋航不言语了。那边，二爷叔喊道：“阿航，不要理睬这帮强盗。二爷叔又不是第一次碰到这种事，不怕。”

矮壮男人朝后使了个眼色，一个汉子顺手抄起一块破布朝二爷叔嘴里塞了进去。

浦斋航见状要上前阻拦，矮壮汉子示意身后两人把人质锁起来，三人一起对付浦斋航：“来呀，我们一起陪老大玩玩。”

二爷叔还在含混地叫着。

浦斋航心里一阵阵悸痛。我浦家人几代打拼才有了今天这般局面，看来是要毁在我这个不肖子孙手里了。浦家历来与官家无涉，眼下，就像对面这个矮个子说的那样，官家也无法依靠了。何况我还带着这么多乡人，哪里是这帮悍匪的对手。败不起啊。罢了罢了，自认倒霉吧。

浦斋航心乱如麻，矮壮男人又说话了：“老大，想通了吗？我留给你十条船，人，你带走。其余的，兄弟我就不客气了。有缘来日再见。”说完，矮壮男人掉头而去。

浦斋航看着这个矮小却壮实的背影，朝地上啐了一口，用脚尖狠狠碾着。

2

从褚塔到董家渡，行船也就一天多，而在未来的日子里，浦斋航觉得这是他人生中最漫长最痛惜最不能面对的一段时光。到达董家渡，十余人丧生途中，金银细软被洗劫一空，二十七条船只剩下十条，船上几乎空空如也。好像一个壮硕的大块头变成了形销骨立的瘦子。面对水匪，浦斋航只能忍痛割舍财产保全性命。

乡邻都没见过什么世面，妇孺哭泣声此起彼伏，浦斋航感到心在滴血，仰天长叹，这是天命还是必须付出的代价？但他抱定了宗旨，既然迈出了这一步，就必须坚持到底。船可弃，财也可丢，只要人在，就总有重新出头的一天。他自幼丧父，由祖父拉扯成人，也一直跟着祖父在船上，见惯了乱世浮云，既然遇上了，就没有退却的道理。

入夜，薄雾助沙船隐身于江中。浦斋航默默祈祷，剩下十艘船，还有近三百乡人，如果再遇盗匪，我岂不要葬身江中？我一生以船为生，难道就要满船倾覆吗？这一夜，他再也无法入眠了。太阳刚从地平线跳出来的时候，他就迫不及待跨出了船舱。吴淞江还没苏醒过来，江面上泛着一层浅浅的赭红。浦斋航判断，今天是个大晴天。他通红的双眼炯炯盯着江面，察看有无异样。沙船缓缓前行，所幸风平浪静。天色渐亮，雾霭退去。浦斋航抬头朝远处眺望，嘴里默默念叨。

太阳跃出水平面的时候，船终于靠上了董家渡码头。

浦斋航赶紧正衣，他端详众人很久，眼角溢着泪水，嗓音依然高亢："兄弟姐妹们，阿拉到了。从今天起，阿拉就要在董家渡安家了。褚塔是老家，董家渡是新家。"浦斋航又对众人说，"比敬一堂更早，这里还有个商船会馆，是船家供奉妈祖的地方，妈祖是航海保护神。阿拉船家走南闯北，整日里跟海浪风雨打交道，在海里讨生活，有妈祖的保佑，只要大家同心协力，阿拉沙船一定会在这个码头重新开始。"

话虽这么说，但遭遇大劫，损失惨重，要重整旗鼓，前面究竟有怎样的艰难，他心里一点都没底。他只能默默祈愿妈祖的保佑。

他又想到了他的老爹，一个兢兢业业又坚韧倔强的老人。

浦斋航自幼丧父，少年时就跟着老爹在沙船上讨生活了。他聪慧胆大，深得祖父嘉许。祖父常说，虽然大儿子早早离去，但给自己留下的这个长孙真是跟自己性情相投、心气相通。看着这个小囡在沙船上如鱼得水，知道他就是天生以船为家的命。

浦家由湖而海，靠着沙船亦渔亦贾，运调南北，贸易百里，代代相传，逐渐兴旺。船家出航讲究风和水的逆顺，在大自然的羽翼下，风浪之险和生命之虞也与船家共生共存。

小小年纪的浦斋航就跟着老爹进入了茫茫大海。他听老爹讲过，老爹的阿爸，也就是他的太公，当年与女婿分别驾着两艘四桅沙船，满载棉纱前往营口。这样的大生意是任何船家都不愿放弃的。沙船行到盐城大河洋海面，与不期而来的台风迎面相遇，完全不可能躲避，两艘沙船樯断帆裂，两代沙船人和十余名水手伙计，连同满船棉纱，闪电般倾覆于大海中，几乎连叫喊声都来不及发出。

天灾难躲，海盗肆虐又是船家无法回避的人祸。但以船为家以海为生的船家人无法选择，只有面对。

老爹无数遍讲过那个他亲身经历的故事。老爹讲的时候一如既往地壮着嗓门。船家在海上高声呼喊，练就了一副铁嗓，说话的时候似乎都带着天然的扩音。那时老爹正当壮年，膂力过人，颇有胆略，是很能服众的船老大。

那天无风无浪，沙船泊在海上等风。几个水手摆起麻将消磨时光。老爹在舱内休息，忽觉船身移动起来。他惊讶，船怎么会动起来？立即去甲板上察看，只见前方一条三桅海盗船正拖拽着自家的沙船呢。此时船员们也已察觉异样聚集到甲板上探看。老爹的大嗓门怒吼一声："给我打。"

原来沙船为防海盗，大船一般都装有前膛炮，出航时都装上了火药。趁着几个船员去搬运炮弹的空隙，老爹抓起一把散碎铁屑就朝炮膛里塞了进去，点燃引线，铁屑刹那间如同霰弹朝海盗飞去，被击中的海盗抱头哇哇叫着。老爹哈哈大笑，一边下令装填炮弹，一边带着几个船员携着刀斧之类跳到海盗船上，大嗓门继续喊打。这一通打，海盗纷纷弃船而逃。老爹对正准备发射的水手说："这么不经打，也省了我的炮弹。"

老爹看着那个被生擒的海盗，一张稚脸，估计也就十来岁，叹气道："嗨，小小年纪就干了这个。作孽呀。"

小海盗支支吾吾、疙疙瘩瘩地说着，祖父听了半天，才明白他是问："老大，你会杀我吗？"

老爹爽朗地笑了："哈哈，他们都被打跑了，你呢，毛都没长齐，我怎么忍心杀你。"

小海盗哭了，越哭越响。老爹也不劝，就让他尽情哭。等他收住了，说："好了，哭完了，你走吧。"

小海盗愣着，突然抬起一双泪眼："老大，我能跟着你干吗？"

老爹也一愣，吃船家这碗饭，他当然不止一次遭遇过海盗，但面对这样一问还是难免失措。看得出送个（这个）小家伙也是被逼无奈才走的这条道，然而收留下来，他毕竟干过海盗，对船家是个忌讳。船家和海盗势不两立，谁晓得伊的真心呢！即便是真心，过了几年，会不会变呢？留不得，留不得。

老爹忖忖，掏出几枚铜板，拉着小海盗的手，放在他手心里，说："这点铜钿也不多，够你过几天安稳日子了。不过有句话你一定要记住，海盗这碗饭千万不能再吃了，就是打死也不能吃。记得了吗？"

小海盗把手摊开着，并不满意这样的结局，看来人家是不想收留他了。他泪眼婆娑地看着老爹："老大，我记得了，记得了。打死也不做海盗。"

浦斋航能把这个故事背出来，但老爹讲的时候他从不打断，他晓得这是老爹的荣耀，也是船家的荣耀。一次老爹讲完，他问："那个小海盗后来怎么样了？"

老爹说："后来就再没见过。眼睛一眨，有十多年了吧。"他摸着孙子的头说，"后来我后悔过，如果收留了他，不是让他多了条活路，也让船家少了个冤家吗？"

这句话，让浦斋航豁然。化干戈为玉帛，老爹讲的就是这个意思啊。

老爹临终之前，紧紧攥着浦斋航的手不肯放，枯涸的泪水突然加速分泌，浦斋航眼里也盈着泪水，强忍着不让它流下来，祖孙俩在海上这么多年，那种情分不是他人可以知晓的。老爹说过，男人不能轻易流眼泪，尤其是在海上寻一碗饭吃的男人。老爹断断续续地说："阿航啊，侬要拿（把）阿拉浦家的船越开越远，越开越远……越开越远……"

"老爹，我晓得，我晓得……越开越远……"浦斋航重复着老爹的话，滚烫的泪水滴在老爹脸上，两张淌着泪水的脸紧贴在一起，直到那张刻着岁月沧桑的脸渐渐冷去。浦斋航依旧贴着，不想挪开。

二十几岁，浦斋航购置了一艘沙船往来南北贩运，他的经营头脑超过了老爹。几年后，浦斋航拥有了一支二十多艘沙船的船队。

安顿下来之后的一天傍晚，浦斋航带着他刚满三岁的大儿子浦冀宁在新建的房子里转悠。走到前院天井时，他抬头仰望，但见祥云呈瑞、落霞盈沛。他朗声笑了起来，自言自语："看来阿拉是来对了。时运当逢，可以大干一番了。"

"总算听到侬笑了。"妻子冯书珍说道。

浦冀宁盯着阿爸姆妈，突然笑了。冯书珍说："侬看，阿宁也笑了。伊也交关辰光呒没笑了。"

浦斋航蹲下身对浦冀宁说："阿宁，侬为啥笑啊？"

浦冀宁说："阿爸笑我也笑。"

浦斋航和冯书珍被儿子逗笑了。

"阿宁，侬听阿爸讲啊。两百多年前，阿爸姆妈的先祖为了躲避官府迫害，舍田弃宅，从老远的地方到了淀山湖一带，吃尽苦头讨生计，后来成了渔民。一家一条船，辣（在）太湖、泖河、震泽一带漂泊，既做渔业又做运输，从湖到海，有了自家的沙船，越来越兴旺。"

浦斋航知道儿子听不懂，但他越讲越起劲。挺着大肚子的冯书珍说："让肚皮里的小囡也听听。"浦斋航朗声说："好啊，好啊，浦家这份基业不容易，后代只有晓得自家来路，才会懂哪能（怎样）走好前头的路。"

星空之下，沙船在江中轻摆晃动，木榫摩擦，细碎的吱嘎声，在浦斋航听来，这是最静谧、最诱人的响动。它们每时每刻充填着他的人生，让他觉得生活无比结实、厚重，充满喜悦。

第三章 巨轮与沙船

1

轮船呜呜叫得真长，大概因为伊比舢板块头大，声音也响，魂灵也吓出了。上海到了。夜幕已经降临。俞光甬看到的是一片混沌的光景。天黑黝黝，人也黑黝黝，大楼也黑黝黝。大楼咋会介（这么）高，看起来吓丝丝，会坍下来哦？黑黝黝的一切像一团化开来的墨渍，洇出、铺开。俞光甬只是其中一滴。

阿爸跟我讲，伊辣宝善街（今广东路从河南中路至福建中路一段）。宝善街辣啥地方，俞光甬开始问路。一路走过来，好像又一点点亮起来。俞光甬抬起头，朝亮起来的地方看，一根大木柱子上挂着一只灯。哇，头颈抬到顶高才看得到。他在灯下站了好几分钟，看着自己在灯下的影子。好白相。继续打听宝善街。他想，要问上海人。上海人到底啥样子，他也搞不清楚。迎面过来一个青年，蛮有派头的样子。俞光甬开口问："先生，侬好，请问宝善街哪能走？"这句话他练了多次，开了腔却还是很惭愧，一点也没有上海味道。不料对方对他笑了笑，回答的腔调跟他差不多："走过前头一条路左转弯就到了。"他听到了家乡的声音，俞光甬像提前见到亲人一样连声说"交关谢谢，交关谢谢"。怪不得阿爸讲上海这地方宁波人交关多。对方连说"冇客气冇客气"。俞光甬看着他匆匆远去的背影，暗自讪笑。

俞光甬不知道，清朝末年，人们因避战乱或经商贸易，从江浙等周边地区大量移居上海，其中宁波人多达四十万。三个上海居民中就有一个宁波人，正所谓"无宁不成市"。这个"市"的

大江大船

触须延伸到方方面面，语言的传播是最明显的，不少上海本地方言直接移植了宁波话，比如著名的第一人称"阿拉"。

店铺越来越多，灯也越来越多，每个店铺都点着各种明暗不同的灯。店铺外都插了旗子，俞光甬心里想——这个我晓得，是店铺招牌。春茗茶馆辣啥地方。阿爸讲上海人交关欢喜吃茶，有念头（瘾），一壶茶讲大道（宁波方言：聊天），茶馆里好泡半天了。不过大家讲规矩，茶馆里泡得辰光长，铜钿也要多付一眼（一点）。阿爸讲伊年纪大了，要我来接班。我脱（和）阿爸讲，我一懂不懂，咋弄弄（宁波方言：怎么搞）。阿爸讲："不懂不要紧，我刚刚到上海，也不懂。阿拉宁波人脑子灵光，天生会做生意。东看看西看看，就会了。"

"哎，阿甬，阿甬，来呢，来呢。"咦，是爹爹叫我，伊看见我了。俞光甬三步并作两步奔过去，嘴里叫着："爹爹，我来了。"

父子俩在茶馆门口见面了。俞老板拍了拍儿子，上下打量："轮船多少辰光，吃力哦？"

"一夜天多一眼。还好还好。"

"跟我到店堂来看看。"俞光甬发现，两年多没看见爹爹，爹爹的背脊有点弯了。

茶馆门外，地上落叶枯黄，在夜风的撩拨下，簌簌抖动，要与风抗争的样子。茶馆里热气腾腾，伙计忙着给客人倒茶，并不考究的托盘里装着西瓜子香瓜子炒花生之类的配茶炒货。有个光着膀子的客人响亮地"嗨"了一声："俞老板，侬儿子啊？""是啊是啊，阿胖眼睛贼尖。阿甬，来，认得一眼阿胖爷叔。"俞光甬跟在阿爸身后，笑眯眯的，叫了声："爷叔。"阿胖忙说："好，迭个小娃儿好，卖相也好。俞老板福气好。"俞老板说："阿胖侬讲得好。托大家的福，我的茶馆才开得兴旺。阿甬要来学生意了，不周到的地方大家多多关照，当自家侄子一样教教伊。

俞某拜托各位了。"

店堂里一派应和。看得出，俞老板人缘极好。

阿爸又叫过一个年轻伙计来，对俞光甬说："阿甬，伊是阿奎，从明早天亮开始，伊就是侬师兄了。叫师兄。"

俞光甬叫了声"师兄"。

俞老板又对阿奎说："阿甬就交拨（给）侬了，侬好好带伊出师噢。"

阿奎点头："老板放心，少东家一看就是聪明人，将来肯定是把好手。"

俞光甬学得用心，观察阿奎的一招一式，招呼客人的语气，掸毛巾的手势，端茶壶的功架，与客人说话的态度。几天下来，俞光甬就学得有模有样了。老茶客都觉得阿甬是把好手，俞老板更是喜上眉梢，我儿子就是聪明，像我。不过俞老板表扬人不喜欢放在嘴上，尤其对自家小囡。

那天下午，茶馆里走进两位客人，让众人的目光都盯在他们身上。有什么稀奇呢？因为俩人是一中一洋。年轻的中国人穿着长衫，西装革履的洋人已经谢顶。阿奎迎过来，做了个请的手势，轻声问年轻人要不要雅间，年轻人点头称好，然后跟着走进屏风后。阿奎随即与身后的俞光甬耳语几句，俞光甬频频点头。其实春茗茶馆经常有洋人光顾，今天这两位神情严肃，不像喝茶的样子。阿奎眼睛一扫，就看出来了，所以才这么问，这就叫"看山色"。人家到这里来，就是照顾自己的生意。接待好这样的客人，关系到茶馆的声誉。所以阿奎叮嘱俞光甬，必须上心。

俞光甬悄悄站在屏风边，准备随时听客人的差遣。两位客人专注他们的事，轻声说着话。俞光甬的耳朵里一会儿外国话，一会儿夹杂几句中国话，是官话，他也听不懂几句。洋人喝茶很勤，喝茶的举止完全是中国茶客的样子。俞光甬续了两次茶，客人也只顾自己说话。俞光甬觉得他们之间说的话一定很重要。

俞光甬暗暗觉得，这位年轻的长衫先生似乎在哪里见过，又觉得自己瞎想。到处都是穿长衫的，看上去都像。不过他的神情给俞光甬的印象并没有随着时间的消逝而褪色，反而一点点在加深。

2

俞老板突然病了，上吐下泻，俞光甬把他送到仁济医院，戴着眼镜的洋医生说是痢疾。止不住地泻，进不了食。俞光甬眼看着健壮的爹爹一天天萎靡消瘦下去。洋医生拿着一块冷冰冰的扁圆的东西在爹爹胸口听来听去，对一边的护士叽里咕噜几句，护士就给爹爹打针。俞光甬试着用刚学会的几句洋泾浜英语与洋医生对话，洋医生吃力地打着手势跟他解释，结果谁都没有理解对方。几天后俞老板陷入昏厥，开始是几个小时，然后是半天，昏厥的时间越来越长。俞光甬只听懂了洋医生反复说的一句话："黄浦江这么脏，这可恶的霍乱，还要死多少人？"洋医生说这话的时候脸色铁青，肌肉扭成一团，好像恨不得把黄浦江水抽干的样子。

俞老板弥留之际对俞光甬说："阿甬，爹爹恐怕熬不过春天了，不甘心啊。爹爹十五岁到上海，跟老板学生意，萝卜干饭吃了三年，从伙计做到账房，再到经理，再把这个茶馆盘下来，总算有了自己的生意，这是爹爹一生的心血啊。"

俞光甬静静听着，泪水在眼睛里憋着，溢出来的泪水流到嘴角，涩而苦，他紧紧攥着阿爸已经没了血色的手，连连点头。

"阿甬，侬要记牢，一定要守好这份生意……（一口绵长悠远又混杂着药物味道的气息从他口中断断续续吐出）老茶客……是茶馆的衣食父母，侬要拿伊拉……当自家爷娘一样。"爹爹的声音越来越微弱，挣扎着说，"侬一定要……四……明……公……

所。"俞光甬没听懂，着急得沁出汗来："爹爹侬讲啥？我不晓得啊，我不晓得啊。"爹爹的嘴艰难地嗫嚅着，终究没再能屏（指很努力地做某个动作）出一个字来。俞光甬用双手紧裹着爹爹越来越冷的一双手，仿佛这双手凝聚着生命的全部能量。他要紧紧攥住，要是他一松开或一分心，爹爹的生命就从他手中溜走了。但是爹爹的手冷得像冰块一样，即使是他从爹爹身上延续下来的炽热的血也焐不热了。他大喊："医生，快来呀，快来呀，我爹爹像冰一样了……"大胡子医生带着助手和护士很快过来，又把听筒按在爹爹的心脏部位，吩咐助手赶快做胸外心脏按压。俞老板丝丝缕缕吐出一口气。俞光甬发现，爹爹似乎睁开了眼，还对他笑了笑，很快又闭上了。洋医生说了句"继续"，助手继续按压，手上的力道一次比一次大。但俞光甬看到，爹爹的眼睛再也睁不开了。真的睁不开了。俞光甬忍不住扑过去，抱着爹爹的头痛哭起来。洋医生走到俞光甬身后，拍了拍他急剧起伏的后背，用汉语字斟句酌地说："俞先生，我们尽力了。请你节哀。"俞光甬竭力克制住自己，缓缓回过身来对洋医生说："谢谢医生了。"又对他鞠了个躬。洋医生和他的助手鞠躬还礼。又对着俞老板的遗体鞠了个躬。

俞老板终于没熬过开年的立春，生命在四十岁出头突然刹车了。

俞光甬边给家里发电报，让二弟来吊丧，边紧张筹备父亲的丧礼。

他毕竟才刚过十五岁，哪想到爹爹就走了，只陪了他一年还不到，他做事的本事还没学会呢。人死不能复生，俞光甬悲痛地去申报馆登记了一个中缝的讣告。阿奎在茶馆门前挂出"暂时歇业"的牌子，忙着在后院张罗一个简陋的灵堂。第二天，本来就热闹的茶馆更加熙熙攘攘，都是春茗的老茶客，都是来吊唁俞老板的。傍晚，一位穿着黑色素衣的青年悄然出现在络绎不绝的吊喑人群之中。向俞老板遗体鞠躬后，他走到俞光甬面前，握住他的手，然后示意他随自己到边上说话。

"侬是俞老板的大儿子光甬是哦？"青年一开口，俞光甬就想起来了，不就是那天自己向他打听宝善街的那个人吗？之前和洋人一起来喝茶的不也是这位先生吗？俞光甬一下子有了亲人的感觉，他点头，泪水溢了出来，带着哭腔："先生，我是光甬，侬是我爹爹的……"

"我是侬爹爹的老朋友，也经常来喝茶。哎，想不到伊走得介快呀。"

俞光甬悲恸地说："是啊，我到上海一年还不到，阿爸还有交关东西呒没教我呢。"

"现在最要紧的是要拿侬爹爹的丧事办好，让伊走得安心。伊跟侬讲过有啥事体要办哦？"

"伊跟我讲一定要守好茶馆，这是伊一生的心血。还讲要拿客人当自家爷娘一样。"

"俞老板真是待客如宾啊。茶客们都知道，伊人缘好啊。侬看，今朝（今天）来吊喑的人多得来。噢，侬爹爹还讲过哪能安排后事哦？"

"我想想，伊最后讲……四明，四明……我也搞不懂。"

"我晓得了，伊是要拿伊的棺材摆到四明公所去。这个四明公所呢，是阿拉宁波人辣上海的同乡会馆。宁波人辣上海过世后，也暂时停放在这里，然后集中运回宁波老家。光甬，侬还小，这件事我会帮你操办的。老家人来了哦？"

"电报已经发回去了，不晓得啥辰光动身呢。"

"四明公所那边的事我会安排好，等侬家里人来了祭拜侬阿爸后，侬就来寻我啊。"他掏出一张名片，递给俞光甬。

俞光甬恭敬地接过来，一个字一个字，轻轻地、费力地念道："穆——德——鸿，隆和洋行华经理。"

"光甬，你读过书哦？"

"我就读过几天私塾。到上海读了几天夜校，现在爹爹走了，呒没辰光读下去了。"

"光甬，勿担心啊。夜校要读下去，茶馆也要守好。自家勤勉顶要紧，我当年也是这样过来的。有啥困难，我会帮忙。"

"穆先生，我不晓得哪能谢侬。我还有交关事体不懂，还要仰仗先生指教。"

"俞老板是我多年的朋友，阿拉又是同乡，跟我就不客气了。光甬啊，侬要记牢，阿拉宁波人出门在外，要相互帮衬，啥人有事体，就去寻同乡会。大家帮一把，困难就过去了。"

"穆先生，我记牢了。"

父亲的猝然去世让俞光甬一下子长大了。

在穆德鸿的关照下，俞光甬和两个弟弟把阿爸的棺材安放到四明公所。他觉得爹爹再无挂忧了。他也觉得，宁波人在上海是有依靠的。在两个还不太懂事的弟弟面前，他感到自己忽然变成了一个大人。穆先生说得对，一定要读书，不仅他要读，还要让两个弟弟读书。

3

隆和洋行买办穆德鸿，而立之年，十五岁从定海老家出来，加上一个十五年，成为上海买办扛鼎人物，眼下正筹划一件大事。选择到茶馆，而不是咖啡馆，源于穆德鸿的习惯，更是内心的驱使。刚进入洋行当买办跟老外打交道，自然要紧跟他们的习俗，所以咖啡馆对他来说也是熟门熟路。等他确立了江湖地位，在上海的洋行和商家中有了不凡的号召力，甚至一言九鼎，就不是处处仰洋人之鼻息了。如今在上海的买办圈子里，就是洋行也得倚重他。洋行大班有事情摆不平，第一个要找的一定是他穆德鸿。

尽管在租界老外说了算，但他们生意上的对手或伙伴很多是华商。洋行大班很清楚，上海这个地方，其实是商人的世界，讲究的是行事规矩。规矩虽然是他们老外定，做起来却绕不过本地商家的习俗。穆德鸿对洋行以契约为准则的生意经操作颇为赞赏，也从中获益甚多。他在圈子里有了话语权，主场意识重新抬头。在很多场合，包括与洋人接洽，他仍是一身中式装束，甚至连曾经苦学的洋泾浜英语都懒得讲，要谈生意当然还是茶馆。

整天与洋人周旋，穆德鸿心里想的却是自己的生意。他知道，在上海立足和发展，离不了洋人，但洋人离了华人也不行，否则为什么还要雇他们做"华经理"。穆德鸿的眼睛也一直盯着黄浦江上的轮船。那些挂着星条旗米字旗还有各式各样外国旗帜的轮船，几乎垄断了上海的航运生意，相当于大半个中国的航运。为了生意，他踏上外国轮船，心里就不痛快。但是没办法，中国人名下连正经的轮船都没有，怎么与外国轮船竞争呢？老家人到上海经商越来越多，如果乘坐我们自己的轮船岂不更好？当年他乘着外国轮船到上海，感觉并不十分强烈，十多年下来，越来越不服气。他看准了，航运之事非同小可，既关乎国计民生，又有无限商机，我们也得有轮船在黄浦江上，这份厚利不能让外国人独吞了。英美在航运上的争斗愈来愈厉害，不就是为了更大的利润吗？前几年自己赚了点钱，就有一部分投资于美商鸿达商轮公司，眼下他们面临破产歇业，正是我出手的时机，但不知他们将开出什么价码。

桑切斯曾入股旗昌轮船公司，现在以鸿达商轮公司谈判经理人身份与穆德鸿沟通。这个精明的美国人早就是一个中国通，也是穆德鸿的老朋友，穆德鸿投资鸿达公司就是他牵的线。这一次除了鸿达，他还准备为另一家成立不久的信正轮船公司招股。

与穆德鸿会晤的前几天，桑切斯曾专门前去拜访他的老乡安德森。来自迈阿密航运世家的安德森，商业嗅觉异常灵敏。早在英法联军入侵中国后，他就预料到长江可能会开放。不久签订的《中英天津条约》中的"长江一带各口，英商船只俱可通商"使安德森的预料变成了现实。而作为"最惠国待遇"的"一体均沾"，安德森捷足先登，成为最先进入长江的洋商之一。来到黄浦江边，安德森对着浑浊的江面感慨良久，攥着拳头高声庆贺自己的到来。当他获悉华商要投资他们的轮船，更是无比欣喜。他告诉小他一辈的桑切斯，中国商人其实并不了解什么是股份制企业，他们投资航运、银行、保险公司的目的就是为了发财致富。不过，有眼光的华商是想通过投资航运获得他们在长江上的利润主动权。为了我们的长远利益，也得让他们看到丰厚的投资回报。

"桑切斯先生，这个市场令人兴奋，会令人发狂的。航运带来的前景无可限量啊。中国商人对航运业有着相当的兴趣，这将吸引更多华商投资我们的轮船公司。"安德森的这番话更坚定了桑切斯对长江航运的期待。

桑切斯比约定的时间迟到了几分钟，一进茶馆，俞光甫就迎过来，知道是穆先生的朋友，就把他带到雅间。桑切斯连连向穆德鸿拱手表示歉意："黄包车走慢了点，抱歉抱歉。"

穆德鸿起身抱拳相迎："无妨，老朋友不客气。快快请坐。"

俞光甫在桌上摆好两盅茶和茶点后退出。

桑切斯端起茶盅，揭开盖碗，吹一下，轻轻一抿："好久没喝龙井了，真想念这味道。明前还是雨前？"

"这么内行啊，你这个茶博士说了算。"

桑切斯摆摆手："不敢在关公面前舞大刀。"

"你对中国文化真有心得啊。来，尝尝我们宁波的溪口千层饼和三北豆酥糖。一咸一甜，相得益彰。"

桑切斯熟练地拿起筷子，撮起一块千层饼，放到嘴里，嚼着，"太香了。好吃。"又喝了口茶，"穆先生，你的家乡有这么好吃的美味，可以想象中国有多少好吃的食品，跟中国食品比起来，我们的食品太单调了。"

"桑切斯先生喜欢就随便吃。"

"那我就不客气了。"桑切斯干脆用手撮起一块豆酥糖，放进嘴里。突然眉头一皱，然后放松，"啊，就像是撒了棉花糖的雪。好吃。太好吃了。"

"撒了棉花糖的雪。这个说法太富有诗意了。如果你把它介绍给美国人，就可以用这句话做广告了。这是用磨碎的黄豆、熟面粉、糖粉混合制成的，工艺非常复杂。这叫慢工出细活。估计你们没这个耐心。"

"说得对，我们在吃的方面太没耐心了，所以做不出这么精美的食品。"

"桑切斯先生，感谢你这个美食家对我的家乡食品的赞美。那我们进入正题吧。"

桑切斯端了端身体："你我是多年的老朋友，今天我来其实是想听听你关于鸿达轮船公司的想法。简单地说，你准备投资多少？"

"鸿达公司目前面临破产，估值不高，我想，把它买下来归我经营应该是最好的结局。"

"穆先生的意思是收购，而不是拥有它的股权？"

"你应该知道，它已经不具备再投资的价值了。"

"你这么有把握？"

"各国洋行对我穆德鸿的信誉评价如何，桑切斯先生应该知道，否则你今天也不会屈尊到这个小茶馆里来喝茶吧。"

"那你出什么价？"桑切斯端起茶杯喝了一口。

"按目前行情，三万两白银应该是比较合理的价位。"

"这就是鸿达轮船公司的估值了？似乎少了点。你知道，华商轮船营运还要悬挂外国旗帜，这可是不菲的资产价值啊。"

"华商轮船挂外国旗帜不假，但只是权宜。一旦我国政府放开对华商的管制，那一天我们就会悬挂自己的旗帜。毕竟轮船走的都是我们自家的内河。"

"我同意穆先生的说法，你提出的价格我还要继续与鸿达公司磋商。我今天来还有一件事相告，信正轮船公司将很快招股，如果有穆先生参与合作，这次招股一定会非常顺利。"

"我十分乐意合作。现在上海的外资公司中，华商参股比例逐年增加，航运业更是如此。这应该是一个大趋势。"

"我的想法是，我先投资注册一个洋行，穆先生可以附股，然后购置轮船，再招股，投入内河运输。你认为如何？"

"这样的话华商股权占比会越来越高，我们一旦撤资，你们外商就不怕……"

"没什么可怕的，资本的目的就是逐利，上海金融市场是一个向世界开放的窗口，我们吸纳华商资本，然后与华商一起赚钱，不是大好事吗？"

"我十分赞同你的观点。对我们来讲，你们终究是客人。上海的未来还是得靠我们自己的资本。所以桑切斯先生，不要看眼下华商依附于外商的羽翼之下，这只是暂时的。我今天斗胆说一句，来中国经商，又真正具备长远目光的，更应该知道，外资跟着华资跑，没错的。你们看中的是长江航运带来的厚利，但你别忘了，长江毕竟是中国人的长江。"这一段话，穆德鸿说得酣畅淋漓。

桑切斯想说什么，但终于没说出口，他对穆德鸿注目许久："穆先生，也许你是对的。"

俞光甬一直在门口听壁脚，几乎什么都没听懂。他就是觉得穆先生很神奇，这个蓝眼睛高鼻头的老外竟然不对穆先生说外国话，却说着中国话，而且对穆先生还很恭敬，完全没有他这些天在马路上看到的洋人对中国人鼻子翘到天上去的样子。穆先生太了不起了。正当他心思神游的时候，门帘掀开了。穆先生先跨一步，示意桑切斯在先，桑切斯谦让着，然后对慌慌张张的俞光甬打了个招呼，俞光甬也傻乎乎地点点头。穆先生送桑切斯出门，回转雅间来取他的皮包，见俞光甬还呆呆地站在门口，问道："光甬，你有事？"

俞光甬欲言又止的样子，搓着手："啊，呒啥，穆先生你忙吧。"他用毛巾反复擦着手里的茶盘。

这天夜晚，穆德鸿独自一人走在外滩大街上，沿江高高低低的楼群挺着黑黝黝的身躯，经受着热烘烘黏糊糊的江风的熏洗。进入秋分了，可是夏天恋栈，迟迟不愿离开。有的大楼窗格里还亮着灯光。穆德鸿很熟悉这个场景，他也是这个场景的一分子。他不懂什么巴洛克、哥特式、折中主义、古典主义，各种腔调的大楼一个接着一个，样子也一个比一个翻新，不断刷新着外滩的天际线。十几年来，他凭着自己的执着和奋斗，也倚靠着外国人的洋行发了财，成了这个城市说得上话的人。所以他经常会来这里走上一圈，好像学生温习功课一样将这个他早已熟悉了的场景温习一遍。他也不晓得为什么要这么做，但每次这个念头一出现，他的脚就不由自主地把他带到这里。走了一段路，他感到浑身冒汗，就往江边走去。轮船大多靠岸了，沙船蛰伏在轮船的阴影之下，显得格外渺小，它们微微摇摆的身姿倾吐着不安和忧郁。穆德鸿觉得自己的心也在随着帆影悸动，甚至狂跳。心脏在质问他，你在洋人那里做买办，赚着大把钞票，赚得心安理得吗？他的脑袋回复他，这没什么错。在洋行做事也是生意，生意就是生意，钞票赚得多说明你本事大。赚了钞票就可以弄自己想弄的事。这件事已经想了好多年了。把洋人的轮船买下来，再跟他们拼一把，拿钞票赚回来。

江上传来轮船汽笛的鸣叫，一艘轮船缓缓驶来，当它在浮标处掉转船头时，穆德鸿看到了桅杆上一面随风而飘的米字旗。大船就像江上漂浮的陆地城堡，它们坚硬锐利的体态和岸上越来越多的石砌高楼缱绻顾盼，构成了外滩壮实厚阔的线条和鼓胀的欲望。在它们的背后，却是晦暗阴鸷、散发着阴沟臭气的狭小弄堂，挤成一堆的仓库和杂乱无章的铺子作坊。

天色越来越暗，也越来越闷热。忽然平地刮起一阵凉风，十分舒爽。紧接着天空中划出一道闪电，江面上的风鼓胀起来，兴奋地回应着雷神的呼啸。很快，雨点像一颗颗蓄足了劲道（劲头）的豆子，砸向地面，砸向江中，砸向那些沙船。它们摇晃得更厉害了，像是褴褛伶仃的人在默默哭泣。

穆德鸿站在雨中，听凭刚硬的雨点击打自己。又是一道豁亮的闪电划过，他捏紧了拳头。

4

鸿达商轮公司老板布朗正与信正轮船公司老板约翰逊私下谈判，帮他们牵手的正是桑切斯。在桑切斯看来，太古对鸿达虎视眈眈，要避开这个最大的对手，决不能走漏一点风声。太古如果高价收购了鸿达，那么接下来就是信正。因此，面对太古这个巨头，两家除了自保，还要结成同盟。桑切斯已有独立门户的打算。与穆德鸿结识后，这个愿望更强烈了。当他听到穆德鸿那句"长江毕竟是中国人的"，心头不禁一震，酸溜溜的。震动之后又想到安德森说的华商对外资航运的大量附股，不仅轮船，码头仓栈和驳船公司也是华资占了大半。外商要利用华资发展，清政府不允许华商自购轮船，华商不得已，转而求庇护于洋商，乃是无奈之举，谁都离不开谁。但毕竟外资轮船占据长江航运大半，即便有了轮船招商局，也只是一家独大，华资还远未获得与外商轮船抗衡的实力。但他不能这样回应穆德鸿。穆德鸿在上海华商中的地位有目共睹，如果他作为穆德鸿的合伙人一起收购鸿达，再持有信正股份，今后他在长江航运的这盘棋就活了。

不过这两家公司并不买桑切斯的账，同盟更是无从谈起。鸿达已无多少竞争实力，如果能卖个好价，再好不过。信正跃跃欲试，招股扩充实力是当务之急。至于桑切斯说的那些，都与他们的考量说不到一块。这次私下谈判无功而返。不久太古经纪人找上门来说出了报价，鸿达并不满意，却已没有拒绝的胆量了，确切地说是没有退路了，只能以加入太古旗下自慰而已。

桑切斯铩羽而归，穆德鸿沮丧了一阵，反过来一想，又觉得自己对航运市场的判断还十分肤浅。可最使他头疼的是朝廷的出尔反尔。曾国藩前面刚说民间购轮船"不绳以章程，亦不强令济运"，甚至还说"以见官不禁阻之意"，然而沙船商人请求轮船承运海漕，却又被阻止。理由竟然是"置备海船，究以装货揽载为第一义，以运漕办公为第二义"。想想真是可笑。招揽乘客和海运漕粮都是生意，哪来一二之分。利之所趋是商家经商本义，购置轮船本身不就是为了把洋人在我国沿海的航海权利夺回来吗？难道我们就只能任洋人施压，然后向他们让步开禁，还给他们免税，不准自家人获利吗？这不还是"宁予友邦，不予家奴"那一套吗？他又想起来几个月前有人带给他的那封信。信里有句话让他击掌："说一千道一万，不让华商买船，就是为了官家之利。即使造船，也不让商家自己造，还是要朝廷的官厂来造。反正不能让商家抢了先。"这句话直指心魄，大胆犀利，当是明白之人。这封信没有具名，可能也是有所顾虑，但写信人一定是把自己当作同道才有此举。朝廷如此行事，不是逼着华商去捧洋人的臭脚吗？

桑切斯又来了。他已把收购鸿达的失败丢在了脑后："穆先生，不要因为这一次小小的失误担心，与信正轮船公司的合作还是大有潜力的。他们的开办资本才十五万两，我是知道你穆先生的实力的。"

穆德鸿又被桑切斯说得热血沸腾起来。他迅速盘算了一下，看着桑切斯说："不就是区区十五万两吗，我把他的公司买下来。"

"买下来？"

"对，买下来。"

"这我得去探探他们的底。"

"这样吧，我先把我的底告诉你。把他的公司买下来后，我要另办一个轮船公司，名义上还是他来当老板，我负责注入资金，然后按入股规则分成。"

桑切斯眼神怪异地看着穆德鸿："这又是打什么主意？"

"这主意怎么样啊？"

"听着不错。嗯，我知道，你们的朝廷不让你这样的大老板自己买船造船办轮船公司，所以你只能让一个洋人替你出马。是这样吗？"

"这就是现实，我无话可讲。眼下也只有这么做了。都是逼的。否则，谁会愿意这么做？"

"大清皇帝要让着洋人，你们自家人就别想这些好事了。不过这样，你我才有合作的机会嘛，亲爱的穆先生。"桑切斯哈哈大笑。

"桑切斯先生，你不要光顾着高兴，占了我们的便宜还笑话我们。等哪天皇帝醒过来了，你就哭吧。"

"也许，我是看不到这一天了，太遥远了。"

"这真是地球上的奇景，我们美丽富饶的长江里开着的轮船居然都挂着外国的旗帜。中国有句俗话叫知耻而后勇，但真不知道我们的勇究竟在哪里。"穆德鸿突然大声咳嗽起来。

"穆先生别激动，别激动。据我所知，现在不光是西方人，日本人也绞尽脑汁想挤进长江航运，竞争已经相当白热化了。"

"我也听说了。日本人见英美法诸国在长江航运上获利甚多，也企图分一杯羹，但现在它的实力还不足以与欧美抗衡，只能伺机插手。总之，外国人的眼睛都盯着中国，尤其是长江航运这块大肥肉。"

"不过穆先生，我要郑重声明，我可不是，嗯……"尽管他的中文不错，但仍在吃力地斟酌如何表达他的意思，"心怀叵测，这个意思对吗？"

穆德鸿憋不住大笑起来："是的是的。心怀叵测。要看你是不是真心与我合作了。"

桑切斯点头："对，我就是看好这个市场，来与穆先生携手合作的。"

"我也真心希望如此啊。如果这次成功的话，我还要物色有实力的中外人士担当轮船买办和经理人。我还将购置码头和仓栈。"

桑切斯像一个中国老茶客一样拿着紫砂茶壶喝茶，这一次不是品了，而是连连灌下几口，喉结上下蠕动得十分舒坦。他回味着咂着嘴："穆先生，我相信这次我们一定会如愿的。"

穆德鸿对桑切斯抱拳："那好，我就静候佳音了。"

桑切斯这次说项成功，着重强调穆德鸿的人品。在洋行买办这个圈子，几乎没有不知道穆先生的，信正老板约翰逊也不例外。当然，上一次他也听桑切斯讲过，但只是听，并没有过心。这次他听得津津有味了。桑切斯强调，穆先生的名声并非只有利益相关者认可，跟他没关系的事，双方都解不开的事调停人还是穆先生。他说句话，可以服众。别说华人，就是洋行也认他。洋行老板遇到难事，不找道台，直接找穆先生。不过穆先生也很讲规矩，不能办的坚决不办。约翰逊也听说过此事，看来不假。招股的不顺已困扰他多时，那么就相信桑切斯，把公司卖给这位信誉卓佳的穆德鸿先生，与他合作也许是一个时机。

有了这个前提，接下来的洽谈气氛就融洽多了。约翰逊觉得穆德鸿很实在，没有很多中国人的那种虚浮和客套，上来就切入正题，也不像西方人那样咄咄逼人，他似乎总给自己和对方留着后路，点到为止。这使约翰逊确认了桑切斯的话。

　　穆德鸿走出了第一步，内心其实是不甘的。既不甘朝廷阻止，又不甘不得不披上一层洋人的皮。

第四章　觊觎魔盒打开了

1

"长崎丸"进入了吴淞港。港内停泊着无数木船，岸上有一排排砖瓦结构的仓库。挑夫们正在木船和仓库之间奔忙着。轮船经过外滩的时候，黑川淳一郎以为到了西洋，然而大街上的人大都穿着颜色单一的长衫，一眼望过去，似乎分不清男女。船上有不少他的同胞，和他一样诧异的神情。黑川随着人流走下船，驻足外滩对岸的时候，觉得心胸一下子开阔起来。

他确认，上海到了。

黑川淳一郎没去过欧洲，这是他第一次出国。不过，多年的阅读经验和他的想象力使他断定，这里的西洋建筑一点也不逊于欧洲。比如他在书里就知道的这座外白渡桥。已经过了春节，但春天的气息还很远。现在他站在桥上，一只手搭在大桥钢架上，凛冬直愣愣地传递到他的手心，寒风拂面，似刀割般锋锐，似乎并不太欢迎他这个异邦来客。

黑川在桥上站了很久，心里忽然泛起家乡流传的歌谣来，他轻哼唱着。

他没有设计过自己的行程，就凭着感觉。

他也不知道要去哪里，就当是观光吧。他寒酸潦倒，感觉前路渺茫。快三十了，仍一事无成，充其量是个乡村小文人，还能指望什么呢？他想逃避乡村，逃避家庭。报纸上说，中国的上海是个天堂，很多日本人在那里生活，都不想回日本了。如果有机会去上海，那真是太刺激了。终于有一天，他借了钱，登上了"长崎丸"。听说当年伊藤博文首相也乘着一艘同名的轮船远航英国，抵达黄浦江换乘时，就被外滩的建筑震惊了。黑川想：我一定要去见识一下。令人沮丧的是，从登船开始的花销，就把他那点可怜的钱花得所剩无几了。

黑川觉得自己像游荡的魂魄一样，十几天就过去了，仍不明白究竟在寻找什么，是欲望？还是刺激？他到上海究竟干什么来了？上海，不是什么都有吗？他省吃俭用，晚上就像那些贫穷的人那样设法找到一个仓库过夜。后来他看到了越来越多的店招旗幡灯笼，看到了更多踩着木屐穿着和服的女人，难道这是在东京吗？他有点疑惑了。他在一家料理店吃面时才知道，这里叫虹口，住着很多日本人，不少老人在这里住了几十年，心满意足，似乎早就与此地融为一体了。

有这么多同胞，那我也在这里安顿下来吧。

熙华德路（今长治路）。上海的租界路名都是西洋人的名字。黑川不知道这位熙华德先生是何许人，但用作路名，一定是不同凡响了。用的是西洋人名，却是日本人的地盘。奇怪的还不止于此。明明是日本人开的旅馆，却是地道的中国名字——丰阳旅馆。都说上海是最包容的地方，无所禁忌，外来的人们也就入乡随俗了。

谷村老板对他的到来很热情，黑川羞涩地说自己没多少钱了，不知道可以在这里住几天。谷村老板很大方："你想住几天就住几天。"安顿下来的黑川觉得丰阳旅馆对他来说是一个栖身的港湾，旅馆不大，房间更小，但闹中取静，恬适安宁。早上醒来，打开窗，迎面就是摇曳的树叶，初春的阳光隐匿在树叶中柔弱地射进来，在地板上画出一道道不规则的光晕。黑川眯着眼，看得有些出神了。他想，在这里待得时间长了，真的会不想走了。

那天突如其来一场大雨，他正犹豫着要不要出门，后面一个柔和年轻的女声："先生，您是要出门吗？"啊，是他的女同胞。他这才明白自己站在这个狭小的旅馆门口堵住了人家的通道，但对方说得十分委婉。回过头来，看到一个身材修长的年轻女子。这样身材的日本女子可不多见呀。黑川把身体斜过来，有点尴尬地向她微微鞠躬："真是不好意思，我挡住了路。你请。"女子也以鞠躬还礼，迅速看了他一眼："先生要是出门的话，我们可以同行。"她示意自己有伞。"真的吗？"黑川喜出望外。女子点了点头。

这把伞不大，黑川撑着的时候往女子那边斜着，这种谦恭让女子明显捕捉到了。她问："先生是刚到上海吗？"

"是啊。你怎么知道？"

"因为我是今天刚见到你呀。"

"这么说你是很早就来了。"

"是啊。"

忽然雨就停了，黑川的伞却没放下来。女子就笑了："难道你不想雨停吗？"黑川尴尬地笑着："这雨怎么说下就下、说停就停呢？！"女子又笑了："上海的春天就是这样的，这个季节出门得常带把伞。"

"原来是这样啊。"黑川真希望这场突如其来的春雨下得时间长一些。

他们在一个十字路口分了手。

这场雨让黑川保持了一天的好心情。他想，今天出门就遇这事，会是个好兆头吗？他忽然想起来，他和这位女同胞还没有互通姓名。再一想，反正她也住丰阳旅馆，等会去问谷村老板就是了。心情虽然极好，毕竟捉襟见肘，黑川漫无目的地在街上走，完全不知道自己要做什么。回到旅馆时筋疲力尽。向谷村老板打听女同胞的事完全丢在了脑后。肚里空空，倒头便卧。这是过去几天来他打发饥饿的基本模式。但饿着肚皮也会早醒，醒过来的时候天还没亮。他想起了静冈老家的春天景象，梦游一般。

后来他趴在窗口，盯着进出旅馆的每一个人，一次次咽着汹涌的口水。两个小时过去，他希望看到的人一直没有出现，而他再次被饥饿击倒。熬到中午，黑川在旅馆隔壁小弄堂搭着的饭铺吃了一碗飘着几颗葱花的阳春面，他故意吃得很慢，让他的味蕾充分感受食物的味道，面的酱油汤让他想起了味噌汤。何不去买昆布来自己做，兴许还能垫饱肚皮。他从没做过，不知道做出来是什么味道。如此想象着，这碗阳春面被他吃得有滋有味。不过，一想到那个不知名的女子，沮丧立刻在身体里弥漫。

吃完阳春面他就去了三角地菜场，那里应有尽有，好在味噌汤做法简单，昆布、菠菜、豆腐很快就备齐。晚上他在房间里用热水瓶里的水把所有食材放在向谷村老板借来的那个粗碗里，做了他人生中的第一碗黑川味噌汤。

因为饥饿，黑川吃得很舒心。一舒心，不知名女子又在心里窜出来。那是一种难言的挠心。神秘地出现，然后神秘消失。她究竟是什么人呢？好像受到某种暗示，他打开了窗，然后趴上去，漫无目的地看，天早已黑了。人影都变得黑黝黝的。嗨，他几乎要叫出来，马上又捂上了嘴。刚从旅馆里出来的这个身影不正是她吗？他迅速做出了一个决定，跟踪她。

黑川快步出门，悄悄跟在女子身后，有着夜色的掩护，他坦然多了。他把自己想象成一个私家侦探，他正为自己的新发现深感陶醉，她跨上了一辆人力车。他快步紧赶，人力车很快淹没在夜幕中。刚做了一会儿私家侦探的黑川顿时陷入了黯淡。不过，晚上出门至少透露了她的行踪。黑川对自己说，只要盯着，总会成功的。

2

黑川淳一郎想得不错。一个月后，他就与女子在礼查饭店（今浦江饭店）一个套间里洗鸳鸯浴了。女子叫洋子，一个舞技高超的舞蹈教师。不过在黑川看来，这只是一个委婉的叫法，其实就是舞女。这并不妨碍他们的恋情。黑川以为，洋子对他是依恋的。他们共同认定鸳鸯浴是表达情爱的最佳方式。一到浴缸里，洋子就变成了一条蛇。有一次玩得忘情，黑川差点窒息了，然后他知道了这是一种难以描述的极度快感。跳舞的女人真不错啊。那两条日本女子少有的长腿夹着他并不强壮的腰，在水波中揉搓，黑川混混沌沌的，欲望和紧张纠结缠绵。洋子玩够了，把两条长腿岔开搁在浴缸两边，闭起双眼。黑川突然蹲下，双手环住洋子两腿，大叫一声，把她抱到腰间，伴着水珠，伴着两人的汗液、体毛、积垢和肥皂沫。洋子发出撕裂一般的叫喊，黑川进攻着，颤抖着，低吼着，像风格迥异的二重唱。然后他们静静地保持着这个姿势，像两条重叠的蛇。

黑川沉浸在疯狂的情欲里，志得意满。他很满意，这种状态仅仅保持了一个多月。洋子忽然消失了，有关她的一切了无痕迹。

黑川失魂落魄了，一躺下就拼命回忆洋子的体味，清香还是浓烈？她好像没有搽香水的习惯，那种令他陶醉的香味是哪来的？他整夜整夜地纠结在乱窜的气味里，有一种自虐的劲道。他感觉到体内的膨胀，急于寻找出火的方向，他就喊着洋子的名字，思绪错乱，变成一头左冲右突的野猪，直到射出愤怒的白色浆液。

洋子突然又出现了，但不是来与黑川交欢的。她带着黑川进入公共租界，四川路与汉口路交会处的一个临街小屋。门口的招牌富有诗意——瀛华广懋馆。这是一个日文称谓，却刻着中文的意象。洋子停下脚步问黑川："知道这是什么地方吗？"

黑川懵懂，摇头："看起来是日本和中国物品展览的地方吧。"

洋子笑了："黑川君的汉文水平不错嘛。"

"日文不就是从汉文来的嘛。"

"不过现在，汉文要向日文学习啦。"

"这是为什么？"

"因为日本向欧美学习比中国快了一步，不，快了好几步。中国一开始拒绝学习，现在想学了，最便捷的方法便是从日文中拿过去，就像几百年前日本从中国拿过来一样。毕竟是同文同种（中日"同文同种"是当时日本一部分人的观点，后成为日本侵略者粉饰侵略行径的理论工具）的呢。"

黑川惊讶地看着洋子："啊，洋子小姐懂得太多了，真厉害。你不是跳舞的吗？"

"我还主修过地理和历史。"

黑川自惭形秽："我只是个习惯于自己跟自己说话的人。"

"这话是什么意思？"洋子诧异。

黑川讪笑："就是写小说的而已。"

"原来是小说家啊。很了不起呢。"洋子瞪大了眼睛。

"这有什么了不起的，胡思乱想而已。"

洋子问："那除了写小说之外，黑川君对什么工作感兴趣呢？"

黑川迷茫地摇摇头："我不知道除了这种懒散的小说家生活，我还会干什么。"

其实黑川内心有点自卑。虽然他的小说颇有哲思，偶有惊人之笔，但并不畅销，因此也没多少知名度，版税可怜。在日本的报道中，眼下的大清王朝早就不是那个日本要学习的伟大的唐朝了。日本上下都认为，征服大清王朝、拯救亚洲是日本的使命。黑川常常被那些言论震得紧张，甚至心惊肉跳。他不具备强烈的征服感，而是有点怯懦的。他内敛持重，有一定的汉学熏陶，即使在小说中也不敢恣意张扬。他看着那些神采飞扬的报道，想如此沉重的使命，日本做得到吗？日本报纸又不无艳羡地说，与日本隔海相望的中国城市上海已经辟出英国人、美国人和法国人的租界，日本很多"居留民"也在一个叫虹口的地方生活着，来自

大江大船

世界五十多个国家的侨民在这里定居，租界已经进入了现代化。又以嘲弄的口吻说上海华界充斥着污秽、淫乱，毒品俯拾皆是。黑川就是在这种好奇和彷徨中坐船到了上海。船一靠岸，他立刻震惊了。他去过京都、大阪、横滨，但跟上海相比，那些城市算什么呢？他不禁再次问自己，日本真的能战胜中国吗？

从瀛华广懋馆向东，就是外滩。黑川和洋子站在这里，半年前黑川从长崎丸船舱里看到的场景再次出现，只不过更近，更真切了。夜幕渐渐低垂，暮色里竟然灯火一片。黑川侧过身问洋子："你比我来得早，那时就是这样的吗？"

"当然。夜夜如此，令人陶醉。"

"京都，或者长崎……有这样的夜景吗？"

"很快就会有的吧。不过中国只有一个上海，日本将从京都延伸到所有的大城市。"

"真的吗？"

"我以历史研究者的身份说这句话，请相信我，黑川君。"

阵阵带着咸腥的江风吹过，带来一种沁人心脾的气息。汽笛声响起来。洋子手指前方，"你看，刚才的汽笛声就是从那艘船上发出来的。那是我们的大船。"

黑川顺着洋子的手往前看，一艘巨轮缓缓驶来，洋子又说："中国有这样的大船吗？即使有，也是从英国美国买来的。而日本是自己造的。"

黑川噤声了。他深为自己羞愧，简直是愚蠢。作为一个日本人，竟然对眼前发生的一切毫无知觉，沉湎于自己小说中的世界。真是太可怜了。这位洋子小姐不是一般人哪。他又听到洋子说："黑川君，我觉得你这次来上海来对了。只要你站在黄浦江边，你就能看到更多的日本轮船。噢，还有我们身后的三井银行。"

"黄浦江天天驶过这么多轮船，都是为了生意吗？"

"那当然。上海是长江的出海口，长江航运带来的财富远远超过人们的想象。作为长江汇入东海之前的最后一条支流，黄浦江的承载量太重要了。大家都要在这里分一杯羹，英国人和美国人在这里吞食，可惜日本还没到与他们抗衡的时候。"

黑川若有所思："我们是岛国，资源贫乏，需要向外拓展。但我们吃得下这个庞大的中国吗？我们毕竟还受过他的恩惠，拥有同样的文化理念。"

"你应该知道中国有一句成语，此一时，彼一时嘛。中国的确庞大，但今天的它从内而外都已经烂掉了，完全是个空架子。难道我们还要抱着这样腐朽的老师不放吗？"

"我承认你说的都不错。"

"十年内，中日必有一战。如果日本获胜，中国就将彻底低下头颅。到时候，太阳旗将飘扬在上海的上空，更不用说航行在黄浦江上的日本轮船了。"

黑川听得脑子里辚辚作响，完全不知道怎么回应了。

淅淅沥沥下起了小雨。洋子主动靠到黑川不很结实的肩上。黑川一把搂住她，转过脸来，像鉴赏一件珍稀文物那样凝视洋子，街灯在她白皙润滑的脸上勾出一道柔美的曲线。黑川真诚地说："洋子，认识你，我非常幸福。"洋子瞬间回到羞涩的样子："我也是。有你做我的朋友，我觉得充满了乐趣。"

"我这么沉闷的一个人，会给你带来乐趣吗？"

"这不是沉闷。人们不是说，小说家会洞彻他人的内心？你会吗？"

"不，小说家只能洞彻他笔下人物的内心，与实际生活是两码事。"

两人大笑起来。黑川把洋子搂得更紧，似乎这样就可以不让她淋湿。洋子突然从黑川的臂弯中挣脱出来，在雨中翩翩起舞，她的舞姿没有因为越来越密集的雨点受到丝毫影响。黑川简直看呆了。

洋子的舞，洋溢着侵略和癫狂的气息。

3

黑川淳一郎现在的身份是大阪商船株式会社高级职员。总部对他的工作很满意。

这一次的重点将是考察上海到汉口的航线。

这次考察让黑川眼界大开，他看到了长江的汪洋恣肆，看到了江南的石桥画舫、寺庙和桑田阡陌，也看到了一个破败和千疮百孔的国度。满目荒凉，乞丐遍地。趾高气扬的外国人，颟顸的官员、卑微的百姓完全没有日本国民那样的自尊。一切都显得杂乱无章，也证实了洋子说的——中国只有一个上海这样的地方。然而即便是上海，空气中也时常弥漫着屎尿的腥臭。他常常晕船，作为一个小说家的伤感频频袭来，他怀念起故乡来。从浩渺无尽的长江，牵连起日本的岛屿和山脉……溯流而上，江水泛着令人作呕的近似铁锈的褐黄，在蓝天白云的映照下稀释了不少浑浊。江面越来越开阔，可是黑川一阵眩晕，他只能躺下，脑子里乱糟糟的，昏睡了过去。

一艘巨轮驶入吴淞江。在拥挤的沙船之间横冲直撞，躲避不及的沙船被撞得七零八落。人们拼命抓着支离破碎的船板，发出声嘶力竭的呼喊，然后倾覆江中，随即被海水迅速吞没。巨轮上的人哈哈大笑，笑声逐渐变得瘆人，如同鬼魅，巨轮的速度丝毫不减，突突向前，像一个醉酒的壮汉追逐着并不固定的目标。船头突然猛烈地震了一下，又是一震，接着是长长的鸣笛声。黑川像弹簧一样弹起来，连连大喊："触礁了吗，触礁了吗？"没人理他，有人在笑，是讥笑。有人轻轻拍着他的肩膀，是轻柔的女声："先生，你怎么啦？"黑川头上沁出一圈冷汗，晃了晃脑袋，清醒了不少。他忙站起来，对女乘务员鞠躬："啊，对不起，我刚才做梦了。""先生需要帮忙吗？"黑川再次鞠躬："不需要。非常抱歉。"

黑川完全清醒了。他想，按规定，今天晚上他应该复命了。船上已经打好了腹稿，下笔就非常顺利。扩充水陆设备、增加船舶数量，除了增加上海到汉口航线的运力，还要继续开辟营口、天津，乃至香港等沿海航线。构想源源不断倾泻在纸上。他惊讶自己驾驭这种与小说毫无关联的文字竟然也得心应手。

然后，他去了汉口最繁华地界的欢喜楼，在他的同胞经营的妓院中享受了一个女人的安抚。这是他第一次涉足风月场所。

他暗暗比较这个瘦小的中国女子与洋子的区别。结论是不如洋子。有些扫兴。不过，第二个夜晚的猎艳让他剧烈飙升的欲望攀上了新的巅峰。

大阪商船株式会社进入长江沿海和内河航运的推进速度令太古、怡和、轮船招商局猝不及防。一度稳定平和的局势再次被来自东洋的悍然闯入者打破了。对方来势汹汹，而且不把原来的操盘者放在眼里，是一副舍我其谁的架势。三家轮船公司决定携手行动，给新来的竞争者定规矩。办法还是老的，那就是订立齐价合同，统一运价。

大阪商船株式会社面对三家齐价合同同盟非但毫无惧色，反而出台了更低的运价。上海到汉口比三家低一成，汉口到宜昌低二成。货主们奔走相告，日船承运量大增。货主到手的回扣又提高了百分之五。

敢如此放手一搏，是因为大阪商船有政府雄厚的航行补助金。他们确信，钱不会白花，到了把对手逼入死角的时候，一切都会加倍回来。黑川坐在日本船千代丸上，与他的老板——日本关西最大的船东石原平交杯换盏。两人十分感慨，过去几年里，日本商船在与太古、怡和、轮船招商局的竞争中不落下风，而且占有量稳步上升，假以时日，必定会见证谁才是长江航运真正的主角。

大江大船

从船舱里看出去，一阵暴烈的西北风刮过，羊群一般的云朵分崩离析，就像此刻的大清。残阳勉力释放着落山之前最后的余晖，结果却像一道道散乱疯狂的鞭痕。黑川觉得自己像变了一个人，先前的矜持带着点忧郁的色调荡然无存，而他曾经以为这就是小说家应有的气质，他为自己沉浸在如此幼稚的认知中深感羞愧。

石原平端起清酒，对黑川说："与黑川君相识真是三生有幸，我曾经读过黑川君的小说，很喜欢你设计的情节，但总摆脱不了哀愁，这是不是日本作家特有的？"

"想不到石原君还有如此雅兴。谢谢你的赞美。我以为，大多数日本作家都有一种哀怨之感，也许是被束缚太久的情感流露吧。不过，我写完就会淡忘，再也不去想所谓的情节构思之类的东西。"

石原平喝了一大口酒："我不喜欢哀愁，那只是文人们的自哀自怨罢了。我这样说，黑川君不会生气吧。"

"不，不会。反而我非常庆幸。你看现在，我完全没有哀愁了。相比之下，我以前就像个涉世不深的孩子。"

"我非常欢迎黑川君成为大阪商船的同事。我们在长江会前途无限的。会社原来在濑户内海行驶的两艘六百吨轮船已经投入上海到汉口航线，一个月内往返六次。哈哈，黑川君，你想想，这将为我们带来多么可观的利润。"

"不过，为了压过英国和中国的对手，我们把运费压得这么低，真的还有赚头？"

"黑川君，你又哀愁了。告诉你，我们政府每年补贴商社几十万日元，商社的资本会越来越雄厚。不要多少日子，长江航线就将是我们大日本帝国的天下了。到那个时候，我们获得的利润会令人瞠目结舌。"

"那我就权且相信石原君。不过我认为，我们不要低估了对手的决心。"

"黑川君，你的小说家尾巴又露马脚了，帝国的决心可不像你的创作那么悲哀。相信我，不，相信天皇陛下的决心比对手大多了。天皇陛下为了造船倾其全力。中国当政者，那个皇太后，为了她的六十寿诞，官员们想方设法四处筹钱，期望在寿宴上用惊艳的寿礼博得欢喜，弄得百姓叫苦连天。据我所知，帝国海军很快要向中国发起挑战了。在我看来，还没打，那个皇太后已经输给我们天皇陛下了。"

"但是我听说，中国还是有人雄心勃勃，想与帝国一决高下。"

"这很正常。但即便是有这样的官员又能如何？他们处处受到掣肘。保守派还会千方百计阻止他们。不过我们倒要感谢这帮浑蛋。是不是？"

两人大笑。

石原平又说："你真正研究过我们的对手吗？英国商人财力雄厚，可政府的支持力度远不如我们。中国除了官办的轮船招商局一家，禁止民间资本染指。而他们的决策人和朝廷又是糊涂透顶。这样一比较，谁输谁赢你还拿不准吗？"

黑川认真倾听着，频频点头，两眼不禁放出贪婪的光来。

4

石原平被任命为大阪商船株式会社上海分公司董事长。黑川和洋子跟着他到处奔波，踌躇满志，在沿江港口建码头，造趸船，设仓库，运输货物批量集聚。对黑川来说，当时洋子在外滩说过的话是一种预见，石原平让他看到了现实。说的和做的都实现了。

石原平得意扬扬："马上，大阪直达汉口的航线就将开通，免去了在上海装卸货物周转的成本，运费还可以降低，这样我们就能拥有更多客户了。当然，上海依然是我们的重点，永远是。二千八百吨的大福丸将投入上海到汉口航线营运，而且，每个月将增加到十二次。"

黑川大为惊讶："二千八百吨，十二次，真是不敢想象啊。"

洋子瞥了他一眼："你是小说家，想象是你的功课啊。这都不敢想，难怪写不出畅销书来。"

黑川讪讪："所以，在洋子小姐的引导下，我改行了。我承认，现实带给我们的想象远比小说厉害呀。"

石原平禁不住击掌："黑川君说得太对了。我相信，哪一天你重新拿起笔写小说，一定会不同凡响。"

黑川连连摆手："石原君，我可不想再写小说了。如果你还看得上我这个同事的话，考虑一下让我在你这个分公司董事长手下做个小老板，就像曾经出现在我笔下的小人物一样，如此我就心满意足了。"

洋子半真半假地说："你太令我失望了。"

石原平对黑川摇摇手："黑川君过于自谦了。你怎么可能是个小人物，你是要承担大事的人。如果你真有此意，我倒是可以为你出个主意。"

洋子接茬道："说来听听。"

石原平捋着卫生胡，缓缓道来："我知道黑川君迷恋上海，洋子小姐也是吧。你们在上海先开个洋行，然后买进两艘小轮船，经营中国内河航线，便捷利高，风险又小，怎么样？"

洋子听懂了石原平的意思，问黑川："黑川君，你认为怎么样？"

黑川转过头问她："你看呢？"

洋子说："我看完全可以。"

"那就这样。不过我们的启动资本能不能获得政府补贴呢？"

石原平挥挥手："这个不用你担心。黑川君，这下要看你们的了。看看你这个昔日的小说家如何发挥想象力，经营好你的新生意。"

黑川淳一郎给洋行取名大东汇利，也没搞什么仪式，悄然开业了。

几个月后，浦东老白渡和苏州吴门桥建起了两座日商码头。第二年初，一艘小轮船投入上海到杭州、苏州的客货运输。黑川不得不服膺石原平的判断。然而好戏开锣没几天，美、英、德、法、意、俄，甚至丹麦、荷兰船商闻到了豪利的丰盛气味，纷纷涌进了中国东部沿海富庶区域的内河。黑川和洋子看着这个架势，他们只有一艘轮船，无论如何竞争不过这么多的对手，只好被迫退出。但黑川执着认为，日本政府绝不会放弃这条内河航线。他趁着这段空下来的时间暗中查访行驶于上海和杭州之间的各国商船的资本情况、运输量和竞争状况，然后形成一份分析报告，通过石原平传递到大藏省。这份翔实的报告果然引起了日本政府的重视。不久，成立川井汽船合资会社，政府给予每年三万日元的补贴。黑川拿着这份政府通告喜形于色。洋子装作神秘兮兮地问："你这份报告是据实还是虚构的？"

黑川颇为得意地回答："虚虚实实，虚即实，实即虚。"

"怎么讲？"

"帝国政府需要抢占先机，当然要迎合这样的思路。我们在这里受阻也是事实。是不是这个意思？"

洋子的眼睛显出惊喜："我似乎已经看到一个出色的航运企业家即将横空出世。"

"洋子小姐的恭维我不敢接受啊。不过，我非常愿意为此加油啊。"

黑川心情大好，以前的抑郁一扫而尽。他想他当初怎么会写起小说来呢，他的经商才能远远超过他的写作啊。

那天黑川突发奇想，自己买票，穿着一件中式便服上了川井旗下的日光丸。

从上海到汉口，几年前乘着日本邮轮进入长江的情形不可遏制地闪现了出来。当时他心绪烦乱，满怀苍凉。此时此刻，长江江面陡然开阔，一望无边。他凝神静气，内心充满亲切和喜悦。他流泪了。泪水竟然很热，在脸颊上畅快地淌着，他也不擦拭，他希望泪水把他的郁闷和失意彻底排遣出去，希望这浩渺的江水带给他运气。他回过头来的时候，发现很多人的眼光在他身上转悠，也许是讥讽，也许是嘲弄，也许……什么都不是，是他自己想多了。其实他痛恨自己这副样子，为此别人的目光里也就有了那些不清不爽的东西。

他终于可以庆幸了。确实是给他带来运气的长江啊。

川井汽船会社以新姿态重新加入竞争。三年后，资本增加到十万日元。黑川购置新船，增加班次，降低运价。客货运输量噌噌上升。金发碧眼的洋商们大眼瞪小眼，不知道自己究竟是怎么败在这个看起来抑郁和懦弱的日本人手里的。川井汽船毫无悬念地成了上海、苏州、杭州黄金三角航线的霸主，仿佛重演着二十多年前旗昌公司独占长江航运的戏码。

第五章　少年的志向

1

相隔一年生下大儿子浦冀宁和二儿子浦成栋，三年后，冯书珍再次怀孕，但疼痛出现得很突然。算算日子，离临产还有一个多月的时间。医生检查后说胎儿特别大，冯书珍难产了。偏偏浦斋航出航未归。她心里一头是肚皮里的胎儿，另一头牵着当家的。她想，会不会这次转胎了。她想起了出海前浦斋航对她打趣的话："我天天看着两个光郎头（儿子），没劲。这次如果是个小姑娘，阿拉就勿要再生了。"她倒是无所谓，两个光郎头，再添一个也不多。到医院第二天一大早，冯书珍疼痛加剧，医生说分娩征兆还未出现。她只能熬着。她在疼痛中算着浦斋航回来的时间。她也晓得，其实算不准的。船家吃饭既要靠天还要靠运气。万一碰着老天爷打个喷嚏发个脾气，就不好说了。她被疼痛弄得全身虚脱、昏昏沉沉，感觉自己一点点在往海里沉。她从来没上过船，这是船家的规矩，可是这一天她感觉破了规矩。船开出不久，一个浪头打过来，船倾覆了，她掉落海里。她在海里挣扎着，渐渐挣扎不动了，就失去了知觉。醒过来的时候发现自己躺在海滩边，像一条搁浅的大着肚皮的鱼。抬头看，暴风过后的天空像洗过的一样。太阳出来了，她就这么看着，看到被海水浸湿的衣裳都晒干了，稍微感觉生出一丝丝力气。太阳真好，为啥不早一点出来呢？侬早点出来，就不会翻船了，当家的就不会……啊，啊……她大叫起来，撕心裂肺地叫。护士来了，护士安抚着她，她吃力地睁开眼睛，紧紧抓住护士的手不放，喃喃自语："我要沉下去了，沉下去了，救救我，救救我啊……"然后她听到护士说："太太，侬做梦了。侬辣病房里，勿要紧张。"她渐渐安静下来。可是接着她又哭了，泪水像断线珠子一样成串成串溢出眼眶。当家的一定是托梦给我，他出事了，一定出事。她把护士的手抓得更紧了："侬讲，船翻了哦？船翻了哦？"护士说："呒没翻，侬是做梦，梦侪（都）是反个。"冯书珍终于止住了哭，疼痛又一阵袭来。护士疾步叫了医生来。医生检查后对护士说快了，立即做好接生准备。

　　浦斋航匆匆赶到医院待产室的时候，医生护士们正紧张地忙碌着。他在外面坐立不安，一会儿蹲下来，一会儿敲自己的脑门，一会儿又默默祈祷。门终于开了，医生出来，浦斋航疾步上前，还没问怎么样，医生先开口了："是浦先生吧，产妇出血过多……我们已经尽力了。""出血过多……辕（这）个到底哪能一回事体啊？""浦先生，我们和你一样感到遗憾，请你节哀。所幸胎儿完好，是个男孩。你很快就可以见到了。"医生的心情也不好。浦斋航想说什么，可半天没找到适当的话，他突然号啕大哭起来，人们被这个男人的哭声引了过来，然后知道了刚刚发生的一切，无不为之动容。浦斋航也不晓得自己哭了多久，直到眼泪干涸了，喉咙沙哑了。他在哭声里向妻子诉说着他和她的情愫，她为浦家留下了三个儿子却猝然离他而去，连告别的时间都没给他留下。

　　浦斋航见到了他的第三个儿子。为了记住这个诞生的时间，也为了纪念逝去的妻子，他给儿子起名辰璋。辰璋的脑袋很大，圆润饱满，一双眼睛澄澈明亮，躺在他的一双大手里，静静地看着他，却是不哭不闹。浦斋航看着小儿子，心中涌动着暖热，默默地对他说："侬姆妈为了侬，命也呒没了。侬一定要记牢啊。"

　　沙船生意一天比一天走着下坡路，浦斋航越来越感到力不从心。一晃好几年过去了。一天傍晚，浦斋航又跟儿子们讲起了家族的故事。

"浦家的基业就是从沙船开始的，现在沙船生意越来越不灵了，俪（你们）三个小囡眼睛一霎（眨）就是男子汉了，要好好想想，哪能保牢祖辈创下的产业。"

虽然不是第一次听阿爸讲，三个儿子依然听得认真。

浦斋航继续说道："当年阿爸自己买了沙船，越做越大，才有了今朝的排场。世事艰难，适者生存。俪要记牢，沙船是浦家起家的本业，啥辰光侪不好放弃。"

这时有个稚嫩的声音轻轻地说："阿爸，我长大了要自己造船。"

"哦，阿璋啊，侬小小年纪就介有志向，好啊，好啊。"浦斋航很高兴，对大儿子浦冀宁和二儿子浦成栋说，"两个阿哥看看小弟，伊想得多远啊。"

"阿爸，我要造的不是沙船，是外国大轮船。"

"外国轮船？"浦斋航不解。

"阿爸。现在黄浦江跑的英吉利、法兰西火轮交关多，沙船吭没火轮跑得快，所以我要造外国轮船。"

浦斋航摇头："阿璋啊，侬口气太大了。按时下的行情，打一条四桅沙船就要八千两银子，想想看，要多少钞票造火轮？再讲，东南漕粮还离不开沙船。现在阿拉做好沙船贩运就上上大吉了。"

两个哥哥看看小弟，嘿嘿笑了起来。浦冀宁摸了摸浦辰璋的头："小弟，等侬哪天造出外国轮船，大阿哥一定来帮侬忙。"

浦辰璋不动声色，瞪了哥哥们一眼，走了。

浦斋航望着小儿子的背影，捋了捋浓密的胡子，若有所思。

2

穿着学生装的浦辰璋从街上回来，捧回一堆书，就把自己关在屋里了。晚饭时分他才出现在餐桌上，却显得十分疲惫。大哥见小弟这样子，就说："阿璋侬介吃力，做啥事体啊？"浦辰璋看了浦冀宁一眼，叹了口气。浦冀宁忍不住了："侬小小年纪，叹啥气呢。"浦辰璋说："大阿哥，阿爸面色越来越难看，一定是为船队的事情。其实伊心里晓得，嘴巴还是不肯认输。"

"小弟呀，侬还是操心考功名的事吧。阿爸一直盯牢侬呢。"

浦辰璋断断续续地读着应考科举之书，却心不在焉，听到大哥这么说，很是烦恼："这个功名，我已经两次名落孙山了，不考也罢。"

"小弟呀，千万别泄气。阿爸就指望侬光耀浦家门楣了。船啊，生意啊，这种事体，不是侬考虑的。"

"黄浦江一眼望过去侪是外国轮船，阿拉中国船少得可怜。我每次到董家渡，心里就不适意。"

"这种事体，恐怕阿爸想了也没用。船到桥头自然直嘛。"

"照我看，阿拉的船老早（以前）就到桥头了，已经过不去了。过不去就要想办法，死撑只会耗尽自家。"

"小弟，侬讲的都有道理，要说服阿爸，不容易。船队是阿爸的命，他一定会有办法的。"

"大阿哥，侬总归和事佬。我要到法国去学造船，阿爸不讲好，也不讲不好。再这样子犹豫下去，会浪费辰光的。"

这时传来了浦斋航的脚步声。浦冀宁对浦辰璋眨眨眼，两人端坐了身体。

落脚董家渡这些年来，浦斋航带着他的船队苦心经营。连内河航运都给洋人控制了，朝廷又无能为力，生意更是难做。船东们即便使出看家本领，也难以改变惨淡的景况。浦斋航知道，阿璋是个要强的小囡，一直在苦学英文法文，为留学做准备，对科举功名没了兴趣。浦斋航并不反对学外国的造船技术，但对沙船的情感也不是说放弃就放弃的。天天看到外国轮船，眼睛里都出火。看来，真的该把阿璋送出去了。把人家的本事学到手，回来振作自己，应该是好事。他的不松口和犹豫，是在跟自己较劲，儿子这里是不能服输的。即便去，那也是自己的定夺。还要让阿璋知道，即便学了人家的技术，也不能丢了沙船。不知不觉，阿璋出落得英气逼人了。想想自己当年带着船队，脸上已满是风霜了，不到三十岁看上去倒像个中年汉子。阿璋没有海风江潮的熏烤，他的英气仍然带着难以掩饰的船家基因。这是让浦斋航颇感骄傲的。比较起来，老大阿宁心宽，老二阿栋果敢，最小的阿璋却是心重，要么不说，说出来便一句是一句，倒也承袭了自己的秉性。转眼，三个儿子长大成人了，一年前阿栋应招去了福建船政学堂学轮船驾驶。

浦斋航看了看两个儿子说："弟兄俩刚才讲得热络啊，跟阿爸讲讲？"

两兄弟看了对方一眼，都不说话。浦冀宁拿起酒壶说："阿爸，我帮侬倒酒。"

浦斋航每天都要小酌，出海的时候就在船上喝，长期与水打交道，身体寒湿，用酒驱寒就成了习惯。到了浦斋航儿子这一代，出海越来越少，喝酒也就少了。浦斋航等阿宁倒好酒，自己拿起酒壶说："来，弟兄两个陪阿爸喝一口。"

浦辰璋从橱柜里取出两个小酒杯，一个给自己，一个给大哥。浦斋航把他俩的酒杯倒满："来，阿拉爷儿子三个干一杯。"

兄弟俩不约而同："阿爸，阿拉敬侬。"两人一饮而尽。

浦斋航很满意："好。看侬平常不喝酒，喝起来也蛮爽快的，到底是船家后代啊。其实阿爸晓得，弟兄俩刚才讲的也是三句不离本行，浦家的船嘛，对不对？"

两人点头。

"既然讲到了船，阿爸要出一道题目，倷晓得上海沙船最辉煌的辰光辣啥年代？最鼎盛的辰光上海有多少沙船？"

两兄弟面面相觑。

"勿怪倷不晓得。我小辰光也不晓得，老爹脱我讲的。浦家子弟一代代侪要晓得。道光六年（1826），朝廷征用一千三百多艘上海沙船搞海运。主要是运输粮食。算下来，一艘船运输将近一千石。那时浦家先辈虽然还吭没到上海，但是伊拉从几艘船做起，每年南北往返两趟，再用积下的利润造新船，后来有了几十艘沙船，成了远近闻名的大船户。道光年间，全国一半沙船在上海，倷晓得是为啥吗？"

浦辰璋一直在倾听，这时脱口而出："上海是长江入海口，进出方便。货物来往要经过辪搭（这里），贸易一多，沙船自然就聚了一道了。"

"阿璋讲得好。"浦斋航对小儿子的回答很满意。他喝了一口酒，继续说："这就是洋人盯牢上海的道理。有了出海口，上海就有了大码头大生意。其实呢，唐朝和宋朝时候，因为连接海运和内河航运，上海已经是南北航运中心了。上海的沙船拿北方的豆类、豆饼、小麦和枣、梨运过来，又拿南方丝织品、茶叶、棉花、棉布运到北方，苏州、松江的棉花和棉布，也经过上海转销浙江、福建、广东。伊搭（那里）的糖、纸、茶、胡椒、海产又经过上海转销长江沿岸各地。所有商品中，豆类是一等一的。它可以熬油，也可以做豆饼、豆乳等，用途广泛，价廉物美。沙船的兴旺，豆类功不可没呀。沙船兴旺起来，上海也就依海而兴了。靠着沙船航运，上海越来越富裕。阿拉浦家也靠着沙船打出了自家天下。所以，倷晓得了吧，沙船对上海有多少重要。"

浦辰璋说："不过阿爸，现在沙船生意被洋人抢跑了。介许多靠沙船航运吃饭的老百姓哪能过日脚（日子）啊。"

"阿璋问得好。各口通商后，洋人的生意在阿拉码头上占十分之九。朝廷顶不牢了。同治元年（1862）对外国船开了豆禁，北方豆类让外国船运输了，沙船碰到了大麻烦，一直亏本经营。李鸿章大人也晓得，取消了外国轮船豆类运输禁令，沙船航运一日不如一日。伊一边主张救济沙船，拨（给）沙船留一条生路，一边筹措火轮运输。因为伊也晓得，单靠禁是禁不牢的。"

浦斋航喝下一大口酒，一口长气缓缓吁出。浦辰璋发现，阿爸放下酒杯的手是微微颤抖的。他也把自己的酒一口喝完。说："阿爸，现在李大人也是进退两难。船家的利益没有了，朝廷也跟着受累。老早沙船要钱庄贷款，钱庄也需要沙船这个大主顾，自从海运生意落到洋人手里，沙船呒没营生，本来两个连辣一道的伙伴就散伙了。更大的问题是，上海十几万沙船船户变成贫民，船工水手呒没了谋生手段，就有可能变成打家劫舍的强盗劫匪。我记得阿爸讲过，阿拉浦家祖辈的沙船好几趟碰着水匪，不晓得会不会有一天，阿拉船家也会被逼到去做水匪啊。"

浦冀宁瞟了弟弟一眼："哪有侬讲得介严重？"

浦斋航看着浦辰璋，觉得小儿子有见识。他瞥了瞥浦冀宁："阿宁，小弟讲得一点不错。"他又端起酒杯抿了一口，"阿璋，阿爸想明白了，科举功名不要也罢了，阿爸送侬留洋学造船，侬准备好了哦？"

浦辰璋弹簧一样从椅子上站起："阿爸，我老早准备好了。"

"好，阿爸晓得侬憋了一口气，阿爸马上筹措侬去法国留学的事体。等侬学成回来，造出中国人的船，跟洋人竞争，拿阿拉的生意再抢回来。"

"阿爸放心，阿璋一定不辜负阿爸的期望。"

3

赴法留学前，浦辰璋随浦斋航去了商船会馆。

父子俩一个中式长袍马褂，一个新式西装，款式迥异，脸色都很庄重。小时候牵着阿爸的手到这里，看着雄踞在会馆大门两边的一对石狮子，觉得好玩，又觉得这幢大房子太大了，大得漫无边际。现在，十八岁的浦辰璋站在它的门槛前，豁然体会到这种宏阔庄严和气势恢宏给他的内心震撼，一种源自心底的敬畏浸漫周身。阿爸说，去外国之前必须到商船会馆，向护佑航海的天后娘娘告个别，记住自己是船家的后代。

浦辰璋站在近二百平方米的双合式大殿里，觉得自己很渺小。浦斋航带着他向供奉在神龛里的天后走去。

浦斋航对儿子说："上海濒临东海，吆没人比阿拉船家更加晓得敬畏大海了。出海之前要祭海，造了新船下水，要在海边摆上香案祭品面向大海遥拜，祈愿出海平安，太平无事。海神娘娘就是船家和渔民的护佑神啊。船家对海神娘娘特别虔诚，在小东门附近建了天后宫供奉她。沙船进出，必去烧香祭祀。天后诞辰那天，全城百姓到街上，祭祀交关排场，灯市也闹猛，像过节一样。"

在阿爸的叙述中，浦辰璋似乎看到了船队浩荡，旌旗飒飒。靠海的人，海中觅食求生是生存的本能，明知海中险，仍然执着地向海而行，用他们的坚毅和果勇蹚出一条生路。

父子俩正向神龛中的海神娘娘行祭拜仪式，身后忽然响起一段唱词："传闻父老最魂销，雍正年间大海……潮"，戛然而止。浦辰璋回头一看，远远过来一个身着戏服的人，声音带些嘶哑，含混。浦斋航接了下去："一夜飓风雷样吼，生灵十万作凫飘。"那人身形摇摇晃晃的，不知是进入角色还是喝醉了。浦辰璋觉得戏服穿在这人身上有点怪异。这人看了浦斋航父子俩一眼，又转过身去，自顾自摇晃着重复着唱词，很投入。浦辰璋闻到了浓烈的酒味，他被这酒味牵着继续往前走，突然眼前豁亮，那是一个大殿，殿前是戏台，上方装饰着色彩艳丽的八角形漆画。空无一人的戏台，也没有一个观众，这人突然兴奋起来，一改刚才的晃悠，步履轻盈地走上戏台，不，是跳上去的，身手十分敏捷。浦辰璋快步跟上，看到这人上了戏台，他才收住了脚步。

戏台上的人咿咿呀呀唱着，身段柔软摆动，唱词循环重复，嗓音越来越嘶哑，突然一头栽倒在地。浦辰璋疾步奔到戏台上，试图把人扳过身来，又想搀扶，但显然不行，那身体绵软得像一团稀泥。浦辰璋一把抱起来，忽然警觉，是个女的。浦斋航也赶了过来，一看，啊呀，一个年轻的女老生。浦斋航把她放在浦辰璋背上，两人疾步走出会馆，叫上人力车，急匆匆往医院赶。

女老生醒来的时候是在山东路医院（仁济医院）的急诊间。见一老一小两个男人站在她面前，惶惑不安。浦斋航对浦辰璋说："好了，伊醒了，不要紧了。"浦辰璋吐出一口气，对父亲说："阿爸，阿拉走吧。"浦斋航估计这女小囡十三四岁样子，对她说："妹妹（上海本地对姑娘的称呼），侬等医生来，阿拉走了哦，侬还有啥事体哦？"

女老生脸微红着说："我是哪能啦，哪能会到医院里来的？"她的发音和唱戏时的女老生判若两人，还带着沙哑。

"妹妹，侬在商船会馆昏倒了，阿拉送侬过来的。"

"商船会馆，我一点不记得了。"

"妹妹，侬叫啥名字？"

"噢，我叫香菱。"

"香菱，侬是唱戏的女老生？"

"我，自家学的。"

"自家学的？"浦辰璋好奇。

"嗯。"香菱转向浦斋航，"老伯伯，俹到商船会馆听戏啊？"

浦斋航一愣，又笑了："是呀，阿拉听侬的戏呀。"

"我真的唱戏了？我唱了点啥？"香菱的脸越来越红，十分局促。

"啊，就是《竹枝词》改编的'传闻父老最魂销，雍正年间大海潮'，我也会唱两句。哎，香菱，侬为啥老是唱这几句呢？"

沉默了一会儿，香菱说："因为我阿爸也唱这几句。"

"侬阿爸是？"

"我阿爸是船工。"

浦斋航和浦辰璋对视了一下，心里不由得一震。

"这段日子，阿爸老是吃得醉醺醺的，像个老酒鬼。伊讲不灌醉就浑身难过，好像一天到夜只有只手挠伊的心，整夜困不着觉。我看伊难过，就陪伊一道吃。后来看伊刹不牢，我就不让他再吃。阿爸就跟我吵。我拿酒一口气吃光，就出了门，也不晓得哪能到了商船会馆。啊呀。不好，我阿爸呢？伊呒没跟我来呀？"

香菱要起身下床，立刻又倒在床上。她还是一点都没力气。

浦辰璋走到香菱身边："侬阿爸叫啥？住啥地方？我去帮侬寻。"

香菱闷着头，冷汗从额头上沁出："我阿爸叫杜阿四，阿拉屋里就辣董家渡附近。"

浦斋航摸摸她的额头："香菱，看侬汗也急出来了。勿要急啊，阿拉帮侬去寻侬阿爸。"

香菱想说谢谢，但一直气咻咻的。浦辰璋疾已步走出了病房。

董家渡是浦斋航父子俩再熟悉不过的地方，至于船工，浦斋航了如指掌，没听说过叫杜阿四的。他们到处打听，也没人认识。

浦辰璋对父亲说："难道是香菱瞎讲？"浦斋航说："估计不会，但杜阿四是不是真名，就讲不清了。哎，就是苦了香菱这个妹妹。阿拉寻了大半天寻不到，香菱恐怕也寻不到了，接下来伊哪能办呢？"

浦辰璋眼前又浮现出香菱在戏台上的样子。他想，如果她真是个唱戏的，倒也可以养活自己了。

4

浦辰璋还有一桩心事。

一个清朗的早晨，他单独一人去给姆妈上坟。不跟阿爸说了。阿爸去一趟，就要难过几天，人就像瘫了一样。

从小到大，浦辰璋无数次问过两个哥哥姆妈啥样子。他们描述姆妈说话的样子，走路的样子，笑的样子，训斥他们的样子。但姆妈还是想象中的姆妈。问阿爸，阿爸总是讲了几句就岔开，结局好像是一个他不能晓得的秘密。他想，阿爸有阿爸的道理，他也鉴貌辨色，砂锅的底就不打破了。他对着姆妈的墓碑默默地讲，姆妈，侬生我出来，又不让我看见侬，侬晓得我心里有多少想侬啊。我十八岁了，阿爸讲我是男子汉了，要去闯世界了。姆妈侬会保佑我哦？

几天后的中午，浦斋航和浦冀宁把浦辰璋送到汇川码头。初春的上海，乍暖还寒，午时的阳光并不浓烈。城市仍被凛冽包裹着，敦实的钢筋混凝土码头和沿岸建筑都是一式一样（一模一样）的坚硬线条，与缓缓拂来的江风形成冷峻的交会。

半个小时后，他将在这里登上去法国的邮轮。离别之际，浦辰璋实在憋不住，对父亲说："阿爸，我昨天去看过姆妈了。"这是阿爸最不愿触及的，他要出远门，这一刻再也憋不住了。浦斋航一愣，又很快说："噢，应该脱侬姆妈讲一声。""阿爸，姆妈到底哪能走个（的）？"浦斋航一下子垂下了头，强忍着泪水，把浦辰璋揽过去，摸着他的头："阿璋，侬只要记牢，侬姆妈是个好姆妈，伊会保佑侬一辈子。"浦辰璋在父亲的抚摸下使劲点着头："阿爸,我一定记牢。"

一边浦冀宁眼睛已经红了。浦辰璋硬屏着,不让眼泪掉下来。浦斋航说："阿璋,想哭就哭出来吧,好过点。"但浦辰璋就是屏着。浦斋航从没把冯书珍难产大出血去世的真相告诉过三个儿子,大出血三个字一定会把他们吓到。尤其对阿璋,更怕给他带来负担和不安。本来想等到他们大一点再说,但是岁月流逝,他却越来越不敢触碰。也许只能烂在心里了。随着儿子们长大,这个疑问变得清晰起来。姆妈究竟哪能走的,成了他们的一块心病。他们也都知道,这个问题对阿爸来说触心触肺,他们也不敢随便提。

顿了顿,浦辰璋又问:"阿爸,二阿哥什么时候回来?"

"阿栋一个多月没来信了。前一阵说,在马尾结束训练后就要决定选拔去英国的名额了,也不晓得他是选上还是没选上。反正都是开船,为国家效力。阿栋胆子大,身体好,人又活络,阿爸放心。阿璋,侬是浦家第一个出洋留学的,刚刚十六,按古代讲法,还呒没弱冠,一个人去外国,侬要照顾好自家,让阿爸跟两个阿哥放心。"

"古人不到弱冠,也出外闯荡了。阿爸放心,我一定要拿造船技术学回来,早点造出阿拉中国自己的机器轮船。"

浦斋航双手按在浦辰璋肩上,动情地说:"好小囡,阿爸等侬回来。"

浦冀宁一把抱住浦辰璋:"小弟,侬有出息,大阿哥沾侬光。"

浦辰璋说:"大阿哥,侬哪能哭啦?"

浦冀宁揉揉眼睛:"大阿哥呒没出息,动不动就落眼泪。等阿栋回来,侬造船,阿栋开船,我帮衬。"

浦辰璋拼命点头,两兄弟紧紧抱在一起。

浦辰璋登上了鸣响了汽笛的法商邮轮。踏上甲板的那个时刻,他感觉心脏像被深深撕扯了一下。

邮轮启动了。黄浦江沿岸尽是挂着各种外国旗的轮船。浦辰璋想，有朝一日，我一定要让黄浦江上跑的都是中国人造的轮船。这天晚上，他彻夜难眠了。他来到甲板，舒展胸中的郁闷。连着两个夜晚，他都是这样度过的。他似乎看见了姆妈。一会儿她是董家渡天主堂拱顶的圣母，一会儿又变成了商船会馆里的天后娘娘。姆妈跟他讲了很多话，他乖顺而幸福地听着。后来姆妈忽然不见了，他大叫姆妈，姆妈……听到了很响的回声，噢，是汽笛的声音。他醒了。他不知道是怎么被困意击倒的。一摸脸，嘴角里渗入咸涩味，泪水把面孔全浸湿了。

大江大船

第六章　以德报怨

1

浦斋航正在经历更大的困厄。尽管他安抚船工，日夜奔波，仍不能保他的船队太平无事。浦冀宁也跟着阿爸奔忙，焦头烂额。在浦家船队兴旺的岁月，他作为长子，被浦斋航和冯书珍呵护备至，养成了无忧无虑、温良谦和的个性，却也缺乏闯劲。既不像二弟吃得起苦，也不如三弟棱角鲜明、心存大志，他这个当大哥的反而是享福的角色。眼下世事如此，却只有他在阿爸身边，算是尝到了世道艰辛的味道。维持生计的营生越来越少，开始有船户要求向浦斋航清账。其实浦斋航晓得，这一天终究要来的。船队是你掌的舵，危难关头应该有个说法。船队经营很多是靠着钱庄的贷款，船队接不到生意，钱庄就不会轻易放贷。浦斋航不得已动用了老本，才勉强扛过去。沙船的运输量捉襟见肘，朝廷也不想断了他们的活路，但在外国轮船的压制下，还能撑几天呢？

浦家门口每天络绎不绝，都是来要账的船户。浦冀宁打着算盘，清核着船户账目，才晓得这笔开支如何巨大。阿爸关照过，不管人家怎么说，都不能跟爷叔伯伯发脾气，毕竟人家帮过阿拉。所幸浦冀宁天生好脾气，尽管他心里很不好受。

晚上，核了一天账的浦冀宁头昏脑胀的，家里帮佣的刚把饭菜摆上桌，他一点食欲都没有，头一歪，趴在桌上就打起了深沉的呼噜。浦斋航看着熟睡的大儿子，心里不是滋味。他也懒得动筷子，就在一边坐着，脑子一片混沌。用人轻轻走过来，压着嗓子问："阿宁是不是不舒服？"浦斋航挥挥手，示意别去打扰他。

也不晓得过了多长时间，浦冀宁伸了个懒腰坐了起来，才觉得肚皮咕咕叫了。再一看，阿爸坐在一边似乎也困着了。他小心翼翼地拿起一个碗，盛了饭，随便搛了点菜，轻手轻脚拿着碗要往灶披间（厨房）去吃，忽然听到阿爸说："阿宁啊，侬醒啦？"浦冀宁停下脚步，转身说："阿爸，侬也困着啦？"浦斋航说："想困，又困不着。阿宁，先吃饭。"两人吃着，浦冀宁突然想起什么，刚要开口，浦斋航对他做了个手势，吃完饭再说。浦冀宁又把话噎了回去，加快了吃饭的速度。吃完，他把碗一放，问阿爸："老酒还吃哦？"果然浦斋航点点头，浦冀宁把酒和酒杯拿过来，给阿爸倒酒。

　　浦斋航说："侬也吃点？"

　　浦冀宁摇摇头。

　　浦斋航说："侬想讲啥？"

　　浦冀宁摇了摇头："呒啥，阿爸侬吃老酒。"

　　浦斋航喝了一口酒，说："阿爸晓得侬要问啥，阿爸是怕侬吃饭不定心。侬是想问，阿拉还撑得下去哦？"

　　浦冀宁点点头。

　　"侬也跟阿爸忙了好几天了，脱侬讲实话，阿爸也不晓得撑得下去撑不下去。反正不管哪能，总归要撑到撑不下去的一天。"

　　"假使撑不下去，阿拉自家恐怕也要到马路上去讨饭了。"

　　"阿宁，侬晓得过日脚不容易了吧。沙船兴旺的日脚过去了，说倒就倒。不过，每天看到这些船烂下去，阿爸不甘心啊。侬讲，浦家船队真的要败在我手里了吗？"

　　"阿爸，不会。天无绝人之路，总归会有办法的。"

　　"讲得是啊。当初我带了二十七条船出来，剩了十条。这些年辛辛苦苦，总算又赚回来不少。想东山再起了，又来了外国轮船。看来老天爷也不关照阿拉了。"

　　"朝廷现在也挡不牢外国轮船，阿拉虽然不运漕粮了，民间还有另外的客货，内河航运生意不会讲呒没就呒没的。"

"内河倒是还有点生意，不过盗匪嚣张，沙船是伊拉眼睛里的大肥肉、软柿子。要担多少风险啊。"

"阿爸，只要有生意做，我跟侬一道，上阵父子兵嘛。"浦冀宁突然豪放起来。浦斋航笑了："阿宁，阿爸小看侬了。"

浦冀宁讪笑着："阿爸，阿栋阿璋胆子大，不是侪不辣屋里嘛，我总归要帮衬阿爸。"

"好啊，阿宁，阿爸晓得侬这份心。"他想，阿宁有这份心，可毕竟天性软弱，一旦遇事，怕他撑不住。

浦冀宁晓得，这日子实在太难熬了。他手里的算盘珠子，就是浦家的家底啊。看看阿爸，还是一副稳坐钓鱼台的样子。阿爸心里也急，但不会让别人看出来，可他学不会。

那天父子俩说到很晚。浦冀宁正准备洗漱，听到敲门声，他迟疑了一下，这么晚了，是谁呢。这些日子最揪心的就是船户找上门清账。浦斋航说："阿宁，开门去。"很笃定。

浦冀宁打开门，门外却是一片静谧。他探出头去看了看，才有个男人移步过来，怯怯地问："这里是浦老板家吗？"

浦冀宁懵懂，用自己认为的官话反问："侬是谁？"

"哦，应该叫浦先生吧。"浦冀宁看到黑暗中的那张脸带着谦恭，身形敦实。他说的话浦冀宁听得很费力，正思忖着，背后响起了浦斋航的声音："进来吧。"

浦冀宁把门打开，男人微微侧身进门，向浦斋航抱拳。

浦斋航还礼。问道："这位兄弟怎么称呼？"浦冀宁没想到阿爸的官话比他好。

男人轻声说："我叫杜阿四。"

浦斋航一激灵，原来找了多时的杜阿四竟然自己寻上了门，这口音好熟悉啊，就问："这位兄弟是福建人吧？"

男人嘿嘿笑着："是啊是啊，浦先生听出来了。"

浦斋航也爽快地笑了："我这里的沙船兄弟有很多福建人。"

"我这段时间一直在外面，回来后听说浦先生在找我，所以就登门拜访来了。"

"是吗？杜兄弟怎么找到我的？"

"啊呀，董家渡的浦先生，啥人不晓得啦，我一开口就找到了。浦先生叫我阿四好啦，大家都这么叫我。"

"阿四兄弟，两个多月前，我和我小儿子在商船会馆遇到一个唱戏的姑娘，还扮着女老生，不晓得为什么突然晕倒了，我们送她去了仁济医院。醒过来后她说她叫香菱，她爹叫杜阿四，原来就是你啊。"

"那天她先跟我一起喝酒，后来又不让我喝，我喝得稀里糊涂的，不知道她啥时候走的。浦先生说她晕倒了，后来她怎么样了？"

"后来嘛，应该没啥事了。她跟我们说你天天喝酒，她说怕你喝死，不让你喝。你不理她，她才走的嘛。你看，这小姑娘多好，你把她放跑啦。后悔吧？"

"是啊，我也在找她呢。前几天有人带信说浦先生在找我。我就想，浦先生是董家渡大名鼎鼎的人物，与我素不相识，找我会不会是香菱有下落啦，所以就大着胆子来敲你家的门了。亏得浦先生出手相救，我先代她谢谢你啦。"杜阿四要向浦斋航鞠躬。

浦斋航一把拉住他："阿四兄弟，不必客气。救人一命，积德行善嘛。我当时寻你，是想叫你到医院去把香菱接回去，但一直没你的音信。她当时跟我们说要找你，心里很急的。她没去找你啊？"

杜阿四后悔地低下头："没有啊。否则我今天就不会来找浦先生了。"

"阿四兄弟，我在这里也有二十多年了，船户船工没有不熟的，怎么人家都不晓得你呢？"

"不瞒浦先生，我是个流浪之人，从没正经在一个地方待过一年以上的。我这个杜阿四的名字也是人家随便叫出来的。我很小的时候爹娘都没了，除了知道姓杜，连名字都没有。到处讨饭，吃一口算一口。"

"那你现在干什么营生呢？"

"我最早在沙船上做船工，有段时间还干过水匪，与你们作对。说出来不好意思啦。现在我在外国轮船上做水手，也蛮自在。"

"你是说外国轮船？"

"是啊，外国轮船。"

"那你还是帮着外国人跟沙船抢生意嘛。"

"不是的浦先生，怪我没讲清楚。轮船是外国的，但船东是中国人，我们的轮船不做运输，我们是护送沙船做生意。"

浦斋航脑子转了转，还是不太明白："你们是帮衬沙船做生意？"

"嗯，也可以这样讲。水匪要打沙船的主意，我们保护沙船做生意，不让水匪得手。"

杜阿四告诉浦斋航，宁波那边有一艘从外国买来的宝顺轮特别厉害，六十多艘水匪帆船都败在它的手里。听说上海也有商家买了外国轮船做沙船的护航生意。浦斋航还是第一次听说这事，心里就转开了。如果与他们合作，说不定也是一条路。他问杜阿四："那你们的轮船在哪里？"

"我们的轮船是巡航的，不固定码头，有船叫我们护航，我们就跟着船走。"

"那你们抓了多少水匪？"

"我们看到水匪船，首先就炮击，要么击沉，要么击毁。击沉了，水匪就与船一起葬身海底了；击毁的，算他们运气好，还有可能逃生。但老板要水手除恶务尽，向岸上逃窜的水匪也不放过，抓到后都杀掉。这样才能打掉水匪的气焰。"

浦冀宁虽然对杜阿四的话半懂不懂，但杜阿四讲"杀掉"的时候还做着砍头的手势，让他瞪大了眼睛，禁不住发出"啧啧"的声音。杜阿四笑了："这位是浦先生的公子吧，看上去有点妇人之仁啊。"

浦斋航也笑了："阿四兄弟眼光真毒啊。不过，你这番话让我们船家很过瘾啊，什么时候带我去见识见识。"

"一定的一定的。浦先生有用得着的地方，就来找我。你救过香菱的命，我们是一家人啦。"

"哎，不晓得她现在怎么样了，真有点担心。"

"其实也不要紧啦，小姑娘从小跟着我东奔西跑的，胆子就练出来了。我倒是担心她胆子太大了会闯祸。"

浦斋航顺手拿起没喝完的酒："阿四兄弟，我们哥俩因为香菱而结识，也是缘分。缘分到了，就啥都有了。这酒今天还没喝完，你我一起干了。"他把酒倒在两个小酒杯里。

杜阿四端起小酒杯："浦先生，那我就不客气啦。"

两人一饮而尽。

2

几天后，杜阿四带着浦斋航和浦冀宁登上了这艘天坤轮。浦斋航眼睛豁然一亮，这艘船前后都装有红衣大炮，水手们握着火枪。水匪船也有些武器装备，与它一比，完全处在下风。浦斋航在外闯荡见多识广，觉得这已不是商船，而是一艘兵船，水手也与水兵无异了。他们一个个精悍黝黑，说着难懂的福建话和广东话，一眼看出都是训练有素的好手。有这样的船护航，没什么可担心的了。浦斋航很满意，就跟船长商谈。船长也闻得浦斋航大名，愿意与他合作。两人谈妥了护航费用等一应事宜后，商定了出发的日程。

浦斋航决定先出十条船运输桐油，浦冀宁很兴奋，要求与阿爸一起出航。浦斋航却让他守家。眼下只有他们爷俩，一起出航，万一家里有啥事，没人应付也不行。浦冀宁有点失望，阿爸说，以后有你出航的辰光。在天坤轮的护卫下，一路上风平浪静。这一趟跑下来，就多出了一笔护航费，物有所值。只要把货送到目的地，别的就无须操什么心了。毕竟总比沙船烂掉强吧。

夏末的一天，浦斋航挑了一趟货物较少的运输让浦冀宁跑。浦斋航告诉他已经关照过船工们了，大家都会尽力的，有事多商量。浦冀宁兴高采烈。

偏偏就有事了。

那天下午出航两个多小时后，突然天色晦暗，乌云层层翻卷，在空中摆开了汹涌的气势，后浪追着前浪。一场夏季海上风暴即将开演。可是船所在的位置四面不靠，无可躲避。沙船御风能力有限，何况还装着货物，只有减速慢行。浦冀宁有点担心了，阿爸好不容易答应让我出航，就遇到了这天气，这是老天爷故意要给我难堪吗？

暴雨说来就来，雨点如斗。覆盖货物的雨布刚铺上去就被大风掀下来，如此往复，销蚀着浦冀宁和船工们的信心。货被淋湿，价钱就要打折扣，打了折扣，利润要受影响，再加上护航费，可能这一次还要蚀本。只能听天由命了。浦冀宁计算这些事情的时候，远处悄然出现了几条小船，正向他们靠近。是什么船，也是跟阿拉一样碰着这个触霉头天气的？不像啊，这些船吃水不深，不像载货的，浦冀宁脑子里突然蹿出一个冷飕飕的词，水匪？把自己惊得连连打了几个寒战。大热天里的寒战。不过他很快镇静了，有天坤轮护航，吓（怕）点啥。

果然是水匪。

浦冀宁的沙船上一下子冒出来很多不认识的人，他们浑身湿淋淋的，有人打着响亮的喷嚏，有人抖着身体，他们开始拿船上的东西，见什么拿什么。浦冀宁阻止的大喊声很快淹没在一阵紧过一阵的风暴里。天坤轮渐渐靠近。浦冀宁继续大声喊着，并向天坤轮打着手势。这时从他背后出现一只手，把他的嘴捂住了。带着腥味和汗酸的气味顷刻充溢了浦冀宁的口腔，这只手粗厚，指间的老茧紧贴着他的嘴唇。他挣扎着，那人另一只手牢牢地钳住了他的胳膊。眼梢的余光中，几个船工也被推搡着往船舱走。

护航船上的水手接连跳到沙船上，但不敢开枪。船工和水匪混在一起，水匪还把船工挡在前面，容易误伤。突然响起了尖厉的呼啸，一声脆响，有人朝天开了枪。

"各位水手，都给我听好了，保护船主和货物。"这声音不高，沉稳，像压在船舱里的一块石头。是天坤轮船长。

沙船上立刻出现了骚动，一会儿出现了接二连三的落水声。

"给我打，谁往水里跳就打谁。"

话音刚落，一阵枪响后，水里泛起几具尸体。有的卧着，有的仰着。

船上极其安静。

"抢船的都给我听好了，知道暴雨天出手是你们的计谋，也知道你们的水性好，可我们手里的枪和船上的炮也不是吃素的。"

船舱里，拽着浦冀宁的那个水匪蒙上了脸，只露出一双眼睛。浦冀宁发觉对方人不高，很结实。他正在搜浦冀宁的身，浦冀宁看到他肩上的三角肌像灵活的老鼠在那里窜动。接着听到他闷闷地说："老大，把票子拿出来，我就放过你。"

浦冀宁听得出，这人讲起话来刻意压着嗓子，还竭力嚼着北方口音，却又不像。

"沙船好久都没生意了，哪来的票子。"

"别以为我不知道，你们最近又赚了好几笔。"

"既然你消息那么灵通，也晓得我们还欠着钱庄好多贷款

　　　　　　　大江大船

的吧。"

"哼，老大耍滑头啦，阿拉晓得的，否则不来寻侬了。"突然冒出了上海话，不伦不类的腔调逗得浦冀宁哭笑不得。

"侬就搜，搜到算侬的。搜不到，侬也不要自寻麻烦。听到外头枪声了哦？"

"不要吓我，阿拉寻这个生活也是为了吃口饭。我等了好几天啦，才等到今天，碰到侬，算阿拉有缘分。"上海话讲得疙疙瘩瘩，浦冀宁听得汗毛直竖，他竭力使自己镇定，回应道："既然是缘分，我劝侬还是快点走，等一歇外头搜进来，侬就走不脱了。人家手里有枪。"

蒙面人语速加快："反正走不掉了，我就拿你当人质。他们不放过我，我只好拉你垫背。"

"哗啦"，门被推开了。

蒙脸人迅速把浦冀宁的脖子卡成一个坚固的三角，叫道："谁都别动。"

船长哈哈一笑："上一次被你侥幸逃脱，今天落到我手里，没话说了吧。"

蒙脸人沉默着。

船长向他走近："识相点，我就放你一马，如果执迷不悟，就别怪我手辣。"

"你本来就手辣，谁不晓得你呀。江湖上都说你是大魔头。"

"说对了，我就是你们水匪的大魔头。没我这个大魔头，人家沙船可要遭殃了。你算计得不错，专挑这种日子。你以为仗着你们的水性可以随心所欲，也好不过我手里的家伙吧。"船长又朝天鸣了一枪，子弹朝船舱外飞去。

浦冀宁感到卡着他脖子的手明显抖动了一下，然后卡得更紧了。他感觉透不过气来，竭力扭动着身体。蒙脸人说："别动，再动就更紧。"他对一步步靠近的船长说："你也别动，再动我就撕票了。"

"哼，我看你敢。自己的小命也不要了？"

"他娘的，我们这种命从来不值钱，天天绑在裤腰带上，不晓得哪天就没了，让这个老大陪我也算我的福分。"

"给你机会，你倒是耍起横来了，信不信老子一枪崩掉你。来呀，谁给我打掉这个家伙，我给他加一倍赏金。"

浦冀宁卡着喉咙含糊不清地叫着，又是用手比画。船长做了个暂缓的手势。

蒙脸人贴着浦冀宁的耳朵问："你要干啥？"

"我想再给你个机会，你只要投降，他们不会杀你的。"

"哼，我才不会相信这个魔头。"

"我跟侬讲过了，我没有铜钿，侬搭杀（掐死）我也呒没用。"

暴雨渐渐趋缓，海面上平静下来。船长掉过头，发出一道命令："把水匪船给我击沉。"

十分钟后，天坤轮上炮管里射出的炮弹准确无误地飞向几艘水匪船，一串串火球在海面上跃起，瞬间又遁入海中灰飞烟灭。蒙脸人突然号啕起来，浦冀宁感觉他的手剧烈颤抖。就在这时，一颗子弹从蒙脸人的左脸飞速而过，一声惨叫，他的左耳被削去了一块，鲜血淋漓。

浦冀宁头颈一松，低头一看，蒙脸人软软地倒在他的脚下。

船长立刻过来询问："浦先生没事吧。"

浦冀宁转了转被卡得红肿的头颈："还好，没大碍。"

船长又问："这一枪谁开的？"

一个粗粝的声音说："是我。"

"你叫啥？"

"我叫杜阿四。我看这家伙发狠要掐死浦大公子，所以就开了枪。可惜打偏了，我本来是想打他头的。"

大江大船

船长赞许：“好，我说过，要奖励你一倍赏金。”

浦冀宁定睛看向杜阿四，真的是他。

蒙脸人忽然把浦冀宁的脚紧紧抱住。浦冀宁问：“哎，侬做啥？”

杜阿四说：“干脆做了他。”

脚下的声音很微弱，但清晰：“侬真是浦大公子啊？”

“是我，我叫浦冀宁。”

“浦大公子，那浦斋航是不是侬爷？”

“你认得我阿爸？”

蒙脸人突然决绝地说：“浦大公子，既然都清楚了，你要杀我，我没啥好说。只求你给浦老大带句话，我敬重他是条汉子。”

浦冀宁蹲下去，看着这张淌着鲜血的脸，脸上布满刀割一样的纹路，很难看出真实年龄，莫非就是当年阿爸带着船队从老家出来遇到的那个？那时年幼的自己跟着姆妈躲在船舱，什么都不知道。眼下我化险为夷，这人也受了伤，再杀死他于心不忍，可也不能放虎归山，否则养痈成患，他还会出来兴风作浪。既然他认识阿爸，那就带他回去，看阿爸怎么说。想到这里他说：“我不会杀你，但也不会让你再干这营生。跟我走吧。”

“跟你走？”蒙脸人一个翻身站了起来。

“见我阿爸去。我不带话，你自己跟他讲。”

船长踢了蒙脸人一脚：“今天要不是看在浦大公子面子上，你这条小命就在海里喂鱼了，那几条破船就算代你受过吧。”

这趟船跑下来，浦冀宁领教了生死攸关的惊险。

迈进家门的时候，浦斋航正一如既往地喝酒。见大儿子回来，向他招招手，示意他一起喝。

浦冀宁一屁股坐下，自己拿起酒壶倒满一杯，然后一口灌下。浦斋航说：“不晓得侬今朝回来，还顺利吗？”

“阿爸，一句闲话讲不清爽。”

"哪能啦？"

"阿爸，我第一次出航就出事体，真是碰着赤佬（鬼）了。"

"出啥事体？"浦斋航完全不惊，嚼着一粒花生。

"还有啥事体，碰着水匪了。"

"不是有天坤轮护航吗？"

"还好有，否则今朝不会跟阿爸坐辣一道吃老酒了。"

浦斋航这才抬起头来："哦，侬哪能啦？"

浦冀宁摸摸自己的头颈，把衣服拉下来一点："阿爸侬看，差点让这只（上海话中量词"只"广泛用于许多事物，用于人时含调侃意味）赤佬搭杀。"

浦斋航看了看："啊呀，真的碰着了。怪阿爸不好。"

"哪能怪阿爸呢。船到海上两个多时辰，突然变天了，想不到水匪老早就等着了。"浦冀宁又给自己倒了一杯酒。

浦斋航笑了："看来侬这趟出去碰着水匪，酒量倒是长进了。"

"阿爸，跟侬从青浦出来碰着水匪比差远了，还有护航的，我倒是呒没哪能担心。"

"是啊，讲起来呢，阿拉船家靠水吃水，碰到水匪也是家常便饭，不过还是要靠人家护航。等将来自家有了轮船，就好啦。"

"阿爸，我还带回来一个人，侬猜猜看是啥人？"

"啥人啊？"

"就是搭我头颈的。伊讲认得侬。"

"认得我？"浦斋航把酒杯蹾了一下。

"是不是上次抢阿拉永信号的那个？"

"是伊啊？我倒是要看一看。这家伙还辣做这营生。"

几个船工在浦家院落里的一个小木工房里看着带回来的水匪。他被反绑着，低着头，却轻声打着鼾。

浦斋航和浦冀宁过来的时候，守着的人想弄醒他，被浦斋航

大江大船

拦住了。有个眼尖的放下一把小凳子让浦斋航坐。浦斋航坐下，静静等着。

浦冀宁抬头，月朗星稀，小院落里洒下清辉一道。这些日子里，他一直跟着阿爸忙碌，这一次出航又遭遇惊魂一幕，眼下这个场景让他倍感恬适，似乎勾起了童年玩耍的肆意和无忧。再看月光之下，阿爸神态安然清逸，簇簇白发依然硬扎（硬而坚实），刀凿一般的皱纹里全是岁月沧桑。阿爸为这个家、为船队这个大家操着多少心啊。

远处传来打更声，二更了。

小木工房里传出一个响亮的呵欠声，也许是被打更声惊醒的。

守在门口的对他说："嗨，醒啦。"

含糊的一声应答："醒了。"

守门人走到浦斋航旁边："浦先生，他醒了。"

小木工房里传出一阵窸窸窣窣的响声。浦斋航刚走到门口，里面那人"扑通"一声两膝着地，嘴里说道："浦先生，小的向您请罪了。"

浦斋航忙将他扶起："哎，有话好说，不用这样，我也不习惯。"

那人抬起头，浦斋航一看，两人目光电光石火一般，浦斋航十分惊讶："真的是你？"

"不瞒浦先生，就是小的。我在船上……听到有人叫大公子浦先生，就晓得一定是你家的船了。"

"当年，你抢了我这么多船，怎么还没让你歇手？"

"浦先生，那次抢了你的船队，我歇手了好几年，但是扛不住坐吃山空啊。我也不会别的，手下还有一大帮兄弟，我也是没办法啊。"

"哼，这种自欺欺人的说道，见鬼去吧。说来说去，就是不想走正道。"

"浦先生教训得是。从小就干上这个，干一票算一票，就是想从别人嘴里夺食。"

"其实你心里都明白，就是骨子里邪性不改。"

"浦先生，我曾发过誓，绝不再劫你家的船。我也听说现在有护航船，但我不能看着弟兄们都饿死，不如冒险一搏。哪想到又碰上你家的船了。既然如此，也是天命，我认栽。随浦先生处置，我毫无怨言。"

"你想让我怎么处置你？"

沉默。如同死寂。

浦斋航让浦冀宁把小木工房打开，松开水匪反绑着的双手，让他出来。水匪依然低着头，浦斋航让他抬起头来，水匪的目光是坦诚的。浦斋航说："记得当时你跟我说，有缘还会相见。我当然是不愿再见你的，可此时此刻又相见了，看来你我还真是有缘。水匪是船家的敌人，你们靠着船家过日子，这是作孽的勾当啊。"

"饿死是死，吃撑也是死。浦先生处死我吧，反正总得死。"

"为什么不想想做点好的呢？真是亏了你这一身健壮的骨架啊。"

又是一阵沉默后，水匪说："习性难改。除了这个，想不出还能干什么。"

浦斋航沉思着说："你要跟我说的话也说了，我要跟你说的就一句，别再干这勾当了。你只要答应我，我就放你走。"

水匪不动，过了一会儿，忽然再次跪下，发出的声音瓮声瓮气："浦先生，您大人大量，小人愧不如死。小的斗胆，从今往后跟着浦先生干，肯否收留？"

这下轮到浦斋航难堪了。他想起了老爹说的那段往事。老爹说，收留一个水匪，就让船家少了个冤家。罢了，收下他吧。

"我说过，船家和水匪是敌人，或者说，船家吃了水匪不少

大江大船

的亏，水匪岂能甘心为船家办事。不过，规矩是人定的，也是人改的。你如果真心愿意改悔，也可以成佛。真想留下，可得遵守我的规矩，做得到吗？"

"做得到、做得到。今天浦先生饶我一命，就是我的重生之日。只要浦先生发话，我绝无二话。"

浦斋航朗声说："我这个人不喜欢计较往事，也不喜欢听人发誓，重要的是看怎么做。"

3

《隆平寺经藏记》载："青龙镇，瞰松江之上，据沪渎之口，岛夷蛮粤交广之途所自出。风樯浪楫，朝夕上下，富商巨贾豪宗右姓之所会。"

盛唐年间，从海上进入沪渎（上海旧称），青龙镇（今上海青浦白鹤镇）是辗转或途经苏州、华亭（今上海松江）、嘉兴的必经之地，因此也是海港枢纽。除了"岛夷"（应指日本等），还有闽粤、广西，越南富商等船舶来往。到了南宋，地理变迁使吴淞江南岸的上海贸易港口地位更显重要，"人烟浩穰，海舶辐辏"，盛况空前。咸淳年间，陈珩被任命为华亭市舶司提举官（相当于海关关长）。陈珩是福州人，像众多福建人一样崇拜妈祖。福建临海，靠海吃海。妈祖叫林默，福建莆田湄洲岛人，生于宋初。传说她从出生到满月从没啼哭过，父亲因此起名"默"。这种异相表明非同凡人。长大后遇仙得道，通悟秘法，曾营救出海遇险的父亲，又数次营救海上遇难渔民，传说她可乘席渡海，云游岛屿。逐渐由人而神。闽粤人多称妈祖或海神娘娘，官方吸收东南沿海民间"天为帝、海为妃"的传说，认定她为天妃、天后。这是中国自古就有的航海女神。中国近海航运盛于宋代，航运给东南沿海地区带来的财富十分可观，然而海上作业风险太大，航海者出海前，都要拜请海神娘娘保佑出入平安。福建人不管到什么地方，第一件要紧的事就是拜谒妈祖。海神娘娘就随着航海传到了沿海各地。陈珩管理海关，贸易船舶来往海上，当然要把供奉妈祖列为重大事项，于是把原来在松江的顺济庙（宋徽宗赐号）移改到小东门十六铺一带，起名天后宫。此地毗邻码头，可以让出海的人随时奉祀。

至元八年（1271），元世祖忽必烈改国号为元，第二年定都大都（今北京）。然而刚建立的新帝国就遭遇了北方粮食不足的头等大事，无奈运河航运中断多时，淤塞严重，通行殊为不便。至元十八年（1281），忽必烈御封海神娘娘为"护国明著天妃"。第二年，忽必烈圣旨特命两个已受招安的前海盗崇明人朱清和浦东高桥人张瑄为海道运粮万户、千户，负责海上漕运。这是一条前人从未走过的海运漕粮航线。因逆季风航行，整个航程历时四个多月。两个探路者试水成功，证明了海运粮食的可行性。忽必烈赞叹："古云北人骑马，南人驾舟，朱清真海上奇人也。"让皇帝焦虑不安的大难题被两个火线任命的"赎身"官员破了局。一个庞大帝国的海上生命线，由两个混社会出身的南方人担了起来。时势造英雄，朱清和张瑄也成为上海航海先驱。延祐元年（1314），元仁宗孛儿只斤·爱育黎拔力八达再次加封海神娘娘为"护国庇民广济明著天妃"。

宋元两朝上海海运已相当发达，福建商人前来贩运当地土特产，也带来了对海神娘娘的虔诚敬仰。小东门天后宫祭祀仪式十分隆重，海船抵达上海，必斩牲畜、演戏剧，香火鼎盛。清乾隆嘉庆年间，上海沙船业重新繁荣，沙船进进出出，天后宫更是福建籍水手的精神寄托。粗略计算，清代从康熙到同治，先后对妈祖加封十六次，最后加成的封号竟超六十字。光绪九年（1883）在河南路桥桥堍重建天后宫。农历三月廿三天后诞辰，上海全城大开灯市，街道喧闹，出海的沙船归来，锣鼓笙箫响起，灯彩绚烂，昼夜不息。直至今日，仍有老一代上海市民把河南路桥叫作天妃宫桥。

那天浦斋航与杜阿四行到此地，杜阿四对浦斋航说："那个热闹场面，想想都开心啊。到时候我们一起到天后宫奉祀海神娘娘，不知道会不会还像以前一样热闹了。"浦斋航也想到了这个日子。尽管这两年沙船年景不好，但天后宫香火一直未断。浦斋航想了想，对杜阿四说："阿四兄弟，我想跟你商量个事。"

"浦先生太客气啦，有事你请吩咐，啥商量不商量的。"

"哎，话可不能这么说。你我是同行，也是兄弟，有事还是要商量着办的。"

"浦先生你说，我跟着办就是。"

"你刚才说天后诞辰那天去天后宫，我想叫上那个陈阿宗一起去，你看如何？"

"陈……阿宗？"

"这个陈阿宗呢，就是被你削去了半片耳朵的那个水匪。我也是刚知道他的名字。"

"浦先生，你这是……"

"他呢，想留下来，你说要不要留他？"

"这事，浦先生不该问我的。"

"是啊，这也有点难为你。我给你讲个故事吧，是我老爹讲给我听的。这故事我听了不止一遍，我也跟我的儿子讲过，今天也讲给你听一听。那年我老爹带船出航，遇上了海盗，老爹临危不惧，带着众人打退了海盗。有个十多岁的小海盗哭着要留下来跟着老爹，老爹想了半天，觉得留下海盗对船家不吉利，就给了他些钱，没留下他。但老爹心里一直放不下这件事。后来他说，如果他把小海盗留下来，海上就少了一个海盗，船家就少了一个冤家。现在我也遇到这事了。我不想看着陈阿宗重操旧业，他也想改过，就留下他吧。就当是了了老爹的一个心结吧。"

"浦先生，你真是大人大量，以德报怨啊。"

"冤家宜解不宜结嘛。对船家来说，少一个水匪，就多了一个朋友嘛。"

"浦先生说得对，不过，不知道这个陈阿宗……"

"我知道，你是担心他会记恨你。我了解过了，他原籍是福建，客家人，说起来你们还是老乡呢。"

"啊？他是客家人？"

"他自己说的。"

杜阿四沉默了。

浦斋航拍了拍杜阿四："他在船上把阿宁绑作人质，你的职责是护船护人。不打不相识，我只不过是想借此机会化干戈为玉帛嘛。"

"好，浦先生，我听你的。"

4

到过天后宫多次，每次来都有新的体验。站在清廷特赐的"万流仰镜"匾额前，浦斋航仰头凝视，杜阿四虔诚膜拜，陈阿宗却有点不知所措，手脚都不知道该往哪儿放。

进得宫去，是一个广场，前有头门对楼、戏楼，东西两边的看楼，居中的大殿宽敞气派，梁柱雕刻精美，气势雄伟，殿中供有神龛，后有寝宫楼。整个宫殿规模十分可观。

舞台上，戏班正在演出地方戏。叙述主题是妈祖救渡海上遇难者。三人坐下。浦斋航居中，杜阿四在左。陈阿宗等两人坐定，才讪讪在右边位置坐下。三人看着戏，浦斋航对杜阿四说："海神娘娘真是神力，船家渔民在海上遇险，一想到她的保佑，马上就有了力量，化险为夷。"

杜阿四说："记得我第一次上船，别提多高兴了，老大说我像只小猢狲。后来遇到大风浪，我两只脚发抖，抖得好厉害啦。老船工对我说，不用怕，出海前我们奉祀过妈祖，她会保佑我们。果然就不怕了。"

"这位海神娘娘还是福建人带到上海来的呢。所以，福建商人大多住在老城厢小东门一带，离这里也就七八里路。"

戏台上一阵紧锣密鼓，是海上急风狂浪的意思，演员们甩舞着海蓝色的绸质飘带，像是海浪翻腾。动作难度很高，演员们演绎得相当逼真，引得看客阵阵喝彩。

浦斋航看了一眼一直闷着的陈阿宗，说："阿宗啊，现在你跟了我，我就把你当兄弟了。这戏看得怎么样？"

陈阿宗惶惑地点头："蛮好蛮好。"

浦斋航说："上海和福建也不远，你们俩还是福建老乡，大家都靠海吃海，也都知道海上这碗饭不好吃。"

"浦先生说得是。"

"阿宗，你说你是客家人？"

"是啊，我祖辈都这样说。"

"我知道，客家人饱受战乱之苦，迁徙千里才生存下来。不容易啊。"

"我其实早就跟着父亲在上海了，听他说他还参加过小刀会。"

"哦？"浦斋航和杜阿四同时惊讶了一下。

"听一位长辈说，当时黄浦江上停着好多福建沙船，好多船工都秘密参加了小刀会。"

浦斋航端起茶喝了一口："我也听我老爹讲过，福建人硬气、骁勇，所以上海沙船主雇了很多福建籍的舵工和水手。"

杜阿四嘿嘿地笑："很多福建人就是脾气暴，经常打架。"

浦斋航说："也许福建人长期在海上，要跟风浪和各种意外搏击，就养成了这种性格。"

陈阿宗说："我父亲就是火暴脾气，我没少挨打。长大了，我跟他一样。"

浦斋航说："我老爹跟福建商人打过交道，他们把海味、桂圆、笋干、茶叶贩运到上海，生意很不错。隔着董家渡几条马路，老城厢东门有一条咸瓜街，一条街都是福建人的海味。所以上海的《竹枝词》说'东门一带烟波阔，无数樯桅闽广船'。"

杜阿四说："咸瓜就是福建话咸鱼啦。黄鱼叫黄瓜，一到汛期，捕上来的黄鱼太多，吃不完的风干、腌制，就叫咸瓜。咸瓜街就是咸鱼街啦。"

陈阿宗说："我父亲也贩过海味，他走得早，我就瞎混，后来就干了水匪。"

舞台上响起了凄厉的船鸣声，一群身着黑衣、只露出眼睛的人手里举着各种刀具，吵吵嚷嚷地乱窜，出海的船遭遇海盗抢劫了。船工和海盗激烈拼杀，嘈杂四起。不断有人倒下。

陈阿宗突然站起来，对着浦斋航深深弯下上身，因为使劲低着头，说话声有点闷："浦先生，我对不起你，我向你赔罪。"

浦斋航站起身来，扶着他的肩膀："好啦，你已经赔过罪了，男子汉不能随便弯腰，不要学日本人那个死腔（使人厌恶的样子），整天点头哈腰的。看了戏，晚上我们三个一起吃酒。"

杜阿四说："浦先生，你带着这么大的船队，原来的海运漕粮生意都让外国人抢了，现在运输生意越来越少，怎么维持下去啊。"

"阿四兄弟说得对。朝廷被洋人逼得没办法，只能给了他们特权，开禁大宗生意，我们沙船就要面临饿死。你说这世道啊。不过我们还得想办法，日子总要过下去啊。"

舞台上亮起一盏灯，静静地照着海蓝色的绸缎飘带。一个梳着船帆一样的发型，一根银钗穿过发髻的女性出现在舞台上，她面容清丽，慈祥地微笑着。她的身后出现了帆船的起锚声，一队船工齐声祈祷海神娘娘保佑他们出海平安。

台下掌声连连。

浦斋航已经在上海老饭店订了包厢。浦冀宁先到了，与伙计商量着菜单。算了算辰光应该差不多，就站在门口迎候。一会儿远远看见三人过来，父亲和杜阿四并肩走着，说着什么，陈阿宗跟在两人后面。

杜阿四很远就看见了浦冀宁，扯开了大嗓门："浦先生，你真是太周到了，还让大公子在门口等着。"

浦斋航笑笑："我可没让他等，一定是他觉得辰光差不多了，来迎我们的。我这个大儿子啊，从小就礼节周到。"

酒菜已经摆好，四人分座次坐定。浦斋航在上首，待侍者为四人斟满酒杯，他说："今天是海神娘娘诞辰，我们一起庆贺。这第一杯酒敬奉娘娘，保佑船家航行顺利发达。来，干了。"

四人碰杯，一口尽饮。

"第二杯酒呢，是庆贺我与阿四兄弟有缘幸会，又助我沙船一臂之力，我浦家船队又多了一位朋友。"

杜阿四起身向浦斋航拜谢，然后与浦冀宁和陈阿宗碰杯，一饮而尽。

"第三杯酒是为阿宗兄弟接风，从今天起，他也是我浦家船队一员了，从此大家在一口锅里吃饭。可喜可贺。"

陈阿宗起身，向浦斋航深深鞠躬："阿宗有愧，感谢浦先生大人大量。"又向杜阿四和浦冀宁抱拳，"阿宗得罪，请大公子和阿四兄包涵。我自罚三杯。"他连续倒了三杯，一饮而尽。

四人心里都颇为感慨，陈阿宗仍显局促，他喝酒时也低着头，闷闷的，不敢正视三人。浦斋航觉察到了，就说："阿宗兄弟，喝过今天这杯酒，大家就是兄弟，过去的事一笔勾销了。"

陈阿宗端起酒杯，又站起来："过去我陈阿宗做了很多对不起诸位的事，承蒙浦先生不弃，救我一条烂命。从今往后，我追随浦先生，定当洗心革面，重新做人。如若生变，当如此杯。"
说完，他把酒杯狠狠掷到地上，酒杯碎成几片。

浦斋航站起来，一手搭住陈阿宗的肩膀："阿宗兄弟，言重了。今后好好干就是。我还想说一件事。"他眼光转向杜阿四，"阿四兄弟，你和阿宗是老乡，今天这杯酒一喝，两位就握手了。怎么样？"

杜阿四刚要开口，陈阿宗抢在了他前面："阿四兄弟，你这一枪，把我彻底打醒了。其实我知道你是手下留情了。反正不管怎么样，水匪是决不能再干了。阿四兄弟请受我一拜。"

杜阿四连忙走到他身边，把他拉起："阿宗兄弟，这我可受不起。我呢，也是看当时情况紧急，怕大公子不测，才有这么一枪。我们干这行的，这种时刻必须出手。兄弟不怪就好。如今你跟着浦先生就是找到了正途，从今往后，你我既是老乡又是兄弟了。"

浦冀宁站起来鼓掌："两位爷叔说得好，说得好。俗话说兄弟齐心，其利断金。有两位爷叔帮衬，我们的船队一定会兴旺发达。"

杜阿四与陈阿宗对望了一下，对浦冀宁连连摆手："大公子，我们才虚长你几岁，你怎么能叫我们两个爷叔呢，这名分可担不起。"

浦斋航说："我看阿宁叫得对嘛。你们两个与我同道，我与你们兄弟相称，这是江湖上的辈分，所以他应该叫你们爷叔。"

杜阿四和陈阿宗端着酒杯不知说什么好，陈阿宗说："浦先生如此以德报怨，我无以为报，只要用得着我陈阿宗，我定当肝脑涂地。"

杜阿四说："一切听浦先生吩咐。"

浦斋航说："哎，今天高兴，不赌咒发誓。今后，你们两位就是我三个儿子的爷叔了。你们都是身怀绝技之人，浦某可得多多仰仗啊。来，我们一起干了这第四杯酒。"

众人举杯，一饮而尽。

最后端上来的是佛跳墙。掀开坛子的盖，上面飘着一片翠绿剔透的荷叶，浦斋航将荷叶掀起，一股浓烈的酒香扑鼻而来。众人不禁啧啧赞叹。浦斋航说："阿宁，侬帮大家一人盛一碗。"

浦冀宁说："两位爷叔，这是阿爸特别关照大厨做的福建名菜。你们一定晓得的，尝尝味道看正宗不正宗。"

盛出来的汤浓郁丰腴，各色食材厚而不腻。众人尝了一口，只觉得软嫩柔滑，味中有味，沁心入脾。

杜阿四笑着说："说实话，这些东西哪里轮得到我们这些人吃，若不是浦先生盛情，不晓得哪天才吃得到啊。"

浦斋航说："这个佛跳墙呢，据说有两种截然不同的说法。一个说是道光年间福建布政使周莲在一道名叫'福寿全'的菜式基础上，命厨师加减而成。厨师后来离开布政使衙，在福州东街开出一家饭店，一次文人聚会，这道菜端上来，众人品尝后纷纷叫好，有人即席赋诗，'坛启荤香飘四邻，佛闻弃禅跳墙来。'从此，就有了佛跳墙这道福建名菜。但也有人说，这道菜源于乞丐拎着瓦罐乞讨，收罗饭铺里各种残羹剩菜随意煨制而成。倒是有点像传说中朱元璋说的那个珍珠翡翠白玉汤。"

众人开怀大笑。

浦斋航又说："这道菜在上海滩可算大名鼎鼎了。今天得二位相助，必得请出你们的家乡名菜，以示我的诚意啊。"

第七章　难以安放的心绪

1

登上从马赛出发的邮轮，浦辰璋的心思已经飞到上海了。

时间很长，这一个多月要在邮轮上度过。心情迫切，船上的等待都显冗长。如他所愿，他学成了造船工程师，还是一个有阅历的青年。

邮轮靠岸的时候，太阳正在西沉中。天空被划成几个明暗分割不均又互为粘连的板块。最接近江面的那一层，带着浓酽而苍老的金色。而后，太阳下沉的速度突然加快，投入寂暗直至坠落。浦辰璋扫视周边，城市的轮廓一点没变。走出邮轮登岸，回头再看黄浦江，各种轮船、驳船、帆船泊在岸边，刚才还镶着一丝残阳的勾线消失得十分决绝。他在法国工程学校学习时，常常到军港和商港，那时候就会想起黄浦江上的船。想得多了，缱绻悱恻，夜不成寐。暌违多年，他想沿着江岸走一走。游子归来，看到从小伴着他走过岁月的江水才有真切的踏实感。

江面上笼起黑色的帐幔，船只变得影影绰绰。半个多小时后，他停下了脚步。转眼已到杨树浦了。江岸这边密密匝匝多了好多仓库，码头也连成一片，颇有气势。他抬起头，一轮朗月正在变得丰盈，孤寂地俯视大地。在法国的夜晚，他常常一个人看着月亮，想着董家渡的家里。我又站在这里看月亮了。他加快了脚步。出发前跟阿爸发过电报，他们应该正在家里等他呢。

他叫了一辆人力车往家里赶，到了却见家门紧闭。他拍着门上的大铜环，不见应声。这才觉得饥肠辘辘。董家渡一带倒是与他走的时候稍微变了些模样，有了些杂七杂八的摊位，都是小生意。正看着，一阵锅铲与铁锅的碰撞声闯入耳膜，他的馋唾水（口水）被勾出来了。他走近，一根光线微弱的蜡烛边，一个中年男人系着一块油渍斑斑的围单，握着一个铁锅翻炒，滋滋作响的声音和熟悉的油镬气，令味蕾分泌加速。他在一个油光光的长条木凳上坐下来。一会儿，一盘青菜炒面加一碗鸭血汤放在他面前。几年没吃到了，他舌尖搅动的速度加快，几口就吞掉了半盘，问："还有吗，老板？"男人说"有，我再炒"。两碗面下肚，这口饿慌了的气圆转过来。突然想起，袋袋里全是法郎，先前兑的钱在船上已用掉一些，不晓得还够不够这一顿的。掏出来也不看就给了握着铁锅翻炒的男人。男人挑出几只铜板要还到他手里，他把男人的手攥住，"勿要客气，侬辛苦。"男人感激不尽。

他沿着这条坑坑洼洼的马路走着。反正家里没人，他肚皮填饱，也不急了。

远远看见沙船的桅杆，静静的，好像睡着了。从小看到大，太熟悉了，此刻却是最搅动他心绪的场景。在法国走过很多码头，都是大大小小的铁壳轮船。他好像看到那些轮船轰隆轰隆地开了过来，从沙船上碾压过去。沙船发出痛苦的惨叫，但轮船毫无反应，继续前行。他忽然觉得反胃，炒面和血汤在胃里翻腾起来，像一阵阵翻滚而来的江涛，似乎要冲出喉咙。他大口吸气，让自己平静下来。

前面隐约传来喧闹声。他循着声音走去，声音清晰起来，是唱戏的声音。

那里不是商船会馆吗？留学前跟着阿爸到过这里，回来第一天未进家门又到此地，莫非是天意？一场戏正在演出中，台下观众不时喝彩。他被吸引了过去，站在攒动的人群后。他并不太知道戏里的情节，但非常享受它的曲调和此起彼伏的喝彩声。干脆找了空隙处坐下，闭起眼，怡然的样子。一会儿困意袭上来，他竟然在咿咿呀呀的戏曲声中入眠了。

醒来，周围寂静。睁眼是鱼肚的青白色。他一惊，弹簧一样蹦起来。啊呀，怎么在这里困了一觉，习惯性地嗳气，还残留着炒面的余味。他掸了掸身上，扫视周围，寂静无声。归家心切，顾不得多想，拎起行李袋，拔腿就往外走。

天色由青白转向浅浅的赭红。经过那个炒面小摊，瞥见男人已在做摆摊的准备了。沿街码头清冷得很，他心里泛起一种难言的不适。

他疾步朝家门走去，握着铜环咣当咣当敲。居然和昨晚一样，仍没应声。继续敲打，终于有了动静，他听到了紧凑的脚步声。

"吱嘎"，这也曾是他心心念念的一个音节。在法国的夜晚，有时在睡梦中也会听到"吱嘎"一声，随即是阿爸结实敦厚的脚步声。他心里漾起难以抑制的激动。

"大阿哥。"浦辰璋叫道。

"阿璋，是侬啊。回来啦。快，快进来。"

浦辰璋跨进门，看着蓬头垢面的浦冀宁："大阿哥不好意思，天呒没亮就吵醒侬。"

"我开心还来不及呢。哎，侬刚下码头？"

"昨日夜里到的，敲了半天门，没人开。我就乱走一气，侬猜我辣啥地方困了一觉？"

"啥地方啊？"

"商船会馆。屋里向（家里）呒没人，我吃了两碗炒面加血汤，听到会馆闹猛得不得了，就去看戏，后头就困着了。醒过来一看不对，快点到屋里来。"

"侬结棍（厉害），困辣会馆里，我服帖侬。"

"阿爸呢？"

"阿爸到码头去寻侬了。"

"啊？"

"阿爸前几天就照侬写信的辰光算日脚了。昨日夜里，阿爸跟我两个人回来，天已经墨黜黑（像墨一样黑）了。阿爸讲侬哪能还呒没回来，一夜天困不好，今朝天呒没亮就到码头去等侬。"

"啊呀，怪我不好。我蛮好多等一歇就碰着了。我肚皮饿杀了，就去寻吃的了。哎，阿爸跟侬忙点啥？"

"讲来话长。等阿爸回来再讲。"

"大阿哥，侬再困一歇，我到码头去寻阿爸，否则伊要等到啥辰光啊。"

"对对，阿璋侬快去。"很快又拉住他，"算了，假使碰不着，又是侬等我我等侬。侬老老实实辣屋里向等，我去买大饼油条。"

"我去买。"

"哎，侬刚刚回来，昨日一夜天呒没困好，好好困一觉，屋里向困觉总归比会馆适意。"

浦辰璋只得听大哥的。

2

是一个暖日。太阳出奇地热烈而张扬。浦辰璋说："刚刚四月份，就介热啦。"浦冀宁说："侬到法国去了几年啊，就忘记上海天气哪能样子啦。不过今年的春天好像是比前两年热得有点早。老天爷忘记日脚了。"兄弟俩吃完油条，门口响起了脚步声。浦辰璋说："阿爸回来了。"他嘴里嚼着油条箭一般射了出去。果然是浦斋航。浦辰璋一把抱住阿爸。浦斋航也抱住他："侬只小赤佬，阿爸辣码头上等人走光也没看见侬。侬不声不响回来啦。"浦辰璋低声说："阿爸，是我不好，我昨日夜里就回来了。门敲不开，想想大概屋里呒没人，我肚皮饿来吃不消，就到外头去寻吃的去了。"浦冀宁说："阿爸侬晓得哦，后头伊糊里糊涂困了商船会馆里，还好晓得回来。"浦斋航爱怜地拍拍浦辰璋的头："回来啦，回来就好啦。阿璋啊，阿爸天天望侬，侬回来了，阿爸就有盼头了。"

浦冀宁说："阿璋侬看，这句闲话阿爸只跟侬讲，从来不跟我讲。"浦辰璋说："大阿哥又寻我开心了。"浦斋航说："阿宁，阿爸是要阿璋帮我造轮船，阿拉有了自家的轮船，就可以做大生意，讲不定还要跟洋人去拗手劲咪。"浦辰璋说："阿爸，我现在脑子乱七八糟，还呒没想清爽从啥地方入手。"

"阿璋，侬刚回来，到处看看，再做打算。"浦辰璋脱口而出："阿爸，已经有人跟我联络过，不过我呒没答应。"浦斋航警觉地问："唔，啥人家寻侬？"浦辰璋有点犹豫："等我看了再讲吧。"

不久前，太古轮船公司曾通过浦辰璋的同学跟他谈过加盟的事，但浦辰璋没有表态。重金挖人是大公司寻求扩张的先决条件，中国在欧美的留学生也是洋行航运业的重要目标。造船与航运互相依附，须臾不离。加入太古就可以了解长江航运的经营状况。他顾虑的是父亲。阿爸做沙船，对洋行轮船反感。阿爸晓得太古的庞大和霸道，如果知道他在那里做，一定不会有啥好面孔。不过浦辰璋是有想法的人，行事也并非完全看阿爸的脸色，当年他拒绝科举，坚持要留洋学造船，阿爸不是也想通了嘛。

浦辰璋会法、英两国语言，加上他的造船技术背景，优势叠加，当然是太古老板的重点关注对象。他一到公司，老板就表示了相当的热情。公司里的轮船一艘一艘看过来，有英国造的，也有法国造的，浦辰璋只看不说，这几艘船都不错。他决定了，先在这里落脚，做起来看。

浦辰璋告诉父亲，准备找一家洋行先做着。这算个善意的谎言吧。他要了解彼此，这是条捷径。

太古的生意不错，跟怡和与招商局两个对手之间的关系，看

大江大船

起来风平浪静，其实不乏暗礁险滩。作为技术工程师，浦辰璋可以超脱冷静地观察。

那天上司詹姆斯把浦辰璋叫到他的办公室，非常客气地为他泡了一杯茶。老板点燃一支雪茄，吸了一口，又搁在玳瑁烟缸上。雪茄安静地燃烧着，含着肉桂和巧克力味的淡甜味在房间里弥漫着。窗外，湿漉漉的、带着咸腥的江风丝丝缕缕透进来，此刻竟有一种相得益彰的意趣。

浦辰璋坐在詹姆斯的对面，视线正对着挂在衣架上的黑色高顶礼帽。传言中这位上司不苟言笑。一张棱角分明的脸，胡子修剪得很有型，带着点阴郁。但他说话的口吻却与阴郁相反："浦先生，不介意我，嗯，这个词中国话怎么说，心血来潮，还是突如其来，也许都不是，就是一次普通的邀请吧。同意我说的吗？"

"詹姆斯先生，这没什么。"

"浦先生来太古公司有段时间了吧。"

浦辰璋想了想："三个多月。"

"不长也不短。看到了一些什么？"

"太古很不错，一切都令人羡慕。"

"你真是这么看的？"

浦辰璋清澈的眼睛看着詹姆斯："当然。也许这是我看到的表象？"

"哈，"詹姆斯笑了起来，"你真幽默，亲爱的浦先生。"

"当然，才三个月，我能看到的只是局部，对不对先生？"

"对，完全对。我欣赏你的直率。今天请你来，是想与你讨论几个问题。"

"詹姆斯先生请讲。"

"I know Mr. Pu has studied shipbuilding in France. Do you think our ships need to be updated?Or, how long can our ships last？（我知道浦先生在法国学造船。你认为我们的船是否需要更新？或者说，

我们的船还能用多久？）"

浦辰璋一愣。太古公司的船很不错，他从没考虑过这个问题。是老板想显示自己的财大气粗，还是故意这样问他？他实话实说："Sir, I have never considered this issue. Moreover, it may not be appropriate to discuss it with me.（先生，我从没考虑过这个问题。而且，也许跟我讨论这个问题并不合适。）"

"不，很合适。因为你是学造船的，你懂船。"

"我觉得这几艘船都不错，无须更新。"

"嗯，这样的话就太好了。那你觉得我们是否需要增添新船？"

"这个问题应该在董事会上谈吧。"

"嗯，说得好。非常好。我想，也许我应该考虑给你一个新的职位，那一定更合适你。你会感兴趣吗？"

浦辰璋稍感局促，仍保持着平静："我的主业是造船工程师，不知道詹姆斯先生觉得什么职位更适合我。"

"你是造船工程师，那我就请你当我的购船经理人，这个职位你觉得适合吗？"

这出乎浦辰璋的意料，因为他从没考虑过自己在经商方面会有什么作为，所以他字斟句酌地说："詹姆斯先生，我想我的经历也许并不适合这个职位。"

"不不，浦先生，经历是创造出来的。比如我的家族先辈，从利物浦把羊毛精纺和棉纺产品贩运到上海，又采购了茶叶、生丝等回欧洲。在经营航运之前他们只是觉得它很重要，所以就办了一个贸易行，然后又在上海开了洋行，接着有了太古航运。太古为中国运来了欧洲的机械、东南亚的橡胶，又把中国茶、瓷器和丝织品销到世界各地。这证明了我的家族对航运的判断非常准确。这一切都是从上海开始的。上海，是太古的福地。"

"Shipping has indeed made the Taikoo family extraordinary.（航

运的确使太古家族变得不平凡。）"

"所以，你也可以变得不平凡。我快五十了，中国人叫'知天命'。Destiny, perhaps it was arranged by God.（天命，也许是上帝的安排吧。）亲爱的浦先生，我非常羡慕你的年龄，在这个美好的时刻，抓住了机会，你可以做很多事。我说得对吗？"

"詹姆斯先生说得对，我想我可以按你的想法去尝试一下。"

"浦先生，那就说定了。为你接受我的建议，为我得到一个理想的经理人，我们得庆贺一下。"詹姆斯从柜子里拿出一瓶威士忌和两个酒杯，在杯子里各斟半杯，然后递了一杯给浦辰璋："纯正的苏格兰威士忌，在法国可喝不到。"

浦辰璋接过酒杯，喝了一口："嗯，有点焦香味，很有苏格兰农夫的韧劲。"

"浦先生懂酒？"

"我们一家人都懂酒。下次我请詹姆斯先生喝上海老酒，它的资格可比威士忌老多了。"

"这个我承认，中国的酿酒技术世界公认。"

"詹姆斯先生，你真的认为公司需要购置新船？"

"我们的生意这么好，为什么不想着多做点呢？你以为只有我在想购置新船吗，不，大家都在想。虽然太古已经在长江贸易中立足，但还远远不够，要做得更大，就得有更多的船、更好的船。"

"太古做得多了，怡和和招商局会不会不高兴？"

"我们三家有齐价合同，做生意得按合同来。购新船是为了有更好的储备，机会总是给有准备的人准备的。"

詹姆斯得意地笑了起来。浦辰璋觉得，这张脸笑起来，好像蕴藏着复杂的情绪，因此有些晦涩。

购船对浦辰璋来说的确算是新业务，但也不是很难，因为他懂船，所以入门就快。他很快结识了不少经营着上海航运的洋行大班和华商股东。一旦进入其中，他原先的认知全被打乱了。那些华商兼买办们的财力大到他不敢想象，航运就是他们财力迅速膨胀的捷径。那些名义上属于洋行的轮船公司多数是华人买办的投资，投资回报非常丰厚，得到的收益又进入新一轮的投资中。洋行招股，华商也是最大的股东。这对他的刺激非常大，也使他深陷矛盾。他没想过自己也会跟买办扯上关系。购船经理人，一个显得更专业的说法。给洋人办事赚自家的钞票也没什么，就是心里有点过不去。他安慰自己不要太敏感，在上海滩，这毕竟是一个令人羡慕的差事。要做自己想做的事，也得有足够的资本，即便是帮外国人做也不难堪。那天他在洋行大班那里听到了穆德鸿的名字，大班讲了穆先生与他交往的故事，还夹杂了不少传说，大班眉飞色舞，外带大量肢体动作。浦辰璋听得十分神往。几个月里，浦辰璋成功地为太古公司购置三艘新船提供了技术决策。每次订购时他都忍不住想，如果这些轮船是我自己的又将有一番什么前景。这么一想，焦虑就不可遏制地袭来。连续几天他睡不好觉，甚至彻夜难眠。大阿哥的呼噜有条不紊，像一辆正常航行的轮船发出的运转声，似乎在催促他实现心里那个造船的念想。

大江大船

第八章　华兴遭遇扼杀

1

全城都在传一件事。

董家渡浦家船队一个水手，因为与同伴拌了几句嘴，竟然跳江自杀了。而那个同伴第二天也步了他的后尘。

《申报》随后的报道称，这两名沙船水手几个月没活干，家中早已揭不开锅，几个孩子嗷嗷待哺，还欠了老板的银子。有目击者看到，当时两人拌嘴也是因沙船生意而起，言语不合触及心痛之处，一时解不开，一人怨愤而死。另一个听闻消息后一直处于呆滞状态，竟也选择了这条不归路。据悉，朝廷放开外国轮船运输北方豆货禁令以来，沙船主和众多水手已陷于困境。

穆德鸿看到这条消息，心中波澜再起。早些年《北华捷报》也有过类似消息见报，每次见到，他都有一种冲动，一种拯救的冲动。他有资产也有能力，一直想做航运，但这种冲动终究被朝廷的禁令击得粉碎。虽然李鸿章曾说不必禁止华商自购外国轮船，最终的规定仍是"由官经理"，民间不得"私相授受"。所以华商购船仍是一纸空文。沙船业在洋商轮船打击下境况一日不如一日，就连董家渡浦家船队这样的大船队都奄奄一息了。

早几年，俞光甫已离开茶馆，让二弟光庭经营。他跟着穆德鸿入了洋行。聪明的天资和极高的领悟力使他在短短几年从一个伙计升到了跑街，相当于洋行的销售公关。穆德鸿很欣喜这个小同乡，他明理而识情势，仁义而又果敢，孺子可教也。

俞光甫西装笔挺，精力充沛，办的是洋行的事，也与华商打交道，关键是自己还要有得赚，就要有眼观六路耳听八方的玲珑。站在穿着长衫的穆德鸿面前，他有点局促不安。不过穆德鸿对他说过，你穿西装是对的，我穿长衫也不错，关键都是穿给洋人看。我们各穿各的，只要办事想在一起就好了。此刻穆德鸿拿着报纸对他说："阿甬，这张报纸侬看了吗？"

俞光甬说："穆先生，实在太忙了，还呒没来得及看。"

穆德鸿一笑："侬至少认得一千个字有了吧，看报纸应该呒没问题喽。"

俞光甬讪讪笑了。他晓得穆先生在说他找借口，也有要他继续在夜校里勤奋学习的意思。阿爸死后，穆先生像嫡亲大哥一样关照他，又把他带入洋行，他心存感激。他接过报纸看了起来。穆德鸿用手指点了点那条新闻。俞光甬一个字一个字地读着，连声叹道："哪能会辫能（这）样子，哪能会辫能样子。"穆德鸿说："辫能样子也用不着大惊小怪。这几天侬去寻寻这位浦斋航先生，我想脱伊讲讲。""哦，我晓得了。"

找浦斋航不难，在董家渡，报出他的大名，无人不晓。俞光甬第一次到浦家时，大门紧闭。浦斋航正忙着处理两个水手的善后事宜。都是顶梁柱，拖着一大家子，上有老下有小，两个家庭一下子变得无依无靠了。在以前，加入浦家船队就是一种依靠，眼下船队自保都难了，但浦斋航于心不忍。他让浦冀宁带人去为这两个水手送葬，看望两家眷属，竭尽所能抚恤。两家人和船工都深感浦先生仁义。几天忙碌下来，加上心情压抑烦闷，浦斋航病倒了。俞光甬第二次上门，亮明身份和来意，俞光甬得到的回话是浦先生身体抱恙，等几天他一定去拜访穆先生。获悉消息后，穆德鸿让俞光甬准备一份厚礼，亲自上门。

第二天上午，俞光甬带着穆德鸿到了浦家。

浦冀宁出来开门，俞光甬向两人做了介绍，说明穆先生专程来看望浦先生。

浦冀宁当然知道穆德鸿是蜚声上海租界的名人，没想到他会亲自登门。他局促道："噢，真是太麻烦穆先生了。"穆德鸿侧身跨进了门。

　　穆德鸿示意俞光甬手脚轻些。三人蹑手蹑脚走进浦斋航的小屋，俞光甬把随身礼物放在桌上，站在一旁。浦斋航正睡着。穆德鸿静静看了一会儿，示意浦冀宁不要叫。转过身来对俞光甬做了个手势，走出房间。回头招呼浦冀宁："麻烦大公子转告浦先生，等伊身体好了，我再来拜访。"

　　屋里传来几声响亮的咳嗽，浦冀宁对穆德鸿说："穆先生稍等，阿爸好像醒了。"

　　浦斋航是大嗓门，说话的声音传到了门外："阿宁，啥人来啦？"

　　"阿爸，侬醒啦。侬好点哦？"

　　"刚刚啥人呀？"

　　"是穆德鸿穆先生。"

　　"穆先生？"声音一下子提高了几倍，"啊呀，侬为啥不叫醒我啊？"

　　"穆先生看侬还没醒，叫我勿要叫醒侬……"

　　"快去请他，快。这小人呒轻头（这孩子不知道轻重）。"

　　"浦先生，不用请了，我还没走远哎。"穆德鸿走进屋门。

　　浦斋航一下子从床上坐起来，对穆德鸿抱拳："啊呀，穆先生光临陋舍，我这副样子，嗨，真是不好意思。"穆德鸿说："是我不打招呼就登门叨扰，浦先生勿要怪我。"

　　浦冀宁上前扶了一把："阿爸，侬要紧哦？"

　　"哎，阿爸就是心里殟塞（不痛快），勿要紧。"说着下床来，穿好鞋子，吩咐道，"阿宁，快去拨穆先生还有迭个小兄弟泡茶，再拿点瓜子点心来。"

　　"浦先生，我介绍一下，我这位小兄弟叫俞光甬，现在跟我一道做洋行生意，脚色交关好（好脚色指精明能干的人）。"

"好，好，后生一表人才。穆先生今朝哪能到我……"

"浦先生，阿拉虽然第一次见面，但是我老早就晓得侬了。《申报》上看到侬船队水手的事体，我有交关闲话要脱侬讲啊。"

"穆先生，侬的大名上海滩无人不晓，呒没想到我一个小船队，穆先生也挂了心上。"

"不瞒浦先生，我做洋行，生意交关多，航运这桩事体一直摆了心里。阿拉宁波人到上海做生意，我每年来来回回上海宁波好几趟，乘的侪是外国轮船，心里不是味道啊。一直想，阿拉自家有船就好了。"

浦斋航顿时来了兴趣："穆先生，侬真是讲到我心里去了。现在朝廷开了外国轮船的豆禁，沙船生意一落千丈，勿要讲水手，我自身也难保了。想想作孽啊。"

"所以浦先生，我今朝就是来跟侬商量这桩事体。我心里急啊，所以急赤忙慌跑过来，请侬多包涵。"

"穆先生请讲。"

"前一段辰光，我跟一家英国轮船公司谈判，由我投资，以英国人的名义登记注册，实际是经营阿拉自家的轮船，包括沙船，我想请侬一道做，侬看来事（行不行）哦？"

"这桩事体我也想了交关日脚了。"

"浦先生，其实我心里不想这样做，也是不得已啊。朝廷既不投入资金发展轮船业，又不让民间购买轮船。而且，轮船招商局规定五十年内只准华商附股，不准另开设轮船企业。认股的商人对企业经营没有任何发言权，都由朝廷指派的总办、帮办说了算。赚了是那些大员的，亏了全都落到股东身上。你说这……"

浦斋航眉头紧蹙："是啊，这么霸道苛刻，谁会附股呢？"

"眼门前（眼前）的情况是，朝廷表面讲开放民间购置外国轮船，实际上手续烦琐，加上严苛的交捐纳税，还要官府管制。

洋人一看就讲了实话，你们的朝廷根本就不愿意商民购船。但是，外国人非但不受限制，还给他们免税。"

"眼睁睁看洋人在阿拉地盘大赚钞票，却不让中国人争利，真是岂有此理，岂有此理啊。"

"当年有商人向朝廷禀明，购置轮船漕运只需分运三成，曾国藩大人明明晓得用轮船代替沙船漕运只是时间问题，却说'海运向用沙船装运，久著成效。近来虽因生意冷淡，船只日少，然所存尚有百数号，尽可挑用'。沙船已经岌岌可危，这不是睁着眼睛说瞎话吗？这些年都白白损失了。"

"这意思很清楚，即便是轮船代替沙船也只能用官轮，官轮八字还没一撇，商民就想也勿要想了。不让华商买船，就是为了官家之利。即使造船，也不让商家造，还是要朝廷官厂造。反正不能让商家抢了先。"

这几句话，穆德鸿耳熟能详，他一把抓住浦斋航的手："浦先生说到点上了。那封信是你写的。"

"哪封信？"浦斋航困惑。

"不是让我带头向李鸿章大人呈文吗？里面的话我记得老熟。是浦先生的话吧。"

"我也就是随便讲讲。"

浦冀宁在一边说："阿爸，是我自作主张，向穆先生告的状。不过呒没写侬名字。"

浦斋航看了一眼儿子："侬只小赤佬。"并没有责怪的意思。

穆德鸿拍了拍浦冀宁的肩胛："大公子写得好，写得好啊。不过依我之见，朝廷并不会因此改变既定方针。要生存下去，阿拉还是要靠自救。"

"穆先生说得是。这些年，朝廷虽然减免了沙船三成的'助饷银'和'捕盗银'，终究是杯水车薪。沙船业早已力不从心，否则哪能会有水手自寻短见呢？不仅是十万多船工营生呒没了，生计吭没了，久而久之，还可能生变呀。"

"我一直想做航运，既是冒险，也是迫于无奈。但我认定一条，我这是与洋人争利，是为了夺回国家的航运权。"

一直听着的俞光甬接过了话头："两位前辈说得太好了。后生想，鸦片战争打过两次了，大多数人还是糊里糊涂。阿拉虽然做洋行，帮外国人办事体，但是晓得用洋人的铜钿为阿拉自家赚铜钿，再拿洋人的铜钿赚转（回）来，发展自家产业，再跟洋人竞争。"

"小兄弟讲得好。有见识。"浦斋航击掌。

穆德鸿说："阿拉想做，朝廷是啥态度，交关难讲。不管哪能，总归还要试一试。不做，心里就过不去啊。"

2

浦辰璋无数次沿着外滩漫步，今天故意放慢了脚步，因为有不同往日的心境。走到公馆马路（今金陵东路），拐进一条僻静的小路，南永安街。一侧的高大建筑一下子就把喧闹的外滩隔开，成了两个世界。当年轮船招商局就是在这条不起眼的小街上开张，短短几年并购了美商旗昌轮船公司。

可是这件举国相庆的大事对附股旗昌轮船公司的华商们却像兜头浇上一盆凉水，他们并没有兴高采烈地投入自己的国字号公司麾下，却另起炉灶又搞了一家轮船公司，仍打着外国洋行的旗号。该公司，在李鸿章"不准独树一帜"的禁令下被迫关闭。多年来，浦辰璋一直为此伤神，难道是这些华商宁愿披着一张"洋皮"吗？不久前，招商局曾专程派人找到他，洽谈请他加盟的事。他考虑再三，决定辞行太古。毕竟招商局是中国人跟外国人竞争的标志性产业，亲身体验比各种传闻要可靠得多。

短短几个月就让他看到了真相，传言非虚。

大江大船

朝廷成立招商局也有不使华商成为打着洋商旗帜的"假洋鬼子"的用意，官民联手抗衡洋商。但又规定华商五十年内只能入股招商局，不得独自成立民营企业，自立门户。如此一来，只有招商局与太古、怡和三家掌控长江航运之利，中小华商依然如涸辙之鲋，嗷嗷待哺。

这就使华商非常不满，认为加入官办企业等于自投罗网，甘愿受官府盘剥。反过来跟外资合作，用他们的国旗，虽也要被他们剥一层皮，但外资毕竟讲究契约，该得的不会克扣。相比之下付出还是值得。所以那些挂着洋商牌子的中小轮船公司，真正的投资者大多是华商。

在李鸿章看来，航运这事只能轮船招商局做，别的华商不能染指。这和浦辰璋在法国看到的情形完全不一样。所以他想不明白，为何明明中国人自己该赚的钱，却让外国人得了利？听阿爸讲过早些年洋行在长江航运和沿海航运上的海盗式"护航"。外商买一艘十几吨的小轮船，挂上米字旗或星条旗，弄上一些简单的武器装置，就可以名正言顺地为中国船"护航"，如果拒绝的话就把你的船打沉。从宁波到泉州往返"护航"一次净赚五千两银元，从宁波到上海单程，一次赚五百多两银元。洋人的外国旗一挂，在江海上畅通无阻。是谁造成这样的局面呢？还是清廷自己。轮船招商局确实开了中国人在长江航运上与外国人竞争利权的先河，但独此一家的做法却使它变成了朝廷的敛财工具和极少数管理层个人专权和控股的工具。没想到，一种现代企业制度到了清朝官员手里，很快蜕变成个别人生财的保护伞。你不让老百姓干，外国资本正好乘虚而入，跟中国抢地盘的空间就更大，民间更不能生财。浦辰璋看明白了，也想明白了。这完全不是他的初衷。他只有一个选择，离开招商局，自己做航运。不是负气，更不是赌，是为了自己的信念。

他跟阿爸说了自己的想法，浦斋航静默了很久，说："阿璋啊，侬还是歇歇吧。阿爸跟穆先生试过了，结果侬也看到了。阿拉弄不过官府，算了。"

"阿爸，我还是想试一试，我就不相信。"

"阿璋，阿爸不是不相信侬，阿爸是看穿了。阿宁讲，不做航运就做钱庄。比起做轮船还轻松点，将来总归用得着。阿爸想想，也有道理。辫几天阿拉两个人一直跑这桩事体。侬还是帮侬大阿哥弄钱庄。阿爸不想泼侬冷水，侬想做航运，阿爸也想做，朝廷不想让阿拉做啊。"

"阿爸，我到太古轮船公司，再到招商局，一直吭没跟侬讲，我晓得侬要不开心。两个地方走下来，我心里不服，才做出这个决定的。"

"阿璋，其实阿爸晓得，只是不讲。阿爸开始搞不懂，后来想想，让侬自家去看看，就晓得利害了。侬再去弄这桩事体，准备撞南墙啊？"

浦辰璋想，阿爸厉害呀。声色不动，悄悄关注着他，给足了他空间，想让他自己悟出道理。他不愿退回去："阿爸，我真的准备好了。侬再让我试一趟吧。"

浦斋航稍微提高了声音："试一趟，本钿（本钱）呢？"

"我先拿这个想法放出去，啥人愿意就来投资。"

"有把握哦？"

"我觉得有。阿爸你想，当年招商局收购了美商旗昌轮船公司，为什么有些中国老板不愿意继续附股，要自家做呢？"

"道理是这样，但是谁听你的？"

"我是无足轻重，可穆先生和阿爸振臂一呼，听的人应该不会少。"浦辰璋说出这句话，感觉轻松多了。

"搞了半天，侬只小赤佬是打我的主意啊。"

"阿爸，可以试一试的。我的想法是拿英国人拉进来，反正也要打伊拉旗号的。"

　　　　　大江大船

浦斋航瞥他一眼："这是侬一厢情愿，侬当英国人是戆大啊。人家做这种生意是老前辈。"

"不是被逼出来的嘛。李鸿章大人态度含糊，一歇讲可以，一歇又不准独树一帜。阿拉只好拉洋人出来当虎皮。"

"前一抢（前一阵）阿爸跟穆先生一道做轮船公司，也是雄心勃勃，到后来还是胳膊拗不过大腿。你要做，就要想清爽。不过阿爸不好再去跟穆先生开这个口。"

浦辰璋沉思好久，才说："阿爸，不用你开口，侬只要不反对就好了。"

"小赤佬倒是胸有成竹啊。阿璋，俖三兄弟，侬脑筋最好、最通达。侬真想做，阿爸也不拦侬，不过侬要拿事体想得复杂些。做航运最赚钞票，风险也大，最关键是对手也厉害。一个是洋人，一个是招商局。外国人、自家人侪是竞争对手。"

"阿爸，我晓得。否则我不会下决心的。"

3

浦辰璋与俞光甬约在春茗茶馆碰头。

俞光甬早就在雅间等着了。抬手看了看表，就出来对着街上观望。把茶馆交给二弟后，他有一段时间没来了。这条宝善街，一天比一天闹猛。说起来，宝善街就是从茶馆起家，茶馆最大的噱头就是一边喝茶一边听戏。京戏、昆剧、沪剧、滩簧样样都有，茶馆和戏班结对，宝善街越来越兴隆。饮食店、小吃摊来了。为了方便客人住宿，客栈也开出来了。欢喜淘货的，还有古玩店。接踵而至的是赌台、娼寮。各行都有了一席之地，宝善街渐渐有了沪上娱乐圈圣地的味道。按公共租界马路建成的先后，上海人给这条街排名老五，叫五马路。俞光甬由衷钦佩阿爸当年在这里的打拼。不过当时春茗茶馆还没有听戏，现在二弟跟老家的滩簧老板合作,上海宁波人越来越多,茶馆生意也越来越好。

俞光甬有些近视,医生检查后让他戴眼镜,俞光甬看看这个戴眼镜的医生,觉得眼镜是个累赘,麻烦。人家戴眼镜的要么喝过洋墨水,要么读过四书五经,他一个靠夜校识字的生意人戴眼镜会被人家讥笑,好像鼻头里插根葱——装象。但医生说不戴的话近视会更深,那只好听医生的了。现在他眼镜里的青年越走越近了,直到对方主动跟他打招呼,他才确认是浦辰璋。俞光甬想,看样子这副眼镜是脱不下来了。穆先生和浦斋航相识后,他们两个小字辈也成了好友。浦辰璋一身笔挺的西装,应该是外国货,比自家这身吃价(值钱)。俞光甬打哈哈:"辰璋兄,今朝侬这套行头挺括的。"

"还可以吧。法国买的,今朝来看侬,要穿正式点。"

"弹眼(与众不同)啊,一条马路外头就看见侬了,不过不敢认。"俞光甬为自己的俏皮哈哈大笑。

"光甬兄这样子讲我难为情了。"浦辰璋有点不好意思。

"讲讲笑话。来,请。"俞光甬作揖,把浦辰璋请进茶馆。浦辰璋听阿爸介绍过春茗茶馆的来历,当时就觉得蛮传奇。进得店堂,见茶客满座,啜茶、嗑瓜子、吹牛皮。声音嘈杂,兴隆喜气。戏班子正在唱戏,偶尔有人喝彩,台子上重重拍一记。浦辰璋问:"唱的是啥戏?"俞光甬说:"宁波滩簧。""唱点啥?""我也搞不清爽。"浦辰璋听了一歇:"这个戏有意思。侬只茶馆灵光。"俞光甬说:"阿爸走个辰光,我六神无主,多亏穆先生帮忙,才缓过气来。后来光庭到上海,跟我一道读夜校,想不到伊脑子比我好,茶馆弄得介好。"

浦辰璋说:"侬是跟外国人做大生意,二阿弟做茶馆,俩兄弟档结棍(你们兄弟联手厉害)。"

俞光甬把浦辰璋请进雅间,一下子隔绝了外面的喧闹,静下来了。

大江大船

浦辰璋把自己的想法告诉了俞光甫，俞光甫沉思着。浦辰璋喝了一口茶，问道："光甫兄，我今朝就想来听侬讲一句，侬觉着这桩事体来事哦？"

俞光甫摇摇头："交关难。外国人晓得，阿拉要用伊的旗帜，是因为中国官府不敢管伊，伊就朝南坐（架子大）了。伊一面旗帜就是投资啊。长江上外国旗帜杂七杂八，讲起来心里殟塞。"

"侬看这桩事体还做得成功哦？"

"要想做嘛总归做得成功。不过现在伊搭牢阿拉命门，急不得。"

浦辰璋把茶杯踱了踱，看着俞光甫："我就晓得侬来事，眼睛一转，主意就来了。"

"跟外国赤佬多打了几天交道，晓得点伊拉规矩。我想，先要脱英国人一道弄只洋行，然后招股买外国小火轮。"

俞光甫把自己了解的情况跟浦辰璋一五一十地说了，眼下资金不足，通过洋行买十几艘二手小火轮是首选。轮船挂靠洋行，朝廷就不好干涉了。第一批小火轮营业后，如果看涨，还可以再增加投入沙船。

新创办的华兴商轮公司悄然开张，俞光甫投资比例超过百分之五十，并经办洋行买船事务，任董事长。穆德鸿也投资入股，在他的影响下，一些华商也成为股东。浦辰璋任总经理，负责公司航运业务。

公司迅速投入运营，业务超过预期，十几艘火轮天天满负荷运载，业务量持续递增。浦斋航的沙船也加入进来。穆德鸿为两个后生高兴，他的号召力也使华兴商轮声誉高涨，要想低调也不行了。浦辰璋和俞光甫看着蒸蒸日上的公司，十分高兴。浦家船队也暂时摆脱了困境。

太古眼见华兴一天比一天扩大业务，向招商局表示了不满。浦辰璋很快获悉了这个消息。李鸿章不久批示要求"会同妥商，设法禁阻"，然而毕竟华兴公司挂着英商的牌子，就只能不了了之。这并没有使浦辰璋解脱，反而深感耻辱。明明是自己的家当，非要掩藏于外国人的羽翼之下。

又是一个杂乱无章的夜晚。似睡非睡，似醒非醒，断断续续，连绵不断。浦辰璋怀念起在法国造船厂实习的那些日子。那可真是一段好时光啊，一门心思学技术，毫无杂念。现在总算弄了个自家的公司，要应对的事情越来越多，头痛啊。接近天亮前，他做了一个梦。梦里的船变成了参差不齐的山，在海中漂浮，船速越来越慢，大片海水渐渐变成一块块散乱的区域，先是一个地方结冰，然后迅速扩展，船在不断缩小的海水中左冲右突，最终还是被冰封了。他醒来，浑身发冷，刚从冰海中逃生一样，一睁眼，阳光却格外刺眼。他像得到了某种暗示，立刻跳出被窝，对着阳光做了一个深呼吸。盘桓多日的计划就在这个瞬间有了答案。他要做自己的航运公司。

两个小时后，浦辰璋和俞光甬在华兴公司做了一项决定，把所有利润追加投资，从英国进口三十五艘百吨以上小火轮投入长江航运，浦家船队百余艘大型帆船进入内河航运。他们的判断不错，一年内，华兴航运业务再度攀升。第三年，新增添的十余艘轮船到位，总吨位超过一万吨。接着开辟长江航运申汉线，上海至北方沿海的天津、烟台、牛庄，东南沿海的汕头、淡水、基隆等地的海上航线。

这些日子，浦辰璋和俞光甬沉醉在从未有过的兴奋中。早就不愿意挂外国旗了，今日终于如愿以偿。有记者报道称，华兴公司的规模已仅次于太古、怡和和招商局。报道充溢着兴奋和欣喜。浦辰璋曾经的东家太古轮船公司再度盯上了华兴公司。一个大班写信给盛宣怀，要求设法驱逐经营长江贸易的各类中外轮船。他还给这些船起了一个侮辱性的名称——"野鸡船"。他说只有驱逐这些"野鸡船"，才能保障招商局与怡和、太古三家享有的盈利。

浦辰璋感叹，当年轮船招商局打破了外商轮船在中国江海横行的局面，但为了保全自身利益，搞起了垄断，与本来是敌人的外国资本家成了盟友，真是枪口倒转，世事翻覆。其实太古提出这一要求，也是捏住了招商局的软肋。在中国，就是招商局一家独大，为了维持它的独大局面，中小华商都不能轻举妄动。他们还知道，这些挂着各国国旗的轮船，实际拥有人几乎都是华商。所以无论挂着谁的旗帜，只要妨碍他们获利，就必须驱逐。猎杀"野鸡"成绩斐然，除了招商局、怡和、太古三家，长江航运上的其他轮船消失殆尽。华兴公司也偃旗息鼓。

浦辰璋心里窝着火，很是愤愤。比起大清朝廷，欧美列强早就把上海作为世界贸易市场的重要枢纽，争先恐后投资开辟上海远洋航线。早在上海开埠后七年，也就是1850年，大英轮船公司所属五百五十三吨的木制明轮玛丽·伍德号首次驶入黄浦江，开始了伦敦到上海的定期航班。大英轮船公司每年得到英国政府五十万英镑左右的财政补贴。

再看看东邻日本，政府下决心把支配日本航运的外商驱逐出去。他们成功了。明治天皇亲自下令将四艘在刚建立的海军中服役的小轮船无偿交给日商三菱公司，委托组建三菱船队，开辟横滨到上海的远洋航线，黄浦江上也有了太阳旗的轮船。一个蕞尔岛国，竟然越来越厉害，连英国人美国人都忌惮他三分。当时，大部分欧洲、北美、大洋洲的海外远洋航线都必须经过上海，决定了上海必定是中国、亚洲和世界的航运中心。放着这样一个超级良港，朝廷怎么就看不明白呢？政府只护着招商局一家独营，压制民族资本，连国内航运都不让民间商人涉足，更奢谈国际航线。念及此，浦辰璋痛心疾首。

第九章 甲午之恨

1

浦成栋早几年已进入福建船政学堂学习航海驾驶，也许是因为他的家族基因，他学得如鱼得水。

航海实操开始了。浦成栋和三十几个学员一起登上了舰船。在一个多月的时间里，他们将面对暴风、狂浪，经历测量太阳和星座的位置、岛屿迂回、海岛勘察等多项考察测试。真正到了海上，才明白海天一色并不仅仅是旖旎风光，还充满着各种不测和风险。航行数日后，所有人都会觉得置身于一个孤立无援的漂浮物中，浩瀚无边的大海随时都可能对这个渺小的漂浮物产生巨大的威胁。浦成栋真正理解了父亲经常讲的船队在海上遇险的经历。在海上漂浮的人都非常想看到山，那时心里就像有了着落。然而通常一天航程下来，连远山的影子都不见。对于初次出海远航的年轻学员来说，已不仅仅是航海仪器的操作技术，还多了一层意志和毅力的考验。

终于熬过了最乏味最艰难的一段时间，等到了返航的日程。

作为驾驶技术最过硬的学员，浦成栋首先在返程中独立驾驶，这是他期盼多时的一件事。带队的英国教习不住对他竖起大拇指。

将到达一个泊位时，浦成栋忽然发现驾驶台操纵面板上的倒车指示灯不亮，主机转速表显示为零，自动熄火了。英国教习立即对学员说："谁愿意来试试解决这个问题？"无人应答。教习随意伸手对一个学员一指："你来试试。"那个学员鼻翼上长了一颗醒目的痣，他头一歪，干脆地回复不会。此人叫翁玉侃，曾当过几年步兵，嫌天天步操太累，看到船政学堂招生，就来试试运气，想将来换个海军干干。一不留心，就暴露了旧军营里的习气。他如此态度，教习觉得自己的权威受到了挑战，板着脸说："如果现在正在进行残酷的海战，你知道这句话的后果吗？"

翁玉侃不以为然，反问教习："你说什么后果？"教习顷刻咆哮起来："你不怕，那我来告诉你。"他走近翁玉侃，用手指对着他的脑门，"就是这样。现在，你给我出列。你不再是我的学员了。"

这时浦成栋向教习行礼："报告教习，让我试试吧。"

教习看了看他："可以。希望你成功。"

经过一番操作，主机重新发动起来。

学员们纷纷鼓掌。唯独站在一边的翁玉侃一脸不屑。

教习指令倒车，但倒车指示灯又不亮了，主机再次熄火。众人惊讶中叹息，浦成栋也十分懊丧，翁玉侃竟然发出了一声嗤笑，声音有些麤。这一刻非常寂静，轻微的声响都会被捕捉到。浦成栋愤怒地瞪了他一眼。翁玉侃对舰艇上一大堆技术玩意儿根本看不懂也弄不懂，那就继续像个兵痞那么混吧。由于他的不恭和无礼，教习大发雷霆，甚至不再承认他是学员。虽然这是教习一时之念，但如果教习坚持，那么他的结局将是离开船政学堂。这不是他要的结果。再怎么说，他的身体里也流着一腔报国的热血。

过了一会儿，船再次启动，终于按教习指令完成了规定动作。众人又一次欢呼起来。翁玉侃笑不出了，他记住了这个叫浦成栋的同学。

这次测试结束后，浦成栋等几个学员跟着教习去了英国，进入格林尼治皇家海军学院学习，一年后进入地中海舰队实习。三年的留学时间，浦成栋也结识了几个日本同学，他们经常把同文同种挂在嘴边，但浦成栋总有一种担忧，他觉得这个被中国人叫作东瀛的国度对中国人并不真诚。种种迹象表明，它已经成为觊舰中国的强邻。而他们在实操中表现出来的斗志和精神意志又常常使他汗颜。浦成栋总忍不住想，学成回国后我将披上中国海军战服，如果发生战争，我会如何表现？这个问题困扰了他好几天，弄得他整天集中不了注意力。

阿爸来信了，说家里一切都好，让他安心在英国学习，回来后为国家服务。阿璋准备去法国学造船。阿爸说，将来你们两个回来一个造船一个驾船，正好搭档，我浦家后继有人了。阿爸还说，不管世事如何，国家绝对离不了船的，我们的国家这么大，没有船，南北方的货怎么调剂运输，怎么到世界各地跟洋人做生意。我们的老祖宗几百年前就远航到南洋跟那里的外国人做生意了，靠的就是沙船。沙船现在走下坡路了，但我们一定会有自家的火轮船。

浦成栋读着父亲的信，暗自笑了，心里也宽慰了不少。阿爸一辈子跟船打交道，三句话不离本行，说得最多的也是船，写信也是这样。浦家祖辈靠的就是沙船，所以阿爸把船看作命根子，他和阿璋从小就喜欢船，如今他在英国学舰艇，阿璋在法国学造船，看来浦家的船基因真是强大无比。

他知道一切安好这几个字是父亲的敷衍。沙船在外国轮船的挤压下生存艰难，怎么可能一切安好呢？但阿爸说得对，国家总归需要船的。

完成了在英国舰队的实习，浦成栋回了上海。

阿爸很高兴。大阿哥啧啧赞许："阿栋，看看侬这个身胚（身架子），我夏天都不敢赤膊了。"浦成栋本来是小胖子，现在一身肌肉，壮实匀称，他被说得不好意思了："大阿哥勿要取笑我了，我这样子乌漆墨黑，像个黑炭，粗坯（粗人）。侬细皮白肉，一双手伸出来一看就是满腹经纶的。"浦冀宁说："侬是谦虚，还是讲我不做事体啊？"浦斋航呵呵地笑："看俫两兄弟，不看到嘛天天想，看到又不着调了。照我看，阿宁是文，阿栋是武，各有所长，相得益彰。今后要好好帮衬啊。"两兄弟都说阿爸讲得对，听阿爸的。

连续几天，父子三人天天喝酒，三人都是好酒量，还喝不醉。免不了要讲到阿璋，浦斋航拿出一封信来说，阿璋前几天来的信。倷看看。

两兄弟读着信，浦冀宁懵懂，因为写了不少轮船机械术语，浦成栋就边读边解释，浦冀宁像小学生一样聆听。浦斋航说："真是让我大开眼界啊。看来阿璋放弃科举到法国学造船这条路走对了。阿璋脑筋就是灵光。"他抿了一口酒，掩饰不住地赞赏。两个做哥哥的一点都不妒忌父亲对小弟的偏爱，也交口称道。浦斋航说："虽说眼下沙船年景不好，毕竟我们还能维持着，就算烧高香了。这都是浦家祖上积德啊。再过一年多，阿璋就要回来了，拿阿拉自己的轮船造出来，就齐全啦。"浦冀宁说："朝廷如果不许民间造，阿璋学成的本事也无用武之地啊。"浦成栋说："我相信朝廷会看清局势的。我在英国学习，就长了不少见识。"浦斋航说："阿栋，倷倒是讲讲，人家外国人哪能看阿拉中国人？"浦成栋摇摇头，端起酒喝了一大口："不讲了，没劲。"浦冀宁说："哎，讲讲，让阿拉也开开眼界。"浦成栋说："两百多年前，欧洲人交关崇拜中国，认为中国是世界上最完美的国家。英国工业革命后，就产业过剩了，到中国来要市场，乾隆皇帝没答应。后来大家侪晓得，英国人用鸦片和炮舰逼中国签下屈辱条约。然后欧洲人对中国的看法全部变了，从先进、智慧、诚实，变成了落后、欺骗、狡诈的民族。反倒是日本，美国人拿伊拉大门打开，叫伊拉未开化民族。但现在不一样了，日本强大起来，欧洲人倒是对伊刮目相看了。"浦斋航说："这不奇怪，人都是这样，弱肉强食嘛。倷软伊就硬。倷越是怕伊，伊就越是欺负倷。根子还在自家身上，怨不得人家。"浦冀宁恨恨地说："当今这世道，官府自家没办法，还一直压老百姓，这个不好做，那个禁止弄，

第一部分
造船

123

看到洋人又不敢得罪，哪能硬得起来。"这一顿酒，吃得身体发热，心里却冷了。

几天后，浦成栋去了北洋水师威海卫基地。他很快发现官兵中弥漫着一种自得和满足，对丰厚的薪水充满着优越感。在舰队上谈起两次鸦片战争和中法之战，多数人对败于西方列强没什么惊讶，也没多少耻辱感。好像败得理所当然。然而说到亚洲，大家众口一词北洋无敌。1886年北洋水师到达长崎完全是一副居高临下的姿态。日本人对北洋舰队的艳羡和恨妒让士兵们尽情夸示着天朝上国的威严。后来因为北洋水兵寻欢不合动粗导致争端，终以日本向中国赔款了事。一直传来日本海军不断购船造船的消息，北洋官兵都付之一笑。你再强也就是个岛夷，怎么敢挑战我北洋水师。眼下朝廷和民众都认为北洋水师是亚洲第一，连外国人都这么看。报纸上经常比较中国的洋务运动和日本明治维新，上至朝廷，中到官吏文人，下至百姓都认为，如果中日发生战事，"我中国则守、战、和三者俱可操纵自如"。浦成栋怀疑自己是不是过于忧虑了。

说起来日本创建海军比中国晚，但明治维新后，天皇睦仁发出谕令："海军为当今第一急务，务必从速建立。"日本政府对海军建设投入极大的财力和政策支持。

1891年，海军提督丁汝昌率舰队访问日本，先后到访马关（今山口县下关市）和横滨、长崎。一位日本记者重登军舰，对这支曾给他的同胞带来耻辱的舰队发表了他的观感。甲板上不再放置关羽的像了，乱七八糟、"其味难闻至极"的供香当然也不见了。一同消失的还有甲板上散乱着吃剩下的食物和水兵的衣冠不整。舰貌军容大为改观。水兵体格强壮勇武。唯有服装不入他眼，军官依然穿着宽大的绸缎服装……

然而丁汝昌看到的情形使他大吃一惊。在日本新购置的军舰中，时速最快达到二十三海里，很明显，速射炮和快速巡洋舰是日本海军力量的重点。而且，购置和建造计划还在续增。丁汝昌被激出一身冷汗。他倒是没想过两国交战，但防备之心还是有的。所以回国后，他立即陈请朝廷再购新舰，增强北洋海军实力。他还把听闻的日本天皇带头节食、扩充海军的事情写进了奏疏中。但这份奏疏在"东洋小国，岂敢挑衅天朝"的大多数官员眼里简直是个笑话。李鸿章明白丁汝昌所说无误，可当下朝廷的头等大事是筹办太后六十大寿寿宴，为此不惜挪用北洋水师军费开支。户部甚至做出了北洋海军两年内停止购置外洋炮舰军火的决定。这个时候如果以备战为由劝阻太后节省开支，购置舰船，等于捻拧她的权力触须，谁敢有丝毫的冒犯？！

2

报纸上"日本断断不能与中国相敌"的言论还在继续发酵，1894 年 7 月 25 日，日本联合舰队不宣而战，在丰岛海域突袭北洋护航舰队，甲午战争爆发。

同年 9 月 17 日，黄海海战爆发，北洋舰队与日本联合舰队摆开战阵。北洋舰队五舰被击沉，日本舰队五舰遭重创。双方战斗力端倪初现。

定远和镇远两艘大型铁甲舰以厚重的装甲、重炮和大吨位属世界海军佼佼者，现在它们被五艘日舰所围，殊死鏖战。浦成栋所在的来远舰与靖远舰一起阻挡着日舰吉野、浪速等四艘快速巡洋舰的疯狂进攻。浦成栋渐渐发现，自家两舰的火力被压制住了，日本军舰的射速比北洋舰队快数倍。一发炮弹在来远舰上爆炸，舰艇后部中弹起火，尾炮被毁，熊熊燃烧的大火中散发出一阵阵毒烟，士兵根本无法扑救。他目睹一名炮手被敌舰炮弹击中，头颅顷刻粉碎，头骨碎片乱飞。另一名炮手毫不畏惧，推开战友尸体，继续向敌舰瞄准。机舱里浓烟充塞，火焰导致的高温和炙热把轮机兵熏得头昏脑涨，驾驶室里毒烟呛人。舰长下令扑火，保存实力，且战且退。浦成栋用一块浸湿了海水的布扎住嘴冲进驾驶室，驾驶冒着浓烟、中弹数十处的来远舰与日舰对轰，逐渐撤到大鹿岛附近，炮声渐渐稀疏。日舰害怕搁浅，不敢驶近浅滩。来远舰上的火势被控制住。双方远远地以间歇的射击对峙，都显出了疲态。夕阳由金黄变成惨淡的灰黑，日舰突然调整队形，开始返航。浦成栋想，日舰的炮弹打光了。北洋舰队的弹药库也已告罄。之前的困惑解开了，他不是杞人忧天。眼前再次浮现出他在格林尼治皇家海军学院那几个日本同学的眼神——阴郁中含着难以掩饰的狠勇。他们是不会善罢甘休的。

四个多月后的刘公岛。一个风平浪静的日子，日本联合舰队向威海港内的北洋海军再度发起进攻。

浦成栋在鱼雷艇上待命。几天后的夜晚，接到丁汝昌命令袭击敌舰。次日早晨，靖远等正与日舰激烈炮战。浦成栋所在的鱼雷艇指挥舰管带发出指令，十艘鱼雷艇出发执行任务。但浦成栋很快发现鱼雷艇向烟台方向疾驶。他意识到，这不是出击，而是逃跑。大战当前，来不及多想，浦成栋质问管带为什么向烟台跑，管带瞪他一眼："真是不知天高地厚，你这种下级军官也敢来质问本管带？"浦成栋大声喊道："这是逃跑。请管带下令立即掉头。"管带说："给我滚一边去，这里没你说话的份。"浦成栋一股怒气冲上脑门，上前顶在管带面前："丁军门在血战，你却要逃跑，你这个败类。"管带冷笑着，边往后退边拔出佩剑，指向浦成栋："黄口小儿，再敢狂言，老子劈了你。"这时一个士兵忽然从管带后面一把掐住他的脖子，瓮声瓮气哼了一声："老子先干死你。"此时海面上炮声大作。浦成栋一看，日本快速巡洋舰追了上来，正对着鱼雷艇攻击。鱼雷艇上一片混乱。浦成栋反应过来奔向驾驶室，鱼雷艇迅速掉头向日舰冲去，但对方已经开火了，几艘鱼雷艇已被击毁。浦成栋娴熟的驾驶技术使这艘指挥艇在猛烈的炮火中穿梭，他仍试图向敌舰发射鱼雷。一颗炮弹飞过来，弹片击中了他的左腿，鱼雷艇失控了，燃烧起来，轰然爆炸。昏迷中的浦成栋觉得自己被拽入一个无底洞中，失去了知觉……

醒来的时候，浦成栋发现躺在沙滩上，天地昏暗。他下意识地想抬起那条伤腿，幸好，还有知觉，却像一根坚硬冰冷的长棍，弯曲一下就可能折断。分不清疼痛还是受冻，深入骨髓的寒彻。他听到有人跟他说话，叫他浦二副。浦成栋好像从一个遥远的世界又回到几个小时前的海战现场，想起来自己是北洋舰队的驾驶二副，但躺在地上一动也动不得，坍台啊。他惊醒一般想坐起来，根本不可能完成这个动作。他颓丧地问："你是谁？"

"我叫翁玉侃。一等水手。"

"翁玉侃，一等水手，我不认识你。"

"我说一件事，你一定会想起来。好几年前了，你我一起在船政学堂实习演练，英国教习要开除我。想起来了吗？"

"船政学堂……英国教习……"浦成栋的思维像被周边的冰块冻住了一般。

"想起来了吗？"

"好像……想起来了。噢，对了，教习叫你排除启动故障，你说不会，被教习用手比着枪毙你……我们两个人……是怎么回事？"

"二副，你被炮弹打中了。鱼雷艇爆炸前的一秒钟，我拽着你下了水。你在这里躺了几个小时了。你命大啊。"

"原来如此，谢谢你搭救了我。不过我现在站都站不起来了，你走吧。"

"我本来想，如果今天早晨你还醒不过来，我就走。你醒了，我怎么能走？二副，别多想了，北洋的家底差不多打光了，我们也回不去了，只要活着，总要混口饭吃的。"

"你说得对。不过我动不了了，再拖上别人，我不愿这样。"

"别悲观嘛，你只不过伤了腿，脑子还好好的。说不定太阳出来晒一晒，你就能动了。"

"那就借你吉言了。嗨，想想就窝囊啊，如果按丁军门的命令袭击日舰成功，说不定还能扳回一局。想不到管带是个孬种。"

"当时我真想一把掐死他。不说他了。二副，你别多说话，我去找点茅草，再生一堆火烤一烤。等着我啊。"

"谢谢兄弟了。"

"你还救过我呢。我知道，要不是你在英国教习面前替我说情，我就要离开船政学堂，也到不了北洋舰队。人嘛要知恩图报，正好你给了我这个机会。"

云开雾散。那刚刚熄灭的火堆还散着余热，躺在茅草堆里的浦成栋觉得有了暖意。翁玉侃不知从哪里弄到几条鱼，重新生火，鱼在火上吱吱地冒着焦香味。他捡了根细细的树枝，挑起一条，放到浦成栋嘴边。浦成栋闻着，咂咂嘴，咽着口水说："看来你这家伙还真没白混，就这样也能过得开心。"翁玉侃说："那我们就在这里当野人吧。"浦成栋让他把自己搀起来，左腿钻心地痛，汗珠往下滴着，终于站住了。翁玉侃的臂膀被浦成栋掐得生疼。浦成栋对翁玉侃说："你摸摸我身上还有钱没有，我们得走。"翁玉侃说："舰队都打没了，还往哪儿走？"浦成栋说："在这里当野人不行，得走啊。"两人把身上的钱全部掏出来，凑在一起。翁玉侃说："好，我去雇船。哎，浦二副，你的官阶比我高，人品又好，我就认你作老大了。"浦成栋连连摇头："那不可以。明明你比我大，还搭救了我，应该我叫你大哥。"翁玉侃说："你就别谦虚了，你喝过洋墨水，外国话我一句都不会，虽说在船政学堂混过几天，里外还是个土包子。当然你是老大。"浦成栋说："你这家伙，还能说会道的。"就算是默认了。

第十章　爱与火

1

甲午战败后第四年，清政府终于解禁华商兴办轮船航运业。华兴商轮公司重新开张。

几个月前，浦辰璋曾收到卢西亚的来信，这是他在马赛实习时认识的法国女孩。浦辰璋看着信封上的字，笑了笑。在他眼里，卢西亚仅仅是朋友，可卢西亚认为浦辰璋是她的恋人。想起当时卢西亚向他表白的情形，浦辰璋感觉脸上热烘烘的。这封信的目的就是明确她和他的这种关系，卢西亚把在法国对他说过的话又以书信的形式重复了一次，但在语义和语气上更加咄咄逼人了。浦辰璋领教过法国姑娘的热情，那些字句都是发烫的，尽管他在法国待了四年多，但读这些字时还是感觉有点不自在。他拿着信，在原地踱步。他并不是对卢西亚没感觉，但真的成了恋人他们如何相处？如果卢西亚叫他去法国他该当如何？他认定不可能再去法国，他在这里有自己要做的事。那就跟她直说吧。

一个月后，卢西亚的信又到了，用更炽热的语气回应浦辰璋的直说。而且说她将在一个月后抵达上海，还神秘地说将给他带来惊喜。

浦辰璋把这封信来来回回读了几遍。卢西亚喜欢时不时弄点噱头，给他在那里远离亲人的生活加点佐料。只是他生性缺乏这种因子，有点难以招架。他常常自嘲，可还是故态复萌。这辈子，看来是禀性难移了。

卢西亚的电报到了，写着她乘坐的邮轮到达上海的时间。浦辰璋拿着电报，无奈讪笑。电报纸上的卢西亚好像对他做着鬼脸。

浦辰璋按时到达十六铺码头，一艘邮轮靠上码头。太多的欧洲人，浦辰璋在人群中找卢西亚，但女士们的打扮很相似，倒是听见了一声"嗨，浦。"他循声望去——一顶草帽遮住了大半张脸，手在挥动着。浦辰璋迎了上去，正是卢西亚。旁边还有一位中年男人，身材高大，明显过早谢顶。卢西亚做了一个夸张的手势："给两位先生介绍一下，"她指了指中年男人，"我的父亲，尼诺先生。"又对中年男人说，"浦辰璋先生，我在上海最好的朋友。"尼诺接着话头："是男朋友吗？"这一句问话，瞬间让浦辰璋感到这张脸上的睿智和狡黠，也使他轻松起来。"当然啦。"卢西亚朝浦辰璋眨眨眼，神采飞扬，"我没说错吧？"浦辰璋一时不知如何作答。尼诺笑了："你看，也许你的浦先生并不这么认为。"卢西亚说："他怎么认为不重要，重要的是我怎么认为。"浦辰璋来了一句"Bien au contraire（法语：恰恰相反）"。尼诺大笑着对女儿说："你看，我赢了。"

坐人力车是尼诺的坚持。他说这样可以感受外滩的风情。他解释说，风景不是风情，他更关注后者。少年时期他就看过很多关于中国的书，他的身体里隐藏着无数个中国。他终于实现了这个多年的梦想，到了这个国家最接近世界的地方，用自己的心和脚去感受。不过他现在看到的这个被英国人命名为"外滩"的地方更像一个欧洲城市，有许多像他这样的金发碧眼的人在这里行走。所以他建议到那些不像欧洲的地方去看看。

这倒是出乎浦辰璋的意料。不过想想也确有道理，外滩的欧洲建筑在欧洲人眼里司空见惯，对尼诺这样涉略中国文化的法国人来说，没有多少吸引力。到了会馆街，浦辰璋让人力车拐进了码头街。赖义码头、公义码头、利川码头。这里泊有挂着各国国旗的外国轮船，也有中国的沙船。尼诺说他想下去走一走。

浦辰璋告诉尼诺，他从小就在这里长大，对这里的一切很熟悉。黄浦江是长江汇入东海之前的最后一条支流，也是上海市最大的河流。几百年来数次改造疏浚后，黄浦江逐渐代替吴淞江成为太湖水系入海干流。因此被上海人称为母亲河。浦家世代经营沙船，他从小就喜欢船，老想驾着船开往远方。

尼诺说："Alors vous allez en France pour apprendre la construction navale？（所以你要到法国学造船？）"

"Regarder tant de bateaux étrangers tous les jours me stimule profondément，Apprenez la construction navale en France, revenez voir les bateaux étrangers sur le fleuve Huangpu，l'excitation est encore plus grande.（每天看着这么多的外国船，对我刺激很大。到法国学了造船，再回来看到黄浦江上的外国船，刺激更大。）"

"浦先生，我非常理解你。知道我为什么到上海来吗？卢西亚，你来告诉你最好的朋友。"

卢西亚摘下草帽，说这天好热，又问浦辰璋："上海的春天都这么热吗？"

浦辰璋说："热和不热，都是个人感受。你看，尼诺先生和我就不觉得热。"

"你说话这么厉害。不，这叫尖刻，是不是？"

"你说话总带着问号，说明你对世界的了解太浅薄。"

卢西亚凑近浦辰璋："你不想知道我父亲为什么来上海吗？"

"跟我有关系吗？"

"当然有啊。你忘了我要给你的惊喜了吗？"

"我没猜错的话，你的父亲尼诺先生……是我的惊喜？"

"说对了。亲爱的尼诺先生要在上海开设隆孚洋行分行了。他就是分行的，你们叫大班，对不对？"

"隆孚洋行，我知道啊，尼诺先生是来开设分行的，那太好了。这可真是个惊喜。"

"拥抱一下。"卢西亚一把抱住了浦辰璋。浦辰璋有点不知所措，发现尼诺正俏皮地眨眼，他一把拥住了卢西亚。卢西亚把草帽戴在浦辰璋头上，在草帽的遮掩下迅速吻了他一下。浦辰璋又不知道怎么回应了，不过卢西亚并不理会。

说到法商在上海的生意，尼诺连连摇头。在他看来，跟英国美国相比，法国商人的经营头脑远远落后，甚至比德国人和日本人都差一截。幸好他所在的隆孚洋行很有预见。早在二十多年前，隆孚老板就在世界各地设立分行，其中就有上海，却很快被英国人抢了风头，然后就像泡沫一样销声匿迹了。现在他就是带着总行的指令来重新打开和上海的出口贸易。"卢西亚说她在上海有个最好的朋友，我就催她尽快和我一起过来。我要跟英国人抢生意了。"他指了指浦辰璋，"也许我们可以合作了。"

这生意浦辰璋当然要接。关于双方合作的进出口货物，两人心有灵犀，不约而同地指向了蚕丝。

浦辰璋没想到，说起中国蚕丝，这个谢顶的法国男人竟然比自己知道的还要多。他说到了公元前 5 世纪，中国丝穿越中亚和西亚腹地出现在雅典，说到了古罗马人把中国叫作"赛里斯"（Seres），他还郑重其事地解释说这个拉丁词与汉字的"丝"完全同义，所以古希腊和古罗马直接以"丝国"命名中国。因为丝，东西方世界才被联结起来。看来这位尼诺先生热爱中国文化并非纸上谈兵。尼诺说话的时候，卢西亚一直在笑，等尼诺兴致高昂讲完一大段，她说她已经听过无数遍，所以也对中国文化很有好感，这就叫耳濡目染吧。浦辰璋赞许地说："这个中国成语用得很准确，比刚才说我尖刻好很多。"尼诺意犹未尽，说："一百多年前，中国文化热让法国人倾倒，美丽的蚕丝就是主角之一。你想象不到法国人喜欢丝绸到了什么程度。虽然法国生产蚕丝数量不低，但完全不能满足丝织品市场的需要，所以中国生丝一直供不应求。如果我们把这条渠道打通了，那前景将不可限量。"浦辰璋深表赞同。

两人说得起劲，一边的卢西亚忽然打断了浦辰璋："你别光顾着和尼诺先生谈生意，你和我，也有合作的。"尼诺看了浦辰璋一眼："是啊，该谈谈你和她的合作了。哦，不，你们的合作不应该在这里谈，也许有更合适的地方。"

　　卢西亚一路走一路好奇地张望，她忽然对浦辰璋说："浦，你真的从小住在这里吗？""是啊，这有什么可怀疑的？"

　　她使劲嗅了嗅："空气中有股什么味道？我是说，你怎么受得了？"

　　"我一点都没感觉，早习惯了。"浦辰璋故意含糊其词。

　　"让我来描述一下。潮湿的，咸咸的，含着一点腥味，还有一点令人难受的异味。"

　　"对，差不多就是这样。那异味其实就是臭味，你没说出来罢了。"

　　卢西亚瞪大了眼睛："真的难以想象，我刚才看到的是一座比马赛美得多的城市。浦，那臭味，是哪儿来的？"

　　"嗯，很抱歉，我不想说。"他的下巴朝路边街坊门口放着的马桶点了点。

　　卢西亚完全不明白："那是什么？"

　　"如果你想在这里待下去的话，很快就会知道那是什么。不过你很快就会对这里失去新鲜感的，甚至厌恶。"

　　"为什么这么说？"

　　"我猜得不对？"

　　"我也不知道你猜得对不对。"卢西亚眼神迷茫。

　　"那我问你，你现在是沮丧还是欣喜？"

　　"我真的不知道如何表达了。"

　　浦辰璋想，她确实不知道，她的生活背景与这里完全不同，她只是好奇罢了。好奇一过，就会感到与她的想象格格不入，然后就会厌倦。

不过卢西亚的情绪很快就恢复如常，她甚至蹲下去端详起一个马桶，她很快捂住了鼻子。这个近似椭圆形的木质物件旁还竖着一柄看起来像是竹制品的东西，她似乎想去摸一下，很快又缩了回去。她抬头向浦辰璋求助，但浦辰璋视而不见，并不想给她帮助，她只好悻悻地站直身体，然后一个人往前走。

浦辰璋慢慢跟在她后面，突然羡慕起这个活泼轻快的背影来。她还是一个不谙世事的小姑娘。他呢，也才二十，却心事重重，想着各种生意，人生真是太不一样了。她忽然回过头喊他："浦，带我到你家去好吗？"他大声回应她："一直往前走。"

2

法租界。敏体尼荫路（今西藏南路北段）。这是尼诺为隆孚洋行分行选的地址。

出生于德国汉堡的敏体尼，是法国驻上海第一任领事。无独有偶，他的个人经历与英国第一任驻上海领事巴富尔非常相似。巴富尔是英军驻印度马德拉斯炮兵上尉，敏体尼曾是法国海军"希腊独立运动支持者"第一军团中尉，都在境外服役。这两个退役军人在上海的最大成就是为本国在外国开辟了租界。有了巴富尔首开英租界的先例，敏体尼也要弄个法租界。上海县城北郊在英租界和老县城之间，三面沿着航行的水路，他看中的就是这块地方。厉害的是，本来美国人也看中了这块地盘，但敏体尼以自己的手段搞定了时任上海道台麟桂，硬是把美国人挤到了苏州河北岸。

尼诺是想延续这位领事的好运。他考察了一个多月，最后选中了这个地方。他发现他的同胞们在上海完全没有陌生感，而且还保持着以巴黎为楷模的社交礼仪，炫耀、虚荣和教养相随相依。他们常去他们心目中的上海香榭丽舍大街，那个地方叫静安寺路

（今南京西路）。如果坐着马车，那他们就得攀比各自的穿戴和车马侍从。尼诺想，他们一定把这里也当作法国上流社会人士的集聚地了。可惜这里是公共租界，并不是法国人的地盘。尼诺不喜浮夸，他也没时间去凑这个热闹，他的职业使他养成了务实的作风。他认定上海的航运将会给隆孚洋行带来极大利好。

法国邮轮公司欧亚航线开辟后，法国进口中国生丝不需要再从英国转口，上海就成了直接向法国出口生丝的港口。隆孚洋行经营的生丝生意风生水起，法国渐渐把英国的生丝生意挤了出去，成为中国生丝的主要市场。

经过半年多的合作，尼诺对浦辰璋的信任更深。一晃到了初冬，路边的梧桐在寒风劲吹下婆娑起舞，掉落在地上的枯叶在脚下发出吱吱的响声，但叶茎仍显示着强韧的桀骜。偶尔的鸟鸣预报着鸟儿们已感受到越来越逼近的寒气。不过，仍然温煦照拂着街上的阳光不至于让人的心情急剧跌落。尼诺倚靠在一棵梧桐树下，品味着日渐萧瑟的街景。作为一个博学的商人，尼诺知道这种悬铃木从北美引进到欧洲后广泛栽培，法国人把它的树种带到上海，栽在霞飞路（今淮海中路）上，而后又大范围种植。他不会知道中国人后来把这种行道树叫作"法国梧桐"，以讹传讹了。他突然想，何不邀请浦辰璋去爱多亚路（今延安东路）上的"密采里"一聚呢，我和他的合作才刚刚开始呢。

浦辰璋早就知道这个地方，但还是第一次来。和尼诺签订了生丝供货协议后，他们见面的次数并不多，双方恪守信用，一切按协议进行。生丝出口贸易给华兴公司带来的利润十分可观，出口总量还在加大。

尼诺见浦辰璋过来，起身给了一个温暖的拥抱。浦辰璋也热烈回应。

两人坐定，两杯葡萄酒已摆在餐桌上。尼诺对浦辰璋说："浦先生，请用。"

浦辰璋端起酒杯喝了一口，品着，然后问："是拉图？"尼诺想了想说："也许是。"

"为什么是也许？""因为我不知道我们与中国的贸易中是不是包括了酒类产品。""尼诺先生真是三句话不离本行啊。"尼诺不解："我只说了一句啊。"浦辰璋笑了："这是中国的一句俗语，意思是一个人说话的内容总是离不开他的职业，也说明他拥有极高的职业素养。"尼诺很满意："这是浦先生对我的评价吗？太好了。来，为你的这句话干杯。"浦辰璋说："是不是拉图不重要，重要的是中国和法国的生丝贸易。我担保，我的供货全部来自中国最好的生丝产区湖州。干杯。"

从生丝又谈到了茶叶，尼诺再次对中国茶文化表达了倾慕。他告诉浦辰璋，早在1636年，也就是中国明朝的时候，荷兰商人就把中国茶叶转运到了巴黎，法语中开始出现"茶"这个词，比英国早了二十多年。浦辰璋想，可爱的尼诺先生很爱跟英国较劲。

"1700年，中国康熙朝，法国船阿穆芙莱特号从中国运回丝绸、瓷器和茶叶等，开始了中法茶叶贸易。浦先生，你知道这三样可是中国最美妙最伟大的东西，全世界都离不开它。然后，法国人就被这片小小的茶叶迷住了。上流社会对茶叶的需求量一直在递增。法国商人将绿茶转销法属非洲殖民地后，它们深受劳工欢迎，销量大增。所以亲爱的浦先生，你想象一下，如果除了生丝再做茶叶贸易，我们合作的前景会有多好。"

这是浦辰璋闻所未闻的。他对这位一说起中国文化就滔滔不绝的法国人由衷钦佩。他说得对，如此具有诱惑力的商机当然不能放弃。

"尼诺先生，我也被你的描述迷住了。我如果拒绝合作真是太不明智了。"

尼诺连连说好。

浦辰璋问："法国人为什么这么喜欢中国茶？"

尼诺捋了捋修饰得十分漂亮的胡须："有一种说法，说是浪漫的法国人在接受中国茶的同时，还能在精神领域体验茶文化的品位和格调。"他哈哈大笑起来。浦辰璋也跟着大笑起来："真是比中国文人还酸。"尼诺说："不过，我得承认这说法很有道理。上流社会那帮人喝茶的时候，常常探讨各种中国茶的品牌，他们热衷从茶叶中寻找中国神秘文化的迹象。所以他们说这是贵族饮料。"浦辰璋说："在中国，宫廷、僧侣和平民饮茶的方式也有不同的讲究。"尼诺说："虽然在商言商，但我认为，商人更需要文化，这样才能把生意做得更大。如同生丝市场的繁荣是因为丝绸业的发达一样，法国茶叶市场的潜力就是因为茶文化的深入人心。浦先生以为如何？""尼诺先生真是行家，我为我们的真诚合作倍感高兴。我得感谢卢西亚，给我带来这么好的合作伙伴。"尼诺挤了挤眼睛："我从来都对卢西亚言听计从。"两人又一次碰了杯。有一句话浦辰璋没说出来，哪一天自己的船装上生丝和茶叶走向世界各地，那才是中国人真正的大生意。

这些日子卢西亚也没闲着。她在上海，也帮不到父亲什么忙，就到处跑。从外滩跑到老城厢，从公共租界跑到法租界，再跑到华界，完全不同的世界。跑出无数个问题，去问浦辰璋，浦辰璋似乎没时间也不太愿意搭理她。她自认是喜欢这个地方的，因为几乎没有不可以做的事情，但大多数人守着他们与社会的约定，因此不会出格。她最大的欣喜是，外国侨民并没把自己当外人，当地人也不把他们当外人。这非常符合她对人际关系的界定，随意，互融，尤其在一个异域相处的环境，更显出一种特殊却平和的舒适。不过浦辰璋没有如她所愿陷于她的界定之中。这个满脑子都是船，想着生意的家伙，一点都不把她放在眼里。父亲对他很欣赏，看起来他们俩合作得很愉快，可是浦辰璋对她，依然是那种装作无视的样子。她认定他是装作无视。

浦辰璋怎么会无视呢，只是不想表达，或者说纠结于表达的方式。他从没想过与一个外国女性一起生活，有时候忍不住一想，立刻有一种极不真实的迷茫袭来，好像把他带到了一个混沌恍惚的世界。他认为自己一向敢想敢做。他放弃科举赴法留学，归来后还是按着自己的章法行事，去洋行和招商局，执掌商轮公司，还与法国人合伙，前景可瞻。但这个法国姑娘攻势十足的感情，他不知如何应对。她非但不厌倦这里的生活，而且真像她说的那样，越来越觉得有趣了。浦辰璋问过自己，该如何抉择？他并不想伤害她，好在她天性开朗，但这并不说明她内心没有缠绕。

7月14日前夕，卢西亚又来了。

她是专程来邀请浦辰璋参加法国国庆日的舞会。浦辰璋给不出理由拒绝这个邀请。

法国领事馆前悬挂着法国和中国国旗，灯笼和鲜花的装饰虽然单调，但已竭尽所能了。这天上午，顾家宅公园（今复兴公园）里举行了由法国租界陆海军士兵、捕房巡捕、安南（越南）巡捕、俄国捕队，以及童子军列队的阅兵式。公董局、教会负责人、洋行大班、外国驻上海领事代表、中国要员和其他受邀人员坐在简陋的观礼台上，检阅这些步伐不一、军容随意的仪仗队。进入炎夏的上海，公园里的梧桐看起来远比仪仗队繁茂。卢西亚忍不住说真是太可怜了。这个不成体统的阅兵式完全引不起人们的兴致，在浦辰璋眼里更是别扭。阅兵式之后倒是另一番姿彩，各种精彩节目登场。晚上的主题是火炬和烟火。年轻的法国侨民举着火炬沿着公馆马路和霞飞路奔跑，公园里一簇簇焰火争相斗艳，使这座城市又有了一种新的观瞻。

舞会在俱乐部拉开序幕。环顾四周，浦辰璋发现不多的几个华人西装笔挺，他穿的却是长衫。他下意识地挺了挺胸，正了正扣得严实的衣领，把胳膊肘弯了弯，卢西亚心领神会，挽起他下了舞池。

浦辰璋第一次距离女性咫尺之间，不，比咫尺还近，而且是异国女性。在法国留学时，他偶尔与女同学跳过舞，他的舞姿机械僵硬，刻意保持着距离。因为年龄小，同学们常常说他还没开窍。他知道没开窍是说他不领风情，他从不反驳，心里不承认不开窍，只是不热衷跳舞而已。如果不是同学拉他，他一定缺席舞场。卢西亚这次邀请合乎情理，也不知什么原因，他最后决定穿长衫赴约。与卢西亚碰头的时候，他觉察到她暗暗吃惊的样子，但她什么都没说，很快恢复了平静。他笑笑，也不解释。在公司，他都是西装笔挺的。

现在他穿着长衫跳舞，加上舞技笨拙，卢西亚忍俊不禁。踏到一个关键节奏，浦辰璋一出错，卢西亚再也忍不住，大笑起来。舞池里的人们齐齐盯向他们，人们才注意到这个跳舞的中国男人竟然穿着长衫。浦辰璋反倒认真起来，他最不怵的就是这种场合。他立刻感到了卢西亚的鼓励。他感觉他握着的手和他搂着的腰肢与他的舞姿天衣无缝。他好像突然开了窍，动作娴熟，无可挑剔。她趁势贴紧他，默契迎合。他们似乎正进行一场别开生面的表演。浦辰璋第一次真切触碰着卢西亚温软香甜的气息，这气息穿透他的皮肤，渗入血液和肌肉，传导到他的舞姿。卢西亚心里暗暗叫绝，他真是个聪明绝顶的人。刚才她的大笑使他们成了众矢之的，可他镇定自若，与先前判若两人，轻而易举破解了窘境。她断定他的笨拙不是故意的，他攥着她的手沁出汗来，伴着浓烈的汗液味，显然是瞬间紧张的结果。他发挥得越来越好，她干脆依赖他的带动，像一个小齿轮啮合着大齿轮的转动。

他们一直跳到深夜。离开舞会到大街上，舞池里的热量还未散去，空气中湿度很大，两人都汗津津的。卢西亚看着浦辰璋的长衫和他一头的汗："今天你穿这个失算了。"浦辰璋说："今天要是不穿这件长衫，我还不会跳得这么好。""那你现在不能把长衫脱掉吗？我看着都觉得热。""这成何体统。要讲规矩。""浦，你的规矩太多了。"浦辰璋故意气她："我这个人是不是很古怪，不好相处？"卢西亚一步跨到他前面："你就是再古怪，我也要征服你。""好啊，你试试。看谁征服谁。"

卢西亚突然问："你不是对船感兴趣吗？那你知道船屋吗？过几天我们一起去父亲在吴淞码头的船屋。怎么样？"

船屋，浦辰璋不太清楚，又不想给她孤陋寡闻的感觉，就想当然地说："不就是用船改造的房屋嘛。"

只要与船有关，浦辰璋一概接纳。

童年时阿爸带着他到黄浦江看船，太遥远的记忆了。阿爸的重点当然是沙船。沙船的头是方的，尾也是方的，底部是平的。阿爸说这船平稳，元代的时候，最远到过南洋，甚至更远。阿爸的眼光望向很远的地方，好像他跟着远航的沙船去过那些地方。冒着黑烟的外国轮船发出很响的突突声驶过来，阿爸就沉默了，脸色很不好看。浦辰璋半懂不懂地看着阿爸。他觉得，沙船在外国轮船身边就像个小矮子，太难看了，也没它跑得快，他忽然厌恶起沙船来。那些记忆留着散乱飘零的痕迹，最清晰的还是阿爸生气的样子。每每想起来，犹如壅塞内心的块垒，难以疏泄。

他们进入一大片湿地，湿地的深处，布满错落的乔木和灌木，幽静蜿蜒的河道，木栈道、小桥、碎石路，鸟鸣啾啾，古朴宁静。

远远看见了江边的船屋。外表与传统江南沙船基本无异，只是船头船尾稍稍翘出船体。船帆、船橹、船舵和披水板都是中式。浦辰璋站在船头，发现它的栏杆是西式雕饰。到了船舱里，又别有一番天地。整个舱室是明晃晃的白色，漂亮的百叶窗，气派的玻璃材质舱顶气窗占到顶棚面积的一半，通透舒展。真是外观寻常内里锦绣啊。

卢西亚告诉浦辰璋，几个月前，父亲和她在这里买下这艘船，据说它的主人曾是江南的一位三品官。买下来后就改装成了现在这个样子，他们叫它船屋。

浦辰璋问："怎么会想到这主意的呢？"

"你忘了，尼诺先生是个中国迷啊。他对我说，你不是问我什么叫'洋泾浜'嘛，这船屋就是。"

"尼诺先生说得太对了。就是洋泾浜。"

"最主要的还是我们都热衷旅行。不管我们在哪里，旅行是生活的必需品，何况像尼诺先生这样的中国迷呢。他说，这船可以跑内河航运，沿苏州河可以到达太湖流域的很多江南城市。这是我们多么向往的事情啊。"

"尼诺先生真有眼光，也许又将诞生一个新的生意。"

"你说得对，这些船很多闲置着，有人买或者租，不是也能帮助荒废了航运生意的人嘛。"

"也许这是一种帮助，但船家船工傍水而生，一辈子与河海为伍，突然离开了，那种痛彻不是他人能体会的。"

浦辰璋又陷入浦家船队的哀愁中。卢西亚沉默了一会儿说："如果引起了你的不快，我很抱歉。"

"不，我没这么小气，触景生情而已。"

"其实我今天请你来，尼诺先生不知道，他自己还没见过这艘船改装成现在这个样子呢。你是船屋第一个尊贵的客人。"

"那我真是受宠若惊啊。"

"我知道，只要是船，你就不会拒绝。因为你太爱船了。"

"我更爱的是我造出来的船驶向越来越远的远方。"

"浦，我早就知道，你要造的是大船。"

"你早就知道？"

"因为我也喜欢船，在我的家乡阿讷西小镇，湖水从门前经过，出门就可以乘着船到各个地方。"

浦辰璋激动地看着卢西亚，他第一次听她说起家乡，原来还有这层缘分。

卢西亚又说："在我的家乡，也有江南一样的小桥流水。小镇人的生活离不开船，小镇有一句谚语说，爱船和爱水的人，只要互相看一眼，就知道了。"

"那么神奇？"

"还不止呢。那里还有一座情人桥，传说在这座桥上接吻，就会永远在一起。"她痴痴的神态让浦辰璋心头不可遏制地烫了一下。他柔软地看着她，两人的目光交汇在一起，不是碰撞，而是温润，盛着融合的热切。他还是第一次这么看她。她闭上了眼睛，他迟迟疑疑地，终究还是抱住了她，然后越抱越紧，呼吸急促地寻找她的嘴唇。她迎了上去，感觉他的滚烫和炙热、他剧烈的心跳和她的渴望。

这个"洋泾浜"风格的船屋成了这对异国情人浪漫开始的地方。

卢西亚走到船头："你说，这艘船叫什么名字呢？"

浦辰璋略一思忖："就以你的名字命名它'卢西亚号'，怎么样？"

卢西亚跳跃了一下："我太高兴了。我也有一艘船了。"转而又说，"不过好像少了点东方情调。"

"哈，你真是尼诺先生的好女儿啊。"

整个下午，他们都在船屋里。他们谈兴很浓，话题层出不穷。天色暗了下来，两人都没有离开的意思。卢西亚靠在浦辰璋身上，浦辰璋嗅到了特别的气息，这气息瞬间覆盖了他的大脑，模糊了意识，唯剩规律而粗重的呼吸。两团火在口腔里燃烧起来，毕剥有声，温软呢喃……这团火向他们的肌肤、骨髓、器官、神经、血管、体液、毛孔和身体各个部位蔓延，全身细胞处于应激状态，慌不择路地迎接前所未有的快乐和酣畅淋漓的灼烤。

船屋微微摇晃着，伴着忽高忽低的呻吟和喘气，好像一曲水乡畅想。一对异国青年男女的热切和激情徜徉在江南夏日的浪漫和旖旎中，肆意流淌。

3

第二天一早，浦辰璋接到了尼诺的电话，与尼诺一贯的儒雅相反，他有点急躁地让浦辰璋立刻去他的办公室。

浦辰璋发现尼诺的脸色不好看。见浦辰璋进来，他迫不及待地拿着一张纸给他："你看看。"

浦辰璋接过来一看，这是一封致上海商会的法文信件，结尾处盖着法国里昂丝商协会的印章。信里说，华丝在同一包装内品质不一，不匀不洁。如果这样下去，丝价将再度下降，并将失去市场地位。浦辰璋久久盯着这封信，说不出话来。

尼诺在不大的办公室里踱着步，不时摇头耸肩，嘴唇轻轻翕动，感觉像与自己对话。浦辰璋说："尼诺先生，我立即去缫丝厂，跟老板接洽。你觉得可行吗？"

尼诺说："本来我打算去的，如果你去的话，也许更容易沟通。浦先生，请记住，这件事我们一点都不能放松。不能像你们经常说的'差不多'。"

"放心吧尼诺先生，我知道怎么做。"

浦辰璋心里感到空落落的，刚才对尼诺承诺时底气不足，似乎是纯粹的客套。之前一段时间他已经听到一些进口商对中国丝的质量有所抱怨，没有太过关注，没想到问题这么严重。他知道，目前中国的缫丝水平，并不能完全符合外国人，尤其是挑剔的法国人的要求。

尼诺在法国的代理商告诉他，法国人对中国丝的缫制粗糙和包装混杂的质疑越来越大，如果中国缫丝产业不加改进，中法生丝贸易将会锐减。

尼诺的心情很不好，中丝被质疑对他一直以来对中国文化的推崇是一次沉重的打击。新技术的诞生其实在宣告了新的行业标准，他不想就此歇手。眼下承受着巨大的压力，能否扭转局面，要看中国缲丝技术能不能跟上世界潮流了。

浦辰璋在真和缲丝厂了解到，老板其实比他还急。老板告诉他，他早就知道会走到这一步。法国有共燃制丝器械、意大利发明了"拈丝"工序，把丝拈成股增加力度，经得住纺机的拉力。中国缲丝技术的落后导致粗细不均、胶质坚硬、断头过多，传统老大地位必然遭遇前所未有的威胁。他正在筹措资金引进或者仿制最新的缲丝机器。浦辰璋听老板这么一说，当即表示愿意参股。

真和缲丝厂没有辜负尼诺的期待。老板用国内机器厂仿制的意大利式国产缲丝车，技术水准明显提高。一年多后，法国市场反馈如期到达，尼诺在法国的代理商在电话里恢复了往日的兴奋和高亢，他说中国生丝又回来了。尼诺不冷不热地回应："想想你当时的指责吧。我早说过，中国人一定会改进的。很高兴我又说对了。"代理商说："我知道尼诺先生对中国文化情有独钟，但是中国的技术水平实在不敢恭维。想不到这次又让你赌赢了。"尼诺马上还击："这可不是赌，你只有了解了中国文化才知道它的韧劲。是的，这是一种有韧劲的文化。拿破仑先生还说中国是睡狮。一头狮子睡着了，但毕竟它是一头狮子。"代理商马上认输："好了，我尊敬的尼诺先生，我不敢与你这个中国文化崇拜者讨论中国。现在的问题是，上海机器缲丝与法国里昂同价，但法国人对中国生丝的热度一点都没有下降。中国丝还没生产出来，钱已经打给了中国供货商。尼诺，作为你的长期代理商，我可不想让我们的生意给别人挤垮，我要捷足先登。我要派出我的专员驻在上海就地等货。不是有你在上海嘛。这主意怎么样，还不错吧？"尼诺想了想说："真不错。看在你我长期合作的分上，来吧来吧，谁叫你是我的合伙人呢。我保证你的专员拿到最好的中国生丝。"

这一阵，浦辰璋几乎把全部精力都投入到生丝技术改进这件事上，因为他是股东，更因为他对这个传统行业赶上世界水平的

大江大船

急切。法国订单正在逐步恢复，他暗暗庆幸渡过了这个关口。

公司的丝茶业务更忙了，十几艘轮船都应付不过来。浦辰璋在一张海域图前排兵布阵。猛然想起，今晚是阿爸带着船队回来的日子。他匆匆赶回家，果然在江边看到了浦斋航正指挥着十几艘沙船清理船舱。这一次，浦斋航出去了个把月。浦辰璋远远看着阿爸一张被江海岁月刻凿的脸，心里是难言的酸楚。

回到家里，浦斋航问起华兴公司最近的生意。浦辰璋说："有喜有忧。喜的是前一阵生丝贸易出现的问题圆满解决，忧的是业务越来越好，公司的轮船却捉襟见肘。这几天我为这桩事体愁杀了。"

"那可以追加投资啊，再买几艘轮船。"

"我也想过，不过我还要考虑到资金的周转，现在中国经济受欧美国家影响很大，万一贸易再出现波折，恐怕应付不过来啊。"

浦斋航嘉许道："对，瞻前还要顾后嘛。运输的事体急不得，外国这边交货人家死抠着合同，当然国内也急慢不得。反正，最多阿爸多跑几趟。"

"阿爸年过花甲还要带着船队在外面跑，我心里不是味道啊。"

"阿爸是老了，但还没老到跑不动船。对阿爸来讲，船就是家，家就是船。侬勿要担心，上阵父子兵嘛。"

"我晓得，船是阿爸的命。我做这个商轮公司是为了赚钱造船，造大船。到辰光，浦家轮船船队一定会远航。"

"阿璋，阿爸恐怕看不到这一天了。沙船不仅仅是阿爸的命，还是浦家的根啊。侬要记牢，将来即使侬造了再大再多的轮船，阿拉的根还是沙船。"

"阿爸，我记牢了。"

"明早，阿爸跟侬去公司看看，勿要发愁。有阿爸帮侬撑着。"

浦辰璋想，阿爸这副好身板就是在海上在船上练出来的，船上有他真正的生活。哪天他使唤不动船了，那才是真正做不动了。

这一年，是一个罕见的燠夏。

浦斋航带着他的大吨位沙船，挂起风帆再度起航。第三天，船进入镇江水域。一大早，日头一如既往烈焰一般灼烤。浦斋航计算着货到的日子，他从没耽搁过，这一次也不能。高温之下，船队有些拖沓，但正向镇江码头靠近。下午二时左右，天空乌云密布，如泼洒一层浓墨。被烈日蒸腾多日的水面像一锅煮沸的热汤，浮着浑浊的暑气。

先是闷雷。几分钟后是连续爆响的炸雷。与天空"坦诚相见"的船员们躲进船舱，也只是一层木板之隔，炸雷就像贴着他们的头皮炸起来的。又一声炸裂般的爆响之后，浦斋航看到，豁亮的闪电中，一个橙色火焰球状物窜入船舱。

着火了。

真是担心什么来什么。

火球窜入的位置正是货舱，那里塞满了生丝和棉布。

货舱里燃起烟雾，发出烧焦的毛发味道。浦斋航冲进船舱的时候，发现已有船工晕倒在里面。他吩咐后面跟随而来的几个船工把他们抬出来，让大家来扑火。此刻，船工们都期待一场暴雨浇灭天雷带来的火势。但天不如愿，滚雷声声，咆哮不断，雨就是憋着。又一个火球扑过来。浦斋航仰天叫道："老天爷啊，侬是存心要灭我吗？"

船舱里的火势没控制住，江面上突然狂风大作，船很快被火势裹挟，船工们用水桶取水扑火，无济于事。又一声炸雷，浦斋航的心坠落般一沉，舱板迸裂了。几名船工掉进水中。在风的强力助推下，船舱里的黑烟迅速膨胀，终于鼓噪而出，在船上肆意流窜。浦斋航看得分明，火势已蔓延整船，扑火无济于事。弃货

大江大船

保人，甚至弃船，都必须做出决断了。所幸船员水性都好。他对正在奋力爬上甲板的船员喊道："别再上船了。"又对扑火的船工们大喊，"大家各自逃生吧，别管船了。"他的大嗓门在绵延不断的雷声中为船员们寻找着最后一丝生机。他知道，今天怕是逃不过劫数了。想来也不遗憾。他一直说，沙船就是他浦斋航的命，与沙船共存亡，就是他命中的归宿。

几名最贴心的老船工坚持要陪着浦斋航，他们知道浦先生做出这个决定意味着什么，他们决计要和他一起赴难。但浦斋航决绝地把他们一个个推下船去。

而他必须与船在一起。

铁幕一般的乌云终于被积聚了很久的暴雨顶开一个窟窿，暴雨倾泻而出，轰然声响绝不比之前的暴雷逊色。刚刚在火焰中烧烤的沙船又陷于暴雨和狂风之中。在雨水和江水的双重夹击下，沙船像一座小山一样慢慢沉了下去。

几天后，浦辰璋和侥幸逃生的船工们来到事发地点。风平浪静，好像一切都没发生过。

浦辰璋久久站在这里，眼泪从滚烫到清冷、到干涸，脸上一片咸涩。他一句话都说不出来。阿爸，一个大半辈子在江海上劳作的男人，一个坚如磐石的男人，难道他的归宿必定在江海之中吗？他痛悔自己过于依赖也太相信阿爸了。他扪心自问，为什么不阻拦？心脏如电击一样一阵阵痉挛。身旁的卢西亚见他脸色煞白，焦急了："浦，你怎么啦？"浦辰璋连连深呼吸，摆了摆手："没什么。""回去吧。你这个样子，太让人担心了。""不，再让我待一会儿，我在和阿爸说话呢。"卢西亚惊奇地盯着他："你真的说了什么？"浦辰璋瞪了她一眼："这不是巫术。我在心里跟阿爸说话，一离开这个地方，话就说不下去了。""那我陪着你。"浦辰璋陷入了沉默。突然他转过头来，眼睛直直地盯着卢西亚："你说，我阿爸真的船沉人亡了，是真的吗？"卢西亚也盯着浦辰璋，用一根手指在他眼前晃动，浦辰璋一把甩开，凶狠地说："回答我。我没疯。"卢西亚抬高了嗓门："你阿爸，浦家船队当家人，出海遭遇雷电暴雨，船舱失火，船沉了，他在船上。他说，他要与沙船共存亡。"生还的船工们围拢过来，哽咽着对浦辰璋说："这是我们亲眼所见，我们劝过浦先生，但他很坚决，就是不下船。是他亲手把我们推下船的。"浦辰璋明白，卢西亚和众人讲的都是真的。这就是他的阿爸，这就是众人眼里的浦先生。但越是这样，他就越是不能接受。如果没有阿爸这股劲道，浦家船队这三十多年怎么走得过来？他想号啕大哭，又怕对着众人。从听到这个消息，他就一直憋着，实在憋不住了。他缓缓蹲下来，趴下，往前，脸对着江水。卢西亚和众人大惊失色，伸手拉住他。他大吼："都让开！我要跟阿爸说话。"他把头埋进水里，卢西亚示意众人安静。她也蹲下来，和他一样，趴下，脸对着江水。浦辰璋在水中尽情呜咽，他的泪水在江水中尽情流淌。他想，阿爸会晓得的。一定会晓得的。卢西亚抱起他的头，一大口水从他嘴里喷涌而出，随后他缓缓睁开了眼。卢西亚发现，这男人一下子变老了很多，眼泡肿着，眼白像被火烧过一样通红，脸上的血色像是被抽干了一样。

大江大船

第十一章　船厂

1

浦辰璋决定创办造船厂。多少年来，没有比这件事更让他心心念念的了。阿爸的离去让他更快下了决心。

即使把华兴公司全部资产加利润投入创办造船厂，也是杯水车薪，但他等不起了，他听见阿爸在等着他的消息。船是阿爸的命。阿爸走了，他要把这命续下去。这也是他的命，他的命是延续阿爸的。

卢西亚一直陪着他。

他把这个想法第一个告诉了卢西亚。

这是浦斋航去世后，卢西亚听到浦辰璋说的最完整的一段话。从江边回来，浦辰璋性情大变，整天说不上几句话。而且都是令人费解的断句，惜字如命。卢西亚追问，他依然这样，也不屑解释。他还拒绝卢西亚的温存，重复着"守孝""居丧"之类的话，好像生活在另一个世界。卢西亚很困惑。看他胡子拉碴也不打理，人又瘦了一圈，卢西亚心痛，也无计可施。浦冀宁的钱庄生意清淡，也不敢歇业。浦辰璋这样，他也难过，劝也没用，三弟的秉性跟阿爸太像了，有股狠劲。三弟这样憋着，一定是在做重要的决定。

一个多月后的一天晚上，大家聚到董家渡老屋。桌上摆着一桌子菜，有上海本帮菜也有西餐，还有黄酒和红酒，只是本帮菜清一色全素。今天尼诺要来祭奠浦斋航。

浦冀宁发现，三弟向他点了点头，看上去精神了不少。

尼诺准时来了。他神情肃穆地向浦冀宁和浦辰璋拱手致意，然后走到浦斋航灵位前，燃香叩首。浦家兄弟对尼诺表示感谢。简短的仪式后，浦冀宁和浦辰璋把尼诺请到餐桌边坐下。尼诺说："我虽然未与浦老先生谋面，但早已听闻他的大名。上海航运业说起他，都跷大拇指。"

浦辰璋说："我阿爸生前人缘不错，也做了点实事，所以才有如此口碑。"

尼诺说："他做了很多事，为他的船队，为沙船，为上海的港口和航运。我在上海的生意伙伴都知道。"

浦冀宁眼眶泪盈盈的："谢谢尼诺先生对我阿爸的评价。从阿爸一手撑起浦家船队开始，他就把命都交给它了。"

浦辰璋拿起茶杯说："我们兄弟非常感谢尼诺先生前来祭拜先父，我要借这个机会讲一件事，还请大阿哥和尼诺先生帮我拿个主意。噢，我已经告诉了卢西亚，但我还没有听到她的意见，等会儿不妨一起讲讲。"

卢西亚起身要给尼诺的红酒杯里斟酒，被他拦住了，然后对浦辰璋说："浦先生，谢谢你的周到。卢西亚告诉我，你专门为我准备了密采里的法式大餐，我深表感谢。既然今天我特地来祭拜浦老先生，那就按这里的规矩，入乡随俗。"

浦辰璋站起来向尼诺鞠了一躬："尼诺先生，请允许我再表感谢。不过您不必拘礼。"

尼诺也站起来还礼："这不单是礼节，还是我对乃父的尊敬。我们一起喝茶吧。你知道，我也是中国茶的爱好者。"

气氛很融洽。浦冀宁说："大家都动筷吧。"

尼诺熟练地撺起一块牛排："我有点期待浦先生今天要讲的事。"

卢西亚说："中国人讲究酒过三巡才开始呢，不过，今天是茶过三巡。"

浦辰璋喝了一口茶："不必过三巡了，我也有点迫不及待了。简单地说，我不想再做贸易了，华兴公司歇业。从现在起，筹备造船厂。"

除了卢西亚，浦冀宁和尼诺都停止了咀嚼。这个消息着实使他们吃惊。尼诺端起茶猛喝了一口，清了清嗓子："华兴公司的贸易正在上升期，为什么不做？"

"尼诺先生，这个问题我也反复问自己。我做贸易是为了积累资产，最终还是要做实业，对我来讲就是造船。阿爸的意外去世提醒我，不能再等了。造船，越快越好。"

浦冀宁问："办造船厂的资金不是小数目，从哪里来？"

尼诺说："对啊，资金呢？而且还需要大块的地皮。"

"这些问题我都想过。其实华兴也值不了多少钱。但我想，办法总会有的。不瞒你说，尼诺先生，当年在法国，我看到那么多的大船真是钦佩得不得了，而后是惭愧和羞耻，再后来就是不服。我发誓一定要造出写着中国字的中国轮船来，还要让它在全世界航行。"

"浦先生，我完全理解你。不过你想过失败的后果吗？"

"这是一个不可回避的问题，我当然要想。但我心意已决。更重要的是世界大势。英国、美国，还有贵国都是依赖机器制造称雄世界的，机器越多，制造业越发达，国力就越能与日俱增。再看看我们的邻居日本，本来一直唯我中华是瞻，但明治维新后，就不遗余力投入机器制造，很快就超过了我们，与欧美并驾齐驱了。可见机器是国家的命脉啊。我中国要在世界上有一席之地，就必须扶持机器制造。中国曾经是世界一等的航运和造船大国，可是如今在长江跑的都是外国轮船，太没脸面了。要复兴中国航运，就必须开创新的造船业，还要有配套的机器制造业。"

卢西亚响亮地鼓起掌来："浦，我相信你。"

尼诺看着他们，也跟着鼓掌："浦先生，尽管我不甘心我们的贸易合作就此结束，但我如果不跟着鼓掌看来不行了。你得让我好好想想，能不能延续我们的合作。"

"这太简单了，尼诺先生可以在船厂持股啊。"卢西亚说。

"这主意不错。"尼诺喝了一口茶。

浦冀宁说："我也入股。"

浦辰璋说："你们看，办法都是想出来的嘛。"

2

俞光甬已是买办圈子里一等一的人物，人也忙得像个陀螺，与浦辰璋有段时间没见面了。笔挺的鼻梁上架着一副纯黄铜水晶镜片眼镜，不紧不慢带着乡音的语气，不管穿西装还是中式大褂，一双皮鞋总是锃亮，悄然抒写他的商业大亨气质。浦辰璋不愿在报上发布阿爸的讣告，办丧事也没惊动众人，这是他心里一道久未弥合的裂缝，他一直自责不该答应阿爸出海。他觉得没勇气面对众人，所以直到约俞光甬到家里来，才告诉他。俞光甬闻听大惊失色。重新抬起头来，已经泪流满面。俞光甬在浦斋航遗像前祭拜了好久，然后攥着浦辰璋的手说："辰璋兄，侬勿要再怪自家了。"

"光甬兄，我实在是过不去啊。"

"辰璋兄，世界上呒没啥事体过不去的。当年我阿爸走得也是交关突然，我根本不晓得哪能办，多亏穆先生相帮，才有我今朝的日脚。我虚长侬几岁，兄弟听我一句，世事难料，侬勿要难过了，不是侬想的这样。侬阿爸也不会这样想的。"

"侬好坏还陪侬阿爸最后一程，我连阿爸哪能走的一点也不晓得。"

"侬心里有浦先生，就啥侪有了。顶要紧的是，还有交关事体等侬去做啊。"

大江大船

浦辰璋用手帕轻轻擦拭泪盈盈的眼角："光甬兄，侬晓得，浦家船队本来已经勉强维持，阿爸一走，恐怕再也撑不下去了。"

"在上海滩，这块招牌不能倒啊。"

"招牌不招牌的，我不看重。我想的是，阿拉做航运、做贸易，归根到底还是要有船。我准备做船厂。阿爸跟我讲过，要造自己的轮船从黄浦江跑到长江去，跟外国轮船比一比。"

"做船厂？侬想过哦，中国机器制造业基础太浅，造机器轮船伤筋动骨，侬有多少把握？"

"我想过。我去法国学造船，就是为了今朝这一天。造船基础是薄弱，但恰恰是中国目前最需要的。如果阿拉不去做，头颈就一直让外国人搿牢，难道让伊永远搿下去？阿拉可以聘用外国技师，学技术，造自家的船。"

俞光甬双手把着茶杯，沉思着："辰璋兄，比起侬这番雄心壮志，我觉得惭愧。其实呢我也想过，不过一直下不了这个决心。既然侬决定了，我一定支持侬。只要我办得到，侬尽管开口。"

"我从法国回来，先到太古公司，又到招商局，后来跟侬一道开公司，忙了好几年，总归觉着呒没头绪，心勿定。阿爸走了，我觉得这桩事体勿好再拖下去了。光甬兄肚量大，全权授权我经营华兴公司，但这几年赚的钞票要办船厂还是远水不解近渴。每次动做船厂的念头，马上就被资金吓回去。不过这次我就是背债也要做了。"

"背啥债呢，我投资可以哦？"俞光甬一把搭住浦辰璋的手。

"光甬兄，谢谢侬看得起我。不过我算过账，这笔资金太大。我又是第一次，一点呒没经验，万一输脱（表示结果的补语）哪能办。"

"先勿要想输脱的事体，我做事体就不想输脱。即使输脱也呒啥，再来过嘛。辰璋兄，反正我看好侬。再讲，这也是浦先生想看到的。侬哪一天拿船造出来，就可以告慰老人家了。"

浦辰璋眼睛渐渐亮起来："光甬兄，侬这样讲我信心就足了。"

俞光甬看着浦辰璋："我晓得，侬下这个决心不容易。建厂需要一大片地方，有没有中意的？"

"浦家总归离不开码头，船队是这样，造船厂也是。还是浦家船队开始的地方，董家渡附近吧。侬的资金等一等，如果我筹得到大票子，就先做起来，紧要关头再请老兄出马。"

"哎，侬不会是不想让我当股东哦，造船厂我一定要投资的。再讲，我做航运也有点日脚了，侬造船，我运输，这是珠联璧合啊。阿拉讲定了。"

3

这一年的黄梅天真是长得要命，人人都说响势（形容天气状况不良导致体感不舒服）。眼看要晴了，一歇歇雨水又的粒搭辣（形容雨声不绝）起来，出梅又没希望了。一座湿漉漉包裹起来的城市，水汽氤氲，黏滞迁延，使人生出厌倦疲沓的心绪来。浦辰璋兢兢业业忙着船厂的事，他不会让天气左右自己的情绪。

清晨醒来，仍是淅淅沥沥的梅雨，看来又要落一整天了。他撑一把伞去了董家渡天主堂。

这段路他走得不能再熟了。阿爸讲这是上海教区第一座天主教堂，两千多人可以在一起做祷告。他也在这座外国人建造的教堂里看到了莲花、仙鹤、葫芦、宝剑、双钱这些图案，像真的东西贴在上面，长大了他知道了那叫浮雕。原来外国人的教堂里也有中国的东西。

从教堂出来，直接去了江边。不一会俞光甬到了。地皮选定了，就在南市（现归入黄浦区）机厂街黄浦江沿岸一片。俞光甬也是高兴的，他这些年做贸易，也想投资实业。闻着咸腥气长大

大江大船

的宁波人，最想做的当然是航运，那早就是宁波人的生意经了。宁波人到上海，走的就是江海之路。靠着江海发达的上海更是如此，两个人的声息是相吸相通的。

靠着江边被江水浸润的一大片滩涂，空气中渗着潮湿和泥泞，野生花草漫无节制地沿着江岸蔓延，散发着蓬勃与旺盛的生机。浦辰璋的思绪串联起来，连成片的厂房、船坞、船台、烟囱、汽笛……

告别俞光甬，浦辰璋去了法国东方汇业银行。这是一家国际性商业银行，在金融、保险，尤其在船舶等大型融资项目中享有盛名。浦辰璋决定向银行借款。尼诺介绍的朋友，阿纳托尔，东方汇业银行实业部经理。尼诺很守时，两人差不多同时到银行门口。尼诺说这是个吉兆，两人大拥抱。浦辰璋当年在法国领教过他们的迟到文化，可尼诺身上一点都看不到，真是很特别。让人觉得他更像一个讲求务实的中国人。阿纳托尔也显得非常热情。浦辰璋也不客套，直接点明来意。双方很快签了借款合同。

接着是建厂房，购机器，定厂规，聘请管理人员，考试录用技师。车、钻、刨、铣、冲，各种机床，化铁炉，一一到位。浦辰璋主持大计，亲自过问拍板，技术把关，量才录用。恨不得生出三头六臂，还不够。每天焦头烂额。每天兴奋异常。每天充满激情。连喘息都是奢侈的。球鑫船厂开张了。

望着耸立起来的厂房，浦辰璋浮起一阵前所未有的豪迈，又夹杂着难言的酸楚。江边吹过来的风依然咸腥，他似乎嗅出了尖锐和冲击的气息。他的人生被这风推着向前走。现在，大烟囱冒烟了。阿爸你看到了吗？浦家有了自家的船厂。很快，我们自己造的船会跟外国轮船一样在黄浦江拉出响亮的汽笛，驶向内河，驶向大海。

卢西亚两个多月没见到浦辰璋了。那天傍晚给他打电话，铃声响了很久没人接，就直接去了船厂。到了那里天幕已黑。果然车间里机床隆隆，灯火通明。浦辰璋在车间里巡视着。看这状态，就是叫他也听不见。她远远看着，耐心等他的视线转到她这头来。还真的转过来了。他向她招手，脚步加快，脸上洋溢兴奋，迎面一个拥抱，两人都感到对方的激动。卢西亚说："浦，你终于有自己的船厂了，你的心愿实现了。这几天上海的报纸都在说你的船厂。我太为你高兴了。"浦辰璋很兴奋："谢谢你，卢西亚。说实话，比我预计的难得多，太不容易了。"他抬手看表，说肚子饿了，去吃一品香的法式大餐吧。卢西亚说她吃腻了，吃中国餐才好。浦辰璋知道，虽说一品香名气响，借法国大餐的名头，其实是改良西餐，对中国人胃口，外国人不一定认账。于是就顺着卢西亚说去吃上海本帮菜，"我担心你吃不惯。"卢西亚说她早就尝过本帮菜了，浓油赤酱嘛。红烧肉、爆鳝丝、葱油鸡。浦辰璋想她真是喜欢上海了。两个月没见，刮目相看了。浦辰璋准备带她去老正兴。这家同治年间开业的菜馆，被上海人认为是本帮菜鼻祖。

"下巴豁水"端上来时，卢西亚看了半天没弄明白究竟是什么。浦辰璋让她猜，她当然猜不出。浦辰璋告诉她这是用鱼的下巴嫩肉和鱼尾做成的，是老正兴的看家名菜。因为被浓油赤酱遮蔽，没吃过的自然看不清楚。卢西亚尝了一口之后，连说好吃，她筷子也用得很娴熟。两人很快就吃掉了上半面。卢西亚想把鱼翻过来的时候，浦辰璋做了个暂停的手势。然后他用筷子剔去了大鱼骨，把它放在一边。卢西亚不明就里，浦辰璋解释说："我们船家吃鱼忌讳翻身，船上连个'翻'字都不能说。这个习俗一直延续到现在，你也随俗吧。""我理解。"卢西亚说，"这也是海上文化的一部分。"浦辰璋感叹："真不愧是尼诺先生的女儿，跟你说话就是舒服。"卢西亚嗔道："我记得开始你不太愿意跟我说话。"浦辰璋说："那一定是你记错了。"两人都开心地笑。"我梦寐以求的事开始了。我真的造船了。你知道我这两

　　　大江大船

天……从来没有这么开心过。"浦辰璋说着，眼睛里盈着湿润。
"我知道。亲爱的。"浦辰璋抓住了她的手。卢西亚提议，为了庆祝船厂开业，这个礼拜天到船屋去放松一下。"嗯，让我猜猜你会不会拒绝。"浦辰璋很爽快："我当然不拒绝船屋主人的邀请，这次可别忘了尼诺先生。"

第十二章　水匪恩怨

1

原先因为华兴公司遭禁拖延下来的一单生意要去淡水，但航路远，航道也不熟，浦辰璋决定让陈阿宗跑一趟。陈阿宗加入浦家船队后，主要做散货，也没接过大活。那天浦辰璋对他说："阿宗爷叔，这条航线第一次走，这次去不仅是送货，还要为我们以后的生意摸清航线，拜托了。"陈阿宗很有信心："不瞒三少爷，探险我不怕。"又尴尬地一笑，"以前我干的那些龌龊事，也是探险。这次走的是正道，我一定会注意的。""有爷叔这句话我就放下一半的心了。"当晚浦辰璋与浦冀宁一起为陈阿宗饯行，第二天一早又到码头为他送行。

此行共有三艘轮船，装载着茶叶、樟脑、煤和染料。

南下航线，陈阿宗确实是第一次。他胆子大，见识过大风大浪，从上海到浙江一路风平浪静。出了福建海域，云层颠簸翻滚，徐徐坠沉，渐变铅灰色，层层叠叠堆积，浓稠而庞大，似乎要亲吻海面。人在船上，顷刻有一种被它吸附的无助感。陈阿宗判断，这是台风的先兆。他迅速发出指令，找到最近的停泊位置。船队刚刚停下，暗灰色的云层轰然砸开一道豁亮的闪电，整个海面瞬间亮得晃眼，风雨大作，轮船左右摇晃。陈阿宗担心那些没经过多少世面的新船工。他传话下去，都别打哆嗦，这对我们押船的都是家常便饭，大伙都要加倍看护好货物。他藏着一句话不敢说，押船本来就是拿命赌运气。干水匪的时候，突遇船难死人的事见多了。如今是正经生意，心安理得多了。台风过境后，蓝天重归，海面变得平静。接下来的航程顺多了。到淡水完成卸货，开始回程。陈阿宗一路上兴致高昂，卸了货的轮船轻装行驶，又回到福建海域。隐隐觉得身后有尾巴，陈阿宗下令加快船速。尾巴也在加速。尾巴渐渐清晰，是一艘几百吨的船，船上还装有火炮。船速比陈阿宗的轮船快。凭他的感觉，这是一艘海盗船。陈阿宗想，狗屌个（客家话：狗日的），我这个前水匪又遇上海盗船了。难道这辈子跟海盗脱不了干系了吗？

大船靠近，一个闽南口音的男人居高临下连续对轮船喊话："都给我听好了，停船靠泊。"随着喊话声，荷枪实弹的海盗纷纷出现在甲板和船舱口。陈阿宗这时看清船首写着"水鳍"两个字。对方人多势众，有枪有炮，我仅有几杆长枪，根本不是对手啊。正想着，对方阵中出现一个马脸汉子，中等身材，他大声喊着："管事的出来说话。"

陈阿宗站在甲板上："喊什么喊，你谁呀？"

马脸说："嚯，还蛮厉害的哦。你是老大？"

"你想搞什么？"

"跟你们一段时间了。这单挣了多少？"

"挣多少关你屁事。"

"当然关我的事哦，留下买路钱嘛。"

"告诉你，老子押船至今，还从没留下过买路钱。"

马脸扭头对左右两边使个眼色，立刻有几个海盗举枪对着陈阿宗。陈阿宗一点不怵："哼，都是老河老海（水匪黑话，指在江湖上混的人），敢跟老子来这一套。"

马脸疑惑了，一张脸拉得更长，莫非对方是同行？不对呀，明明是做完生意往回赶的，可对方说出来的却是海盗黑话。

陈阿宗试探对方，干脆把自己说成海盗，如果正面冲突起来，自家占不到便宜。这老本行还熟门熟路的："那些货也是过手的（水匪黑话：抢来的），摆丢了（水匪黑话：刮风了），都落水了，哪有赚？"

马脸身后出现一个年长者，看上去六十开外。黑白相间的长须，声音力道十足："这位兄弟在哪里火穴大转（水匪黑话：挣大钱）？"陈阿宗知道这是问他属于哪路的，他其实没哪路，单干惯了。就对年长者抱个拳，照直说："兄弟我就是自己这路。"因为对方称他兄弟，所以他也把"老子"换成"兄弟"了。年长者顺着陈阿宗说："那好，我正好缺个帮手，我们兄弟搭个伴吃饭如何？"陈阿宗不愿轻易就范，他拱了拱手，话说得客气："承前辈厚爱，小弟手下这么多弟兄，年轻力壮，都是刚出来混的，吃得比挣得多多了，怕是前辈养不起。"长者哈哈大笑："哪有吃饭不干活的道理，既然在一个锅里，活就得一起干。刚出道不要紧，干上几票不就都成老手了？""那我可得问问弟兄们愿不愿意。"说着把手卷成个话筒，"兄弟们，这位前辈要我们跟他一起干，干不干哪？"三艘船上纷纷喧嚷起来："不干，不干。"陈阿宗对年长者说："前辈你看，大伙都不愿意啊。""兄弟，别跟我来这套，你是不想吃敬酒吗？我船上这些家伙你都看得懂，要不试试？你这三条船，一看就是二手货，我的火炮一下就干掉你一条。那几杆破枪，也给我扔海里算了，省得丢人现眼。"陈阿宗忙说："前辈别生气嘛，我不是怕连累你们嘛。""我不怕连累，告诉你，别耍滑头。你问问我的手下，当初很多像你现在一样，跟了我吃香的喝辣的，岂不痛快？是不是老三？"他侧身问马脸，马脸连连说是。

陈阿宗想，躲不过去了。毕竟这老家伙信了自己，起码不吃眼前亏了。他的三艘船上，有的水手还是第一次出远门，保住命最要紧。海盗的喜怒无常他太明白了。于是对着船队喊了一嗓子："我上前辈的船去了，大伙在船上不得擅动，静候我号令。"

到了大船上，马脸带着陈阿宗到一间待客的房间，让他稍等。陈阿宗抽出烟袋杆，抽起烟来。一会儿，长者再次出现在陈阿宗面前，陈阿宗这才看清他的模样——高瘦，微微驼背，眼窝凹陷，雀斑重重，额上和眼角的皱纹里嵌着经年的污垢。

"怎么样，一袋烟抽好，想得差不多了吧？"

陈阿宗站起身来："敢问前辈尊姓大名。"

"鄙人林道发，江湖人称道爷。因为我讲道理哦。"

"陈阿宗见过道爷。道爷为何看中我这区区几艘小轮船？"

"你搞错啦，不是小轮船，是看中你。"长者很用力地说着这句话，脸上的雀斑簇拥在一起。

陈阿宗受宠若惊的样子："我，其貌不扬，五短身材，连我自己都不要看的。"

"不要讲这种没头脑的话啦，我知道你见过世面，有胆识啦。"

"道爷拿我开玩笑吧？"

"道爷我从没看错过人。我们都是老乡，你这样说侮辱我的智商哦。"

"不敢不敢。"

"既然不敢，那闲话少说。你那三条船和几十号人就跟我干了。以后，你就是老四。喊话的那个是老三，老二和他都是这么跟着我的，现在是你了。"不容违拗的意思。

陈阿宗快速转着脑筋，嘴里说着："遇见道爷，是我的荣幸。"

道爷向外面喊了一声："老三，告诉厨房，今晚多弄点菜，好好招待四爷和弟兄们。"

马脸在外面应声而去。

道爷告辞。陈阿宗连连抽自己的嘴巴。刚做成一单正经生意，又他妈干回老本行了。不过眼下，还得忍。

晚上这顿饭，吃得无精打采。道爷对陈阿宗说："老四，跟着我道爷，你得让大伙高兴啊。你是怎么跟弟兄们说的，嗯？"

"道爷，他们都是新手，没干过几件事，高兴不起来。"

"我看是你高兴不起来啦。你看你的脸一直沉着，弟兄们怎么会高兴啦？"

陈阿宗只好赔笑："道爷你看，他们还都是十七八岁的小孩子，超过二十的都没几个，毛都没长齐呢，没见过世面，我就像他们的长辈一样，带他们闯江湖，还得慢慢来，不是吗？"

道爷端起一杯酒："年轻好啊，身强力壮的，就看你怎么调教啦。道爷我十五岁就干这个了，如今兵强马壮，好不自在。来，招呼弟兄们一起干一杯。干完这一杯，就算我道爷的人了。既然上了我的船，就别跟我玩心眼，否则可别怪我翻脸啦。"说完，他一饮而尽。

陈阿宗赶紧拿起酒杯，对大伙说："来，弟兄们，大家把杯子端起来，都干了。"众人稀稀拉拉地应付着。

陈阿宗说得没错，这些年沙船生意越来越少，一些老水手纷纷去寻新的吃饭营生，这些年轻人都是临时招募而来的，刚带他们出来，哪想到会遭遇海盗呢。喝着喝着，有人就喝糊涂了，抱怨陈阿宗带他们上了海盗船，好好的船工成了海盗。有人吵起来，借着酒劲骂娘。有个精壮的年轻人拿着一个酒壶向陈阿宗走过来，含糊不清地说："老大，干一杯。"陈阿宗看看他："你小子行吗？还拿着酒壶，逞什么能啊。""怎么不行？倒酒倒酒。""你叫什么？""我叫阿九，老大倒酒。我要和你……喝酒。"声音比前一次响，舌头也越来越大。陈阿宗只得把酒杯递过去。酒杯很小，酒很快溢出来，阿九还在倒。陈阿宗一把掐住他的手腕，阿九挣脱着，陈阿宗劲大，阿九突然大喊一声，陈阿宗一分神，阿九挣脱出来，拿酒壶要往陈阿宗头上砸，陈阿宗一把接住。阿九摇晃着身体，哈哈大笑，陈阿宗刚放手，他又把壶嘴对着自己的嘴里倒，突然手一松，向后倒去，重重摔在地上。几个人跑过来喊，阿九满脸煞白，有人摇他，用水泼他的脸。阿九嘴唇嚅动着，忽然头一仰，酒味浓烈的呕吐物从口腔里喷涌而出。有人把水递了过去，阿九凶神恶煞地说："我要吃老酒，吃老酒。酒壶呢？给我拿过来，拿过来。"那把酒壶就在陈阿宗手里，众人都看着他。陈阿宗拿着酒壶，缓缓走到阿九面前："你发酒疯是吧，我让你发个够。"他把酒壶里的酒朝阿九抬起的头上浇下去，阿九贪婪地用舌头舔着淌在脸上的酒，发出奇怪的笑声。陈阿宗突然把酒壶朝地上狠狠摔去，酒壶在地上粉身碎骨，痛苦而惨烈。陈阿宗对众人暴喝："都给我听着，别去理他。我看他发酒疯发到什么时候。"随即气哼哼地离去。

第二天，马脸来找陈阿宗，告诉他昨天阿九的事惹得道爷很不高兴。陈阿宗说："你要我怎么办？我骂也骂了，训也训了。"马脸说："道爷发话，下不为例，再有人闹事，就不客气。""不客气是什么意思，要杀人啊？""老四别发火，道爷说这样的事在船上从没发生过，要不是看在你面子上，早就把这小子扔到海里喂鱼了。在这一行，这是坏规矩的事。你是道上的人，难道你不懂？"陈阿宗说："我懂啊，所以我才训他。可是他还这么小，刚离开家没几天，就上了你们的道，耐不住性子，发个脾气怎么啦？有什么大惊小怪的？"马脸的脸更长了："老四我是劝你，别为了一个犯浑的家伙惹怒道爷。""我没惹他。这个阿九是我带出来的，我要为他负责。这是不是道上的规矩啊？别以为我是新来的，就给我下马威，我可不吃这一套。"马脸无趣也无奈。他不敢对陈阿宗要横，心里觉得这也是个犯浑的主。在他看来，敲一笔钱就好，何必留人呢？也不晓得道爷是怎么想的。但他说话根本没用，道爷只发号施令。当年他被道爷收服的时候，就是几个草寇一条小帆船东一棒西一锹的，遇到道爷算是有了靠山。不过道爷还真行，这几年在这片海域势力越来越大，连炮都装上了，出去捞活好不威风，官府也只好睁只眼闭只眼，两不相犯。此刻陈阿宗也在想，我好不容易跟了浦先生这样的好人，走上了正道，你要强摁我的笼头，你头壳坏了。

2

一个月来，陈阿宗无所事事，该吃吃该喝喝。道爷不会放过他，让他干一票。他依然两手一摊，说自己力不从心，手下这帮小子没见过世面，干不了。他下决心不再重蹈覆辙了，否则等于把自己对浦先生的承诺扔进了海里。

道爷干脆说给他两天时间准备，否则别怪自己翻脸。陈阿宗知道这是早晚的事，看你这老道又能奈我何。要不是带出来的兄弟，他早就跳海跑了。道爷是跟他角力，那就看谁比谁更硬。

道爷心里很清楚，老四这个倔佬不是那么容易就范的。这是一个骨子里藏着狠劲的人。所以自己要不断磨他，搡他，砸砸他的浆（水匪黑话：压压他的价），挫了他的刺毛和锐气。一旦为我所用，我道爷的盘子还得扩。你狠，我得跟你比比到底谁狠。不管你多狠，在我的地盘，我就是要把你摁得死死的。

初秋，道爷准备出海了。

中午，陈阿宗的兄弟们刚吃两口饭，突然听马脸喊话，让大家去甲板，道爷要训话。甲板上稀稀拉拉站着几个人，都是道爷贴身的。陈阿宗带着人过来，甲板一下子就满满当当了。片刻，道爷来了，他在桅杆前端站定。目光疏离地打量着众人，说话了——

"弟兄们，自从你们到我道爷这里，一直没机会和大家说说话。今天趁着我一时兴起，随便说几句。前段日子老二带着一班兄弟出海去了，今天就该回来了，兄弟们开开眼，什么叫吃香的喝辣的。弟兄们想不想过这好日子啊。"

"那是当然，谁不想啊。"人群里声音嘈杂。

"对嘛。我们一起搭伙，不就为吃喝两个字嘛。弟兄们想不想试试身手？"

没人接话了。

"我得把话讲明白，事情做在明面，免得弟兄们说我阴险。明天开始，你们得出海干活了。"

有人问："出海干什么活呀？"

"很简单，扣住那些商船，让他们拿赎金来换。"

"这不是劫财吗？"有人说。

"这不叫劫财，这是生意。大家都靠海吃海，他们做他们的，我们做我们的。这叫有饭大家吃。弟兄们都是从小吃苦的人，凭什么他们吃得好穿得好，我们就得过苦日子穷日子。我们就是帮他们匀一匀。"

陈阿宗发现兄弟们的眼光从道爷身上移到了他这里，显然是等他开口。陈阿宗人矮，但敦实，在他精瘦的手下面前，像一根圆柱一样，稳着他们。

道爷又说了："老四，弟兄们等着你发话呢。"

陈阿宗仍是不说，目光直直迎着道爷。

道爷说："刚才谁问我有没有酒的？我说有。现在是一杯敬酒，如果你们不喜欢，那就只有罚酒了。"

陈阿宗突然走出人群，扯起嗓门问道爷："我想问问道爷，怎么罚呢？"

"你说呢？"

"我可不知道道爷的规矩，我是领头的，如果要罚，就罚我吧。"

从甲板上抬头望天，初秋的阳光依然火暴，白云在湛蓝的天空中优雅漫步，俯瞰尘世。陈阿宗忽然想，如果自己变成一朵白云，那该多好，远离世间纷繁，想出就出，想隐就隐。眼下的世界处处羁绊，身不由己啊。耳边又响起道爷不耐烦的声音："老四，你可想好了，当真要坏我的事？"

陈阿宗回应："你我本是一家，我不干这个了，你非逼我落水，是你坏了我的事。我落到你手里，不是怕你。我一个人脱身容易，但为了手下弟兄，我不能走。"

　　陈阿宗说的时候，清晰地听到道爷越来越粗重的喘气声。道爷狠着劲地说："你是非逼我动手吗？"

　　"我对再造之恩的人有过承诺，我不能违背自己的承诺。道爷想怎么干，请便。"

　　道爷在甲板上来回走，走到桅杆那里停下了脚步。他眼神飘忽地向四面一扫，重重咳嗽一声，几条精壮汉子朝陈阿宗围拢过来。道爷又走到陈阿宗身边，说："既然你说你可以脱身，那我就给你个机会，当着众人的面比试一下。不过，因为你是高手，我得高看你，多给你配几个对手。你要是赢了他们，我就让你带着你的弟兄们走。输了，就让你见识见识我的罚酒了。这样公平吧？"

　　"公平，来吧。"陈阿宗想，人和船都在老家伙手里，他要一个人揽下来，只有演一出苦肉计示弱了。几个汉子围上来，陈阿宗没坚持多久，就被打趴在地上。道爷走到他面前："老四，别怪我，都是你自己惹的。"他下令脱去陈阿宗的上衣，绑在桅杆上。然后对众人说："都看到了吧，道爷我给弟兄们指了明路，可是这个人不干。弟兄们记住了，是他不让你们过吃香喝辣的快活日子的。现在我宣布，明天一早出海，谁不愿意干的，就跟这个人站一起吧。有站出来的没有？"

　　众人沉默。

　　道爷嘿嘿一笑："这就算都默认了，好，散了吧，吃饭去。"

　　众人向陈阿宗走去，被几条汉子挡住，众人不让，终于酿成一场群殴。陈阿宗的船工显然不是道爷手下训练有素的汉子的对手。桅杆上的陈阿宗一言不发，他相信年轻船工不愿当海盗。不过他也不知道接下去怎么办。他不由得想起了浦先生。浦先生，您能不能告诉我，我该怎么办？

　　傍晚小雨，接着大雨。两个守在桅杆边的汉子看了一眼陈阿宗，发现他非常坦然，不怨不恼，甚至还对他们笑了一下。两人暗暗佩服。雨中忽然出现一个身影，是个女的。她朝这边瞟了一眼，本来是想离开的，忽然停住脚步，又折回来，迟疑着要不要走近。一个汉子叫道："二爷回来啦？"女人指了指桅杆："怎么绑着个人？"这声音让陈阿宗心里一阵悸动，这么熟悉，却怎么都想不起来。汉子回答："二爷，这人犯了道爷的规矩。"女人没再出声。走了。陈阿宗不解，二爷？这分明是个女的呀。

　　寒意袭来，雨中赤膊的陈阿宗牙齿打战，嘴唇青紫。对他来说，这也算不得什么。以前在海上劫财，遭遇极端天气时也是这般模样。熬过去也就挺过来了。是我带出来的，就该我扛。

　　道爷抽着水烟，女人进来的时候被烟雾狠狠"推"了一把，她连呛了几声。里面传出道爷含混的声音："回来啦。"女人跨进舱内："回来了。你又在作什么孽了？""我作孽，你什么意思？""你把人绑在桅杆上淋雨，还不作孽？""啊，你是说这个。这个人一心要坏我规矩，不罚一下，我还怎么混？""他是谁？""新入伙的。娘的，来了一个多月，吃我的喝我的，我叫他出海，他竟然百般推脱。""那人家愿不愿意入伙？""愿不愿意由他？这家伙也算条汉子。不过他越是硬，我越要让他低头。""我劝你还是把人放了，差不多就行了，真把人惹毛了，都收不了场。""他敢！"

3

　　女人叫水清。她只知道自己从小生在南方水乡河边。父亲杳无音信后，母亲眼瞎了。她也不知道自己姓啥叫啥，母亲说："你记住自己叫水清就行了。"她东家吃点西家喝点的，从黄毛丫头长成了水灵灵的大姑娘。那天她信步走到河埠头的盲人那里，看到几个大人围着盲人。待大人们都离开了，她走近盲人，也不知道跟他说什么。刚要抬脚走，盲人悠悠地说："姑娘叫什么？"他不是看不见吗？他怎么知道我在这里？又一想，妈妈也看不见，但只要我走过就知道。她回答说叫水清。盲人晃了晃脑袋，嘴里啧啧地表示惋惜。水清问先生是什么意思，盲人说水里来水里去。水清追问什么意思，盲人只晃脑袋再不开口。

水清后来果真去了水里，不是她自己要去，是被人抢去的。她遇到了水匪。水匪说要她做老婆，她大约知道自己十四岁，不知道怎么做老婆。水匪说要跟她生孩子，这就成了水匪的老婆。水匪看起来也大不了她几岁，浑身都长着力气。水匪第一次跟她做爱，她很困惑，本能地排斥。水匪很有耐心，他身体下的这个女人根本不用他多大劲，他享受她的抵抗，只是顺着她的挣扎借力打力。等水清无法挣扎了，水匪才嘿嘿笑着脱水清的衣服，水清光滑细嫩的肌肤让水匪吐出一长串话，水清完全听不懂。水清感觉自己的身体朝不知道哪里的远方远去，魂魄都飞了，一片混沌。一会儿被硬硬的东西硌着了，上上下下翻滚，热乎乎的，痒兮兮的，软软酥酥的。她颤抖着默默流泪，然后发出了叽叽咯咯的声音，分不清哭还是笑。水匪哼哼着，声音是欢欣的，后来他很响亮地叫了一声，就趴在她身上不动了。水清被这声音镇了一下，像突然从山顶上降落一样，轻飘飘滑到地上。压在身上的那个壮实的身体却不动了。她推他，没动。像山一样沉重地压着她。他死了吗？再推，还是没动。她急了，两只手狠狠捶他的背。他终于呼出一口绵长的气，一下子从她身上蹦了起来。水清瞪大眼睛看着他，大叫了一声。他精赤着，眼睛里射出惊喜的光。水清第一次见到这个样子的男人。水匪瞬间又扑倒在她身上，他的嘴吸盘一样对上了她的嘴，然后她感到口腔被塞得要窒息一样，他带着浓烈烟草味的舌头强横地霸占了她的呼吸。然后她又一次被他送到了刚刚落下来的山峰上，飘飘忽忽，腾云驾雾。水清终于晓得了什么叫结婚。水匪非常宝贝她，她自出生后从没有过过这样的好日子。有吃有穿的，吃好的穿好的。水清渐渐听懂了水匪说的话，居然还学会了不少。有次她问水匪这些东西都是哪来的，水匪说有人孝敬。她说只有小辈孝敬长辈的，你哪有这么多小辈。水匪说用不着你操心。其实她也懒得想，要是这样的日子过上一辈子，真好。她也学着水匪的样子使唤他的手下。人家低眉顺眼的样子看得她很开心。她怀孕的时候身体也很轻，也不觉得疲劳，吃的喝的一样不少。那年7月，她吃了很多菱角，接着生下一个女儿，她按照自己的名字命名法叫她香菱。因为突然分娩，又在船上，水匪自己动手帮她接生。她哇哇叫着，直到婴儿离开了自己的身体发出响亮的哭声，她才意识到应该停止喊叫了。她看到浑身肉蛋一样的水匪抱着香菱，与她平时见到他对别人凶神恶煞的样子完全是两个人，她觉得人真是个说不清楚的东西。

　　后来水匪船在一次劫货中被护航船打散，水匪落荒而逃。两人争着不到三岁的女儿，水匪从她紧紧护着的臂膀中轻松地夺走了女儿。女儿不哭不闹，听凭两个大人发落。水匪让水清自己找生路，顾不上她了。水清哭叫着"香菱"，突然抓住她的右手腕，狠狠咬了一口，留下一圈结实的齿印，女儿号啕大哭。水匪也不管，抱着就走。水清哭干了眼泪，想这世道真是搞不懂，稀里糊涂做了水匪的老婆，稀里糊涂生下了女儿，眨眼男人和女儿都没了，快活日子变成了到处逃亡。唯一的改变是她变了个人，从胆小怕事的水清变成了敢想敢做的水清，好像水匪附了身。

　　若干年后，水清遇到了比她大将近三十岁的道爷。道爷也要她做老婆。道爷说让她过上好日子。她说她不是没有过过好日子，并不在意道爷给她的好日子。道爷说："你不怕我杀了你？"水清说要杀就杀，本来这命就不值钱。被道爷关了三天，好好伺候着，她没心没肺地受着。道爷见她这副样子，让手下把她绑在桅杆上。她用从水匪那里学来的粗话破口大骂。道爷听出了玄机，想这女人原来跟自己是同道。假装自己不知情，为她松绑。道爷一句话打动了她："既然你懂道上的规矩，那你就想想，做谁的女人不是做女人，看谁成气候就做谁的女人，是不是？"水清沉默许久说要她做老婆得接受她的条件，第一是不生孩子。她心里嫌弃这个糟老头，也不想再丢一个孩子。海盗这营生，别看吃香的喝辣的，不知道哪天就被灭了。第二个条件蛮奇怪，道爷是老大，她是老二。道爷干的事，她也能干。道爷盯着她看了半天，想这女人倒是头一回见。生不生孩子无关紧要，他也知道这过一天算一天的日子，及时行乐也好，人财两空也罢都是常事。看来他不仅得了老婆，还收获了一个能干的女海盗。是好事还是坏事说不清楚，只要不爬到他头上就行。水清还告诉众人，不要叫她夫人，要叫二爷。道爷之下，就是二爷。不过有一点道爷非常受不了，这位二爷跟他睡觉不许关灯。道爷问为什么，二爷说不为什么，她喜欢这样。道爷开始也迁就着，后来觉得自己完全没有主动权。从头到尾，二爷不仅不许关灯，还一直睁大眼睛看着他。他从她身上翻下来的时候，她总是发出令人疑惑的轻笑，有时是不露声色的笑，弄得他好像变成了女的。久而久之，"战斗力"逊色了不少。有一次二爷说换个花样，让他躺下。道爷以前在妓院这么干过，那是他要求妓女这么干的。所以他横竖不愿，这样他就真成了女的。问题是道爷不敢对二爷动粗。

现在道爷认真地对水清说："这事你别插手啊。"他是怕这个二爷夫人脾气犟起来给他惹事。又问："这次出去这么长时间，怎么样？"

"不怎么样。一直跟官府打转转。"

"这可不好办，船上又多了几十张嘴。"

"谁让你太贪心。"

"我不是想壮大人马嘛。"

"当心套不住狼反被狼咬。"

道爷不高兴了："你这是什么意思？"

水清对他鄙夷地撇了撇嘴，不作答。

第二天，船已行驶到海上。大片大片黑云压过来，完全不是清晨的光景。道爷让马脸把老四放了。马脸一边解绑，一边对陈阿宗说："老四，你他妈是条汉子。我服你。"过去的一夜，陈阿宗是在桅杆上度过的。他居然睡着了，桅杆成了他垂直的床铺。解绑的时候他一直没动静，直到身体被完全松开，像一团泥一样瘫在了甲板上。马脸慌神了，蹲下去连声叫着老四。他把手放到老四鼻孔下试探，是热的。"他娘的，老子白恭维你了，绑在桅杆上还能睡得这么香，算我开眼了。"他不轻不重地踢了陈阿宗一脚，陈阿宗睁开了眼，然后呼出长长一口气，咂吧咂吧嘴，头一歪，又睡过去了。马脸又踢了他一脚："嘿，醒醒，要下暴雨了。"道爷在马脸身后咳了一声，马脸回头，一看还有水清，立即点头哈腰："道爷、二爷来啦。"

道爷指着陈阿宗："这家伙怎么回事，放了他还不领情？"

水清哼了一声："绑了这么长时间还不晕过去？你这是要跟人结仇啊。"

"结仇，我收留了他，他还得谢我呢。"

水清盯着他："我，算你收留的吗？"

"你，你不是，你是压寨夫人。不，压船夫人。"

"我才不做什么狗屁夫人，我是二爷。"

"谁呀，这么吵？老子还睡觉呢？"陈阿宗憋声憋气地说。

道爷嘿嘿一笑："老四，就知道你厉害，没想到你这么能扛。我留下你还真是没错。"

陈阿宗声音虚弱："道爷，你这笔买卖不值。你把我和兄弟们留在这里，供吃供喝，我又不为你出力，你亏啦。"

"老四，我道爷养几个人的实力还是有的。总有一天，你会听我号令的。"

陈阿宗不再搭理他。他想起身，因为极度虚弱，用不上劲，只得无奈躺下。水清过来搀了他一把，陈阿宗看了她一眼，瞥到一束含糊不清的光，他昏昏沉沉什么感觉都没有。但他的胳膊竟被这个女人拉了起来，他感觉得到她的手劲。他忽然一激灵，刚说"你是……"，嘴就被女人的手堵上了。水清这一搀，明白他不是装的，压低了声音："快起来。"陈阿宗感到她的手在他嘴上又用了用力。他软塌塌（有点软的样子）地被她拽起身，浑身上下都软，勉强站稳。两个船工迅速过来，一边一个搀住了他。

陈阿宗被两个船工带到船舱里的一个小间，有人给他送来一碗粥几个馒头，他看了一眼，没胃口。又睡了过去。

也不知过了多少时候，船上一片混乱。乱糟糟的脚步，伴着船的剧烈摇晃。陈阿宗的房间被打开，一个人飞速进来，搡了他一把："快起来，跟我走。"

陈阿宗是被这个人拖着走的。他迷迷糊糊地被带到一个角落，嘴里被塞进一个馒头，他本能地咀嚼着，喉结的蠕动并不剧烈。船还在摇晃。陈阿宗的嘴里又被塞进第二个馒头。这次咀嚼与喉结的节拍协调了起来。他睁了一下眼睛，很快又闭上。给他塞馒头的手抬了一下他的下巴。陈阿宗睁开了眼，虽然还是惺忪的样子。他加快了咀嚼的速度，问——

"你到底是谁？"

"我先问你，你是谁？"

陈阿宗反问："为什么带我来这里？"

"明人不说暗话，我是二爷，你已经见过我，听得出我的声音，何必明知故问？"

"二爷，哈哈，这名号真厉害。"

"不服气？"

"有啥不服气，我是被你们，道爷和二爷收留的。"

"你真的是老四？"

"去问道爷呀。他封的我。他妈的就是个屁。"

"那你想怎么干？"

陈阿宗的眼睛睁得老大："落到我这步田地，还能干什么？"

水清一把掐住陈阿宗的喉咙："信不信我会掐死你？"

陈阿宗晃晃脑袋："我可不信。道爷都不敢，你二爷怎么敢？"

水清在陈阿宗脖子上用了用力："哼，你还真抬举这个糟老头子。我二爷可不是白叫的，别以为我是个女的，就不敢。"

"你是道爷什么人？夫人，小妾，还是相好的？"陈阿宗虽然被掐着脖子，还是尽力嬉皮笑脸。

水清继续用力："少跟我说没用的。我再问你一遍，你到底是谁？以前干过什么？"

陈阿宗的呼吸急促起来："你……松开……老子一夜都……都他妈……挺过来了，还怕……"他的身体又软塌塌地往下倒。

水清只好松开手，然后重重拍打着陈阿宗的脸："你别跟我装，我可记着。香菱呢，她怎么样了？"

陈阿宗突然痉挛一样拉住水清："你在说什么，香菱，你知道香菱？她在哪里，在哪里？"

水清拽着陈阿宗的衣领，两眼喷火："你，果然把她弄丢了。"她的声音立刻变得惨淡，"你真的把她弄丢了吗？"

陈阿宗用力瞪着双眼，他的眼睛不大，这样一来，眼球似乎要挣脱眼眶，十分吓人。水清心里确认了这个人是跟她生下香菱的水匪男人。她根本不知道他叫陈阿宗，也从没问过。但他对香菱的反应，只有那个曾让她过上了短暂的开心日子的水匪才会有。两个人一下子抓住了对方的手，其实是用力掐着对方。水清又感觉到了那个壮实的水匪的力道。

他们在同一时刻证实了对方。

同时证实的还有水清极不情愿相信的事实，香菱在她的世界里失踪了，本来还总存着一丝希望的。陈阿宗早已接受了这个事实，当他从水清口中听到香菱的名字，立即把藏在身体深处的罪恶感勾了出来。他只能听凭这个女人的处置。但他清楚地听到水清说："想离开，现在是个机会。"

　　"我一个人早离开了，我带出来的兄弟们怎么办？"

　　水清想了想："暴雨很快就来了，让你的弟兄们听我号令。"

　　陈阿宗惊讶地看着这个女人。水清很果决："别忘了，我是二爷，你只是名不正言不顺的老四。"

　　陈阿宗怔了怔，很快说："对，二爷说得对，听你的。"

　　"你给我在这里待着，哪儿也别去。"

4

　　几分钟后，船上所有人都听到了沉闷的雷声，紧接着是一声尖脆的枪声。

　　水清站在甲板上，大声说："都给我听好了，要下大暴雨了，我们得去找个可靠的避风港。大家听我号令。"

　　道爷这时走了过来，问水清："你刚才去了哪里？怎么突然窜出来，还兴师动众的，你要干什么？"

　　"你说我干什么？召集兄弟们避风啊。你倒好，躲着，见不着人影。"

　　"避风不错，但兄弟们什么时候要听你号令了，啊？我该听谁的？"

　　"我二爷的号令不就是你老大的意思吗？你看这云黑的，再不走，可走不掉了啊。"

　　道爷朝她看看，又看看天，无奈地摇摇头。水清又扯起了嗓门："弟兄们，朝北走。"

船行半小时，暴雨如注。风尖啸着，打着旋，船体剧烈摇晃，船上不断发出惊呼声。

一个人影在雨雾中踉踉跄跄地向驾驶舱方向穿行。

船慢慢平稳了，继续向前航行。道爷突然大喊："偏航了，偏航了，谁在开船？这要往哪儿开？"边喊边往驾驶舱奔去。水清紧跟在后。

驾驶舱内，陈阿宗握着船舵，吃力地调整着，原来的舵工脸色煞白倒在地上。道爷一脚踏进去，脸色铁青，疾步过去，想把陈阿宗顶开，陈阿宗握着船舵不放，铁塔一般。道爷对他大喊："老四，船往哪儿开？"后脚进来的水清看了看，立即对道爷说："他这是避险，你看不出来？"她还看到水匪胳膊上突兀的肉弹，看来贴着桅杆的这一觉并没有损耗他的元气，刚才塞了他两个馒头，又让那一股子愣劲回来了。

陈阿宗手里的船舵突然转不动了。他愣在那里，难道是老天不让我走了？

水清用眼神询问他，陈阿宗也不解释，下巴朝一门心思跟水烟较劲的道爷努了努。

水清点了点头，把清醒过来的舵工搡了出去，然后关上驾驶舱的门。一旁道爷完全没注意他俩的举动。烟瘾过完，他习惯地敲了敲烟筒，视线中出现了两双脚。

"老大，过足烟瘾了吧。"水清说。

道爷抬起头："嗯，什么意思？"

"我们要和老大商量一件事。"

道爷看着她，眼光很诧异，又觉得她是有备而来。他又敲了敲烟筒："你，和他？"

"对，我和他。"

"你倒是说说，凭什么？"

"凭他救了一条船。这够吗？"

道爷很不情愿："我提醒你，别说我不爱听的。也别惹我。"

陈阿宗说："道爷，我们不想惹你。"

"让她说，还轮不到你。"

"那好，我就说了。我们的意思，想请老大做正经生意，别干劫船的了。"

道爷被针刺一样蹦起来："老子做的就是正经生意。你以为那些富得流油的家伙，做的就是正经生意？老子最多就是刮刮他们的油水。"

"你刮的只是那些家伙吗？劫人家的时候还分谁流油谁是穷光蛋？"

"你这个吃里爬外的女人，老子当初收留你，也可以废了你。别以为老子宠着你，就可以乱来。"道爷把枪拍在桌上。

陈阿宗眼疾手快，一把抓过枪，在手里轻松地玩着："这东西，你可玩不过我。要不试试。"

道爷看着陈阿宗的架势，倒是矮了一截，后悔掏出枪来。陈阿宗把枪放回桌上："我保证，你要是敢开枪，这条船就不属于你了。实话跟你讲，我干水匪的时候，比你狠。后来遇到高人，我服了他，就改邪归正，干了正经事。道爷，听人劝不吃亏。"

道爷站起来，眼睛直直逼着陈阿宗："老四，如果我没放了你，你现在还能在这里跟我说话吗？"

陈阿宗哼了一声："你要是没放了我，这条船都已经喂鱼了。还好你做对了一件事，说明你还有良心。"

水清说："都别斗嘴了。老大你给句话，干还是不干？"

道爷突然嚷起来："你问问我的兄弟们，他们愿意跟谁干。"

"如果你愿意带着兄弟们走正道，他们不会不愿意。"

"那好啊，就去问问兄弟们。"

外面一片喧嚷。水清和陈阿宗交换了一下眼神，打开门，对众人喊道："大家别吵，听我说，我们正在商量兄弟们的大事。"

外面的人高喊："什么大事，道爷呢，叫他出来说句话。"

"道爷我在这儿呢。"

"道爷，你们商量什么大事，跟大伙说说。"

道爷故作沉默。

人群骚动起来。

"道爷我说不出口啊，让二爷说。"

水清狠狠瞪了一眼道爷，又看看陈阿宗，他倒是气闲神定。水清说："我们在商量，从今天开始，我们要做正经生意，不干那些偷鸡摸狗的勾当了。大伙觉得怎么样？"

"什么叫偷鸡摸狗，我们做的本来就是正经生意。"短暂的沉默后，又是喧哗一片。

道爷笑了。

马脸喊道："我说二爷，我们这生意做得好好的，现在不干了，这叫自断财路啊。大伙说对不对？"

"对，这不就是自断财路嘛。"

这时一个声音说："财路多了，为啥非要抢人家东西啊？"陈阿宗听出来，这是阿九。

马脸骂道："这小兔崽子，倒是会张口吐粪啊，你再说一遍，看老子不收拾你。"

陈阿宗高声喊道："你他妈的要收拾谁呀？也不看看四爷我答不答应。"

马脸立刻缩了回去。

道爷提高了嗓门："老四，答不答应你说了算吗？"

"道爷，阿九说得没错，做正经生意，心里安定啊。"

道爷冷笑着走向众人："兄弟们，你们说能听这家伙的吗？他要端了大家的饭碗，能答应吗？"他的手下纷纷附和。"看来，我道爷真是对这帮混饭吃的太客气了。"他指着阿九，"来呀，把刚才那个满嘴喷粪的小浑蛋给我拉出来示众。"

陈阿宗立即回应道："我看谁敢动他一根手指头，我就拧断他的脖子。"

道爷双手叉腰："那你倒是试试。老三，别愣着了，动手。"

马脸指着阿九："弟兄们，把这小兔崽子给我拎出来，抽他。"不知道受了寒还是对陈阿宗发怵，尽管他扯起了嗓门，听上去有点沙哑。

话音刚落，陈阿宗嗖嗖几步跨到阿九身前，石墩一般杵着："想动手，先过了我这关。"

马脸不敢应声，道爷忍不住大吼："真他妈一帮孬种，都给我上。"

围在陈阿宗身边的几个家伙互相使着眼色，然后一齐扑向陈阿宗。陈阿宗想，终于可以痛快打一架了。他左右出击，拳肘并用，双腿如旋，几个人嗷嗷着倒下。陈阿宗晃动身躯，活动着手脚："来呀，还有谁来，正好陪老子练练手脚。"没人再敢上前。

道爷看着他几个手下实在窝囊，风头都被老四抢了去，这个局面扳不回来，他这个老大也够呛了。他甚至后悔当初把这个家伙留下来，不是一般的刺头，太难收拾。罢了，收拾不了你，就断了你的后路。眼下的状况，自己的赢面不大了，越快决断越好。他向马脸招招手，马脸赶紧跑过来，道爷对他耳语了几句，马脸不紧不慢地走回去。道爷提着枪，慢慢走向陈阿宗。陈阿宗与他对视，双方都在想怎么破对方的招。道爷轻轻擂了陈阿宗一拳，有点欣赏的意思："原来昨天被打趴下是装的。我领教了。可这么一身功夫，歇手江湖真是可惜了。从今以后，道爷下面就是你，哪天我不想干了，就全是你的了。"

"谢谢道爷的好意，我心领了。我对我恩人发过誓，再也不走老路。我恩人家大业大，待人光明磊落，以德报怨，我不能辜负了他。我再劝一句道爷，要是答应做正经生意，我保证你将来会有好前程。"

两人说话之间，几声巨响，陈阿宗循声望去，自家三艘小火轮接连被炮火击中，开炮的是马脸。他这才意识到，为了不被他发现击船的企图，道爷用的是缓兵之计。他怒火中烧，却十分痛苦地突然蹲下，道爷也蹲下来，轻声说："对不起啊老四，我没办法才出此下策，还是为了让你跟我干。知道你心里受不了，我会补偿你的。"

　　猝然一声枪响，马脸在炮台边倒下。是水清开的枪。

　　蹲在地上的陈阿宗像听到了号令，突然一把扭住道爷的脖子，同时下了他的枪："你要我的船，我就要你的命。"道爷脸色煞白："老四，老四，我是真心的，你不要误会了我的好意啊。"

　　陈阿宗狠命卡着道爷的脖子："住口。再胡言乱语，立刻就崩了你。"

　　他大声对道爷手下喊道："你们都听好了，道爷把事情做绝，我必须以牙还牙。我再给你们一个机会，愿意跟我走的，到我的船员兄弟们这边来，不愿意的，我不为难你，自己找生路。从现在起，水鳍号归我了。谁敢违抗，老三就是下场。"

　　两拨人分站两边，道爷几个贴身手下不服，但道爷的命被陈阿宗攥着，他们不敢妄动。道爷被卡得眼珠突出，发不出声音，嗞嗞地喘着气。水清过来，对陈阿宗耳语了几句。陈阿宗示意阿九带人去控制驾驶舱和炮台，没几步就与阻拦的道爷手下扭打成一团。陈阿宗不再犹豫，抬手撂倒两个，但只是击伤。局面镇住了。陈阿宗对阿九喊道："立刻开船，往北。"

　　道爷不甘心地扭着身体，陈阿宗用枪托往他腰里一捣，因为喉咙被卡，他疼痛的声音也是扭曲的。陈阿宗说："别叫唤了，我现在就用你祭我的船。"他手上用着力，想拧断他的头颈。这时阿九从驾驶舱飞奔出来："老大，舵把，舵把……"陈阿宗眼一瞪："舵把怎么啦？""船动不了了。"陈阿宗这才想起来一个多小时前船突然停下的事。道爷趁他分神，拼命挣脱，使劲在陈阿宗手上咬了一口，陈阿宗的手稍稍一松，道爷一个纵身跃入海中，几个手下也纷纷随他跳入海中。陈阿宗拔枪要打，被水清拦住："留他们一条生路吧。"陈阿宗举着枪，好一会儿才心有不甘地放下来。水清大声说："大伙听好了，从今天起，这条船不干海盗的营生了。"

陈阿宗跟阿九挥手："走，看看去。"他很焦躁，越焦躁就越没辙。他骂人，看见什么踹什么，直到水清进来，问"船上怎么样？"水清说，老家伙弃船跳海，老三一命呜呼，剩下的还能怎么样？陈阿宗看着水清，当初真是小看了她。不过说起来，这一手果敢还是跟他学的。水清见他怔忡的样子，问这船还能不能走。陈阿宗自言自语，看来船桨被海藻缠了，一定是。他把船舵反复转了几个来回，费了很大的劲，船慢慢动起来了。

暴雨过后，风平浪静。夕阳西下，船泊海湾。水清问起陈阿宗口口声声说的那个恩人，陈阿宗把他与浦斋航的相遇一五一十地告诉了她。他看到她的眼睛在夜色里晶莹剔透。

大江大船

第十三章　大船首航

翁玉侃租的小船途中遭遇狂浪，船覆人散。被冲到岸边的浦成栋再度昏迷，一个渔家搭救了他。

他像一只落单的孤雁，时而躲藏，时而胡乱飞上一阵，还是带着伤的飞翔。不久听到北洋水师取消建制的消息，他一拳砸在还未痊愈的伤腿上，钻心的痛感差点使他昏厥过去。此刻他渴望昏厥，于是咬牙又砸了一拳，终于满头大汗昏昏睡去。这些日子他经常在这种心绪下度过。终于伤愈，他腿瘸了，靠着一点船舶技艺糊口。他经常想起阿爸、大哥、三弟，却不想灰溜溜回去。朝廷上下都在詈骂北洋水师，他骂那些贪生怕死的军官，那个举枪对着他的狗屁管带。但怎么会打输的？打输了就连水师都不要了吗？中国有那么长的海岸线，怎么能没有海防，没有水师啊？！眼下世界列强都盯着海洋，且不说英法两大海洋强国，世界各地都能见到他们的舰艇和商船，日本更是嚣张逼人。废了水师，等着人家闯进家门吗？不，朝廷不会糊涂至此，终有一天，水师还会有的。他认定自己这一生就是为水师准备的，早在英国面对日本同学的冷目时就确定了。某天他想起了他的发蒙之地——船政学堂，于是拖着一条瘸腿一路南下。辗转多日，终于在马尾落了脚。

那天傍晚，他在一条渔家小船上忙完，一双黑乎乎的手在海水里涮了涮，就和船老大到舱里准备吃晚饭。他在这个海边小镇待了一段时间，谁家的船遇上问题，总会来找他，他早跟渔家混成了熟人。

船边上忽然围上几个人，有人叫船老大。船老大出舱抬头看，有人问："船老大，看到有个瘸子吗？"船老大还没回答，浦成栋就出现在来人面前："瘸子在此。谁找我？"

"嘿，老大，是我。"那人很兴奋。

船老大和浦成栋同时对着那人，不知道他这一声"老大"叫的是谁。浦成栋定睛一看："啊，玉侃兄，是你啊。这几位都是……"

翁玉侃走近浦成栋："老大，长话短说，跟我们走吧。"

"短说也没说呀。你什么意思啊？"浦成栋莫名其妙。

中间有个人问："你是浦成栋吧。"

浦成栋说是。

"叶提督都知道你。跟我们走吧。"

叶提督？是黄海海战中靖远号管带叶祖珪吗？浦成栋心里一紧，来头不小啊。我倒是一直想寻他们，现在人家找上门，是来抓我的……还是……北洋水师不是解散了吗？但他什么都没问。

翁玉侃附在他耳边说："老大，好事。"他一只手搭在浦成栋肩上，浦成栋只好跟着走，回过头对船老大拱手："黄老大，回去吃饭吧，过几天我还会来的。"满脸皱纹的黄老大不解却又不敢问，懵懂地向他招着手。

路上停着几辆马车，翁玉侃陪着浦成栋上了一辆车。浦成栋问翁玉侃怎么知道他瘸的，翁玉侃说"这还用问，你这条腿多半是瘸了"。浦成栋擂了他一拳，"你这家伙就不盼着我好。"翁玉侃说他在小镇上转悠好几天了，就知道老大不会忘了这地方。刚才那位确认浦成栋身份的人告诉他："北洋水师虽然解散了，可朝廷一直没停止过议论，终究还是决定重建。要重建就要订造军舰，需要海军专业人员去欧洲监造。你是合适的人选，我们决定派你去。"浦成栋明白了，心里一阵激动，他没有白等。而且他的判断没错，中国海防需要海军，需要航海人才。这么一想，心里畅快多了。

不日，浦成栋随同两位管带被派往英国建造"海天""海圻"两艘巡洋舰。两年后，从普利茅斯港出发的两艘舰艇经过两个多月的航程到达上海杨树浦码头。一路上，浦成栋被重建的北洋海军激动着，但下船后不久，他的满腔热望就被上司的决定浇凉了。上司告诉他，鉴于他不能治愈的腿伤，他不适合继续留在舰上。他一再对上司表示，他非常了解这两艘巡洋舰，他的技术在舰上一定用得上。上司勉强同意他暂时留下。这个暂时留下，让浦成栋也暂时定下心来。他从没把这条伤腿当回事，既然无法治愈，也就这样了。只要能让他留在舰上，无论干什么都是心安的。

这样的心安也没持续多长时间。1900年夏季，八国联军向大沽口发动攻击，二十多艘俄、德、英军舰列阵。浦成栋所在的旗舰和炮台毫无联系，在联军舰艇的袭击下，举起了白旗。太耻辱了。连六年前率靖远舰与日舰鏖战的叶祖珪也失去了血性。为了避免军舰的损失，竟然连像样的炮弹都没击发，就下了撤离战场的命令。距离英国驱逐舰最近的北洋旗舰的火力和吨位与它不相上下，却被前者乖顺地"扣留"了。浦成栋瘸着一条腿，用英语愤怒地喊着，阻止联军水兵登上自己的舰艇。几个水兵盯着他，目瞪口呆了好久，而后像发现秘密一样指着他的伤腿，嘻嘻哈哈地上了舰。他听到第一个登上旗舰的英国水兵说，这是德国造巡洋舰，在中国人手里就变成了一堆废铁。听到这句话，浦成栋觉得喉咙里突然卡进了一根坚硬的鱼骨，想吐吐不出，想咽咽不下，生生哽住了。

第二年，浦成栋向上司提出辞职，这次上司却不放人了，因为他懂技术，英语又好，要他去新设的烟台海军训练营担任教官。浦成栋想，《辛丑条约》签了，大沽炮台没了，渤海湾的海军基地和海防设施都毁了，列强军舰却蹲在我国海域虎视眈眈。我们的沿岸港口都让列强占着，我们的轮船在自己的海上行驶，还受着列强各种管制。我们的海军还有什么脸面搞什么训练？难道培养一帮无能懦弱只会举白旗的孬种吗？他一点都提不起兴趣。上司的态度很坚决，告诉他作为军人，必须服从命令。上司还说，只要北洋水师存在一天，就有重新振作的那一刻。浦成栋很反感这种口号式的说法，却抗命不得，万般无奈地勉强接受了新的任命。

带着极坏的情绪，浦成栋不可能在教学和训练上花多少心思，照本宣科而已。学生们对这个整天板着脸的瘸腿教官当然没什么好感。浦成栋很痛苦，天天受着煎熬。简直是浑浑噩噩。他常常克制不住自己，与从国外聘请的技术人员发生冲突，他当着学生的面呵斥对方，对方反而不敢惹他。在这个海军训练营，也只有他浦成栋敢当面冲撞洋人。这样一来，学生们倒是对他刮目相看了。他依然我行我素。他想让上司主动辞退他，却没有遂意。他对自己非常不满，想改变却无从着手。后来训练营师生们常常看到他一个人独自在操场上做着令人费解的动作，道具是那根上下翻飞张弛有度的拐杖，像指挥家的魔棒，又像侠客的利剑，这里一点，那里一戳，很有指点江山的气概。有时他会突然发出激扬的长啸，间或又有婉转透亮的鸣叫。这几乎成了训练基地一景。

直到有一天，浦成栋在报纸上看到了浦辰璋的名字，看到了球鑫船厂。他把这张报纸看了又看，珍品一般叠好，放在最贴身的内衣袋里。这一刻他做出了决定，立刻离开此地。他连夜写完辞呈。墨色一般的天空下，他再次去了操场，与训练营做最后的告别。

看到忽然出现在天井里的阿栋，大哥和三弟惊而又喜。甲午战败，二弟杳无音信，其实是不知死活。那时阿爸还在，有一天他拿着一张《申报》给兄弟俩，指着一张照片，声音有点颤抖，"我怎么看这个人像阿栋啊。"两兄弟一看，那是一个舰艇爆炸场面，几个北洋水师士兵被炸得东倒西歪。兄弟俩看了又看，也看不出个究竟，就安慰阿爸："照片太模糊了，根本分不清爽是啥人。"话是这么说，心里也是担心的。却无从寻找。这些年，哥哥不敢说，弟弟也不敢提，刻意回避，似乎这样就存着阿栋生还的希望。现在谜底终于揭晓了，撑着拐杖的阿栋就站在他们面前，像被突然而来的外力撞击一般，他俩不约而同地"啊"了一声，然后站到阿栋两边，想搀扶他。浦成栋大声笑了——

"大阿哥，小弟，我没啥，勿要大惊小怪哦。照样吃肉吃老酒。"瘸了腿的浦成栋并不在意形象。在亲兄弟面前，他的洒脱又回来了。

浦冀宁问："阿栋，侬哪能受的伤？"

浦辰璋问："二哥，侬走路有影响哦？"

"好，我一一招来。受伤嘛，日本人炮弹炸的。走路就是多了根拐杖。其实不撑也可以，就是习惯了，掼不脱了。侬放心，不碍事体的。哎，阿爸呢，出海去啦？"

沉默片刻，浦冀宁说："阿爸走了。"

"啊？！"

浦辰璋说："出航途中遇到雷电，阿爸坚持要跟船在一道。"

对着浦斋航的遗像和供台，浦成栋把头深深埋下去，突然一扔手杖，仰面而倒，叫道："阿爸，阿栋不孝，不孝啊。"兄弟俩赶紧上前扶住他，浦辰璋喊道："二哥，是我不好，是我答应让阿爸出海的。"

浦成栋泪流满面，痛悔不已："阿爸，我应该早点回来啊……"

浦冀宁说："阿栋勿要难过了。阿爸看到侬回来，一定会开心的。"看着瘸腿的二弟，他心里一阵酸楚。浦辰璋说："二哥，阿拉寻不到侬，侬可以写信回来啊。"浦成栋哭丧着脸："阿璋，不瞒侬讲，二哥呒没面孔回来啊。仗打得这副样子……"浦冀宁说："朝廷不是拿李鸿章革职查办了吗？"浦成栋说："是啊，当时北洋舰队也裁撤了。倷不晓得前几年我哪能熬过来的。"浦辰璋不解："朝廷不是又买了军舰，重建北洋水师了吗？"浦成栋眼一瞪："重建有啥用场？舰队比甲午海战还蹩脚。八国联军彻底毁了大沽口，还哪能翻身？"浦辰璋问："二哥倷去了哦？"浦冀宁说："伊这副样子还好去啊？"浦成栋胸脯一挺："我去了。我腿伤了，可以弄技术啊。但我真是后悔，看到提督缩头乌龟的样子，我真想杀脱伊。后来叫我到烟台海军基地去教学生。倷讲，北洋舰队这副样子，教了还有啥用？我几次辞职不让我走。三弟，我这次回来还是因为倷啊。""因为我？"浦成栋接着说："我在报纸上看到倷办船厂的消息，连夜写了辞职信，不管伊拉准不准，反正我走了。"浦辰璋说："太好了，二哥倷来相帮我办船厂。倷懂船，可以监造。"浦冀宁说："我做钱庄虽然利润不多，也总是要出把力的。"三兄弟相视击掌。

2

尼诺和卢西亚早早到了船屋。尼诺决定在球鑫船厂投资。他认为，上海基本上是外资船舶产业的天下。遗憾的是，法国在上海兴办船舶公司的愿望十分低落，连像样的机器船舶厂都没有。中国宋代造船业就相当发达，明朝已造出庞大的远洋船，可惜中国浪费了大把机会。中国终究要有自己的船舶工业。轮船招商局收购了外国企业，还有不少像浦辰璋这样孜孜以求的人。他觉得这个投资值得做。

尼诺和卢西亚虽是第一次见到浦成栋，但之前听过浦辰璋对他的介绍。他的个子比两位兄弟高，仪表堂堂，那根手杖并没有给他带来任何尴尬，反而平添了一层与众不同的气势。尼诺主动上前，把自己的手先伸向了他，并以法语向他致意。浦成栋还以汉语。两人都笑了起来。

众人登船，都觉得颇有情调。浦辰璋和卢西亚在一边看着尼诺向浦冀宁和浦成栋介绍船屋，一边欣赏周边景色。

尼诺叫浦成栋"栋先生"："栋先生，这船屋在你眼里一定很渺小吧。"

浦成栋摆摆手："跟军舰比，它当然小，但它是独特的。遗憾的是，我们的军舰无法承担它应有的重任了。"

浦冀宁说："阿栋时时心牵海防，现在帮阿璋做好船厂，是最大的事体。"

"大阿哥讲得对。侬看，阿璋的眼睛一直盯着河，一定又在想内河航运了。"浦成栋走近浦辰璋，"我讲得对哦？""对啊，讲到我心里去了。"两人好像忘了一旁的卢西亚，畅快地交流起来。

卢西亚问浦辰璋："你们在说什么？"浦辰璋用法语回答她："我二哥说我在想内河航运。你看现在，中国船在内河跑得并不多。"卢西亚神色严肃地看着他："你要造的是大船，在长江里跑的船，你的眼光要放远一点。"

浦辰璋高兴地笑起来："知我者，亲爱的卢西亚也。"尼诺轻轻鼓掌。浦冀宁和浦成栋看着三弟："欺负阿拉听不懂啊。"浦成栋看着卢西亚，用英语说："请翻译一下我三弟对你说什么。"卢西亚兴奋地提高了嗓门："他说，我是最懂他的人。"浦家兄弟故作惊讶："难道我们不懂他？"众人又是大笑。浦成栋用手杖戳了戳船帮，笑吟吟地对浦辰璋说："我看，今朝就在船屋上弄只仪式。"浦冀宁附和。这下轮到尼诺和卢西亚着急了："你们在说什么？"浦成栋说："当然是好事啦。"

尼诺咳嗽一声，这么像煞有介事地一咳，浦辰璋忍不住笑了。尼诺依然故作庄重，那样子令人忍俊不禁。他说："今天我要宣布一件事情。"稍作停顿，他又说，"为了保持我与浦辰璋先生的长期合作，我要兑现上次的承诺了，投资球鑫船厂。投资份额和持股方式嘛，将与浦先生另议。"

众人鼓掌。

浦冀宁说："我宣布，我的钱庄也出资。"

浦成栋说："我可没什么资产，我是技术入股。"

卢西亚钩住浦辰璋的胳膊："我宣布，我要嫁给我亲爱的浦，让他成为我的浦先生。嫁给他就是嫁给他的船厂了。"

众人稍显惊愕，很快又回过神来。

浦辰璋看着卢西亚得意的样子："你怎么事先没跟我说？"

卢西亚说："这叫兴之所至。我想你会同意的，因为你和我都是爱船的人，还记得我的阿讷西小镇那句谚语吗？爱船和爱水的人，只要互相看一眼，就知道了。"

浦辰璋一把拥住她："我一直记着的。不过按照中国习俗，我们要举行一个订婚仪式。我们请我两位兄长和尼诺先生一起为我们主持这个仪式，怎么样？"

众人表示同意。

尼诺说："我提议，我们驾驶船屋去美丽的苏州，然后是丝绸之府南浔，直到太湖，啊，你们想象一下，这个船屋上的订婚仪式太浪漫了。"

卢西亚对浦辰璋说："亲爱的，现在，请你开船吧，让它带我们去我们想去的地方。"

浦辰璋说："不，第一次启动应该留给尼诺先生，他可是船屋的主人。"

尼诺说："为了庆贺球鑫船厂开业成功，本船主授权浦辰璋先生启动这艘中西合璧的船屋，让它驶向更远的地方。"

船屋缓缓前行，浦辰璋心里盘桓的还是刚刚建立的球鑫船厂。环视周边，从虹口汇川码头到浦东陆家嘴，再到杨树浦，外资船舶机器制造厂比比皆是。英商有祥生、耶松这些四十年左右的老牌造船公司，日商有东亚造船铁工厂，德商有瑞镕船厂。这些外商船厂设备和技术均属上乘，球鑫船厂从建立的第一天起就注定要面临极大压力。光甫兄说，球鑫是民族资本在机器业中投资最多、规模最大的，但我们是大量贷款才成了这个最多和最大，将来能在这些外商的缝隙中拿到市场份额吗？在洋商的重围中做造船厂，很多人对我不理解，更不看好，有人甚至认为我是以卵击石。我啥都不能讲，我要做的就是凭实力拿到订单，造出轮船，造出中国最好最大的轮船。曾经站在人类造船和航海峰巅的中国不能长期被木船所困。我们的海岸线这么长，怎么可以没有自己造的轮船？有了轮船就可以跑到世界各地，可以实现物产贸易，带动国家发展。他又想起了阿爸的话，上了这条船，就要拿一家一当交拨伊（把身家性命交给它）。我现在不仅是一家一当，还搭了别人的家当，只有"华山一条路"了。

婚后，卢西亚发现浦辰璋的坚韧的确不是一般人所能及。这个面目和善、举止儒雅的男人拥有与外表完全不同的强大内心，如果不是跟他生活在一起，真的很难体察。每次外国机器到货，他就像一个孩子得到心仪已久的玩具一样，与机器融为一体了。不把机器的构造、零部件、设计原理、操作要点等等弄清楚是不会罢休的，附带还要发现它的不合理之处，或者说不符合中国的情况，他就要想办法改进。浦辰璋的生活里只有机器才是真实的，其他的好像都可以被过滤，包括她。但她并不埋怨，这个男人来自水，如水一般清澈纯净，却又坚硬如铁。当他参悟了一架机器之后，他就会给她带来如水一样的温软与宁馨。卢西亚觉得，做这个男人的妻子需要与他同样的坚韧，还要有极大的包容。

浦辰璋埋头进口机器，常常会想起阿爸的一句话，木匠做一工，铁匠只要烘一烘。看看世界，机器制造时代早已来临，可惜在中国，还是阻碍重重。他从小就对机器有着超出年龄的痴迷，在虹口和浦东的外国船厂，那些隆隆的机器声和铁锤敲打声，在他听来是那么美妙。

越来越多的机器进入船厂，浦辰璋像检阅士兵的将军一样走过它们，脑际中流淌的常常是在法国马赛、布列塔尼亚等船厂看到的情景。球鑫的规模和设备都立起来了，这样的投资规模和机器设备能不能达到技术最新、质量最好才是检验成色的关键。

每天他从厂里出来，船厂的灯火已被黑夜唤醒，他每每感到全身被一股强劲的气流充填着，鼓胀起来。偶尔江上轮船汽笛响起，这股气流就会被这声音吸附过去，变成沉沉暗夜中最美妙的声音。

船厂投产后第二年，浅水船坞建起来了。球鑫接到了第一份订单。国内轮船订单来了，货轮、客轮、快轮、趸船、海关灯船、兵船、载泥船、驳船，浮码头和铁码头，品种繁多。外国轮船公司和洋行的订单也接踵而至。出乎浦辰璋的意料，又在意料之中。作为国内设施最全、技术最新的轮船制造厂，又正值民族热情澎湃，中国人的船厂必然备受瞩目。短短五年，四十八艘各种轮船在球鑫船厂诞生。第六年开始建造三千吨以上的海轮。

内燃机轮船出现后，浦辰璋敏锐地觉察到它的优势，立即部署增设内燃机制造工场。他像一架发条精准没有误差的机器，每天准时出现在厂里，又几乎是最后一个离开。船厂工人都知道，他们的老板干活比他们劲头还足。老板不苟言笑，但不苛刻，心地和善。工人们都在这里兢兢业业地干着，待遇只升不降，都说跟这样的老板干有劲道。老板喜欢钻在机器里，厂里的技术员都是工人们的偶像。浦辰璋浸淫于机器的世界，他崇拜机器，相信机器，又不完全服膺于它。在他看来，不能所有技术问题都依靠外国，都要仰仗外国设备，否则怎么有我们自己的进步呢？短短几年内，浦辰璋首先成功仿制煤气内燃机，为了克服它的使用不便，又改制火油引擎，制造出国内第一台新式火油内燃机。中国第一艘以国产内燃机为主机的轮船诞生了。

一艘艘轮船接连不断从球鑫船厂船坞驶向黄浦江，驶向长江，驶向海洋。大洋彼岸的美国人觉得惊讶，中国曾经辉煌的造船时代随着蒸汽机轮船的发明湮灭了，他们真的能在短短几年里造出这么多各种用途的轮船来？眼见为实，美国派出一个实业代表团前来考察。他们在球鑫船厂看到了大型蒸汽引擎，零部件、抽水机、工作母机等等全部中国产的设备。然后他们在车间里见到了埋头于内燃机、两手油污的浦辰璋。他们记住了这个被中国人称为造船业先驱和机器制造业大匠的男人。

　　细雨霏霏的夜晚，浦辰璋把隆鑫号运输船模型郑重地放在浦斋航灵位前。他站在阿爸遗像前，默默在心里说："阿爸，我造出了新的运输船，我们的江河湖海会有更多的中国船了。过几天，阿栋就要带伊去跑运输了。阿爸，我相信侬一定也听得到伊的鸣笛声。我一直记牢侬讲的，要拿中国人的船越开越远。"

3

　　商船会馆很久没这么热闹了。虽说年久失修，但因为会馆的地位，它仍然是上海航运界重大活动的首选。

　　浦辰璋决定为他的第一艘内燃机运输船隆鑫号建成举行一个庆贺仪式。

　　俞光甫是隆鑫号的订货商，他在上海商界的地位已如日中天，他的举动自然引起商界和政界的关注，市面上有头有脸的人物都来捧场。遗憾的是穆德鸿先生身体有恙无法亲身到场，他亲书了一份贺词请人带到现场。

　　晚上的演出是庆贺仪式的高潮。戏班剧目的主题一如既往是经久不衰的天后圣母。扮演天后的演员引起了浦辰璋的注意，她的身姿和唱腔唤起了他对当年那个女老生的联想。不光是他，杜阿四也对舞台上婀娜多姿的天后恍恍惚惚，她是香菱吗？香菱不是剧团的正式演员。她与剧团上下都熟，兴之所至就跟着剧团走江湖。剧团要她加盟时，她却不愿意，觉得这样就身不由己了，她天生喜欢漂泊的生活。从小在船上，就跟水上人家混得熟，人家也喜欢她，她来去无踪的身影还很让人惦记。她在船家蹭饭，人家从来不嫌，反而还很乐意。与陈阿宗离散并未给香菱留下什么记忆，那时她太小了。后来跟着杜阿四，从小听他翻来覆去哼唱那几句《川沙竹枝词》，倒是听进去了。当年她穿着偷来的戏服自娱自乐，痴头怪脑（疯疯癫癫）疯了好几年，后来迷上了青衣。她喜欢唱戏，是觉得戏文里那种大起大落很过瘾，和平时的枯燥无聊截然不同，好像从一个世界跨越到另一个世界。这是她向往的生活。在商船会馆戏台唱戏，是她很久的心愿，这次她还是主角。她在戏台上转着，发现了一张脸。有点苍老了，轮廓依旧。她惊了一下，动作稍稍走形，好在瞬间就掩饰过去了，不过内心是没法安静了。小时候耳朵里曾刮过杜阿四不是她亲爹的传言，她从没问过，生怕成真。反正这个家就是她和杜阿四两个人。她叫他爹，他叫她香菱。他供着她吃饭穿衣，这就够了。她也没见过母亲，也不问。长大后心思就多了一层。如果杜阿四真不是亲爹，那亲爹是谁？会不会出现？如果有一天出现在她面前，她又如何面对？她不愿意结束习惯了的独来独往却是平静的生活，所以她待戏份一结束，就在锣鼓的铿锵声中匆匆离开了。

她走不远。虽然怕见到杜阿四，心里也是放不下，毕竟他把她养育到懂事出道的年龄。当年她稀里糊涂与这个她叫爹的人失去了联系，他在找她，她也在找他。阴差阳错的，天各一方了。然后她遇到剧团，人家收留了她，给她一口饭吃，她更爱戏了。本来就无师自通，跟着剧团耳濡目染，更像样了。她成了剧团的编外台柱。剧团里没人跟她急，都知道她是玩票，不会抢别人的生意。玩着玩着就到了豆蔻年华，她的漂泊不定并未改变，反正一个人独惯了，性情中的那股悍烈倒是愈来愈凸显，她怎么会知道生父曾是霸道一时的水匪，爽直不羁的做派常常不失时机地祖露着她的基因。她注定不是安定的命，忽然离开，忽然又出现。剧团里的人都说她是脚跟无线，却都喜欢她对人的不设防，学戏的劲头一来，简直被戏精缠了身。

隆鑫号正式启航前十天，俞光甬在报上发了消息，届时将举行启航剪彩仪式。这个时间是他与浦辰璋精心安排的。这一天正是浦辰璋大儿子浦瑞远两岁生日。选择这个日子启航，是浦辰璋和卢西亚的心愿。仪式开始前，俞光甬对浦成栋说："阿栋，侬也好考虑成家了，侬看阿璋，大胖儿子也有了。"浦成栋打哈哈："我浪荡惯了，无所谓。再讲我只跷脚，撑根拐杖，啥人肯嫁拔我。阿爸讲过，阿拉浦家三个光郎头，传宗接代是不愁了。结婚生小囡的事体，有大哥和三弟呢。我侄子侄囡俦有了，浦家已经儿孙满堂了。"浦辰璋和俞光甬都说"侬迭个人呒轻头"。卢西亚说："我晓得，二哥是没寻到有缘的另一个。"浦成栋用手杖点地："还是弟妹了解我呀。俚两个，一点也不解风情。"大家哈哈大笑。

做这个剪彩仪式就是要把声势造大，让人们关注中国自产大吨位运输船。浦家兄弟和俞光甬都要为球鑫船厂和俞光甬的第一单造势。头一炮打响，接下来的生意就会源源不断。这仅仅是开始，他们的目标是远洋。

卢西亚很为丈夫高兴。从球鑫船厂建立的那一刻起，她就与这个厂的命运连在一起了。她为自己的选择深感自豪。尼诺来了，和女婿女儿紧紧拥抱，庆贺这个日子。

剪彩仪式上，市长派出的专员、租界领事、商界大亨都到场祝贺。

浦辰璋和俞光甬为隆鑫号剪彩后，汽笛长鸣。站在船头的浦成栋向大家挥手致意。

笛声长鸣，隆鑫号出发了。直到船尾消失在视线外，站在码头上送行的人们才渐渐散去。

隆鑫号首航南下。俞光甬选择南下，是对这条航线的未来看好。南方的物资需求越来越大，这条航线将越来越显示它的重要性。跟着浦成栋出航的多为浦家船队老船工，沙船换上了大吨位运输船，船工们充满期待，即将到来的体验也十分诱人。船还未竣工，浦成栋就着手对船上各个位置人员予以专业指导。临行前半个月再次模拟适航训练。好在大都是船队老人，学起来非常快。把这条急需开拓的航线交给浦成栋，浦辰璋和俞光甬都放心。他科班出身，留学英国，当过海军，还有战争经历，懂航海技术，胆大心细，是船长的最佳人选。

　　杜阿四随浦成栋一起出发，干他的保镖老行当。从踏上这艘海轮的甲板的那一刻起，他的体验就与之前不可同日而语了。水面被大船搋开两边，气势的开阔令人叹为观止。他习惯了在海上看蓝天白云，陆地是稳定的，船是移动的，在船上看，白云走得很快，船似乎与它进行着一场相伴相随的追逐。浦家二少爷站在船头，撑着手杖，也显得器宇轩昂。浦先生，浦家船队后继有人啦。

　　隆鑫号驶入东海，洋面更加宽阔，风力也持续加大。按以往，要暂避风头了，现在隆鑫号的吨位和钢板足以抵挡。杜阿四对浦成栋说："这艘海轮太厉害了，比我以前坐过的外国轮船还要大。"

　　"我阿爸的愿望终于在三弟手里实现了，阿璋果然没辜负阿爸。"

　　"二少爷你也厉害呀。这么年轻就为国家打仗，还受了伤。就是国家太弱了。"

　　浦成栋仰天长叹："当年跟日本人这一仗打下来，让我明白一个道理，不能对不讲理的服软。外国人为啥欺负中国人，就是觉得中国人没脾气。真是天大的笑话。中国人自古讲温良恭俭让，到了外国人那里，竟然变成欺负我们的理由。等到他们的枪炮超过了我们，抢夺我们的东西就成了天经地义的事。想想真是窝囊啊。"

杜阿四深有同感："二少爷说得对啊，中国人就是太老实太窝囊了。"

"所以还是我阿爸经常讲的一句话，最重要的是做好自家的事情。我们船家要做啥，就是造船，出航，做运输，建码头，跑码头。将来要把国际通航的进出口税利从外国人手里夺回来，这样才不被外国人欺负。所以造船对国家太重要了，有了更多的船，我们就有了跟外国人竞争的本钱。阿四爷叔，你说对不对？"

"就是，就是。外国人不就是欺负我们的船不行吗？"

"现在我们总算有了自己的船了。你看这海轮就是快。明天就要进入福建水域了吧。""应该差不多了。那个地方不太平，以前我跟外轮的时候，经常遇到海盗。"

"哦。"浦成栋说，"我还没见过中国的海盗什么样子呢。"

"大多数海盗也是穷得没活路了才走的这一步，久而久之就把它当作了吃饭的营生。"

"爷叔，你知道外国人是怎么对付海盗的吗？"

杜阿四摇头。

"大多数国家遇到海盗直接炮轰，因为他们的危害太大了。海上贸易不易，很多国家的运输船都吃过海盗的大亏。当年我在英国舰队实习，就参加过围剿海盗的行动。"

"哦，那我们这里不这样，如果驱赶不掉，或者他们上船抢劫，才动用炮火。"

"所以中国人是仁义之师。只不过，太仁义了，就容易被人家认为是病猫。"

船突然咯噔一下，众人都清晰地感到浑身一震。浦成栋立即跑到驾驶舱，发出停船的指令。然后在甲板上拿望远镜左右巡视，下达指令："爷叔，找几个水性好的下水去看看。"几分钟后，几个船员接连下水，一会儿有人大声说："浦船长，那里是个浅滩，有沉船。"过一会儿，又一个船员蹿出水面，喊道："好像是我们的船。"浦成栋疑惑："什么我们的船？"杜阿四说："二少爷，这事你不知道。你回来前，三少爷办的华兴贸易公司也做货物航运。阿宗兄弟带着三艘小火轮去淡水，算来也有大半年了，可至今没有他们的音信。"浦成栋说："这事我怎么没听说过？"杜阿四说："大少爷一直忙着办钱庄，三少爷埋头造船，估计心思也不在这里，也可能他们不愿意说这事。"浦成栋若有所思："那这个小火轮沉了，人和船都遇难了？"杜阿四沉吟道："除非遇到强台风，应该不会沉的。难道他们遇到了……"两人同时说出了"海盗"两个字。接着杜阿四又有了新的想法，真遇上海盗的话，阿宗兄弟会怎么做？是重操旧业还是……这句话他没说出来。下水的船员都上来了，船员说恐怕不止一艘沉船。浦成栋让大副做好航海日志，下令绕道，重新寻找航线。

第十四章　水清的牵挂

1

陈阿宗的船偏航了。

归心似箭，一大早就出航了，船行了一个多小时，刚才的云卷云舒顷刻罩上一层黑色阴霾，海风像被一只巨大的手扯住，在越来越浓重的雾霭中隐匿得无影无踪。陈阿宗心想，糟了，遇上海上大雾了。只能停下，等待大雾散去。水清说："这么大的海雾，怎么偏偏让我们碰上了。"陈阿宗忧心忡忡："散得快不快，看运气了。但愿海神娘娘保佑我们。"

大雾越来越重，船上人影绰绰，一些船员不安起来。陈阿宗提高嗓门说："弟兄们都放宽心，我既然带你们出来，就一定会带你们回家。我们困在海盗船里都过来了，大雾可不会这么久，是不是啊？"他这么一说，船员们轻声笑了，还真是这个理。

笑声刚落，一声巨响，船体摇晃起来，船上立即乱作一团。有人喊"进水啦，船进水了"。再看船后方，一个黑黝黝的影子紧贴着。陈阿宗喊："撞船了。不要慌。"因为能见度极低，对方驶来的船撞上了"水鳍号"。陈阿宗的喊声不起作用了，嘈杂的脚步声和叫喊声顷刻响成一片，船摇晃得更加厉害。

进不得也退不得，听天由命了。也不知道过了多少时间，雾渐淡，天色清朗起来。船体已经倾斜。陈阿宗带着船工在各个部位检查，所幸大多数舱室未进水，只是船壳板被撞出一个窟窿，船员们只能尽力堵漏，船再也无法行驶了。

隆鑫号也被大雾锁住。早上一起床，杜阿四就觉得海风带着不同寻常的暖湿，不通透，不爽快。他爬下舷梯，把手伸进海水，热热的，冒着蒸汽一般的水雾。可能会起雾，而且是大雾。他立即把这个情况告诉了浦成栋。浦成栋觉得有理，下令暂缓出航。一小时后，海上果然漫起大雾，眨眼间海面就被大雾遮住了。浦成栋对杜阿四说："亏得阿四爷叔陪我出航，没想到侬还懂这个。"杜阿四说："货主只管运货收货，我们干保镖的就得多一份心，一旦出事引起损失，不是也没保镖什么好事嘛。"这次是隆鑫号首航，一切都要特别当心，三少爷临行前关照过他，他更得用心。但昨天说到陈阿宗的久不回归又使他高兴不起来。这位被他打掉了半个耳朵又与他相知相交的兄弟，是死是活，连半点音信都没有，让他担心。

　　大雾散尽已近午时。浦成栋抬手看表，去了驾驶舱。起航前，他都要亲自校正行驶方位航向，检查各项仪器。确认无误后，下达了开船的指令。蓝天透着晶亮，水波舒爽，船的行驶也顺畅不少。

　　浦成栋站在船头，目及远方，浩瀚无垠。他的思绪突然回到黄海一战，黑浪滔天，炮弹横飞。海洋对于人类太重要了，因为它们的相通连接起世界。尽管充满艰险，但有了比陆地更便捷的通道，人类的互通和往来才更频繁，否则将是更长久的隔绝与陌生。然而自从有人想控制海洋进而控制人类，战争就永无止息了。

　　杜阿四一直在船上巡查，这是他的习惯。他认为，保镖不仅仅是保货保人，更要紧的是保船。船安稳了，才什么都好。他来到甲板上，看到浦成栋纹丝不动观察远方，他不想打扰，静静地站在他身后。突然发现前方有一艘船，再细看，是一艘微微倾斜着的船，不动。显然出了问题。越来越近了。浦成栋下令减速。杜阿四又有了新发现。这艘船似曾相识，但究竟在哪儿见过，横竖想不起来。距离越来越近，他看见了船首的"水鳍"两个字，一下子就把他的记忆激活了。这是一艘海盗船。当年他在打着外商旗帜的货轮当保镖时与它打过照面，对方不怀好意地跟在后面。他发现对方船上的海盗身板孱弱，瘦骨伶仃，都比较年轻，一个腰间围着子弹带的小海盗还一脸的稚嫩。直到货轮亮出了小型火炮，水鳍号才悻悻停下。几年过去了，它怎么会在这里，不动弹了？

对方有人向他们招手，大声喊，口音很熟。更近了。水鳍号船头站着不少人，向他们喊着。浦成栋跟杜阿四交流了一下眼神，确认对方是求救，慢慢靠了上去。

这下看清楚了。水鳍号上有人喊："我们的船被撞进水了。"

杜阿四招呼几个壮实船员跳帮到水鳍号，耳朵里忽然飘进一句："好身手。"这么熟。抬眼一看，两个人都停止了动作。杜阿四说："是阿宗兄弟？我没看错吧。"陈阿宗疾步迎上来："是我呀。是我呀。阿四兄弟，我想你想得好苦啊。"两人兴奋地捶打着对方，眼里却噙了泪水。杜阿四回过头喊："二少爷，阿宗兄弟找到啦。"

浦成栋挥着手，大声回应："太好了，叫他放心。"

陈阿宗对杜阿四说："快，我要去见二少爷。"他又指着水清："哦，这是水清……这艘船，她说话算话。不过现在，得听我的了。"他含糊不清地嘿嘿笑着。水清不语，只是向杜阿四行了个礼。

杜阿四还礼："阿宗兄弟的人都是自家人，跟我来吧。"

杜阿四、陈阿宗和水清跳帮到隆鑫号。陈阿宗刚站稳就向浦成栋拱手："二少爷，初次见面，阿宗有礼了。"浦成栋向陈阿宗还礼："原来是传说中的阿宗爷叔，小侄见过爷叔。昨天阿四爷叔还在讲起侬呢。"陈阿宗连连抱拳："二少爷，阿宗惭愧，有负重托。"水清也向浦成栋行礼："水清见过二少爷。"浦成栋还礼。陈阿宗说："她叫水清，原是水鳍号二当家。不过，这艘船现在属于浦家船队了。"接着轻描淡写地把他们的遭遇说了一下。浦成栋说："真是难为你们，有这样的结果太好了。我代表浦家感谢众位兄弟。当务之急，要查明水鳍号破洞的准确位置和大小，查看舱室空气管，确认是否有水流漏出，打开油舱查看水流情况，迅速排出进水，堵塞破洞。还有，如果需要，可以抛弃船上部分货物，减轻载重。"

水清想，这个二少爷是个内行。他的腿怎么瘸了呢？她觉得他撑着手杖的样子很特别。

陈阿宗说："运气太不好，想早点回来，一大早就碰上海上大雾，船偏航了，弄了半天，还一直在这里打转。"

浦成栋说："幸亏阿四爷叔轧苗头（发现端倪），让我们躲过了一场大雾。"

陈阿宗对杜阿四说："想不到阿四兄还有这招，兄弟我服了。"

"这也是干保镖该琢磨的事，都说靠海吃海，可谁都知道出海是一件危险的事。"

"危险倒是不怕，向大海讨生活，才有我们船家的饭吃。我们就是为大海而生的。"浦成栋说。

陈阿宗激动地挥着拳头："二少爷这话说到我心里去了。就是这意思。"

水清在一旁抿着嘴偷笑。抬头的时候，她的眼光正好与浦成栋碰了一下。

浦成栋带着隆鑫号出航归来，还带回了陈阿宗和水鳍号。第二天晚上，浦辰璋在豫园老饭店摆了宴席为船员们洗尘。众人闹哄哄的，热烈而喜悦。浦辰璋说："今天是我们团聚的日子，在各位的精诚努力下，我们的船会越来越多，也会走到更远的地方。"浦成栋说到了陈阿宗为了船员兄弟，在海盗船上整整一夜被绑桅杆的经历，众人无不为之动容。但陈阿宗的一席话让大家都静了下来："当时我想，这辈子干过不少坏事，如今金盆洗手也算个好人了，即使交待了也没啥遗憾了。说什么也不能辜负了浦先生。没想到……浦先生他……没见到恩公最后一面，我心里说不出的……难受啊。"静默中听得到轻轻的抽泣。浦成栋说："爷叔，你不要太难过了。我阿爸看到侬在水鳍号上做的事，一定会为侬跷大拇指的。"杜阿四说："阿宗兄弟，浦先生不在了，还有浦家三兄弟，还有浦家船队。我们对浦先生保证过，一定要全力帮衬，让浦家的船行得更远。"浦辰璋大声对大家说："二哥和阿四爷叔说得对，阿宗爷叔不仅回来了，还带回了这么多兄弟，带回了一艘大船，阿爸在九泉之下也一定会笑出来。阿爸说过，我们船家要广交朋友，才能把船队做得更大。所以，兄弟们，不管你们以前跟谁，只要到了浦家船队，就都是一家人了。大家齐心为船队出力。"浦冀宁端起酒杯："兄弟们，来，我们第一杯酒先敬浦家船队创始人浦斋航先生。"说着倒着酒杯朝地上慢慢洒去。众人照他的样子虔诚地把酒洒在地上。"第二杯酒，我代表我们三兄弟敬两位爷叔。"浦冀宁、杜阿四和陈阿宗一饮而尽。"第三杯酒，我们三兄弟敬在座的每一个兄弟，大家有福同享、有难同当。干杯！"

这一晚上，众人十分尽兴。

趁着酒性，杜阿四找到浦冀宁，说出了自己心里久搁的烦恼。他琢磨很久，这事只有跟大少爷说。商船会馆的庆贺演出中，他发现那个扮天后的姑娘可能是，不，一定是……香菱。他不敢确认，又太想确认。浦冀宁没见过香菱，但听阿爸讲过这事，突然听到杜阿四这么说，浦冀宁的耳朵一下子竖起来。从小听阿爸说天后的时候都怀着一种崇敬，扮演天后的真的是那个香菱吗？这使他觉得香菱就像令人崇敬的天后下凡一样。杜阿四又说："其实她不是我女儿。"

"啊，不是，为什么？"

"香菱其实是孤儿。我当时还在护航船上，那次开炮把水匪赶跑了，我在他们的船上发现了她。她还很小，看她可怜，就把她收养了。"

"原来是这样啊。"

杜阿四说："不瞒大少爷，这些日子我神魂颠倒，吃饭也没胃口。虽说香菱不是我亲生的，但失散后，就好像丢了魂一样。我当时真想冲到台上去认，但万一不是，又会遭人骂，一犹豫，错过机会了。浦冀宁只能安慰："阿四爷叔，侬别多想，如果是的话，你们总会见面的。"话一出口，又觉得言不由衷。杜阿四继续倾诉衷肠，闸门打开就刹不住了，说到后来涕泗横流。浦冀宁除了倾听，也不知道怎么宽慰。没想到这位开朗豁达的阿四爷叔竟然如此儿女情长。不，这是一颗当爹的心，万分痛苦的心。

2

水清觉得，这里才是她真正应该待下来的地方。家人和睦，兄弟齐心，她从小就缺少的亲情找到了充填，她很满足。她三十多了，长得并不出众，可海上生活并没有摧残她天生的精致，无须修饰添画。她跟过两个男人，都非己所愿，留下一个只有婴儿印象却没有着落的女儿。她这是什么命？她这样一个女人，一切都到头了吗？她大字识不得几个，却不像一个凡事懵懂的村妇，反而聪慧敏感，领悟力极佳，还有当时一般女性不具备的杀伐决断。这是时光对她的刻凿。浦冀宁观察了她近一个月，向浦辰璋提议让她去学会计，很快就可以为船厂出力。浦辰璋尊重大哥的意见，既然来了，总得给她找一条生路。

几个月后的一天下午，出航回来的浦成栋与浦辰璋在总经理室闲聊，敲门声过后，浦成栋看到一个身材轻盈的女人利落进门，一点矜持正好让人感觉到。浦辰璋告诉二哥，这是大阿哥推荐的水清，她学了速成会计，我让她帮忙做些厂里的会计事务。浦成栋看着她，眼前一亮，忽然想到了一个词——玲珑。用此形容这个女人最好。水清向浦辰璋微微鞠躬，说总经理好。接着把一本簿册交给他："这是这个月的过往账目，已经核实了，请您过目。"又向浦成栋点头致意，浦成栋回以微笑。水清略带羞怯地问："这位是浦船长吧。"浦成栋用手杖支起站起来："我就是。幸会水清女士。你认识我吗？"水清笑着说："谁都知道浦船长，您是甲午战争的英雄。"浦成栋一怔，淡淡一笑："败军何谈英雄。"水清说："其实我见过浦船长。那天大雾，水鳍号被撞了大洞，您的船搭救了我们。"浦成栋用手杖点地："哦，想起来了。你就是那个二当家的。我第一次听闻船上还有女的二当家，厉害。"水清脸红得像涂了一层红晕："浦船长快别说了，羞杀我了。那是被逼无奈，幸亏遇上了您，才走上了正路。"浦辰璋赞许："这话说得好。"三人朗声大笑。浦成栋听着水清的笑声，想，这声音也玲珑。

浦成栋不知道，水鳍号上的那一眼，水清多少个未眠夜。陈阿宗试图与她重温旧梦，她一点机会都没给，这让陈阿宗很丧气。从此，浦成栋出航，水清习惯了将等待酿成一种期待，是她纯粹单边的期待，融入了她的幸福和焦虑。

又一个出航归来的日子。

浦成栋最后一个走下船来，脚和手杖落定在地，他习惯性地回看轮船。春日傍晚，夕阳下沉，慵懒中含着恬适。船员散尽，却发现不远处有个熟悉的身影，镶上了一层暗暗的金黄，圆润剔透。他朝那个方向走去。

她很快做出迎接的姿势，向他缓缓走来。两个人会合了。浦成栋问："是在等我吗？"

"我在等太阳落山。"

"太阳落山，天就暗了。"

"在船上，天暗就可以休息了。一天的辛苦结束了。我常常想，再回到船上会是什么样子。"

"过去你在船上，辛苦的不是你，现在到船上，就没这个待遇了。"

"待遇，哈哈，算是吧。如果浦船长没有女人上船的禁忌，我能有幸与浦船长一起出航吗？"

"我可不是老古董，没这规矩。你想好了？"

"我等您就是想当面跟您说。"暗沉的天幕下，浦成栋看到一双眼睛透亮、明快、饱含欲望。他再次想到上次见到她时的那个词，玲珑。

"这不还是等我吗？好，下一次出航，你跟我去。"

下一次来得很快。

隆鑫号驶出长江口不久，海上突然起了大风。风啸叫着，海浪层层叠叠刨花般翻卷着，打着滚翻上甲板。船首时不时被浪头顶起，从驾驶台看出去，一团接着一团的白色波浪像一个亢奋的拳击手从海中蹿出，猛烈击打着玻璃窗。被顶上波峰又被抛入谷底的轮船使船员无法控制地眩晕。连适应性很强的浦成栋都感到了昏眩。再看一边的水清，面色煞白。他有点自责。将近一小时，风浪总算缓和了一些，水清才渐渐恢复了常态。

浦成栋歉意地说："也许这次不该带你出航的。"

水清无奈地说："不，还是老话说得对，女人上船晦气，是吗？"

"我会相信这种陈词滥调吗？"

"您不会，但是船上的人会，您会被船员说的。"水清的担忧溢于言表。

"人家想说，只好让他们去说，我不会不让人说话。"

船继续向目的地前行。浦成栋发现，船员们看水清的眼神确实有点异样，他兀自一笑，不去理会。大多数船员毕竟没受过多少教育，有这种想法也正常。

他眯起眼睛看着前方，当年他在舰上就是这么远看浓浓淡淡的山峦，像是欣赏一幅古代文人山水画。似乎与前往出征迎敌的气氛不搭调，但他可以在即将到来的炮火和硝烟中找到宁静的心境，这才是一个真正的战士。如今战争与他无关，这个习惯却保持着，算是留下一丝痕迹。突然被一阵嘈杂的声音惊动。一会儿，一个船员慌慌张张跑进来："船长，有人打架。"浦成栋支着手杖霍地站起来："谁打起来了？""阿九和老杠头。"

甲板上，一老一少正狠劲扭在一起。浦成栋知道这两个都是犟种，一个血气方刚，一个中年壮汉。他没有立即喝止，却在一边静静地看。船员越围越多，两个肉博者心无旁骛，难分难解。突然老杠头一声号叫，把阿九整个身体抢起来重重摔倒，甲板上回荡着闷闷的声响。阿九不动弹了。有人为老杠头喝彩，浦成栋的眼睛电光般扫过去，甲板上顿时寂静。浦成栋走到阿九面前，撑着手杖半蹲着，问喘着粗气的阿九："还打得动吗？"看到船长，阿九绷着劲，一只手撑起，头上冒着虚汗。浦成栋掴了掴他的肩膀，说"你劲还不小，是块好料，用的可不是地方。做啥打相打（打架）？"阿九呼哧呼哧："我呒没做啥，老杠头上来就是一脚踢到我脚弯（腿关节处）……"老杠头这时又是一脚扫过来："侬还讲呒没做啥。"他转头对浦成栋说，"船长，伊老是口哨吹吹，二郎腿跷跷，蹦蹦跳跳。浑身呒没正经样子。我讲过伊好几次，这趟我实在熬不牢，拳头就出去了。让伊长长记性。"浦成栋说："原来如此。"他对阿九说："侬活该吃生活（被打）。晓得为啥要打侬了哦？"阿九垂着头："好像听说过。"老杠头又说："出海前我就关照过，小赤佬就是脑子不好，记不牢。"浦成栋沉下脸："老杠头，出海是要讲规矩，不过勿要动拳头嘛。船上不许打相打也是规矩。"

浦成栋知道，海上讨生活的艰难使帆船时代的船上形成一些行业规矩。比如女人不能上船；比如要在船头设置神位，所以船头正中间位置不能坐。前甲板是烧香、拜佛、敬神、祭祀的地方，不能有轻佻之举。还有一些生活行为的禁忌。现在开始进入机器动力轮船时代，一些不合时宜的老规矩也得改改了。但不管到哪个年代，航海原则还要坚持，这也是浦家船队吃海上饭的世代信仰。他又想，今天他带着水清上船，大家嘴上不说，心里肯定不服。趁此机会说个明白也好。他招呼大家围拢过来，说："兄弟们，自从我回来当了船长，大家跟我出航好几次了。以前我在军舰上打仗，现在是跑商船做运输，两桩事体不一样，规矩是一样的。军舰上叫纪律，纪律是不可触犯的，谁触犯了谁就要承担后果，轻则处罚，重则呒没性命。浦家船队也有不少规矩，跟过我阿爸的侪晓得，年纪轻点的就不一定了。大家看到，今朝我带了一个女人上船了。有人可能不晓得，我就讲讲伊的来历。伊叫水清，原来是水鳍号，也就是阿拉现在这艘轮船的二当家。"

人群中出现一阵小小的骚动。

"所以，伊老早就上船了，伊船龄要比这条船上的年轻人长得多。船家眼里，女人上船是禁忌，为啥呢，因为船上有交关不方便，老早帆船呒没能力提供这种方便，跟得罪海龙王一点呒没关系。大家一定不晓得，美国、英国、西班牙和其他欧洲航海大国，伊拉军舰、轮船命名用的侪是女性名字。这又是啥道理呢？因为西方神话当中，有交关多代表美好安宁的女神灵，船家希望这些神灵保佑出航平安，就用伊拉的名字做船名。中国也是这样。船家出海不是要祭拜妈祖祈求保佑吗？妈祖也是女性，老早是普通女子，因为救助船家，一次次化险为夷，逐渐被船家供奉。男人出海遇到风暴，眼看要翻船，妈祖一出来，风波就定牢，船家安然无恙。故事一代代传下来，妈祖被宋、元、明、清四朝皇帝四十几次封神，尊奉伊天妃、天后，老百姓叫伊海神娘娘。妈祖就是船家的保护神。明朝郑和下西洋，妈祖也是必拜的海神。所以，阿拉船家不应该排斥女人。而且，女人在船上也可以做伊拉

大江大船

擅长的事情。郑和还专门带着几十个妇女一起出航,让伊拉在船上做丝织品。郑和七次下西洋不是平安归来了嘛。有些老规矩要改,但是该遵守的规矩动不得。军舰讲纪律,商船有行为规则,船上不允许衣冠不整、吊儿郎当、丢三落四。也不许吵架,不许赌博,更不许挑事斗殴。从今以后再发现这种行为,我就要严肃处理,不讲情面。兄弟们,听明白了哦?"

众人的声音有点懒,浦成栋又加大了嗓门:"想不通的可以来寻我,也可以走,但是规则从今朝开始,必须执行。啥人违反,后果自负。"最后两句话像投掷在甲板上的石块,在寂静的气氛中哐当有声。

说完,浦成栋掉头就走。身后的声音明显比刚才响了:"晓得了,船长。"浦成栋的嘴角不易察觉地翘了翘。

一直躲在船长室里看着外面的水清听不到浦成栋在说什么,感觉自己的心跳加剧。她几次想走出来,终究没迈出半步。等到浦成栋进门,她忽然眼睛潮湿起来。浦成栋走近她,问她有什么不舒服。水清忽然醒过来一般:"哦,不,没啥,我一直在看外面。"

"在看他们打架吗?"

"嗯。"

"以前水鳍号上打架吗?"

"倒是很少打。海盗船也有规矩,船长对打架斗殴的会处罚。"

"是啊,不论什么船,不打架是铁打的规定。我们是做生意的商船,讲究和气生财,就更不能打架了。否则一切都乱了。"

水清默默点头。

浦成栋又问:"你刚才一直在这里?"

"是的。我觉得这个时候不能给船长添乱。"

"你是觉得冒犯了大家吗?你曾经是这艘船说话算话的人。"

"正因为如此，我才感到心中有愧。浦家船队三艘货船因为它沉没了。"

浦成栋一下子好像被哽住了，许久才屏出一句："这不是你的错。"

"这也是水鳍号的命。"

浦成栋慢慢走近她，注视着她。水清微微低头，她听到船长说："谢谢你。"她又听到自己一直想问又不敢问他的："您的腿是怎么受的伤？"她听说过这个故事，但她很想听他自己讲。

浦成栋坐下来，端起茶碗喝了一口说："其实我很不愿意说这件事。仗打成这样，是我们军人的耻辱，不是你们说的什么英雄。当时我在鱼雷艇上，被日本军舰的炮弹击中后掉进水里，然后就啥也不知道了，是一位战友救起了我。后来我们找的小船也翻了。算我命大，被一户渔民救。我活了下来，一条腿瘸了。醒过来，听说很多将士都死了，我真想一死了之去陪他们，救我的渔民说，吃了苦头再活下去才是你的本事。我听了人家的劝，才有了活下来的信心。后来我越想越明白，打仗丢命不可怕，活下去需要更大的勇气。对我来说，一切都要重新开始了。"

水清的眼眶湿润了。这几句话，又何尝不是她的内心呢？先是被陈阿宗强迫做了他的女人，又被道爷绑架到水鳍号，她无数次有过一死了之的念头，最终总是被香菱拽了回来。这么多年，她就是靠着这个杳无音信的女儿活下来的。眼前的这个男人，她忍不住要多看几眼，也把他看到了心里。而对浦成栋，这个女人就像一枚楔子揳进了他的心里。

3

过年前回程路上突遇寒潮，恰恰是大年初一，浦成栋的几艘货船只能入港避险。船员们猝不及防，又冷又饿。浦成栋对大家说："我们吃这口饭的，免不了遭遇意外。大家记住，船就是我们的家，船到哪里，哪里就是家。"寒潮持续了五天，船员们确实感受到了船长这句话的力量。浦成栋不知道，这个年里，水清一个人为他茶饭不思。

浦成栋下了船就直奔水清租借的简屋。他想为水清在饭店租个长包房，但水清拒绝了。她说那会使她不安。尽管境遇不同，但船上的经历把两个人的互相关切黏合在一起了。这次归来，浦成栋更多地感受着水清的柔情和爱恤。握着她丰盈灵动的乳房，心里感到由衷的笃定。但有时亲热到巅峰时刻她会突然疯癫一般大笑，而后又是大哭，搞得他意兴阑珊。他问她，她说她自己都不晓得。说来就来，完全不受大脑的控制。他抱着她的头，佯装研究船上的一台仪器，然后也是哈哈大笑。那次她忽然翻过身来，趴在他身上问："你会跟我结婚吗？"他猝不及防："什么？结婚？"他一脸茫然。她看着他好久，然后赤裸着身体走下床，拿着他的手杖走来走去。浦成栋饶有兴致地看着她，她问："看懂了吗？"浦成栋又一愣，想这问题好奇怪。他老实说没看懂。水清不接他的话，依然悠悠走着，到浦成栋身旁说："这是个谜语，你猜猜看。"

浦成栋还是摸不着头脑。水清说："看来你的脑子里除了船，除了运输，也没别的了。"浦成栋一把抱住她："不，还有你。揭开谜底吧。"水清嗔道："不，要你自己猜出来，不是我说出来。"浦成栋腾地从床上蹦起来："那好，让我也这样子走一走，就晓得了。"水清又笑得合不拢嘴了："你一个大男人，这样子太伤风败俗。"浦成栋瞪了她一眼："不就是我们两个人吗？伤的败的都是我们自己。"他刚走了两步，就停下来："嗯，我晓得了。"水清说："告诉我谜底。""你是说，你一无所有了，你要我做你的拐杖，也就是依靠。"水清一把搂住他："对呀。就是这样的。"浦成栋并不兴奋："你可不是一无所有。水鳍号本来就是你的。""不，从你救了水鳍号那一天，它就属于浦家船队了。""加入不等于属于，大家联合起来一起做事，船是谁的还是谁的。浦家从不做强人所难的事。""这就是我自愿的。你只要回答我，能当我的拐杖吗？""我不知道。我自己还得靠拐杖，怎么有能力给别人当拐杖？""我知道你能。莫非你是嫌我跟过两个男人？""你觉得我嫌过你吗？""倒是没有。所以我要永远靠着你。不行吗？"

　　"水清，谢谢你这么看重我。但我怀疑我自己，我这个样子能不能被人依靠。""我说可以，你只要答应就可以了。"水清用手指在他壮实的胸大肌上画着圈圈，循环着。浦成栋问："这又是什么谜语？"水清说画着玩。"我觉得你身上藏着宝藏，我这是在探宝呢。""跟你在一起就是舒服，你会逗人开心。不过，你这个谜语出得太大了，我真的回答不了。因为我敬重你，所以我不能随便答应你。也许我们可以在一起生活，就像现在这样。""一起生活是什么意思？""在英国法国，这叫同居。就是互有好感的男女住在一起，但他们并没有结为夫妻。""这是中国，中国人看不惯的。尤其是我这样的人。""你是什么样的人？我从没觉得你跟别人有什么不一样啊。以前你都是被别人逼的，现在你我都是单身，你情我愿的，管别人怎么看。""你可以。但是我……不来事啊。"她突然说了一句上海话。"水清，现在我们俩都是真情实意，多好。我也晓得别人会对你指指戳戳，但你别为这种事烦心。我曾经说过要公开我们俩的事，但你不愿意，所以你会有更多的顾忌。干脆大家都晓得，就不会说你什么了。""我晓得你为我考虑，但是我……""我晓得，你是因为陈阿宗。说起来，他跟我阿爸结拜过兄弟，我还叫他爷叔呢。当时你是被他抢去的，再说你们连婚约都没有，你怕什么。"水清叹气："这都不重要，我要的是我最终的着落。"浦成栋怅然，不知道怎么回答她。

第 二 部 分

沉船

战火燃起，日军入侵

"长江盛满了金子。"落魄日本小说家鼓吹航运控制中国

封锁长江

岂因身残忘报国？前北洋水师军官驾船怒撞日方军舰

昔日水匪潜伏日军补给船厂

留下自保还是潜回上海？"哪怕死，也要做点什么。"

第一章　野心

1

日本邮船公司上海总部正在举行会议。

从东京过来的递信省（邮政部）官员石野岩平不苟言笑，语速极快，直奔主题："大日本帝国邮船在中国航运中已经占据一席之地，但英国轮船在上海的吨位至今保持着各国船舶总吨位的百分之四十到六十。我们的目标是要打破英商在上海和长江航线的垄断地位。为此，递信省决定将大阪商船会社、日本邮船会社、大东汽船会社和湖南汽船会社四家在中国的资产合并，正式组建日清汽船株式会社，也叫日清轮船股份有限公司。此举必将增强日本与西洋各国在中国长江航运上抗衡的实力。这个决定关系到帝国政府和天皇陛下的重要国策，也将与各位未来的利益休戚相关。拜托各位了。"

石野岩平站起来向与会的轮船公司董事长们鞠躬。董事长们也站起来，谁都能感到这段话的不容置疑。

石野岩平继续说道："日清将在东京设立总公司，上海和汉口为分公司。天津、广州、南京等六个办事处均归上海分公司管辖。公司额定资本为八百一十万日元。今后政府将每年资助。日清公司的长远目标是经营并逐渐主导中国长江航线。鉴于帝国国策的重要性，日清公司还将承担一项重要任务，收集和研究中国经济情况，定时上报递信省。我相信各位一定有这个能力和信心。再次拜托各位。"

石野岩平越说越激动："开拓海外航运，是大日本帝国和天皇陛下赋予我们的使命。从明治八年（1875）开始，我们赶走了在日本海岸线上耀武扬威的欧美轮船，夺回了帝国的航海权。我们的前辈三菱会社接受天皇陛下旨意，置国家利益于公司盈利之上，把全部身家压在开辟横滨到上海的航线上，迫使美国太平洋邮船公司退出了日本航线。我要特别提请诸位注意的是，上海不仅是中国航运的中心，也将是全世界的航运中心。它绝佳的地理位置使它连接起欧洲、北美、大洋洲和南洋等各条国际航线。为了控制上海航路，我们必须不惜代价，竭尽全力。"他还特别提到了黑川的分析报告。就是这份报告引起了政府的重视，今天的举措也有这份报告的贡献。

黑川站起来向大家致意，并对石野岩平说："非常愿意效劳。"他忽然有了一种从未有过的成就感，这是一种以前苦思冥想找到小说灵感都没有过的欣喜。他自然想起了洋子，因为这个女人的引导，才有了他的今天啊。

仲春的阳光难得如此热烈，透过玻璃窗映射在每个人脸上，涂抹着斑驳诡异的光线，与所有人肃穆的表情不太相称。轮船的汽笛声远远从黄浦江传来，所有人都为之一振。这声音听起来就像交响乐那么悦耳。

黑川默默对自己说，一切才刚刚开始。石原平说过的那句话又从记忆里跳了出来："你怎么可能是个小角色，你是要承担大事的人。"那么现在真的开始了吗？显然，成为政府主导的日清股份公司董事，确实不是小角色了，甚至在石原平之上了。我真的具有自己都没发现的才干吗？

日本取得了对中国海战的胜利，全世界的报纸都在发布这个消息。黑川觉得，真想不到啊，日本打败了庞大的中国。长江上将会出现更多的日本商船。想不到我区区一个小说家被赋予如此伟大的使命。未来，长江也将记住一个叫黑川淳一郎的日本人吧。

几天后，黑川收到递信省的一份电报，上说："帝国的海外航运拓展加快，上海是帝国外航的重要通道，原有日本邮船中央码头远远不够，迫切需要加紧建造新的码头。命你尽快物色并购或改建原有码头，切切。"

黑川拿到这份电报，呆坐了很久。这太出乎他的意料了。他是要做大事的。不是才刚刚开始吗？这么快就结束了？让我去搞码头，哼，这帮浑蛋是怎么想的？

一天的情绪都不好。

傍晚洋子回家，见黑川闷闷不乐的样子，也不搭理他。黑川提议去饭店吃饭，洋子却说没兴趣。黑川问为什么，洋子说："你不是不高兴吗？不用装了。还是在家里吧，不高兴还可以耍酒疯。"

黑川勉强笑了一下："你真厉害，什么都瞒不过你。""谁惹你不高兴了？"黑川拿出那份电报给洋子看，洋子看后笑了："这有什么不高兴的？"黑川不解："我可不愿做这样的事。""你觉得这是什么事？""吃力不讨好啊。"洋子说："黑川淳一郎先生，你的理解有问题。你要知道，造船是为了投入航运，如果没有码头，终究走不长。在上海长期经营、辐射全世界，是帝国的对外决策。码头是这项决策的支撑点，有了好的码头，就会有更多的船。"黑川听得认真起来。洋子继续说："《下关条约》（不平等条约，中国称为《马关条约》）签订后，各轮船会社开辟了上海到汉口的长江航线、上海到天津的定期航线，今后还将开辟更多的航线，超过英国指日可待。我敢说，将来的上海港码头也将由日本主宰，英国人和美国人将被我们远远甩到后面去。"

黑川又像当初那样盯着洋子，摇晃着脑袋："不可思议，简直不可思议啊。""你干脆说我疯了吧。""你说的都是真的？""以前你不是也疑惑过吗？时间会证明一切。但愿我们都能看到这一天。""那我还是选择相信吧。毕竟已经发生的事都让你说对了。""所以，在上海，这个全世界都盯着的大港口将拥有更多的码头。船是流动的，码头是铁打的，甚至是永恒的，它可以接纳八方来客。那帮浑蛋叫你做这件事，你可以扬名立万、名利双收，你还不高兴？"

黑川再次感到这个女人内心的强大。对他来说，很可敬，也有点可怕。他不得不承认这番话使他又一次洋溢起当初的那种冲动。他吻了一下洋子："我今天真的要发一次酒疯了。"洋子嘴角一弯，那种浅笑对黑川十分致命。

这一夜，借着酒性，这对夫妻重温了几年前的疯狂。不过黑川稍有不满，因为整个过程都是洋子主导。他虽然尽情发挥，仍然是仆从的角色。他对自己说，他这个写小说的可能永远只能对这个既精通过往又前瞻未来的女人甘拜下风了。

2

虹口早有了"东洋街"的叫法，日本人很为之自得。黑川也是。这里全是他的乡音，日式建筑到处可见，女人们穿着木屐在大街上走，挂着灯笼的店招上也都是日语。作为新晋航运界人士，黑川当然知道老资格的汇川码头。黑川以前来过这地方，只是匆匆而过，现在站在这里，觉得这个码头的位置实在太好了，如果买下来改造，日本到上海和世界各地的航线将有新的改观。他感悟到了递信省这份电报的及时。

日本比西洋各国晚到了一步，但也和上海道台订立了官方邮船制度，三菱公司在虹口面临黄浦江的地段造了码头。西洋各国没想到日本的推进速度这么快。那时趾高气扬的美国人对明治政府声称，日本是未开化民族，不适宜搞航运。日本要搞沿海航运，就全交给我们美国人吧。明治天皇忍不下这口气，倾力支持日本公司开拓海外航运。当年三菱公司创始人岩崎弥太郎向其天皇进言："上海通航这般外航兴盛局面正是我国恢复航海权之阶梯。而美国邮船公司却屡次妨碍我等出航，实乃对我帝国之蔑视。我辈主要任务乃清除此障碍、夺回航海大权。"岩崎说这句话是1875年。这年2月初，三菱会社的东京丸从横滨港起航驶往上海，开通了日本第一条海外定期航线。为了与美国人抢夺客货源，三菱竟把横滨到上海的船票由原来的三十日元骤降到八日元。9月，横滨——上海航线因运费异常下跌导致收支失衡，每月平均损失约两万多日元。但岩崎弥太郎仍不为所动，为争夺海外航线，他可以放弃盈利。美国人终于看到了岩崎强硬的决心，最终被逼退上海航线。接着被逐出的是英国半岛和东方轮船公司。岩崎成功了。黑川对岩崎弥太郎充满敬仰。二十多年来，日本邮船先后开辟了上海至海参崴、神户至孟买、横滨至伦敦、香港至西雅图等海外航线。这么多海外航线的开拓成功，就是因为有了枢纽位置的主要停泊港——上海港。所以黑川百思不得其解，为什么中国皇帝放着这么好的港口不开发，反而竭力阻止民间航运，结果却让外国人大展身手，占尽利益。如果中国人自己搞起来，还会不会有日本的机会，真的很难说了。距离第一艘日本轮船进入长江二十年，不，还差一年才二十年，日本又赢得了甲午战争。在黑川眼里，庞大的大清王朝只剩下一个虚弱的外壳，连骨架都撑不住几天了。如今日本不仅确立了亚洲第一的地位，连西方人都要忌惮几分，美国对日本彻底改变了态度，再也不敢以"未开化民族"取笑日本人了。上海港已经成为日本航运的发展基地，上海到汉口、天津都有挂着太阳旗的轮船，日清汽船也开始投入长江航线。这么多的船要停泊，确实需要大量的码头啊。

汇川码头是麦克佩因洋行的资产。先要打探它的经营状况，这是黑川的强项。连续几天跑下来，他有了眉目。麦克佩因先是在香港一家英国银行打工，没待多久就到上海淘金来了。然后注册洋行搞起了航运，虽然与怡和、太古这样的大公司不能比，但已足够使麦克佩因走运了。他捞足了航运的第一桶金，又搞起了东南亚烟草，赚得盆满钵满。

做了二十多年长江航运的麦克佩因确有退出的打算了，他不想加入与怡和、太古的竞争，也没这个实力。他只有三艘轮船，规模太小，就有了"船小掉头快"的便利。比起他的船，他更得意当初汇川码头的选址。要收购的人不会在乎他的船，但一定在乎他的码头。这个码头是他手里的重筹，加上仓库打包出售，卖个好价钱。他先放出风去试探，谁感兴趣再洽谈。倒是吸引了不少接盘人。不过人家也都矜持，不主动开价，等他抛出筹码。双方就僵持着。这种心理博弈很熬人，但也得熬着。麦克佩因有大赚的烟草，熬得起。

黑川不出牌，暗中观望，但志在必得。前辈三菱公司与美国太平洋邮船公司相互角力有多狠，最后还不是三菱收购了它的邮轮和横滨—上海航线。

终于有人出价了，是麦克佩因的英国同行。麦克佩因没接招，显然对价格不满意。有更高的出价者出现了，麦克佩因心动了。黑川这时也放出风去，有意与麦克佩因先生洽谈。在此之前，他通过递信省摸到了买下汇川码头的最高补助。

但他发现另外有人试图抢在他的前面，所以他要出击。这个码头对日本航运太重要了，必须拿下。见到麦克佩因的时候，黑川觉得对方正在等待着他的到来。这就叫两相情愿吧。不过麦克佩因告诉黑川，现在还不能与他签约，因为他的英国同胞对他把码头出售给外国人颇有微词，还扬言要让他的买卖做不成，所以他还得等一等。黑川等不得了。他忽然想起一句中国成语，夜长梦多。他对麦克佩因说："先生要卖个好价我理解，我给出的价也不亏你。既然你的同胞出不起这个价，就不用再谈了。这是商业规则。"麦克佩因回应："我不怕他以同胞的名义挟持我。这是生意，不是两国交战。但也许这是他的策略。他知道有人跟他竞争，我期待他出价的变化，我也会再做衡量。这是公平的。"黑川听出了他抬价的弦外之音，也许这个所谓的同胞是他的捏造或虚构。他不能松口。他坚定地说："麦克佩因先生，我非常坦率地让你看到了我的诚意，你我都是商人，必须坚守商业立场。这样才能把生意做得更大，是吗？"麦克佩因频频点头："黑川先生，我以我的洋行担保，我会恪守商业信誉。否则早就退出上海了。"

黑川对麦克佩因表示了明确的态度，又通过他的渠道获悉麦克佩因说的那个竞争者纯属子虚乌有。这证实了他的判断。黑川最终以二百五十万日元得手。汇川码头换了主人。

黑川想象着石野岩平得到消息后的样子。这家伙一张脸像凿刻出来的木雕，比实际年龄老了很多。石野喜欢这种被人看老的样子。汇川码头易主的消息，至少能让这家伙笑一下吧。然后黑川的想法又朝前迈了一步，汇川拿下来了，接下来，还要把英国人都赶走，让上海的码头全部挂上太阳旗。

太阳像碎金一般潜入江水，这是太阳每天最憔悴的时刻。从一个照耀天地的火球蜕变成琐碎的光点，犹如垂泪。

黑川常常独自站在夕阳下的汇川码头，默默享受这份喜悦、舒畅和感激。

退休后的石野岩平身形佝偻，语速减慢。受黑川邀请再次来到上海。黑川指着新建的申西码头对他说："这座钢筋混凝土码头是上海港最好的码头之一。每天有很多日中航线和世界班轮停靠。英国人的怡和码头早晚落入我的手中。到那个时候，它将与这座码头整合一体，可以同时停靠两艘三千吨级轮船或一艘万吨级轮船。这个码头建成后，从上海出发的航线可以到达中国更多的大中城市。"

石野岩平频频点头："太厉害了。黑川君，你真了不起。当初我选择让你干这事做对了。"

"不瞒石野前辈，当时我接到这个命令还不太高兴呢。后来还是夫人开导了我。"

　　"是啊，你这位夫人比你更了不起。"

3

　　一早，黑川去了法租界的妓馆。他非常熟悉那些地方，它们隐藏在大街背后，铺着弹硌路（一种由鹅卵石或小块花岗石铺成的高低不平的小路）的狭窄弄堂里，泛着令人掩鼻的尿骚味，这是一部分嫖客像犬类一样留下的标记，久久不散。沿墙根蓄着经年滑腻腻脏兮兮的青苔，令人厌恶。但走进妓馆，这种杂七杂八的腥臊味就被难以言说的情趣遮蔽了，使他通体舒悦。黑川有一个相好沈芸丽，本是小商人家女儿，被一个大官看上后混了几年，有了积蓄，就开了这个叫"芸香阁"的妓馆，做了老鸨。她对这个选择很满意，黑川来过几次，她觉得这个日本人出手阔绰，也蛮合她的心意。虽然从黑川这赚了不少钱，但她心底还是看不上这个畏畏缩缩的男人。

　　伙计认识黑川，让他在厅堂里等着，自己去通报。另一个伙计拿过来一碟瓜子、一杯绿茶。

　　黑川嗑着瓜子，想起他第一次来这里的场景。

　　几个姑娘簇拥着他，他胡乱切换着中国官话、上海话、日本话，断断续续的，不连贯的音节，反正这里无所顾忌。一个姑娘说"东洋人上海闲话讲不来，交关好白相"。另一个姑娘讲"东洋先生，阿拉来教侬讲好哦？"又一个姑娘讲"侬来事，讲得蛮好"。黑川知道他是大主顾，姑娘们当然要在他身上下功夫。他看到过姑娘们背过身去翻白眼，也听到过她们小声咬牙切齿骂他，知道她们表面讨好，实则心里恨极了在中国胡作非为的日本人，但他不在乎，平时被洋子压得抬不起头的黑川就是喜欢这种强迫他人服从的感觉。这天晚上他留下来。陪他的是一个十八九岁模样像个学生的姑娘。姑娘倒是不卑不亢。他酒足饭饱，刚躺下却突然想放掉一泡，姑娘指了指床下。他翻了个身，半个身体探出去，用手一摸，知道是个马桶。他说了句什么，姑娘理解了，说"先生我带你到外面去"。他觉得姑娘很善解人意，跟她下楼。来到楼梯下面一个小角落，姑娘转过头来向他示意。他一看，狭小的空间，两个桶并排靠着。虽然灯光昏黄，还能分辨出两个桶的不同功能。一个放着清水，旁边是烧水的台子。另一个装着污浊的脏水，接近满溢，漂浮着茶叶渣、痰液和若干不明物。黑川手足无措了。一个女人缓缓走过来，纤细的指间夹着香烟，紧身旗袍将酥胸细腰丰臀熨出一道流线状的美艳，黑川被勾住了。他听到她在问："先生，侬想做啥？"

姑娘对少妇耳语了一句，快步上楼。黑川僵在那里，不知如何回答。女人说："先生，喏，就孬搭吧。"她指了指那个脏污的水桶。说完背过身，袅袅而去。

黑川憋不住了，哆哆嗦嗦解开裤带，心里一横，对着那个桶，眼睛一闭，哗哗啦啦滋开了。他不放心地睁了下眼，发现脏水正跳跃着溅到那个清水桶里。他感觉膀胱像被人捏了一记，急刹车了。思忖片刻，他腾出一只手把清水桶挪开些，然后继续紧急中止的排泄，不像平时那样抖动家伙好几次，做贼似的快速塞进内裤。那天睡得蒙眬，却嗅到一股粪臭，黑川被这股味道激醒了。睁开眼一看，那姑娘坐在马桶上，雪白的屁股正对着他。他飞快起身，连拉带拽地把手臂伸进袖管，把衣服领头往头上一套，疾步出了门。这次经历让他刻骨铭心。然而他没能忘记迷蒙灯光下那个少妇的倩影。又来过多次，才知道她叫沈芸丽，妓馆正是她开的。说到第一次遇到的尴尬事，沈芸丽竟然笑了，伸出一个尖尖的、令他心动的手指，轻触了一下他平坦的额头："侬啊，真是只戆大，溅到一点有啥关系，水烧开了嘛就清爽了呀。阿拉平常天天吃的水，难道不是从黄浦江里来个？侬去看看，江水里啥物事哦没。"黑川听得半懂不懂，也懒得较真。他的心思全在这个手指和声音里了。

沈芸丽姗姗走下楼来，黑川与她打趣："老板娘生意兴隆啊。"沈芸丽瞥他一眼，学着黑川不标准的上海话："兴隆啥呀，侬哪能兴致介好，介早就来啦？"黑川讪笑："不是没事体瞎逛嘛，一逛就逛到这里来了。今朝有啥新花样？"沈芸丽想了想说："要么阿拉到大马路（今南京东路）随便走走？"黑川问："这是，啥白相？"沈芸丽扑哧笑了："讲反脱了。叫'白相啥'。""白相啥？"黑川模仿着，"有意思，有意思。"

走出妓馆，黑川熟练地招手，大声叫着"黄包车"，四五辆黄包车一起涌过来，两个年轻的占了先位。黑川向沈芸丽做了个手势，示意她先上车。沈芸丽一步跨上去，侧身向黑川竖起了大拇指："侬交关 gentleman（绅士）。"黑川坐上了后面一辆。

拉到拐角处，黄包车夫回头问黑川："先生，左边还是右边？"

黑川伸手往前一指："问她。"车夫加快几步，与前面那辆并排，斜仰着头问沈芸丽："太太，先生问侬哪能走。"

沈芸丽稍稍顿了一下说："大马路。"

黄包车向前走着，黑川看着马路两旁的街景，公共租界的马路越来越平整了，黄包车也越跑越快，景物飞快退后。他想起了日本的黄包车夫，他们的姿势是昂首挺胸、趾高气扬的，仿佛他们是带着客人出来游玩的主人。中国的黄包车夫永远是低头弯腰、身体前倾向前飞奔。日式走得从容，客人如果心急，感受一定不好。中式强调速度，但会造成客人的颠簸感。洋子曾说他有点强迫症，这种刻意的比较是强迫症还是小说家与生俱来的自觉观察，他说不清，心绪有点乱，索性就闭起了眼睛。

黄包车到大马路，沈芸丽却没有停车的意思。车夫一直跑到了外滩，轮船的汽笛声让黑川微闭的眼睛睁开了。他招呼车夫停下，沈芸丽的车还继续跑着。黑川告诉车夫让他的同事停下来。沈芸丽下车，说："不是问我的吗，哪能侬喊停车呢？"黑川说："到外滩了，一定要停的。请沈女士陪我走走看看好哦？"沈芸丽用手绢拂了他一下："侪是侬道理喽。"

两人沿着江堤走着，江风温煦中暗含萧索，有点笑里藏刀的味道。黑川望着江水说："一直忙生意，好久没这么悠闲了。"

"我还不晓得黑川先生的生意呢。"

"我的生意嘛，就在这江上啊。"

"做轮船啊？"

黑川认真地点头："是啊。侬晓得哦？从黄浦江可以到全世界。"

沈芸丽睁大了眼睛："真的呀？"

"当然喽。侬是土生土长的上海人，不晓得吗？"

"我又不做生意，哪能晓得？"

黑川做出恍然大悟的样子："啊呀，我忘记了，侬不做航运生意，当然不晓得。"

沈芸丽听他话里有话，用手指去戳黑川的额头，黑川嬉笑着躲过了。然后压低嗓音对沈芸丽说："侬的生意也不错，否则我还不认得侬。祝侬生意兴隆，财源滚滚。"

"侬只短命的日本人。"沈芸丽嗔笑着。

黑川突然停下脚步，望着江面，用日语自言自语："哪一天，长江上全都是日本轮船，才是真正征服了中国。"

"侬讲啥？"沈芸丽眼睛一瞪马上斜过来。

黑川掩饰着讪笑："没啥。自说自话。"他虽是沈芸丽的主顾，但本性猥琐卑微、欺软怕硬，习惯了点头哈腰，沈芸丽一斜眼，他便不自觉软了下去。

沈芸丽笑笑："侬也真是自说自话。"她指了指前方，"过了外白渡桥，就是北四川路（今四川北路），俹日本人，搞得好像自家屋里向一样。"

"毕竟还不是自己家里呀。哎，我有个提议，阿拉就骱能走到虹口，不坐黄包车了好哦？"

"好呀。"

黑川招呼两个车夫过来，掏出一堆铜板说："我也不晓得要付多少铜钿，你们自己拿吧。"两个车夫对视着，似乎从没遇到过这样的乘客，他们搓搓手，拿了五六个。黑川问："够了吗？"车夫说："够了，我们不多拿客人的钱。"黑川又给他们手里各加了一个铜板，这算小费。车夫弯腰，像日本人那样向黑川表示感谢。黑川躬身还礼。

沈芸丽说："出手真大方啊。侬是富翁啊？"

"我是富翁，侬算啥？算计苦力没意思。"

两人沿着外白渡桥漫步，不知不觉地到了北四川路。然后到了一个叫"桃山"的舞厅，黑川说："这家舞厅是我同胞开的。"

俩人进去，果然有十几个日本舞娘候着客人。沈芸丽说："侬带我到骱搭是欣赏侬的舞技喽？"

"现在还没到跳舞的辰光呢。就是跳，我也不找她们，是我脱侬，阿拉两个人跳。"

"侬看啊，伊拉侪盯牢侬眛。"

"那当然，这是她们的职业嘛。其实，这些姑娘本来是想去英国、美国、法国的，没去成，就从大阪、神户、东京乘轮船到上海来了。来了，就不想回去了。"

"当初，侬也是骱能来的吗？"

"是啊，我在老家太闷了，想出来散心。就来了。"

"侬为啥要到上海来呢？"

"来过上海的日本前辈都讲上海黄金遍地，我也想来碰碰运气。真叫我碰着了。"

"黄金呢？"沈芸丽挑起了眉毛。

"侬猜猜。"

"哼，还摆我噱头。"

"刚刚脱侬讲过，就在长江嘛。"

沈芸丽眉毛一挑："阿拉长江里有黄金，跟俉日本人啥搭界？"

"辫侬不懂了，日本有轮船，有技术，凭中国的轮船和技术，有黄金也捞不到。"

沈芸丽的确不懂，不过在她看来，长江里如果真的有黄金，总归是中国人的。

黑川不是张扬的性格，习惯于默默消受。他除了洋子，还有沈芸丽。沈芸丽好像是让他释放愁绪或者抒发兴奋的器具，但洋子不行。洋子经常以他人生导师的面目出现，让他生出些许卑微。沈芸丽对他说的不怎么懂，他要的就是这种感觉，使对方云里雾里，显示他的居高临下。他沉醉于和沈芸丽玩那些成人游戏的时候，常常灵感突现，或者随意发挥，都会有意想不到的回应。有一次，他拿着几幅日本带过来的江户时代春宫画，沈芸丽第一眼看到，竟然跳了起来："哦呦，日本人介勿要面孔，介腻心个物事（这么龌龊的东西）一丝一丝画出来。"她的眼睛却不愿意离开。黑川嘿嘿地笑："侬不是也欢喜看嘛。日本人讲究坦诚，这就是坦诚。中国人经常讲坦诚相见，实际是不坦诚的。中国古代也有这些龌龊的东西，只是没有日本画得坦诚。"沈芸丽既鄙夷又恶心地揶揄他："黑川先生，侬实在有水平，这种腻心物事讲得一套一套的。"黑川知道火候到了，说要不要试一试。沈芸丽尖尖的食指伸过来，被黑川的嘴巴衔个正着，沈芸丽酥软地倒在他身上。他们按画中的样子做了几次，惬意和高潮轮番出现，两人大呼小叫。只是沈芸丽一边做，一边叫"侬只日本人"，后面又加了"下作坯（下流的人）"。黑川正在兴头上，任她叫，他自以为这是沈芸丽对他的欣赏。做完后看她背过身去穿衣服，他用手指在她头颈下面的皱纹部位上下游弋。沈芸丽讲："嫌比（嫌）老娘啦？"黑川说："这就是人生，我很喜欢。"又问她，"侬刚刚叫'日本人'后头又叫啥？"沈芸丽的手指头又轻轻戳过来："侬自己猜。""这怎么猜，上海闲话太难懂了。"其实他知道啥意思，他还知道沈芸丽喜欢他这样的"下作坯"。沈芸丽说："你猜什么就是什么。"黑川说："我觉得应该是赞美我的吧。""是啊是啊，侬就当补药吃好唻。"黑川又不懂了："吃药？""对呀，补药。大补。"黑川说："吃补药。吃西。"黑川自认沈芸丽是他的知音。因为沈芸丽并不图他的钱，她开着妓馆，有钱挣。用她的话来说，对胃口。沈芸丽用她尖尖的食指戳他，叫他"侬只日本人"的那个样子，让他一想起来就深情无限。他想，中国诗词里说的荡漾一池春水就是这个样子吧。只是不知道，惯于逢场作戏的沈芸丽对黑川的"深情"做何感想。

第二章　无力回天

1

浦辰璋再次接到三千吨级外籍海轮订单并筹建后不久，一战爆发了，向欧洲订购的钢材无法运抵上海。浦辰璋非常上心，这是他第一次建造大吨位海轮，事关球鑫船厂的国际信誉，即使举债也要继续造下去。然而钢材价格不断追高，造船成本节节攀升。浦辰璋十分煎熬，但他知道要熬过去。球鑫船厂建厂十多年来，名声在外，决不能被这件事打败。浦瑞远跟着造船成痴的父亲，也把船当成了他的大玩具。浦辰璋看着儿子，心生欢喜。这使他有了些宽慰。他想，当年阿爸一定也是这样打量我的。卢西亚说："你后继有人了，我真为你高兴。"浦辰璋拥着她："也是你的。"他在镜子里似乎看到了苍老的自己，他对自己说，得快马加鞭了，心里又有了新的主意。

他要自主炼钢，这件事如果做成了，就可以摆脱供货的制约。没想到浦成栋认为他异想天开。浦成栋以为，因为战事导致钢材断货，造船合同可以延期，但炼钢哪有那么容易。浦辰璋想，世界大战一开，遥遥无期。而且钢材价格还会持续暴涨，为了不受制于人，我要搏一记。炼钢的关键在炼钢炉，德国平炉炼钢很先进，我就聘请德国工程师来主持炼钢。

前来应聘的德国工程师霍夫曼说自己来自德国著名钢铁工业基地鲁尔，有多年炼钢经历。因为欧战逃离，辗转到了中国。有个硕大鼻子的霍夫曼谈吐自如，专业术语、工艺流程脱口而出，令人信服。浦辰璋决定用他。在霍夫曼的指挥下，厂里建起了一座炼钢平炉。三万吨铁矿石到货后投入平炉。浦辰璋天天都盯着，进程顺利。霍夫曼大大咧咧的，喜欢开玩笑，充满自信。他一半用手势一半用刚学会的几句中文对浦辰璋说："浦先生你，不用天天看。我这里，没问题。"浦辰璋不怀疑这位德国工程师的资质，不过毕竟是第一次，三万吨铁矿石究竟能不能成为他需要的造船钢材，心里没底。他戴着炉前工的防护镜，看着火焰中沸腾的钢水，感觉就像自己的心在炙烤。

他等到的是一场平炉爆炸事故。

现场一片狼藉。霍夫曼一脸颓丧，浦辰璋怒气冲冲地过来，他才停止了间歇性的"Oh mein Gott!"（德语："我的天哪！"）。浦辰璋质问："你不是说没问题吗？不是对工艺流程很熟悉吗？怎么会这样？怎么会这样？！"霍夫曼耸耸肩，很无奈的样子。他说："一切都是按照设定的流程来的，也许是矿石的问题，也许是平炉的问题。等把事情弄明白了再……"浦辰璋的手狠狠地朝空中一扬，大声打断了他："你说你是专业的炼钢工程师，炼了好几年了。没炼成倒也罢了，为什么就爆炸了。你知道，这对我有多重要。"霍夫曼非常无辜地摊着手，连声抱歉。浦辰璋尽力克制自己，他知道他这样子很没有气度，倒是霍夫曼，在他咄咄逼人的怒气下还保持着那种看起来的矜持，好像自己才是受委屈的那个。但他忍不了。他的愤怒是合理的。霍夫曼的任何解释都没意义了。浦辰璋把账算在自己头上，所请非人，这苦果只能自己吞了。

一天下来，浦辰璋茶饭不思，爆炸现场的狼藉一遍遍回放。卢西亚尽管当初不同意他的炼钢方案，眼下也只能安慰他。浦辰璋沉浸在痛苦中，对卢西亚的话置若罔闻。晚上，浦成栋来了，见浦辰璋闷着头，想说什么，卢西亚向他示意，让他别说。她相信这个男人的坚强，他不需要安慰。

浦辰璋决定重新聘请技术人员，继续炼钢。不过他对谁都不说。炼钢炉再次支起来时，浦成栋无法再忍了。即使阿璋有卧薪尝胆的决心，也不能不管不顾地蛮干。已经失败过一次了，他一定要阻止。兄弟俩为此激烈争论，谁都知道对方的想法，谁也说服不了谁。作为大哥的浦冀宁明白自己做不了三弟的主，索性回避。浦成栋的阻止没能成功。这次前来应聘的不下十个，学历证书都很过硬，似乎都有两把刷子，浦辰璋迟迟下不了决心。但时间不等人啊，他从来不愿拖延，即使现在原料缺乏也不愿意违约。也许是留法情结，也许是沟通方便，一个叫阿尔贝的法国工程师吸引了他的注意。阿尔贝面容憨厚，穿着随意，粗一看像文化不高的铁路工人。浦辰璋特别请岳父尼诺了解了一些阿尔贝的情况，选定了他。阿尔贝讷言，远远看去，胖胖的身板像是一堵墙。

这一阵因为炼钢的事，浦辰璋忧心忡忡，去教堂的功课都耽误了。那天晚上卢西亚说"明天我们带瑞远一起去做礼拜吧"。浦辰璋不置可否。吃过晚饭，卢西亚拿出《圣经》，放在瑞远面前。瑞远看着，并不发问。卢西亚给瑞远讲圣经故事。瑞远不时闪动眼睛。他的习性跟浦辰璋小时候很像，喜欢一个人闷头玩，喜欢观察。卢西亚问他"能听懂吗？"他点头，又摇头。浦辰璋说他太小了。但瑞远开始复述故事，尽管他没听懂。两个大人痴痴地看着这个黑褐色头发、蓝色眼睛的小囡，好像从来没这么认真地看过他。卢西亚连连亲吻瑞远，浦辰璋也凑了上去。浦瑞远宠辱不惊地享受着父母亲的亲昵，直到浦辰璋挠他的胳肢窝，他才放声大笑起来。

第二天，两人带着瑞远去了教堂。瑞远仍是一副平淡如常的样子。他模仿着父母的样子，但很快就不耐烦了，一个人向教堂门口走去。浦辰璋一把抱住他，瑞远指了指门外，那意思很明白，想出去。浦辰璋轻声对他说再等一会，瑞远非常坚决地摇头。浦辰璋无奈，只好抱着儿子走出了教堂。

浦辰璋的小车向炼钢平炉方向行驶，远远就看见那个胖胖的身影。那人觉察到浦辰璋的车，迅速回过头来。浦辰璋推开车门一步跨了出来，一双粗壮的肉乎乎的手向他伸过来："浦先生，出钢了。""真的?""真的。""太好了。"浦辰璋一把抱住了阿尔贝。阿尔贝也用了点劲，浦辰璋瞬间感到近乎窒息的力度。他挣脱出来，兴奋地从车里把瑞远抱出来，高高举起，大声喊道："阿远，出钢喽。出钢喽。"他庆幸两个多月的时间没有白费。

阿璋说出钢了，浦成栋仍心存疑惑。二人到了炼钢现场。浦成栋用手杖捣着钢块，皱起了眉头，围着钢块来回走了好几遍。浦辰璋问道："二哥，有啥问题?"浦成栋沉思着说："跟船用钢板的规格不对路呀。"浦辰璋顿时感到一丝冷气从皮肤里丝丝缕缕渗出来，令他浑身打寒战。阿尔贝的回答是按现有技术，只能做到这样了。事已至此，也不好再说什么。但造船还得继续。思来想去，剩下的只有一条路，把炼出的钢送到江南船坞按船体用钢规格重新轧制。这样一来，钢材成本比原来的核算高出两倍多。

浦辰璋咬咬牙，再向东方汇业银行追加贷款。这艘船是他的脸面，还是外籍轮船，如果违约，坍台都坍到外国去了。人家认的是契约，白纸黑字写着的。阿爸说过，人最要紧的就是脸面，他是极要脸面的人，只要造出船来，举债没什么了不起的。这个难关他一定要扛过去，别无选择。不过这个逼上梁山的选择也有另一面。世界大战爆发，外国资本纷纷撤离中国，对中国人发展自己的产业不也是千载难逢的机会吗?

浦辰璋不回家了，就睡在办公室里，有时候半夜突然醒过来，拔脚就去了造船工地，一个人在那里琢磨。一蹲半天，直到天亮。

这段时间，谁也不敢去打扰他。只有卢西亚带着瑞远来厂里给他送饭，他草草吃完掉头就钻到工地上去了，也不想跟他们说话。卢西亚早就知道这个男人的秉性，她担心的是，这样一个守信守约视责任如生命的人，万一到了合同规定的交付时间轮船还未竣工，那他会是什么样子？她真的不敢去想。

浦冀宁和浦成栋看着阿璋这副样子，也是心痛，却不能阻止。阿爸说三岁看老真是一点都不错。辰璋认准的事休想让他改变，好像他到世上就是为船而来。这句话卢西亚说过。也许就是这种执着打动了这个法国弟妹的吧。人家千里迢迢来与他共度一生，也是他的造化呀。

2

亏本三十万两白银，三千吨的海轮永利号终于在合同约定日期前一个礼拜竣工了。

外界不知道浦辰璋和卢西亚以及浦家兄弟承受了多大的压力。尽管如此，他们还是决定为永利号搞一个下水庆典。

上海工商界为之振奋，新闻界连续报道。浦辰璋的名字连续见诸报端，采访络绎不绝。借永利下水扩大球鑫船厂的影响是他的本意，外界的关切出乎他的意料，人们都看到了船舶制造的重要性。他为了这艘船呕心沥血，背负巨大的资产和精神压力。欣慰的是，俞光甫在庆典上宣布，再向球鑫船厂定制两艘海轮，并将成立新的航运公司。浦辰璋由衷感谢这位挚友和大股东的举动。尴尬的是，因为他巨额负债，加上银行催逼债款，他连经营都无法维持下去了。

就在海轮下水庆典后的一天，浦辰璋收到了阿纳托尔的一封信，说他的贷款已超期限，必须立刻还清，否则就将按违约处理。甚至还提到了抵押船厂。

浦辰璋拿着这封信，像握着一根尖利的蒺藜，刺得他周身锐痛。他脑子里懵懵的，是一幅杂乱无章的抽象图案，却硬要从中拉出它的头绪和路径。他狠狠拍打着脑袋。卢西亚看他痛苦的样子，双手捧起他的脸，说："璋，勿要犯能（这句沪语的否定句被她用得炉火纯青）折磨自家，总归会过去个。"浦辰璋说："迭个一次过不去了，三十万啊，太多了。"卢西亚安慰他："我请阿爸再去商量，就是不晓得银行会不会拨伊面子。""太麻烦我亲爱的丈人阿爸啦，为了这桩事体浪费了伊交关辰光。"卢西亚说："侬勿要忘记，伊交关欣赏侬，再讲伊也有厂里股份，总归要帮忙个。"

俞光甬来了。他知道浦辰璋向东方汇业银行借款的事，但不知道浦辰璋为了永利号竟然背负如此亏损。他说："辰璋兄，这桩事体侬为啥不早点脱我讲，阿拉也好有个商量啊。"

浦辰璋自责："我脑子里就想千万勿要到辰光船交不出来。现在船是不违约了，借款违约了。不瞒光甬兄，当时卢西亚和阿栋反对我炼钢，我想万一侬也反对，我造不出船，不是勿要面孔了吗？"

"轮船不能按期交货，是因为战争原因断了原材料，为啥不可以推迟呢？辰璋兄，侬呀，心里只有船，太守信用了。苦头还是自家吃。"

"讲起来，我丈人尼诺先生跟我也是银行的老熟人了，以为人家会拨面子，是我估计错误了。"

"洋商就是看重利益，根本不会跟阿拉一样讲面子。"

"本来答应过延期归还，现在看我资不抵债了，人家动了收购球鑫船厂的脑筋。"浦辰璋把那封信一巴掌拍到桌子上。

"真是辣能，倒是要政府出面跟银行谈了。"

"侬觉得政府会管吗？"

"阿璋，侬要晓得，球鑫船厂是华商创办的最有实力的造船厂，已经造了将近五十艘船，是阿拉中国人自己的造船工业啊。依我看，侬就是中国人办实业的榜样，政府难道不应该支持吗？"

"借兄吉言，但愿如此吧。"

"我要脱工商界朋友讲清爽这桩事体的实质，一道呼吁政府出面跟法国银行谈判。"

浦辰璋站起来，激动地向俞光甫拱手："光甫兄出手相助，辰璋谢过了。"

"辰璋兄，我本来就是球鑫船厂大股东，再讲还有我新定制的海轮，我本来就应该为这桩事体奔走。"

两双手握在一起，俞光甫明显感到浦辰璋的手微微发抖，而且渗着一股凉意。

北洋内阁倒是想管，财政部派人与法国公使交涉了几个回合。公使的回应不变，浦辰璋向银行借款已经延期，银行资金紧缺，要加速回拢，否则也要走到破产边缘了。如果无力偿还借款，就以球鑫船厂抵债吧。

消息传出，上海商界群情激奋。一个有规模有技术实力的民族企业岂能拱手相让外商。总商会起草了一份《维持球鑫船厂紧急动议案》，并通过支持动议案的国会议员，再次要求政府维护华商工业，由政府担保延期还款。

此刻的汇业银行里，尼诺坐在阿纳托尔对面，手里的一柄银质小调羹反复搅动着咖啡，却一点没有喝的欲望。这个话题太艰涩了。他很长时间没喝咖啡了。"阿纳托尔先生，我诚挚地向你致歉。你知道，我很难开口，但是……我必须把我的真实想法告诉你。"他终于说。

"尼诺先生，我们是多年的老朋友了，你说什么我都不会介意的。"

"那好。阿纳托尔先生，你一定知道，还是借款延期的事。我以为，中国人好不容易有了这个造船厂，却不幸碰上了世界大战，钢材到不了货，这是个意外。为了给船东满意的答复，他们才不得不借款造船，这难道不值得我们同情吗？"尼诺一气说完，好像卸下了一个沉重的包袱。

"尼诺先生，我承认，你说的是事实，但银行也承受着巨大的压力。不是吗？不能因为船厂老板是你的女婿就这样为他求情吧？"

"不，当然不是。这件事毕竟是我牵的线，再说我也有股份，我想你能理解，到了现在这个地步，也不是我想看到的。"

"谁都不想看到，不幸的是它出现了。准确地说，我们给过船厂机会，但它没遵守约定，所以我们都不能回避。"

尼诺沉吟了一下："有人说，公使先生看上了船厂，想把它作为我们来华轮船和军舰的停靠和维修基地。如果真是这样的话，真是令人不齿。"

"我不知情，无可奉告。"阿纳托尔耸耸肩。

"我总觉得，法国和英美两国不一样，我们不是这么重利轻义的国家。中国是一个值得尊重和帮助的国家，只不过他们现在掉落在陷阱里，深陷其中，不可自拔。但你不得不承认，这是一个坚韧和智慧的民族，我们应该把眼光放远点。"

"我知道，你对中国文化情有独钟，否则也难以接受一个中国的合作者，并且让他成了你的女婿。我接触过浦先生，他是一个了不起的人，就像你说的，不仅有充满智慧的脑袋，还有果敢决断的魄力。我应该为你有这样一个女婿祝贺你。对，当初我就祝福过你。不过我真的很抱歉，尼诺先生，我们之间的友情不能代替银行的规则。规则，是不可动摇的。"阿纳托尔做了一个不容置疑的手势。

尼诺知道，这次谈话结束了，再次以他的失败告终。

俞光甬没有放弃，上下联络，反对外国资本收购球鑫船厂的呼声见诸报端，成为社会热议话题。

3

法兰西外滩与公馆马路交会处的法国邮船公司大楼在外滩大

多数线条华美、雕饰考究的建筑中，简洁直白的现代风格明显超然于外，似乎一堆盛装精巧的人群中赫然冒出一个清汤寡水、直来直去的家伙，令人颇感突兀。法邮公司对不远处的球鑫船厂非常熟悉，这家船厂的发展速度之快令人惊讶。

站在这个位置看，黄浦江上行驶的轮船都披上了一层耀眼的色彩。江水泛着波光，涂了黄金一般在鳞次栉比的高楼间跳跃，炫目甚至刺眼。每一幢高楼的大门和窗口就像贪婪的大嘴朝着江面吮吸，它们的肌体靠着这条江和它通往的浩瀚长江滋养着，愈发庞大而坚固。

阿纳托尔匆匆走进大楼，上了电梯。出电梯，疾步走向一间办公室，敲门。里面一个低沉的声音："请进。"

阿纳托尔推开门，对方已经起身迎接了："你好啊，阿纳托尔先生。你的准时真让我吃惊。"

"谢谢艾德蒙先生的赞美。"

"来宣布什么消息？我喜欢的，还是不喜欢的。"

"你猜猜。"

"看来我得满足你的掌控感。我猜一定是好消息了。"他打了个响指。

"准确地说，不好也不坏。"阿纳托尔挤出一丝笑意。

"什么意思？你不是说有很大把握吗？"

"上海话说叫夹生饭。"

"看来，连阿纳托尔先生都成了上海通了。什么意思？"

"就是说，半生不熟。不完美。"

"好了，直说吧，阿纳托尔先生。"

"独立收购球鑫船厂的可能性非常小。"

"事情已经进行到一半，突然后撤了？"

"艾德蒙先生，我很想帮你，但事情并未按我们的期望发展。也许，我们得退一步。"

"退一步是什么意思？"

"独资收购改成合资。"

"哦，天哪。这可不是我想要的结果。"艾德蒙仰天长叹。

"请听我解释，艾德蒙先生。这件事引起了上海商界的集体反对，也就是说，我们将要面对的不仅是球鑫船厂一家。虽然公使先生拒绝了中国政府收购官办的动议，但如果我们与整个上海商界对峙，恐怕很难掌握主动。"

艾德蒙做着一些匪夷所思的动作，也许是发泄某种情绪上的不愉快。他继续听着阿纳托尔的话："为了争取主动，我们要给中国政府施加压力，促使球鑫船厂尽快以厂抵押，另一方面迅速与他们谈判，开出我们认为合适的条件。我想，到了这个境地，他们除了接受别无他法。至于所谓合资嘛，他们的资本从哪里来，你想想。他们还会求助于银行，这样一来，资本就归我们控制，合资就只是名义上的了。"

"阿纳托尔，你可真不愧是专家，什么都让你算着了。不过，我不打算接受你的建议。"

阿纳托尔耸了耸肩。

俞光甬这些天一直在总商会和公董局之间奔走，就是为抵制法商收购球鑫船厂的事。

那天俞光甬到公董局，直接去了拉费里埃的总办办公室，拉费里埃见他进门，表情有点奇怪，俞光甬敏锐地感觉到了，拉费里埃站起来："俞先生，这位是艾德蒙先生，听说你要见他？"他的手指向坐在一边沙发上一位胡子修剪得十分精致的中年法国人。中年人对俞光甬点点头。俞光甬想起来，他曾向阿纳托尔提到过艾德蒙，想不到他来了。不过，事先也没约定，他也不算赴约。既然碰上了，就不错过。他向艾德蒙伸出了手，并用他特点鲜明的洋泾浜英语向艾德蒙问候。艾德蒙握着他的手，目光疑惑，显然没完全听懂俞光甬的话。他示意俞光甬坐，然后对他说："我听说俞先生要和我谈谈。"他说的是法语，俞光甬求助地把目光转向拉费里埃。拉费里埃走到两人身旁，说："看来我今天要履行翻译职责了。不过我非常乐意。"

俞光甬知道外国人没有中国人那么多的客套，便开门见山："我听说艾德蒙先生想收购球鑫船厂，有这回事吗？"

艾德蒙直言相告："是的俞先生。俞先生是代表谁来跟我谈呢，董事长还是总经理？"

"不，我代表我自己。我是球鑫船厂的大股东和订货商。"

"哦，那很好。大股东对我的收购有什么想法？"

"我是想问，非收购不可吗？"

"当然。收购是必然的。因为它失去了偿还能力。"

"艾德蒙先生，球鑫船厂对中国造船工业非常重要，我郑重建议艾德蒙先生慎重考虑这个问题。"

"很抱歉俞先生，我正是充分考虑了球鑫船厂的情况才决定收购的。你说它对中国很重要，我同意，但你看到了吗？你们的政府并不打算拯救它。我说的是事实吗？"

俞光甬无言以对。拉费里埃的法令纹挤了挤，恰到好处地对俞光甬表达了同情。俞光甬憋着一肚子气，越往下压，就越是压不住。那就让它爆发吧。愤怒让他不择语词，含混着洋泾浜英语和宁波话。艾德蒙惊讶地看着这个面红耳赤、青筋暴突、唾沫横飞的中国商人。拉费里埃也无从翻译了，但他没像艾德蒙那样讶异，反而带着微微的笑意看着俞光甬。因为他熟悉这个人，俞先生毕竟是商界绅士，绅士有时也会发怒，但他很快会冷静下来。

艾德蒙突然用英语说："请俞先生尊重自己，发怒是不理智的，我们是在交谈，我不是来听你抱怨的。"

拉费里埃暗暗向艾德蒙跷了跷大拇指。

艾德蒙的语法与洋泾浜英语完全不同，俞光甬大致听懂了他的意思。看来传言不假，法国人一般不说英语，他会，可就是不说，还让拉费里埃当翻译。真娘希匹。他一急，倒把这家伙的英语逼出来了。想想，刚才确实失态了，不符合自己的身份。这一通火也只是发泄，根本无济于事。其实他今天来，本是想请拉费里埃出马，可突然杀出个艾德蒙把他阻截了。这个计划也没法实现了。

<h1 style="text-align:center">4</h1>

商会楼梯台阶上响起有节奏的笃笃声，俞光甬朝楼下疾步而去。果然，走到二层，穆德鸿出现了。俞光甬迎上去：“穆先生，侬今朝来，事先也不跟我讲一声。侬快七十了，走路不方便，还亲自过问。我是想，等有点名堂再脱侬讲。是我考虑不周到。”

穆德鸿说：“阿甬啊，我心里急啊。侬晓得我跟浦先生的情分。阿拉一道开华兴公司，两年呒没做到就被官府关门打烊。现在，阿璋的球鑫船厂也要抵押给法国人。这是阿拉中国人自家的厂，外国人也来订购轮船啊，多少长中国人志气，政府连迭个技术高超的厂家也保不牢，太不像话了。我来，就是要跟侬讲，侬一定要拿这桩事体板过来。”

俞光甬笑得有点尴尬：“穆先生，我这几天一直在忙这件事，就是不晓得板得过板不过来啊。”

穆德鸿用司的克（手杖）蹾了一下：“侬要用侬辣租界个影响。我相信侬。”

俞光甬说：“穆先生，我是球鑫船厂大股东，我一定会尽全力的。”

工商界的呼吁声势浩大，但法方不松口，仍要全资收购球鑫船厂。

穆德鸿打电话给俞光甬，要他跟自己去一趟沪海道尹公署。俞光甬晓得穆德鸿的意思，要找沪海道尹出面向江苏省和北洋政府据理力争，但这有用吗？连北洋政府都不被列强放在眼里，沪海道尹算个啥？但他不能拂穆先生的面子，在穆先生面前，他俞光甫永远是谦恭的学生。

红色砖墙，西式风格装饰的外廊，透出现代气息的建筑，道尹公署就在还未完全竣工的交通路（今平江路）上。俞光甫开着一辆劳斯莱斯，在公署门前停下。两个衙役盯着劳斯莱斯，神情讶异羡妒。俞光甫下车打开车门。穆德鸿动作迟缓，手上的司的克先在地上用了点劲，在俞光甫的搀扶下钻出车门，立稳。俞光甫到衙役面前说话。衙役对这两个突然上门的人毫无准备，既不好赶走又不能让他们长驱直入。一个匆匆进去请示，一个在门口挡着。俞光甫返身对穆德鸿说："让他去禀告吧。"

很长时间不见衙役出来，穆德鸿心中愤懑，要求另一名衙役去催问，衙役一副铁板面孔。穆德鸿火了，大声斥责："小赤佬真是给脸不要脸。"他指着俞光甫说，"刚才要不是他告诉我给你们面子，我老早就进去了，还要你去通报？"

衙役被劈头盖脑训了一通，也没完全听懂这个愤怒的南方老头哇啦哇啦说什么。但这两个人穿着体面，开着他叫不出名字的高档洋车，不知怎么应对，总觉得平白受了羞辱。正待发作，另一个衙役急匆匆出来了，一溜小跑到俞光甫面前，低了一下头，请他们进去。俞光甫扶了穆德鸿一把，两人进入公署。

入门，一个戴着圆形眼镜的中年人已在等候，做了个跟他走的手势。少顷停下，敲门。门内传来两声响亮的咳嗽声。中年人推门，示意穆德鸿和俞光甫请进。道尹叫耿昶，见两人进来，不动身体，只连连拱手："两位大名鼎鼎，耿某有失远迎。"穆德鸿听对方一口北方官话，也还拱手礼："打扰道尹阁下，还望海涵。"两人一个京腔板正凛严，一个宁波方言石刮铁硬（非常硬），旗鼓相当，却互相陌生。俞光甫官话尚可，说明来意。耿昶面露难色，沉吟着表示爱莫能助。俞光甫早知如此，穆德鸿憋不住了，司的克重重踱在毛毯上，发出沉重的闷响："道尹阁下，鄙人有几句话不吐不快。""穆先生但说无妨。""如今上海滩最牵挂之事便是球鑫船厂，这是中国人自己创办的造船厂，技术先进，实力超群，这样的厂家让外国人收购，我们的脸面还要吗？阁下身为一方之长，当出面为其奔走，以尽地方之力。"耿昶说："本府知道，球鑫船厂之事沸沸扬扬，不是一天两天了。据我所知，连大总统也斡旋过此事，我一个道尹有何法力扭转乾坤？"俞光甫说："话虽这么说，阁下如能登报声明地方长官对我华资厂家的支持，也是给法方一个态度。即使将来谈判，也是一个筹码。""俞先生真是抬举了。本府才疏学浅，不足挂齿。"穆德鸿叹气："老夫本以为，道尹阁下也有一腔热血，为我华资伸张，甚至还想通过阁下再向省府乃至国府申诉，看来老夫是愚钝至极了。"耿昶腾地站起来，这几句话显然刺痛了他。他克制着，沉吟许久说："两位先生都是上海商界闻人，最近报纸上都看到商界呼吁，但你们看到结果了吗？上面都拿法国人没办法，我区区一个道尹又能有何作为？国弱至此，非我等能力挽狂澜。"穆德鸿气不能平，虽然对耿昶所说十分不满，但毕竟是事实，他也无力反驳。两人只得告辞。

回家的路上，穆德鸿仍愤愤，突然感觉一口气憋住，他用拳头猛捶胸口，大口喘着气。俞光甫从后视镜里看到，立刻停车，回过头连连问："穆先生，侬哪能啦？"没回应。俞光甫定睛细看，见穆德鸿脸色青紫，眼睛紧闭，张着嘴却发不出声音。俞光甫一踩油门，往仁济医院方向疾驰。

医院紧急抢救，院长动用各科最好的医生组成临时救治组，然而回天无力，穆德鸿的心脏停止了跳动。俞光甫悲痛不已。他向院长请求，让他最后陪陪穆先生。停尸房里，俞光甫泪眼婆娑地说着："穆先生，侬哪能说走就走了呢？我还有交关事体要请教侬啊。侬眼睛一闭，叫阿拉咋弄弄？我悔杀了，明明晓得寻道尹哎没用场，为啥勿拉牢侬。我晓得，侬想去讨一份公道，哪怕是安慰也好。但是侬想想，就算道尹答应侬又有啥用呢？”

两天后，报纸纷纷报道。不少记者约访俞光甫，俞光甫受访中几度哽咽，他说，穆先生的意外去世是上海工商界的一大损失。他也坦承，穆先生生前对球鑫船厂身处困境格外关注，这也使更多人关注球鑫船厂将何去何从。

晚上，俞光甫与浦辰璋见了面。两人抑制不住抱头痛哭。

球鑫船厂风雨飘摇，穆德鸿的突然离世又雪上加霜。

浦辰璋擦了下眼泪说：“穆先生是上海商界一代领袖，眼门前阿拉先要拿穆先生葬礼办好。”

俞光甫说：“穆先生辣上海影响大，伊的葬礼一定会来交关人。”

沉默许久，浦辰璋说：“我想，穆先生脱我阿爸摆了一道（葬在一起），侬讲好哦？”

俞光甫想了想说：“可以啊。医生脱我讲，穆先生最后讲的还是球鑫两个字。因为穆先生的声音交关微弱，医生当时也吭没听清爽，伊传达了这两个字的音，问我啥意思。我一听，眼泪水就下来了。穆先生念念不忘的就是球鑫船厂啊。伊拉两个人辣一道，也好讲讲闲话。”

穆德鸿的葬礼十分隆重，工部局、公董局派来专员，华界头面人物都来了。俞光甫的悼词时不时被哽咽打断，肃静的气氛中也出现了窸窸窣窣的抽泣声。

第三章　重启

1

浦冀宁的钱庄生意只能算过得去。妻子的头胎没保住，第二胎女儿天禾出生后，妻子身体一直不好。为妻子治病，浦冀宁耗费了不少财力和精力。作为球鑫船厂的股东之一，他的大部分利润都投在厂里。眼下球鑫船厂的情况让他受损不少，但他从没跟三弟提过。他不会提。这是浦家的事业，咬牙也得坚持下去。一年多来，他看着阿璋耗时费劲地与法国人谈判，他只好祈祷天主站在阿璋这边。阿璋是多少自尊和面薄的人，为了造船，为了信用，伊放下面子，不惜几次借款，结果无奈违约。伊不止一次讲："这辈子我要造交关多船，造大船。我造的船不仅是浦家的牌子，还要成为国家的牌子。"看伊迭个样子，浦冀宁想劝，又不敢劝。

又是一个寒冬。

霍乱一而再再而三袭击了这个远东最大的城市。

浦冀宁多病的妻子终于没熬过去。他十分悲痛。虽然浦家信天主教，葬礼也是照此办理，但为了回应妻子生前的请求，他还是去城隍庙为她烧了"铺堂"香，祈求她在阴间的安宁。

天禾也感染了，接着又感染了浦冀宁。

天禾只有五岁，浦冀宁要开始既当爹又当妈的日子了。他不知道今后怎么走下去。晚上，他独自枯对青灯，眼光移向熟睡的女儿，百般惆怅。

到闸北（现已并入静安）的中国公立医院（即中国隔离医院）时，人头攒动，吵吵闹闹，霍乱把整个城市折腾得一塌糊涂。浦

大江大船

辰璋把车就地停下来，两个多小时后终于把大阿哥和侄女送进了病房。

浦冀宁身体底子好，个把礼拜就扛过去了。天禾出生时体质就弱，发烧几天不退，还抽搐。医生忙碌不堪，病人还在增多。浦冀宁异常焦虑。他站在病房外的走廊上，隔着窗子看天禾。他想跟她说话，即便隔着玻璃，他可以通过口音和手势了解她的情况，可天禾一直熟睡着，神态还比较安详。好几天了，天禾难道这么嗜睡吗？这里的医生和护士大多是外国人，他的英语不足以与他们交谈，就用笔把他的疑问写在纸上给他们看，终是言不达意。

那天浦辰璋去医院探望，就在走廊遇到了大阿哥，他欣喜地说："大阿哥，侬好啦。""是啊，我基本好了。就是天禾，"他指着隔着玻璃窗的病床，"侬看，好几天了，一直困不醒。真急人。"浦辰璋看了一会儿："医生哪能讲？""阿璋，我英文不灵，讲不清爽。正好侬来了，快去问问。"浦辰璋就去找了医生，医生告诉他，目前浦天禾的情况还不稳定，嗜睡可能是因为年龄小，免疫力下降所致，但也是身体恢复机制。浦辰璋把医生的解释告诉大阿哥，安慰他别太担心，浦冀宁稍稍安定下来。

两人走到走廊尽头，又有病人送进来，一个护士向家属解释着什么。这位护士的步态不同常人，有点凌波微步的意思，浦辰璋的专注力十分好，他看得真切，擦肩而过后，他忍不住回头，确认自己没看走神，从背后看，那步履更是飘逸轻盈，像在打着节拍。浦冀宁拍了他一下："阿璋，看到熟人啦？"他回过神来："噢，呒啥。我送侬回去。"

两周后，浦辰璋陪浦冀宁接天禾出院，天禾恢复了蹦蹦跳跳，她身后跟着一个护士，浦辰璋的眼睛又直了。他定睛看了看，确认不会错。等浦冀宁把天禾抱起来，护士与天禾挥手作别时，听到天禾奶声奶气说："香姐姐再见。"浦辰璋证实了自己的判断，上前一步："护士小姐请留步。"护士停下脚步，问："先生是叫我吗？""是啊。请问你是香菱小姐吗？"护士瞬间一愣神，但稍纵即逝："不，你说谁？"浦辰璋只好说："对不起，你和我认识的一个人很像，我觉得……""先生，你可能认错人了。""我侄女刚刚是叫你香姐姐吧？""哦，这是小囡随便给我取的绰号。"说完她迅速转身，是不愿继续的意思。浦辰璋只得看着她的背影，直到她离开他的视线。他确认她就是香菱，她走路的样子是掩饰不了的。

　　香菱依稀有了这位先生的记忆，但不晓得他姓甚名谁。时隔多年，她从青涩到了青春，她沿袭了水清的灵秀，渐渐隐去了陈阿宗的锋芒毕露。她在台上和台下判若两人。当年在商船会馆的那个下午，她记不清自己喝光了阿爸的老酒醉晕的样子，想起来使她羞惭。直到在医院里苏醒过来，那个男小囡和老伯伯急切地喊她，才晓得是他们把她送过来。他这么确认我就是香菱，说明我的样子变化不大。这让她有一点小小的窃喜。那天在商船会馆的舞台上，她一出场，全场欢呼。她晓得欢呼声是因为天后娘娘，是她的扮相占了便宜。有人站起来为她喝彩。她真正成了一个不是戏子的非正式戏子。她也晓得，她这个戏子，纯粹是玩票的。她觉得自己像一片飘零的树叶，好处是无牵无挂。她不晓得是怎么习惯这种生活的，跟着脚步随意走。这么蹉跎着，多年就过去了。她在街头看到招聘护士的广告，到了这家医院。医院的人说，这工作有感染风险，蛮危险的，你愿意吗？她说她从来不怕危险，何况是救人，她非常愿意。她接受了短期培训，成了护士。那天是她刚上班的第一个礼拜，护士长把包括天禾在内的七个小囡的护理交给了她，她做起来得心应手。护士长毫不掩饰地表示了对她的欣赏，说她天生就是做护士的料，一点就通。她心里想，我学戏也是一点就通。

　　那天傍晚，她下班出来，将到医院门口，就远远听到一个

　　　　大江大船

小女孩的喊声，这么熟悉。她加快了脚步，如燕轻行，噢，原来是天禾在叫她"香姐姐"。天禾的父亲告诉她："迭个小囡上礼拜回到屋里，一到夜里就'香姐姐，香姐姐'叫不停。问伊，讲是香姐姐每天哄伊困觉，呒没香姐姐哄觉也困不着了。我拿伊实在呒没办法，只好带伊过来看看侬。"天禾挣脱浦冀宁的怀抱，向香菱扑过来。香菱抱住她，天禾叫着："我要香姐姐陪我困觉嘛。"香菱抚着天禾的背："香姐姐夜里还要加班，医院里还有交关小囡等香姐姐呢。"天禾吵着："勿要嘛，香姐姐陪我"。浦冀宁说："天禾要听闲话，香姐姐还要陪交关生病小囡，不好陪侬一个人呀。"天禾�’着嘴，抱着香菱不放。香菱说："天禾，等香姐姐有空了，就来陪侬白相，好哦？"天禾不情愿地回应："香姐姐呒没空的，要陪生病小囡。"香菱说："哎，天禾真懂事体，香姐姐再忙也要来陪侬。"天禾伸出小指头："拉钩。"香菱与她庄重地拉着钩："天禾先跟阿爸回去，香姐姐过几天就来陪侬噢。"天禾总算高兴了，举着双手喊："香姐姐讲闲话要算数。"香菱说："算数，一定算数。"然后对浦冀宁说，"小姑娘太好白相了。"浦冀宁笑得一脸幸福。他忽然意识到，自从妻子去世，他和女儿染疫后，他好长一段时间都没笑了。但笑过后，依然是空虚袭来，心里空落落。他惨淡地对自己说，辣能个日脚，还刚刚开始。

事后，香菱怪自己拗不过天禾轻率答应了她，又不想对一个小囡食言。犹豫到第五天，她到南货店包了一点糕饼，按着地址找到了浦冀宁家。

浦冀宁把门打开，浅淡的暮色中，香菱罩着一身落日的光晕，显得俏丽。把她迎进门来，里面是一声脆脆的奶声："阿爸，啥人呀？"香菱应声："是我呀。"立刻就有清清脆脆的童声迎出来："香姐姐，香姐姐。"香菱快步上去，抱起天禾。浦冀宁停下脚步，像是欣赏一幅令他心动的画。

天禾和香菱相拥着，好像忘了浦冀宁的存在。过了一会儿，浦冀宁问香菱：“敢问护士小姐芳名。”香菱说：“我叫谢香玉。”这是她在应聘医院时临时起的名。浦冀宁说：“怪不得天禾叫你香姐姐呢。原来名字中真有一个‘香’字。”“天禾聪明，可能是护士长叫我名字的辰光，她听到了，就选了这个字来称呼我了。”“这小囡有时是会有出人意料的想法，我也老是拨伊吓一跳。”天禾忽然问：“香姐姐，你今天加班吗？”“加班呀。香姐姐是抽空来看你的呦。”天禾的小嘴瞬间噘了起来，一会儿鼻翼竟然一抽一抽的。香菱心里又不忍了，但她告诉自己这次不能再轻易答应她了。浦冀宁说：“天色已晚，谢小姐就在这里随便吃点吧。”香菱推辞说她还要回医院。浦冀宁说不耽误，就是蛋炒饭。天禾埋怨阿爸天天叫她吃蛋炒饭。香菱又不忍了。她走到饭灶旁，一棵黄芽菜斜躺着，一块肋条肉，几个鸡蛋，还有一块豆腐，似乎有点发酸，浦冀宁在她身后说：“前两天买的，因为要出去做事体，还没来得及烧饭。钱庄里几个伙计也传染了，我忙得团团转，前几天只好拿天禾送到我弟弟屋里。”香菱不接口，径自打开水龙头洗菜。又叫浦冀宁快生炉子。浦冀宁说：“不好劳烦侬。”香菱说：“不碍事，一歇歇就好了。”两人闷头各司其职，炉子生好，香菱的菜也洗好了，浦冀宁看了一眼，香菱切菜的手势十分熟稔。“吱……”铁镬子里的菜油被黄芽菜激起一声高亢的叫声，随后锅铲欢唱起来。天禾被声音吸引过来，高兴地说要吃。浦冀宁抱起她说：“快点谢谢香姐姐。”香菱说：“勿要谢，天禾等歇乖乖吃好饭饭好好困觉哦。”想不到这句话一出口，天禾又嘤嘤起来。香菱赶紧关上镬盖，过来向天禾伸出双手，天禾扑向她，立刻就安静了。浦冀宁颇感无奈地摇了摇头。这时敲门声响起，响了两次，天禾说是阿远哥哥来了。浦冀宁开门，果然是瑞远。瑞远长得健壮，手里拿着一个小网兜，里面装着两个小饭盒子。他举着网兜对浦冀宁说：“大爷叔，姆妈叫我拿过来的。"浦冀宁接过网兜："阿远，辛苦侬，谢谢侬姆妈噢。"天禾叫瑞远陪她玩，浦冀宁对天禾说："天禾，阿远哥哥不回去，小婶婶要急个。过两天，阿爸跟小爷叔讲好了再一道白相好哦。"天禾点点头。浦冀宁送瑞远出门。一会儿，香菱把一碗黄芽菜炒肉丝端上桌。浦冀宁说："谢小姐，烧一个菜够了，正好我侄子送了菜来。辰光不早了，侬就留下来一道吃饭吧。"天禾说："香姐姐一道吃嘛。"香菱搓着手，犹豫着。浦冀宁把两个小饭盒打开，天禾眼尖，叫道："香姐姐，小婶婶做的色拉老好吃个。"浦冀宁说："谢小姐，我弟妹是法国人，西餐做得正宗，侬也尝尝味道。"香菱只得坐下来，稍感惊讶："哦，天禾的小婶婶是法国人啊。"浦冀宁说："我三弟的太太。哦，就是跟我一道去接天禾出院的。"香菱若有所思地点点头。浦冀宁又说，"我三弟来事，伊是到法国留学学造船的，出去个辰光只有十六岁。法国认得个女朋友，然后人家追到上海来结婚。"香菱感慨："真浪漫呀。"她说这句话的时候确认了当年她在商船会馆里出洋相时偶遇的就是在医院里问她话的那个青年。她不知道杜阿四是不是浦家船队的人，她太想打听，却又怕打听。话到嘴边又咽了回去。

2

天象异动，世道崩坏。

年初收到财政部要求球鑫船厂过户抵押函令，给暴袭的骤冷再添一道寒气。浦辰璋知道，一切都无可挽回了。暮春开始的每一次谈判，都是一道坎，一根绳索，把他层层勒紧。8月下旬，烈日悠然不退，溽热比大暑更加蒸人。浦辰璋痛彻心扉的事躲无可躲地降临了，球鑫船厂名前加上了中法合资的帽子。说是中法合资，还有他的股份，但都是法国银行垫资的。明眼人都看得出实际东家就是法国人，人家控着股呢。一手办起来的厂被自己弄掉了。归根到底，国家呒没经济实力，硬不起来。

签字后，浦辰璋很快离开，直接驱车去了浦斋航的墓地。一路上心情沉重。一切都在告诉他，结束了。连车窗外一驰而过的模糊景物都在嘲笑他，一个为了造船卖了家当的戆大。他要去向阿爸倾诉，他想问问阿爸，他究竟还要不要坚持下去。站在阿爸墓前，他忍不住流泪了。这么多年，他流过三次泪，都是在阿爸面前。一次是在赴法留学的码头上，一次在阿爸沉船的海边，现在他要在阿爸面前大哭一场。阿爸是最懂他的。他的哭声越来越大，一个大男人，暴晒在烈日下，哭得惊天动地。一阵凉风袭来，难得的爽快，接着几声闷雷，天色晦暗下来，要下阵雨了。他泪水涟涟，汗流浃背，毛孔张开，他要把身上的污浊排除干净，才会重新诞生一个新的躯壳。所以他不走，就等着这一场夏雨。大雨把他浇淋得浑身精湿，他的哭声渐渐被雨水淹没，他在雨声中听到了阿爸的声音：阿璋，阿爸晓得，侬呒没做错，侬要挺过去。一定要挺过去。又是一阵暴雨过后，他感到身体里袭来冷飕飕的凉意，抑制不住抖了一下。真的受冷了，感冒了。他默默对阿爸说：阿爸，我晓得了。

他开着车回到厂里。制造车间里停工的船体、空荡荡的船坞。他不敢再看下去。十七年的心血啊，成别人的了。

他坐在曾属于自己的办公室里，心事浩茫。厂里很安静，但他的耳畔全是船的鸣叫声。电话铃声响了。他好些日子没在这里接电话了，忽然有一种久违之感。是卢西亚的电话，带着焦急和嗔怪："天啊，我终于寻到侬了。"

"卢西亚，对不起。我……"

"今朝侬是去签字的吧。"

"是啊。"

"伊拉讲侬签完字就走了，但侬在我的视线中消失了三个多小时。我不是要盯牢侬……今朝太特殊了。侬又不让我脱侬一道去。我真担心侬啊。"

"卢西亚，对不起。我突然想，"他突然打了一个喷嚏，"想去看我的阿爸。"

"侬去墓地了？感冒了？"

"勿要紧。卢西亚，我马上回来。"

放下电话，浦辰璋心里漾起一股温暖。卢西亚，他的渐渐中国化的、与他相濡以沫的妻子，眼睛一眨，快二十年了，她为这个家庭孕育了新的成员，并且一如既往地支持着他，毫无怨言，就像刚来上海时的那个青涩姑娘。念及此，他充满愧疚，爱情真是太垂青我了。

发动汽车的时候，他忽然想，我还会再回到这个伤心地吗？忧伤再一次浮上心头。签字前几天，尼诺先生，他的丈人斡旋无功，觉得很没面子，回国了。那天晚上，他对女儿说："卢西亚，我要回去了。我快七十了，老啦。中国人说，不中用了。"浦辰璋说："亲爱的岳父，您还不老，还有很多事要做呢。"卢西亚问："父亲，您是因为自责才离开的吗？"尼诺立即否认："不，我为什么要自责？完全没必要。我觉得我真的老了，但我一点也不遗憾，我的壮年和我最快乐的岁月都和我的女儿女婿在上海度过，此生无憾了。"浦辰璋和卢西亚沉默了。他们都明白这是借口，尼诺先生只字不提这件事，我们也都不要说穿的好。尼诺打开茶碗盖，喝了口茶，对浦辰璋说："我最得意的是走进了茶的意境，花了我这么多年的时间，不过我觉得值。现在一整天没茶喝我就浑身没劲。这还得感谢你呀，我亲爱的女婿。"浦辰璋说："岳父大人，我有个建议，您可以不走吗？我还有很多事求助于您呢。"尼诺站起来，走到窗前，空中夕阳镶金，云朵晕醉无力，恰似晚岁的迟暮与苍凉。他回转身来，言辞恳挚："我亲爱的女儿女婿，我知道你们的好意。但是，我想老家了。卢西亚，当初我尊重你的选择，现在我依然认为，追随你的浦先生是明智的。

他是不会倒下的，是吗，亲爱的阿璋先生？"浦辰璋心里一阵激动，似乎一股无形的力量在推着他。他知道，再说无用。他站起来，一把拥住尼诺，眼睛里有了些潮湿："我亲爱的岳父，您说得对，说得对。"内心却在自问，我会倒下吗？

回到家，浦辰璋头晕目眩，咳嗽喷嚏不断。重感冒了，卢西亚给他吃了药，他昏昏沉沉一整天。第二天一早醒来，卢西亚坐在他身边，说他昨天说胡话，甚至喊叫。太可怕了。浦辰璋的头裂开一样地痛，全身酸软。卢西亚说去医院吧。他艰难地用口唇形状告诉她，不必，不必。说的是法语。他把头靠近卢西亚，卢西亚把他的头抱起来，连连亲吻。

几天后，浦辰璋痊愈了。第一件事，亲吻卢西亚，绵长悠远，好像回到了当年。正巧瑞远放学回家看到这一幕，他默默看着父母，没打断他们，习以为常了。自从他长出绒毛一般的胡须后，就很少亲近父母了。母亲对他的亲吻随着他年龄的增长大幅度削减。他忽然有一种与父母肌肤相亲的冲动。他跑到浦辰璋面前："阿爸，侬好了啊。"浦辰璋和卢西亚对视了一下，才知道儿子回来了。瑞远说："阿爸姆妈勿要光顾自己，我也需要香香面孔（亲吻）。"两人有点错愕地看着儿子。卢西亚嫁到上海，入乡随俗，也省略了不少包括亲吻在内的日常习惯，听儿子这么一说，似乎有点陌生了。瑞远的主动索吻，似乎已非常遥远。浦辰璋这时说："阿远，阿爸来香侬。"卢西亚说："这是阿远对阿爸康复最特别的祝贺。太棒了。姆妈也要香香侬。"瑞远很高兴，还是喜怒不形于色的样子。浦辰璋看着他说："迭个小囡有大将风范。"卢西亚说："侬小辰光也辣能？""不晓得，记不清爽了。就是阿爸一直讲我像小大人。""迭个叫有种出种。"卢西亚止不住大笑着。浦辰璋说："也有侬一半哦。"

浦辰璋神清气爽，那个潜伏在心里的他又回来了。更重要的是，他发现瑞远长大了。他看到的，不仅是儿子与父母的肌肤之亲。我还有瑞远，浦家永远会有人接班的。

忘了签字后的哪天，大阿哥问他好点了哦，他明白大阿哥指的是什么。他回答说又要忙起来了。大阿哥说："侬忙起来就好，就怕侬闲着。"他问："为什么，难道我不能休息几天吗？"大哥说："侬根本不是想休息的人。"他想还是大阿哥了解我，阿爸跟我讲过了。我晓得哪能做了。

浦辰璋把车开到南市，远远望见沿着黄浦江的荒凉滩地上停着一辆劳斯莱斯，俞光甫先到了。浦辰璋停好车，打开车门，俞光甫也出来了。江边的寒风没有任何遮挡物，肆意劲拂，吹得这两个年近四十的男人头颈缩进，连连喊冷。他们沿荒地外围走了一遍，用脚步丈量这一块他们刚租下来的地块的现实和未来。两人决定重拾航运，这里将建起新的码头和仓库。在长江航运的缝隙中寻找目标，开辟沿海小港口航线。

两个人都是行动派，时势紧迫，码头开建很快动土。码头建成，浦辰璋立刻集股注册了华兴航运公司，以志延续当年的华兴商轮。华兴航运公司建立前，他向合资的球鑫船厂定制了一艘千吨级诚鑫商轮。毕竟是他亲手创立的造船厂，毕竟他还是名义上的股东，他打下的技术基础还在。不过这又是新一轮借贷的开始。在他的精心筹谋下，华兴航运业务发展迅速。又把诚鑫作为抵押再造一艘更大吨位的宏鑫，两艘轮船投入运营后，业务量连连攀升，一扫球鑫船厂合资的耻辱。

3

刚满二十的浦瑞远跟着二叔浦成栋出航了。瑞远身材高挑，长相俊朗，亚欧混血的面孔，举手投足却是中国腔调。从小生就的沉稳，到了这时显出一种超越年龄的持重，而无老气横秋。浦辰璋对他说："侬老爹廿几岁就当了船队老大，出航的时候几十条沙船，真叫声势浩大。那时沙船靠自然风力行驶，现在机器轮船是内燃机和汽轮机驱动，一艘船各种仪器操作复杂得多，所以做一艘机器轮船船长的难度不亚于带几十条沙船。船变了，浦家船队还会传下去。阿远，侬要好好向二爷叔学，将来船队这副担子要交到侬手里了。"

浦瑞远对浦辰璋说："阿爸放心，我会认真学。"

浦成栋用力按了按侄子的肩胛："阿远，侬是浦家第三代第一个男子汉，肩胛上担子重啊。"浦辰璋说："二阿哥，要靠侬言传身教了。不过，伊还吭没出道，侬要帮伊担肩胛（担当责任）哦。"浦成栋笑了："侬看，又舍不得了。阿远，二爷叔跟侬讲，大海就是为男子汉准备的，阿拉浦家男人侪欢喜大海。当个挑战大海的男子汉，侬准备好了哦？"

"二爷叔，我准备好了。"浦瑞远挺了挺身体。

浦成栋满意地点了点头："有点我当年在英国学舰艇时的样子。好。"

"看侬好得意啊。"浦辰璋说。

"当然喽，侬儿子，也是我侄子嘛。"

"好了，侬好下命令启航了。"

浦成栋鼓励地看着浦瑞远："小浦船长，侬下命令。"

看着阿爸和二爷叔热切的眼神，浦瑞远又挺了挺身，还带着点稚气的男低音对着话筒："诚鑫号起锚，出发。"

船入射阳河，海风飒飒，漫长的海岸线，一望无际的芦苇滩荡，各种飞禽掠过，翱翔鸣叫，划出一道一道绚烂斑斓的色谱。岸边的野鸭、天鹅在无垠的田陌间或自在闲步，或辛勤觅食，或慵懒休憩。忽然一队白色长阵悠悠而过，昂首共鸣。浦成栋兴奋地指着那群大鸟对瑞远说："今朝诚鑫轮首航，看到丹顶鹤群。大吉大利啊。"瑞远对着鹤群跷起两个大拇指。那群丹顶鹤好像受到了褒奖，叫声更加高亢，声震四野，煞是壮观。瑞远说："我还是第一次听到一群鸟犄能响亮的声音。"浦成栋说："侬看伊拉头颈，有一米以上，比阿拉人类气管长了七八倍。"他比画着自己的头颈，"丹顶鹤头颈末端是环状卷起来的，就像西洋铜管乐器，发音的辰光会引起强烈共鸣，音波可以传到三公里以上。"浦瑞远钦佩地看着浦成栋："二爷叔，侬啥侪懂啊。""阿远，侬勿要小看我，以为当兵的就是粗坯，其实我一直吮没忘记读书。做生意也好，打仗也罢，侪要动脑筋。"瑞远点点头："二爷叔，我记牢了。"浦成栋拍了他一下："侬要晓得，侬阿爸还会造更多更大的船，将来侬会越来越忙，侬要有准备啊。"瑞远看着前方，若有所思。轮船缓缓驶过，丹顶鹤群有感应似的开始了舞蹈，也许这里很少有大轮船经过，它们感到新鲜。大多数船员们都是第一次看到丹顶鹤的舞姿，出神入化，如梦如幻，引得阵阵叫好。浦成栋拉着瑞远跑到甲板上，大声对船员们说："兄弟们，今天诚鑫轮首航，丹顶鹤高歌起舞，这是个大好的兆头。大家要一起努力啊。"船员们齐齐回应："船长，放心吧。我们随时听您的召唤。"浦成栋指了指身边的瑞远："这是浦家第三代第一位船长，浦辰璋的大公子浦瑞远，我的亲侄子，从现在起，他就是诚鑫号的船长了。拜托各位弟兄像帮衬浦家兄弟一样帮衬小浦船长。他将带着你们走到更远的地方。"众人齐声喊道："晓得了。小浦船长。"浦瑞远弯腰向众人鞠躬："瑞远恳请诸位前辈叔伯大哥帮衬，谢过了。"众人一齐还礼。

　　船向前行，到入海口时，瑞远感到反胃，很快就干呕起来，脸色煞白。浦成栋轻轻拍着他的肩："阿远啊，勿要紧，侬晕船了，第一次出海都这样。"只一会儿，浦成栋发现瑞远的衣服都湿透了，一摸他的脖子，冷汗涔涔。海风吹过来，他又禁不住发抖。浦成栋一把牵着他的手："来，跟我到甲板上去。"瑞远怅惘地抬起头，脸色难看，将信将疑的样子。"不相信二爷叔啊？阿拉老早就是犄能训练出来的。吃船上饭，还刚刚开始咪。"瑞远脚步散乱地跟着到了甲板上，浦成栋让他坐在甲板舱盖边上，招呼一个船员拿来一只小木桶，对他说："想吐就吐出来，呒没啥难为情的，大家一样过来的。"甲板上风更大，船在浪里摇摆，瑞远肚皮里又泛起一阵酸水，吐出来了，又吐黄水。吐到瘫软。仰天躺倒，昏天黑地，任由船体摇晃，倒是无惧了。浦成栋俯下身看了瑞远一眼，摸摸他的额头，又捏捏他的手，对他说："好了，第一道关侬算过了。"

两个星期后，诚鑫号如期归来，浦瑞远壮志满怀。浦辰璋非常高兴，瑞远第一次出航的成功给他带来了信心，是个好开端，他想为儿子摆宴庆贺。浦瑞远一如既往地保持着清醒："阿爸，我才刚刚开始，就免了吧。现在公司稳步上升，今后用钞票的地方太多了。"浦辰璋看着儿子，十分欣慰。瑞远长大了，晓得为阿爸分忧了，但他没表达出来，只是说好。他告诉儿子，他正在订造三艘新船，"等它们造好了，我们的业务量会越来越多的，到时候够你忙的。"

这句话也有自我安慰的意思。事实上，华兴公司已面临强劲对手。广通航运在苏北内河经营多年，实力雄厚。浦辰璋想，我现在是被逼之下险中求财，凭着一腔热血，最终结局如何不可预料。既然弓已拉满，就不能有回头的想法了。苏北航线是目前内河航运最佳线路，在一口锅里吃饭，竞争是免不了的。这航线原先也是英商轮船公司独家经营，广通与之竞争十年，终于买下他们三艘轮船，奠定了自己的地位，也是长了我民族志气啊。

一年后，华兴公司又有一艘客货轮下水。

浦成栋又一次出航回来，心里愤愤。他对浦辰璋说："阿璋，官有官路，商有商道，广通这种手段简直是不讲武德啊。"

"怎么啦？"

"他们为了招徕顾客，竟然允许委托采买货物的商人仅预付百分之三十货款，另外百分之七十由广通先行垫付。货物办妥后，交广通公司运输，取到提单，即去当地银行，连运输费一齐做押汇。如此一来，广通公司运输费、代办费、利息差额三种费用一起赚。他们是有这个实力，但这么一来，别的轮船公司还吃不吃饭？"

　　浦辰璋眉头紧锁。他心里倒是佩服想出这个主意的人，利用规则，一箭三雕，手段确实厉害。广通的轮船数量和吨位都远胜于华兴，所以敢这么做。他们这招就是针对华兴的。华兴的实力还远不能跟他们去争，只有降低运费争取客户，所以还得忍着。他劝慰二哥，退一步海阔天空，现在还不到决一雌雄的时候。

第四章 江河联运

1

正在回程途中的陈阿宗发现天空像涂上一层铅色，抑郁而低沉，风力开始加大，啸吼刺耳，船体颠簸，有人开始晕船，甚至呕吐。陈阿宗站在甲板上，神色镇定。船上除了老杠头等几个老船员，很多是新手，船长的情绪对大家的稳定很重要。临近傍晚，头顶上的云渐变黑色，风中带着凉飕飕的感觉，是暴风雨的前奏。陈阿宗忽然想起来，上次经过这条航线时看到前面有个码头，现在可以前往避一避。他一边指挥修正航向，一边喊话保持镇静，前面就有码头停靠了。轮船在加剧的风浪中摇晃前行。看见码头了，心情平静了不少。再靠近时，却发现码头上有人做着不准停靠的手势。陈阿宗心里窝火，仍下令靠上去。又近了些，码头边上一列四个高矮不齐、手里拿着刀棍的汉子，不许船靠岸。船还在晃悠，靠又靠不上，陈阿宗真急了，难道看着船覆人亡吗。他再次指挥船靠岸，有个脖子梗着的家伙手里摆弄着一把斧头。陈阿宗顾不得那么多了，撸起袖子，索性一手拿船锚一手挽着缆绳走到船头，一步一步向对方靠近。因为脖子梗着，那家伙的肢体显得僵硬，看上去很是不屑的样子。陈阿宗继续向他逼近，"梗脖子"不由自主地往后挪移，另三人聚拢过来，见陈阿宗一身肌肉的身胚和眼睛里射出的冷峻精光，倒吸一口冷气，这不是个好惹的主。陈阿宗看准时机，把船锚抛入河中，一边把缆绳准确无误地抛上系船石柱，声如雷霆："弟兄们，给我上，老杠头带几个弟兄留下看货。"众人呼喊着涌上码头。"梗脖子"像突

大江大船

然清醒过来，挥起斧子就往人群中乱砍，众船员和四个汉子扭作一团混战。陈阿宗左右抵挡。刚才短暂的对峙其实是他探测对方的实力。他看准了，那四个汉子外强中干，他如果出狠手，根本不在话下。他不想弄出人命来，却已有船员倒地受伤，痛苦呻吟着。他抱起一个满脸血污的船员，船员的头颅软塌塌晃着。他把手往船员鼻孔下探查，已经没气了。陈阿宗眼睛立时喷出火来，按捺不住了。抬眼一看，"梗脖子"挣脱了两个船员的拉拽，正往船上跳，这是陈阿宗最担心的事。他疾步冲过去，一个虎扑，就卡住了这家伙梗着的脖子。"梗脖子"拼命挥着斧头，被陈阿宗掰住手腕一拧卸下，接着又是一拳，把"梗脖子"打晕了过去。另三个汉子叫着大哥冲过来，陈阿宗一扭身抱住一个就往河里扔，这人水性极好，一打挺又翻身上了码头。另两人继续要往船上去，陈阿宗喊着："兄弟们，给我拦住，不能让他们上船。"眼梢忽然掠过一道寒光，他赶紧一闪，斧头刚刚向他脑袋右侧倏忽而去，陈阿宗的怒火再次被点燃，看来不下狠手镇不住他们。他反身扭住这人胳膊，一声脆响，那只折断的胳膊被反剪，这家伙像一只待宰的公鸡一样，痛苦地嘶叫着。原来他就是刚从水里返回的那个，他捡起那把被丢下的斧头对准陈阿宗就砍。岂知落得如此结果。这时货船甲板上传来打斗声，是老杠头和那个跳到船上的家伙。不一会儿，老杠头双手把那人平举起来，只听"嗵"的一声，那人已被扔进河中。船员们齐声叫好。剩下的一个爬到陈阿宗面前请求饶命，陈阿宗问他为什么不让停靠，他说他们是广通公司邀来的保镖，就知道除了他们自家公司的轮船，别的都不准停。陈阿宗告诉他："我们只是避风停靠，这也是船家规矩。等风浪过去，我们自会离开。非得难为我们出此下策，弄得大家都难堪。"那人说："兄弟有眼无珠，得罪得罪。还望保全我们兄弟四人性命。"陈阿宗朝"梗脖子"那边抬起下巴："他一会儿就醒过来了，扔下水的那个水性好的话，也没问题。断胳膊的，是他自找的。我不会要你们的命。"那人连连低头作揖。

这次出航遇到的麻烦，陈阿宗凭着一己之力摆平了，但无辜死了一个船员，众人心里都不好受。回来后浦辰璋获悉情况大为震惊。对手越逼越紧，到处下套。他先安排死去船员的后事处置，除按规定赔偿外另加抚恤。一连几天，他都在为应对之策发愁，浦冀宁、浦成栋、杜阿四、陈阿宗、浦瑞远等不约而同来了。浦辰璋一看，怔了一下，还没开口，浦成栋先说话了："阿璋，我老早就讲过，忍一时可以，总不能一月、一年地忍下去吧。"

浦辰璋明白了他们的来意："二阿哥，侬讲哪能做法呢？"

"必要的辰光出手还击，还要有点力道，让对手晓得轻重。"

"力道分寸哪能把握呢？"

浦冀宁说："阿璋，这桩事体广通太过分了，弄出人性命来了。我晓得阿宗爷叔还是放了伊拉一马，但这口气难咽下去啊。"

陈阿宗说："大少爷说得是，我真的很怕自己失手。"

杜阿四说："我多句嘴啊。现在华兴被广通压着就是因为我们的船还不能跟他们比，而且他们把帮会的人也弄进来撑市面（维持排场），就是要把我们挤垮。我觉得，目前华兴公司最重要的是生存下去，我们就是不垮。只要我们不垮，就是对付他们最好的办法。"

浦辰璋沉稳地说："阿四爷叔说得有理，但我不这么悲观。我还是那句话，竞争不可避免，我们还是要讲道义讲规则。最近我们的业务量已有所增加，我决定再订造一艘船，半年内投入运营，另一方面还要改进轮船航行速度。这样就会增加我们的竞争实力，吸引到更多客户。"

浦瑞远看着阿爸坚毅若定的神色，心中暗自钦佩。

半年后，浦辰璋接到广通公司总经理顾其襄的请帖，邀他一聚。浦辰璋看后一笑。他与顾其襄有一面之缘，那还是上一年航运业内的一个聚会上，浦辰璋和顾其襄都在一张桌上。这位顾总经理极善谈，随便一个由头就可以激发他滔滔不绝的宏论，他不知不觉就成了聚会的主角。他一口江苏国语，嘻嘻哈哈，洋洋洒洒，把场面搞得十分活跃。直到俞光甫的出现使聚会达到一个高潮。顾其襄通过俞光甫结识了一直静默的浦辰璋。顾其襄看了一眼浦辰璋，试探着说："好面熟啊。你不是球鑫船厂老板吗？今日得见真是有幸。"浦辰璋想起当时因为球鑫船厂被外资收购，不少记者登门采访，他上了几次报纸。浦辰璋淡笑道："顾总抬举。球鑫船厂时过境迁了。"顾其襄说："不然，不然，毕竟还在嘛，有朝一日再夺回来。"浦辰璋拱拱手："谢顾总吉言。"顾其襄拿出自己的名片要与浦辰璋交换，浦辰璋双手接过，说自己的老名片已不用，新名片还没印，实在抱歉。两人就算认识了。想起这一幕，浦辰璋已经猜到了顾其襄的几分意思。他忽然有了主意，拿起了电话。电话打过去，对方听出是他，很高兴。浦辰璋约他在春茗茶馆喝茶。顾其襄说好，这个茶馆蛮有名的。那天顾其襄迟到了十分钟，向浦辰璋抱拳称歉。浦辰璋哈哈一笑："不妨，不妨。我晓得顾总经理船务繁忙，如约前来，浦某深感荣幸。"他心里明白，对方是先给自己一个下马威呢。

顾其襄摆摆手："你看我们两个，我约你，你又约我，缘分，缘分哪。"

茶房进来斟茶，放几碟点心炒货，浦辰璋示意顾其襄请用："我约顾总经理到小茶馆喝茶，不会怠慢了吧？"

顾其襄拱拱手："这可不是小茶馆，据说是上海滩有名有姓的品茶妙境啊。"

"再妙，也只是个茶馆。其实一来呢，这个茶馆我熟，经常来。二来呢，我常把亲近好友约到这里。你看，这个雅间就像我的包房一样。"

"原来如此。浦总经理亲近好友的待遇，顾某实在是受宠若惊啊。"

"顾总是航运界风云人物，你我都做航运，虽只去年偶遇谋面，内心早已引为同道，顾大总经理不会不认我这个小弟吧？"

"岂敢岂敢，今天你我一聚，就有这么好的说道。好，好。"

"本来就是嘛。"浦辰璋端起茶碗，"那浦某就以茶代酒先敬顾兄。"

顾其襄也端起茶碗："浦兄，既是同道，顾某就不客套了。"

"顾兄请讲。"

"我听说华兴公司最近业务量上升不少，而广通的局面却颇为尴尬，我甚为烦恼啊。"

"顾兄在我这里叹苦经，好像不对吧？广通的业务量一直领先于华兴，华兴想赶都赶不上，我们只是在航速上下了点功夫，即便上升了一点，也不及广通雄厚的资金实力和财路亨通啊。"

"浦兄太抬举我们了。照这样下去，华兴早晚会超过广通的。"

"顾兄过谦了，华兴只要与广通有个合理竞争区间就可以啦。"

"竞争区间？"

"就是说我们双方的经营策略、业务量和利润分配都放在公平透明的环境里，停止跌价这种粗暴又有损双方的竞争方式。"

顾其襄端起茶碗，又放下，再端起来喝了一口："那就是说我们要搞同盟？"

"大概是这个意思吧。顾兄，你我同道，明人不说暗话。这几年，我们两家为了生意互相掣肘，甚至不惜明抢暗夺，大伤和气。浦某以为，如果我们继续以跌价或各种明折暗扣拉客户，一方面不利于航运市场大局，另一方面最终受损的不还是你我吗？"

"这你得让我好好想想。"顾其襄神情有点不自然。

"不管将来如何，这都是一个避免两败俱伤的办法，是否可行，还得我们携手才做得到。"

浦辰璋晓得，顾其襄原先邀自己是为了打探自己的想法，自己提出联手，顾其襄一定没想过，那就先让他消化一下也好。

　　一个礼拜后，顾其襄再约浦辰璋，这次是在淮扬风味的老半斋酒楼。顾其襄说这家酒楼的创始人是他的扬州老乡。他叫了著名的"扬州三头"，蟹粉狮子头、拆烩鲢鱼头、扒烧整猪头，浦辰璋看着两个大号菜盘和一个大砂锅，乖乖弄底冬（表惊叹），这可是淮扬大菜三巨头啊。顾其襄哈哈大笑："浦兄见笑了，我其实是个粗人，你看这三巨头又实惠又实在，是不是？"浦辰璋说："我也喜欢实在，淮扬菜对胃口了。"

　　淮扬菜配上洋河大曲，两人有滋有味，十分过瘾。酒过三巡，顾其襄说他认真考虑了浦辰璋的提议，广通决定和华兴联营，前提是按公司业务份额确定盈利比例。浦辰璋明白，顾其襄还是拿着大头。他财力充足，船舶多，业务量自然就大，不知他想如何确定比例。顾其襄原以为浦辰璋应该很快回应，却不见他回话，就问对此有何想法。浦辰璋只向顾其襄敬酒。你来我去的，两瓶酒快见底了。浦辰璋心想阿爸从小教我喝酒，这点酒根本不在话下。顾其襄也没有醉酒的迹象，看来刚才不是酒话。顾其襄把一块猪耳朵嚼得脆响，说："按航运业务量确定盈利比例大约是十三比七，浦兄以为如何？"浦辰璋一想，这比例明显对自己不利。他拿过顾其襄的酒杯和自己的放在一起，把剩下的酒在两个杯子斟得一样满，再推给顾其襄，慢悠悠地说："顾兄，常言道一碗水端平，我们来个一碗酒端平。"顾其襄明白浦辰璋的意思，讪笑了一下："浦兄，这可能做不到啊。这个比例是经过公司董事会讨论的。"浦辰璋说："我晓得，华兴的财力和轮船吨位的确没法跟广通比，不过按这个比例，根本反映不出你我联营的诚意。说句不好听的，有点以大欺小的味道。"顾其襄忙说："浦兄言重了，言重了啊。我可是真心诚意来与你商量这事的。""那就是说这事还有得商量吧？话既然说到这里了，我也坦诚向顾兄透露一个消息，以表示我们的诚意。最近华兴制定了参照铁路运价规定的特价运输，受到了不少需要把苏北杂粮运到上海的客户的欢迎。我想，如果我们两家联手一起做成功了，不是对双方都有好处吗？"顾其襄听明白了，浦辰璋的意思就是如果你坚持这个比例，那我情愿不联营。他知道华兴已投入四艘轮船，而且浦辰璋是造船技术老手，经过他的改造，航速提高不少，听说他们还在继续建造新船，与广通势均力敌指日可待呀。他攕起一块鲢鱼脸肉，放在嘴里细品，感觉顺滑柔润，然后说："浦兄，这个比例我们已经让利不少了，你自己算算就晓得了。"浦辰璋直言："这个比例华兴不能接受。既然联手了，我们就不争一时短长，看好未来嘛。你说呢顾兄。"顾其襄支吾着，似乎被鱼刺哽着了。

2

入秋，杂粮相继成熟，杜阿四的出航次数明显增多，他已经加入华兴航运公司。这一阵与他同行最多的是浦瑞远，还有阿九等船员。阿九被老杠头教训后，收敛不少。阿九会轧苗头，关键时刻也豁得出，蛮得杜阿四喜欢，有意多带他。阿九也很钦佩杜阿四的一身本事，有时还偷看杜阿四独自练拳，看得他眼花缭乱，心里痒痒。

这个季节，水天相接，江河通透，水波不兴，浩渺远阔。鸿正轮装完货，已是夕阳西下。南飞的雁群在空中排开阵势，颇为壮观。浦瑞远心里浮起那几句散曲："晚天长，秋水苍。山腰落日，雁背斜阳。"深秋之景令人愁意缱绻，他不知不觉念了出来。一边的阿九抹着头上沁出的细汗问道："浦船长，你在说什么？"浦瑞远回头："哦，这是元代一位诗人写的散曲，叫《秋江忆别》。你看，黄昏了，天空悠长，秋天的江水一片苍茫。太阳落在半山腰上，大雁飞到南方来躲避寒冬了。就是这样的景色。"

阿九挠挠头，听不懂。瑞远说："阿九，以后我教你读书识字，你就懂了。""船长，我哪是读书的料啊？"瑞远说："啥料不料的。阿九，只要侬想学，侬脑筋活络，肯定学得好。"阿九高兴了。

岸上，一望无际的芦苇随风舞动，在晚霞的映衬中有了婀娜的样子。一片片盐蒿滩在纵横的水域与堤岸之间逶迤相连，生发蓬勃。季节成了它们的化妆师，将它们点缀成不同的色系。到了深秋，河水幻变成淡淡的红，似乎在展示它强健不息的生命力量。这里河港交叉，河道曲折，却是船运必经之地。天幕渐暗，浦瑞远吩咐停船吃饭。一顿饭没吃完，驶过来一艘改装过的三桅帆船，向鸿正轮靠近。一个戴竹笠的笑嘻嘻地跟船员打招呼，然后要借火。正说着，已有几人跳上船来，一上来脸色就变了。戴竹笠的一把卡住船员的喉咙，喊道："都给我听着，把船上的货给我搬到帆船上，谁要是不听话，就听听老子的这个。"众人听到一声尖厉的枪响。

杜阿四意识到，碰到水匪了。他立即上去挡在众船员身前，眼光迅速一扫，对方总共五人。除了戴竹笠的手里有枪，另外几个用的是刀斧之类。他轻蔑地对着戴竹笠的说："你干吗的，先给老子亮个身份。"

"哦，听口气还蛮懂规矩的。"戴竹笠的很不屑。

"要拿我的东西可没这么容易。"

戴竹笠的向身旁一人耳语了一句，那人拔脚就向船舱奔去。杜阿四大喝一声："给我站住。"声音竟像一根铁钎一样把这人定住了。杜阿四接着说："阿九，带几个兄弟去船舱。"他走到那人面前，"你要是敢再迈出一步，老子立马打断你的腿。"

那人看看杜阿四，又看看那边："勇哥……"戴竹笠的叫勇哥，勇哥走近杜阿四，说："你是老大吧。我明说吧，我们就是拿货，走人。"杜阿四说："那先得问问我答不答应。"

"老大，别敬酒不吃吃罚酒。这条道上，老子干好几年了，还是头一次碰到你这样的。别把我逼急了。"

"那你先朝我来，把我干掉再说。"

夜幕渐渐把整个河面笼罩了，船上也没点灯，漆黑一团。勇哥盯着杜阿四看，也看不清楚。只觉得这人声如洪钟，内力一定不差。他想，不能僵持下去，僵持会泄火，他又喊道："弟兄们，我先灭了他，你们马上动手，不听话的就地干掉。"他刚把枪对准杜阿四，整个人就被一脚踹到了船边。他胡乱地打了一枪，杜阿四轻松地卸了他的枪，扔进河中。这一串动作干净利落。接着几脚猛踹，勇哥嗷嗷叫着，听到杜阿四说："给我滚。"勇哥忽然笑起来："老大，我的人进货仓了。哈哈。"杜阿四回头一看，船舱里喊声一片，打斗成一团。杜阿四冲进去，阿九和船员们与水匪扭在一起，五六个船员倒地不起。趁着杜阿四猛揍两个水匪的当口，勇哥和另两个偷偷拔脚往驾驶室走。杜阿四眼风一扫，就知道他们想控制驾驶室。驾驶室里还有小浦船长。他大喊一声："船长，我来了。"后面阿九紧跟着他。

舵工被打昏了，两个水匪控制着船舵。勇哥正用匕首逼着浦瑞远后退。杜阿四对阿九做了个手势，蹑手蹑脚走到两个水匪身后，双手左右出击劈倒了他们。勇哥反身朝杜阿四头部刺过来，杜阿四倏然感觉脖子上冷飕飕的一记，他本能地一闪，还是被划到了。浦瑞远惊叫："师爷，你受伤了。"浦辰璋告诉儿子，阿爸叫杜阿四爷叔，侬就叫师爷。杜阿四一摸脖子，热热的。他屏住气息走近勇哥，勇哥后缩着，杜阿四一拳朝勇哥脸上砸过去，然后夺下匕首，往他颈部狠狠一抹，一把抓起来，扔进了河里。阿九看呆了。杜阿四一阵眩晕，缓缓倒下了。恐怕连他自己都忘了，他已是奔六十的人。浦瑞远和阿九扑上去大叫着，杜阿四睁开眼睛，挣扎着爬起来，对浦瑞远说："这里交给我。我把船往回开。"浦瑞远担心："师爷，你还能开吗？"杜阿四说："应该没问题。你找根布条，帮我把头颈扎一下。"浦瑞远答应着去了。杜阿四接着对阿九说："船舱里还有两个水匪，货千万不能让他们劫走。"阿九抹了一把泪，捡起匕首，赶紧回到船舱，十几个船员与两个水匪混打，除了阿九手里有一把夺过来的匕首，其余只要拿着顺手的就当作武器了，两个水匪一柄斧头一把尖刀，船员以三人被伤的代价与水匪打了平手。两个水匪劫货不成，跳入河中，慌乱中一把尖刀留在了船上。

回到公司码头，已是次日凌晨，河面水平如镜，烟波袅袅，早起的水鸟轻盈掠过，清亮地鸣叫，偶尔有几簇不成气候的波浪摩挲着河边的乱石，顷刻又分崩离析。一会儿晨光初现，船员们兴奋起来。

杜阿四一直坚持着，虽然没有伤及大动脉，但因时间过长，扎在他头颈上的布条被血浸泡了一样。靠上码头，杜阿四脸色煞白，浦瑞远赶紧叫两个船员把杜阿四搀扶住，吩咐阿九以最快速度给家里报信，立刻派车送师爷去医院。

杜阿四伤的是颈动脉，失血过多，撑到现在已是奇迹。浦家兄弟三人赶到的时候，他的生命体征已非常微弱。三兄弟只能静静地候着，谁都不出声。

浦瑞远匆匆赶来，告诉浦辰璋，那两个醒过来的家伙承认是水匪，勇哥是他们的大哥，干了几年了，这是他们第一次没干成。问他们是否受人指使，他们就闭口了。一个小时后，浦辰璋和俞光甬商定，立即向新闻界公布此事，要求政府打击水匪，保障内河航运安全。水匪侵扰时有耳闻，船家激烈反抗的还是少见。第二天的报道配上了昏迷在医院的杜阿四和两名水匪的图片，立即成为人们热议的话题。俞光甬希望记者继续调查，并呼吁警方介入，侦讯水匪。

3

几个月前，香菱离开医院去了一家纱厂。她识不得几个字，看到杜阿四的照片心脏忍不住狂跳。她偷偷拿了报纸一个人躲到角落里盯着看了半天，确定是杜阿四。她的阿爸。她盯着照片，泪水不竭，心脏一阵阵抽搐。然后她脱下工装，向外飞奔。

杜阿四已经说不出成句的话来。他指着浦冀宁，让他走近些，把耳朵靠近他。浦冀宁听到几个字："香……菱，大少……爷照顾……她……"浦冀宁频频点头，抓住杜阿四冰冻一样的手，热泪倾泻。浦辰璋和浦成栋走近杜阿四，叫着："阿四爷叔，你要挺住，要挺住啊……"杜阿四几乎没了血色，呼吸微弱。浦辰璋俯身对他说："阿四爷叔，我会不惜代价救你的，你一定要挺住。"话音未落，门被推开，一个身影扑倒在杜阿四床边："阿爸，侬哪能啦，侬哪能啦……"含糊不清的呜咽。杜阿四的身体忽然弹了起来，盯着她叫："香……菱……香……"又重重摔在床上，发出一声闷响。香菱扑倒在他身上："阿爸，阿爸……"浦冀宁一看，这不是天禾嘴里的香姐姐吗。杜阿四的手吃力地摸索着，浦冀宁会意，抓着香菱的手放到杜阿四手里，杜阿四一把抓住了，三个人的手叠在一起。杜阿四渐渐闭上了眼睛。"阿爸……阿爸……"香菱撕心裂肺地叫着。

浦辰璋明白了，他没看错，那天在传染病医院巧遇的正是当年的香菱。

几天后，水匪案再被报道，记者暗指水匪受人雇佣指使。警方介入后，两名在押水匪称他们是勇哥临时拉来入的伙，别的一概不知。

浦辰璋要求上海轮船业同业公会召开新闻发布会，公布此次水匪劫船事件，并为杜阿四举行隆重的葬礼。轮船同业公会公布事件后，公众纷纷谴责水匪，呼吁彻查。公会派专员参加杜阿四的葬礼。浦辰璋表示，希望通过此事使各家轮船公司联合起来，放弃无休止的压价竞争甚至互相倾轧，航运业才有未来。

顾其襄这几天惴惴不安。那个勇哥叫祁大勇。聘用帮会人员做所谓的航运经理也是不得已的事。苏北水匪猖獗，势力庞大，令人头疼。顾其襄的前任也吃过他们不少苦，他决定改变打法，以毒攻毒，让他们挂个虚名，拿一份薪水，河面上就相安无事了。前些日子有人告诉他，那个才来几天的祁大勇心怀不满，好像两百大洋的经理薪水小瞧了他，没想到祁大勇竟然自己下手了。唯一庆幸的是，报纸上说，那个家伙被扔进河里后再没见他出现过。死不死的不知道，就是不死，谅他也不敢回来。警察正找他呢。记者的报道站在华兴的立场上，竞争对象暗有所指，业内人不会看不出来。这种事上不得台面，越描越黑。他只能缄口。

门岗说有人拜访。他无端一惊，也不知惊从何来。又安慰自己，这是祁大勇自己作的孽，与我无干，有什么可怕的。

通报的说是一位俞先生，说一口宁波话。哦，快请快请。上海滩鼎鼎大名的俞老板。人家的名头比自己大得多。顾其襄不由得加快了脚步，到大门前，俞光甬已进了门，顾其襄拱手："俞先生亲自登门，怎么不先打个招呼，我好恭候啊。"

"哎，怎么好叫顾大老板恭候，我就是串串门。"

"失迎失迎啊。请进，上座。什么事劳烦俞先生光临寒舍？"顾其襄很谦逊。

"前几日都忙着船业同业公会的事。你晓得的，华兴公司遭遇水匪，一个船长为此丢了性命。好多同人都参加他的葬礼了。这件事之后呢，大家想议一个同业公会方案，可是没见到你，怎么可以没有广通公司呢？所以大家就委托我来听听你的想法。事出紧急，不要怪我哦。"

"岂敢岂敢，大家议论什么方案哪？"

"这些年，我们做航运的都很苦，你说是不是。长江航线到处都是外国轮船，前头是美国人英国人，现在东洋人又来了，胃口更大。我们只能在内河混一口饭。可是混到现在，互相拆台脚（拆台），夺货源，弄到最后，两败俱伤，谁都没有好日脚过。"

"俞先生，你说的都是事实，其实大家都不想这样搞，压价，明折暗扣，的确令人伤心啊。"

"不瞒你顾老板，这次华兴遭遇水匪，浦辰璋一怒之下公之于众，记者报道后引起公愤，警方都介入了，据说我们业内也有与水匪勾连的，外界议论很多，我也睡不好一个安稳觉了。如果不尽快做出决断，今后我们做航运就更难了。"

顾其襄眼色闪避："俞先生说得对，我也以为业内还要团结，不要听外面瞎议论，否则对我们的发展更不利。"

俞光甬习惯性地拍了一记大腿："所以呢，我提议我们船业公会要制定办事章程，大家联起手来，斩断一切只为自家盈利而不顾大局的做法。尤其像广通这样的大公司，当然还有华兴，不过他们的实力比你还差一截。你开个头，大家就会跟着一起，你看如何？"

"不瞒俞先生，前些天我还与辰璋兄议过此事，但在航运业务和赢利比例方面还没达成共识。"

"哦，你们是怎么谈的？"

"我的意思是广通和华兴十三比七。他没同意。"

"其襄兄，你这是托大压人家一头了，换作我也不接受啊。"

顾其襄一时语塞。

俞光甬又说："其实你们的利润远在别的公司之上，船也越造越大，听说你们一艘二千多人的客运船马上就要投入运营了？"

"消息传得真快啊，我这个总经理还没考虑下水的日子呢。"

俞光甬敲打他："你们的货船在内河航线上畅通无阻，水匪都不敢碰你们，这可是众所周知的事。这大客运船又要下水了，恭喜啊。你们客货两道财路亨通，也要给人家吃饭嘛。"

顾其襄不得不软了来："那按俞先生的意思多少比例为好？"

"我觉得比例要讲究公平诚信，更重要的是实行水路运费公摊制，联合经营。对两家公司的所有轮船商定装货吨数，每月将各轮航次和实装吨数计算公摊，这样的比例最合理，广通这样的大公司绝不会吃亏的。这样做都是为了我们民族航运的未来着想啊。"

"我一定认真考虑俞先生的提议，尽快召开董事会。"

"那我就静候佳音了。"

不久，华兴与广通两家轮船公司组建联合办事处，共同经营小长江航线，以相当接近的比例分别获利。联手之后的业务逐渐由内河拓展到江河联运。

第五章　情缘和亲缘

1

杜阿四意外离去，浦家三兄弟愁肠百结。尽管比他们大了不足十岁，他们叫他爷叔是真心诚意的。他们决定为他办一个庄重又兼具船家特色的葬礼。连续三天的殡殓仪式，请来鼓乐师操持。鸿正轮停运三天，码头上拉起了悼念的挽联和祭幛，浦冀宁专门请风水先生选了墓地。落棺那天，浦家三兄弟和香菱为杜阿四抬棺，船员们排成了长长的出殡队伍。俞光甫带着船业同业公会专员参加了葬礼。

一个多月过去了，浦冀宁脑子里盘桓着阿四爷叔把他和香菱的手放在一起的情形。阿四爷叔把香菱托付给了他。他想问香菱是不是接受这个安排，但还在"做七"中，他问不出口。作为杜阿四托付的人，浦冀宁以侄子身份为他料理后事，看得出香菱是心存感激的。这些天她一直在讲："我真是太不懂事了，要是早些回来就可以多陪阿爸几天了。"忍不住又泪水涟涟。浦冀宁安慰她："侬勿要太难过了，阿四爷叔实际上是困着了，回到伊来的地方去了。"他这样说的时候她一直在点头。

"断七"之后，凉意越来越浓，初冬的气息来了。那天晚上，浦冀宁看着熟睡的天禾对香菱说："天禾八岁了，上一次侬来还是三年前。"香菱从没意识到："真的呀，辰光过得太快了。""侬来过后，伊三天两头问，'阿爸，香姐姐啥辰光再来。'我也不晓得哪能跟伊讲。"香菱不语。浦冀宁又说："不过，辇两天伊看到侬好像咓没老早亲热了。""怪我，来了一次，突然不见了，又突然看到了，小囡不习惯。"香菱轻声说。

"其实我晓得，天禾心里向真个欢喜侬。"香菱突然问："侬呢？""啊，我，当然喽。""当然啥呀？""当然一直想侬。"浦冀宁猝不及防。绕来绕去，还是香菱拆穿了。香菱说："我晓得，侬一直想问我这桩事体。""阿四爷叔后事还吭没办好，开不出口。香菱，不晓得侬啥意思？"香菱说："我跟阿爸分开辰光太长了，哪能想得到碰着就是最后一面。我听阿爸安排。我相信伊。"她眼睛又红了起来。浦冀宁拿一块手绢给她，香菱轻声说："侬来帮我揩嘛。"浦冀宁心里一暖，手绢刚贴近香菱的眼睛，就趁势把她拉到自己怀里。香菱乖顺地靠着他，这个比她大了十几岁的男人，话不多，还有点优柔寡断，却是真心喜欢她，女人在这方面的直觉很准的。

为了表示对香菱的爱慕和重视，浦冀宁想选定吉日举办一个隆重的婚礼。香菱说阿爸刚走，就勿要大张旗鼓了，叫几个走得近的亲眷朋友一道吃顿饭就好了。香菱晓得阿爸的意思，把她托付给浦家大少爷他放心。浦冀宁是持家的人，开着一家不大不小的钱庄，但从不挥霍。香菱都看在眼里。他们的事情定下来后，浦成栋和浦辰璋都对她很尊重，他们比她大了几岁，但是大阿嫂叫得很顺口。他们也认定阿四爷叔的选择，为大阿哥祝福。天禾给她升了级，叫她香阿姨，依然喜欢她，就是不叫她姆妈。浦冀宁为此朝天禾吼了很多次，但她就是不改口。香菱倒无所谓，劝浦冀宁不必跟小姑娘计较，说自己小辰光也不懂事体，心里有就好了。

亲朋好友都来家里贺喜。都是至亲好友，就不讲排场了。浦冀宁拗不过她，但要请几个大师傅来帮忙。香菱说请一个就够了，我打个下手。浦冀宁想她也是个持家的人。丈人阿爸看对眼了。那天香菱一直在厨房里忙，众人都说浦冀宁这桩事体没弄好，哪能让新娘子亲自在厨房里忙呢。浦冀宁讪笑："吭没办法，伊讲

了算。"浦成栋开玩笑:"大阿哥是怕大阿嫂吧。"浦辰璋说:
"大阿哥是想让大阿嫂一来就有做主的感觉。"卢西亚说:"对
呀,这叫尊重女性。"浦成栋说:"伊辫能尊重,倒是当甩手掌
柜了。我也尊重。"众人打着哈哈,香菱出来了,向大家作揖。
完全是她唱戏时的做派。众人先是愕然,少顷笑了出来,然后也
作揖还礼。香菱对浦冀宁使了个眼色,浦冀宁赶紧牵着她的手站
在一起。浦辰璋夫妇和浦成栋走到香菱面前,浦辰璋说:"大阿
嫂,辛苦侬了。"浦成栋说:"大阿哥大阿嫂,让我代表阿拉兄
弟讲两句吧。"浦冀宁和香菱连声称好。

　　浦成栋一身白色西装,像是撑在衣服架子上,显出他的健壮
颀长,那根形影不离的手杖没给他带来任何尴尬,反倒是平添了
一份儒雅。他说:"今天我大哥浦冀宁先生和杜香菱女士天作之
合,我代表浦家,感谢各位至亲好友特来贺喜,祝贺他们幸福携
手,白头到老。"众人鼓掌。"现在请新郎新娘回敬。"浦冀宁
牵着香菱的手说:"我们夫妇对各位的到来心存感激,更要感谢
香菱又给了我和小女天禾一个完整的家。"他转过头对香菱说,
"香菱,真心谢谢侬。"香菱说:"应该感谢的是我,有了这个
家,才使我结束了飘荡的生活,这个家就是我的归宿。"她又对
众人说,"我给大家讲个故事。记不清多少年前了,我偷吃了阿
爸的酒,喝了就想唱戏,也不晓得怎么到了会馆,发了戏瘾,乱
七八糟唱了一通,后来就醉醺醺晕过去了。如果当时不是浦老先
生和阿璋兄弟正好碰到我,又把我送到医院,也不晓得哪能样
子了。"

　　还有这事啊。众人惊讶。

　　浦成栋对浦辰璋说:"这桩事体我倒是第一次听到。"

　　"埃个辰光(那个时候)侬在福建船政学堂。我到法国留学
的前几天,阿爸特地带我到商船会馆。我晓得阿爸是叫我勿要忘
记阿拉船家的来路。走到一半碰到大阿嫂了,伊大概只有十岁出

头，一个人唱得老扎劲（起劲）。我听是听勿懂，不过觉着老有意思个。想不到伊唱到一半，昏过去了。"

浦成栋对香菱说："大阿嫂，侬跟阿拉浦家有缘分啊。"

"对呀对呀。真的是缘分。"众人又鼓掌。

八宝鸭、虾子大乌参、红烧肉、水晶虾仁、白斩鸡、腌笃鲜、红烧鲴鱼、八宝辣酱、本帮熏鱼、四喜烤麸、扣三鲜、炒鳝糊、草头圈子、清蒸鲈鱼……一道道菜端上来，大家吃得肚皮滚圆。宾客不断向浦冀宁和香菱敬酒，两人也是来者不拒，香菱越喝越兴奋，忍不住了："我要为大家唱一段。"浦冀宁看着她："香菱，侬呒没吃醉哦？"香菱一摆头，手上做了个甩袖的动作："辩点酒哪能醉得倒我？""看侬辩副样子，就是吃醉的腔调。"香菱喃喃："人家就是想唱两句嘛，侬勿要担心我。"浦辰璋对浦冀宁说："大阿哥，侬就让大阿嫂唱两句，伊就开心了。"香菱看着浦辰璋说："对呀，还是阿璋了解我，到了兴头上不唱两句，我不开心。老早戏班子里，开心啊，难过啊，阿拉就侬唱一句，我唱一句。越唱越开心。"

她站起来，什么都不说，直接就来——

> 望东海浩浩荡荡
>
> 我对大海深深拜
>
> 侬胸怀广阔蕴宝藏
>
> 任商旅南来北往载货忙
>
> 让乡亲打回鱼虾一舱舱
>
> 不过侬发起火来脾气暴
>
> 我想求求侬
>
> 帆船经过把伊保
>
> 不可伤其人也勿要折其樯
>
> 莫降灾难
>
> 降吉祥

借着酒劲，香菱唱得兴起，唱到后来，她声音渐渐哽咽，大家知道她又想起了杜阿四。众人放下筷子，盯着她，眼睛里也潮湿起来。香菱感到浑身燥热，干脆脱下外套，她的动作更加利落，韵味十足。水清一直盯着香菱，香菱婀娜翻动的右手腕上一道印子闪电一样闯进了视线，水清的心脏颤了一下，揉揉眼睛，目光随着香菱的每个动作移动。她敛神屏息，尽力不让别人看出她的异样。

杜阿四的葬礼上，水清看到了陈阿宗。他们有段时间没见面了。陈阿宗要出航，水清在岸上。水清不想见他，陈阿宗想见而不得。两人的眼光碰着的时候，都看见了对方的不同寻常。他们都知道，香菱回来了，但她是杜阿四的女儿。水清感觉一只小虫在她心脏里噬咬，扰乱着她的心跳节律，她不得不把手抚在胸口，那种噬咬感立即转移到了手上，触电一样。她极不情愿地移开视线，深深喘着气，余光瞥见浦成栋在注意她。她跟他说过，她不愿公开两人的关系，他欲言又止的样子让她心痛。她跟过两个水匪男人，有过女儿却不知下落，出现了又不能相认，现在又有一个男人钟情于她，仍是那么苦涩。她想，这就是我的命吗？

2

水清刚睡下，门外就响起了熟悉的敲门声，她知道是浦成栋。犹豫着要不要去开门，脚步已经迈出去了。走到门边上，手却在门闩上停住了。外面继续敲着，不急不缓。她轻轻拔开了门闩。浦成栋的手杖先他的脚进了门。她非常熟悉他的手杖在地上规律的声响，这声音使她的心跟着镇定下来。

浦成栋一把揽住她，水清想说什么，浦成栋对她"嘘"，然后就吻住了她。她顺从地倒在他的臂弯里。

"今天香菱唱戏时，你看到了什么？"他问。

她沉默。果然没瞒住他。

"我觉得你不开心，是吗？"

"嗯……没有。"

"我们不是说好，有事互相不瞒着。告诉我好吗？"

"这事不一样，你还是不要知道的好。"水清的语气绵软无力。

浦成栋轻声笑了："我都经历过生死了，还有什么可怕的？快告诉我吧，别让我担心了。"

水清突然抽泣起来，浦成栋忙安抚她，想不到安抚成了她大哭的理由，浦成栋又是哄又是吻，都止不住她决了堤一般的泪水。她紧紧抓着浦成栋的双手，五个手指用力，好像要抠进他的肉里："香菱，香菱……"

"香菱怎么啦？"

"她……她，是我的女儿吗？是吗，你告诉我，她是吗？"

"啊，你说什么？"

浦成栋听完水清带着呜咽的叙述后，脑袋发涨，两手掌抵住脑门两边狠劲挤压。太出乎意料了，她身上竟然藏着这么多秘密。他问她："是陈阿宗的吗？"她点点头。

"你这么确定她是你女儿？"

"香菱这个名字就是我起的。"

"万一别人也叫这个名字呢？"

"还有她的年龄，她手腕上的那个疤，虽然淡了很多，但我永远看得出。她唱戏的时候只露出来一点点，我就知道是她……那是陈阿宗把她抢过去的时候我留下的牙齿印。"

陈阿宗和水清的脸在浦成栋脑子里滚动叠现，这样一比较，香菱那双锐利的眼睛，确有陈阿宗的影子，弯弯的嘴形也有水清的韵味。"那你打算怎么办？"他问。

"我也不知道。我……"

“跟她直说？”

“这怎么可以呢。”

“怎么不可以，说清楚了你们母女不就能相认了吗？再说，香菱刚刚失去了养育她的杜阿四，亲人重逢不是最大的安慰吗？”

“我和她相认了，陈阿宗呢？”

浦成栋想，这是她的自问，问的显然不是他。

许久，水清决断地说：“香菱一直漂泊，好不容易安定下来，有了自己的家，这个家是杜阿四先生和你大哥给她的，我们一点都没尽过力，我不能去打扰她，陈阿宗也一样。”

浦成栋明白了，水清是不想让陈阿宗认香菱，但陈阿宗毕竟是生父啊。这样是不是对他不公平？

冬至那天浦冀宁和香菱去了杜阿四墓地，浦冀宁静静地等待香菱操持完一切，然后他在墓上撒上鲜花花瓣。

简短的仪式后，浦冀宁发现，香菱还不想走。她一直蹲着，看着墓碑。浦冀宁问：“还有啥事体呒没办好？”

香菱想了想说：“我要跟阿爸讲两句。”她在心里默默对杜阿四说，从我叫侬阿爸开始，我就听侬讲福建闲话，大概只有我听得懂，不过我学会了上海闲话。想想蛮噱头，一个福建闲话一个上海闲话，听得懂讲不来。阿爸，我也听人家讲我不是侬亲生，但我心里一直拿侬当亲阿爸，从来呒没改变过，就是感觉有点不适意了，所以我就外头到处瞎跑。我想搿辈子就飘来飘去过日脚了，大概是我命中注定。其实是我不懂事体啊，我对不起阿爸。我听阿爸的安排，嫁了浦冀宁，我勿要再飘来飘去了。伊是个好人，对我好，做人家（节俭），还有伊的女儿天禾，虽然呒没改口叫我姆妈，但是我晓得伊心里是欢喜我的。阿爸，侬好放心了。不过有桩事体我憋了一段日脚了，我脱阿宁办婚礼，我喝多了，就起来唱戏，有个女人一直盯牢我看，眼睛一眨不眨，侬讲，伊到底是啥人……

浦冀宁见香菱的嘴唇不停翕动着，忽然想起有一种语言叫唇语，上海人叫自说自话。就是这样的吧。伊一定跟阿四爷叔，不，应该是他过世的丈人，讲心里闲话。他到底是打听还是不打听呢？算了，既然她不想说出来，还是不打听吧。

其实香菱心里晓得，因为阿爸的离去，这个谜怕是解不开了。也许阿爸并不忌讳他的养父身份，但也并不希望有朝一日她解开这个谜。凭香菱的聪慧和直觉，那个目不转睛盯着她的女人一定跟她的身世有关。阿宁跟她说过，那个叫水清的女人曾经跟过一个有名的海盗，还是船上说话算话的人，水鳍号就是她带过来的。香菱不免暗暗吃惊，要在这样一群人里发号施令，可不是一般女人做得到的。香菱盘算着找个机会去会会她，可她忽然消失了。

浦成栋也在找水清。没有留下只言片语，她像一阵风一样刮走了。他知道，她是不想给香菱带来任何烦恼，她选择了离开。

陈阿宗也陷于深深的烦恼中。从没听杜阿四说起过这事，忽然就冒出来一个女儿来，她也叫香菱，真有这样的巧事？他不敢确认，这个香菱究竟是不是当时他在被追赶时无奈丢下的女儿？印象中那时她最多三岁，看她的年龄搭得上，可女大十八变，隔了这么多年，还怎么认？人家如果同名同姓呢？太多打着转的疑问。按他先前的脾气，早就找上门去了，但他不是当年的陈阿宗了，他跟了对他恩重如山的浦先生，他不能再这么莽撞了，何况香菱还是浦家大少爷的老婆，他怎么也不能动粗。如果香菱真的是我的女儿，我是该认还是不认呢？不认不甘心，但凭什么认，她会认我吗？

第六章　沉船

1

淞沪会战前夕，国民政府下达长江封锁令。决定在长江中下游设置障碍，阻挡日军进攻。江阴所在的长江段位于南京和上海航段的正中间，滚滚长江奔流至此，骤然收缩，形成天然的"锁航要塞"。

隆鑫号接到征用命令时，浦成栋正在船上。起航后到了江阴，才知道是沉船塞江。这是球鑫船厂第一艘运输船。浦成栋对这艘船的了解就像了解自己的身体，他无数次撑着手杖行走在船上，对每个零部件就像他的骨骼关节在不同气候的反应那样清楚。为了这个球鑫船厂诞生的"头胎"，阿璋主持建造，没日没夜，眼睛一眨快近三十年船龄了，还是宝刀不老。两兄弟在电话里唏嘘许久。浦辰璋说："国家有难，匹夫有责，今朝我真正懂了这句闲话。国家呒没了，阿拉自家的船还有啥用场。""阿璋，道理我晓得。我跟日本人交过手，今朝辩能打法太悲壮了。"

隆鑫、鸿正等华兴旗下四艘轮船装满了石块，然后自凿，像四个被揿着脑袋捏着鼻子的壮汉在江水中无奈下沉。在长江沿岸的吴淞口、江阴航道、连云港、马当要塞，几十艘轮船船主们血红着眼睛，涕泗横流，他们像叫自家儿女一样大声喊着轮船的名字，一遍又一遍，撕心裂肺，肝肠寸断，魂不附体。

后来老爹每每说起那个场景，苍老的眼睛里竟然还会分泌出可观的晶莹液体。他用力抓着我的肩膀，说"瀛川啊，船是我的性命啊，浦家全部家当啊。沉船后过了几天，阿拉三兄弟到沉船的地方抱作一团，眼泪水流得像江水，心跟船一道沉下去了。我看到'隆鑫号'的烟囱脱桅杆露出水面，好像脱我招手，叫我拿伊拉出来。我心里好像有一把钳子，钳啊钳，钳得我痛啊。我蹲下来，两只手抱紧头，眼睛紧闭，不敢再看下去，否则我会昏过去。轮船也是国家性命啊，用沉船阻挡东洋人进攻，真的是拼了性命。从8月12日沉船封江到12月2日江阴要塞战结束，呒没一艘日本军舰通过江阴沉船封锁线。代价太大了。我这点船，用于国难，也值了"。我用力点头。老爹又说"瀛川，阿拉还要造船，国家需要轮船，侬晓得哦？"我说："老爹，我晓得。我晓得。"

南市被日军占领后，老爹和外公俞光甫所建的码头也被日军焚毁。

那时候我阿爸浦瑞远成了浦家的中流砥柱，但他遇到了比他的父辈更艰难的事。淞沪会战后，日本对中国频频制造事端。阿爸一直紧绷着，他似乎在与老爹商量什么事情，两人的意见不一致。有一次我听见老爹和阿爸都大了嗓门。后来我才知道，阿爸向老爹提出将华兴公司一艘新船宏泰号开往香港注册，这是老爹极不愿做的事。在香港注册，等于挂上英商船籍，这曾是他当年迫不得已的事，却并没有给他带来多少利益。把自家的船再挂英籍，实在使他伤心。在阿爸看来，日本对中国的野心一天比一天大，一旦动手，肯定会封锁中国航运，那时候就坐以待毙了。大老爹和二老爹都赞成阿爸，老爹成了少数派。其实他不是不明白，就是心理上扭不过来。最终老爹妥协了。全面抗战前夕，我阿爸在陈阿宗的陪同下带着宏泰号赴港，续办航运。

淞沪会战的余烬仍在城市各个角落纷飞。第二年2月，全无春意盎然、微风拂面的和煦，国家上下始终处于紧急状态。沉船后不久，华兴公司另一艘大吨位新船志兴号被征用参加长江大抢运，准备将一万多吨设备和两千多名工人转移到重庆。浦成栋迫切需要一个帮手，他想到了与他生死之交的翁玉侃。

多年杳无音信，这位兄弟还在吗？浦成栋带着沉船的余痛，决定去翁玉侃的老家跑一趟。

辗转多日，一路打听，毫无头绪。浦成栋有点气馁了。远远来了一辆马车，瘦马懒懒的，车夫蔫蔫的。浦成栋觉得发噱。车夫正好朝他看了一眼，见他拄着手杖，便用眼神问他是否要搭车。浦成栋看着瘦马微笑着，车夫明白了："先生，你别看它这个样子，这是养精蓄锐，它要是跑起来你都不知道速度有多快。不信你上来试试。"浦成栋将信将疑地坐了上去。车夫喊一声："先生坐好了，走。"马鞭在空中画出一道漂亮的弧线，瘦马撒开四蹄，与刚才的懒散迥异。浦成栋兴奋地举起双手高呼起来。车夫说："先生你不是本地人吧。""是啊，我是来找人的，好几天了都没找到，出来瞎走，就遇到你了。""那我们有缘分啦。你要找的人是谁呀？""我只记得他跟我说他在福清老家卖咸鱼。好几年了，不知道还能不能找到他。""这里卖咸鱼的太多了。""是啊，我跑了不下二十个咸鱼铺，连他的人影都没见到。""这里的咸鱼铺我熟，再碰碰运气。"从下午到傍晚，马车又跑了五个咸鱼铺。到了第六个铺子，连个店招都没有，却是人头攒动，两个小伙计忙活得热汗淋漓。浦成栋下了马车，像前几次那样询问："请问知道一个叫翁玉侃的吗？"小伙计看客人穿着西装，头戴白色礼帽，精神矍铄，想这地方少有这等人物光顾，莫非是个大主顾？小伙计喊："老板，有人找啊。"一会儿，一个形似小老头的男人出现了。他盯着来人看了看，又盯住端详，突然一把抓住浦成栋的手："是老大吗？你怎么到的这里？"浦成栋捶了小老头一拳："玉侃兄弟，你这副样子，我都不敢认了。让我好找啊。噢，等等。"浦成栋返回马车，掏出一把钱给车夫。车夫连连摆手："多了多了。"浦成栋说："你我缘分，帮我找到了我的兄弟。一点不多。"

翁玉侃延续着福建人的那种精瘦，身手依然敏捷轻巧，一如当年舰上的模样。浦成栋说："从厦门开始，我一路雇了马车牛车，到处打听，直到今天下午遇到那个车夫，他带我走了好几个咸鱼铺，你是第六个。原来你这家伙躲在这个地方。"翁玉侃晃晃脑袋说："老大，瞎混啦。不过现在这个买卖也蛮不错。"浦成栋笑了："就你这脑子还干买卖，没蚀本吧？"翁玉侃急了："老大别小看我哦，年前我开了这个小铺子，你看看这生意，比人家大铺子都忙。"浦成栋把手杖在地上蹾了蹾："兄弟，知道我为什么花这么大功夫来找你吗？"翁玉侃说："还让我干老本行？"浦成栋一拍他的肩胛："就是聪明。跟着我到船上干，怎么样？""什么船？你这个样子还能去海军？"浦成栋笑了："兄弟真是太抬举我了。我们都花甲之年了，不过这身板还都结实是不是？实话跟你说，淞沪会战前，我三弟的轮船公司在江阴和马当沉了四艘船，这一次志兴号奉了国民政府征召，要把上海的机器设备和工人送往重庆。眼下国家正用得着航运，我们义不容辞啊。"翁玉侃瞪大了眼睛："沉了四艘？""是啊，不光是我们一家，前前后后半年多，阻塞长江航道，沉了四十多艘商船，为了拖延日军的进攻，恐怕还得沉啊。"翁玉侃把拳头捏得咯咯响："我一想起当年跟日本人干，心里就说不出什么滋味。老大，我跟你走。""真是好兄弟。"浦成栋激动地抱住翁玉侃，"今天就在你这里吃鱼干了。我听说福建老酒很有名，我们就鱼干过酒，不醉不休。"翁玉侃站直身体，对浦成栋行当年的军礼："遵命，老大。""别说，你这军姿还真标准。""那是，海军老兵嘛。"这天晚上，两个曾经一起生死搏命的兄弟喝得酩酊大醉，醉得爽快。

志兴号出航前，浦辰璋与浦成栋和翁玉侃两人话别，他对翁玉侃说："不瞒玉侃兄弟，华兴公司做到现在，维持艰难。沉了四艘船，志兴号此去前途未卜。但国难当头，就是我们为国家出力的时候。玉侃兄弟远道而来，都没有休息就出航，我实在过意不去啊。"翁玉侃说："总经理言重了，我们这把年纪还能为国家冲锋陷阵，是我们的荣幸啊。再说，甲午我们吃小日本的大亏，我还没忘呢。"浦成栋笑说："玉侃说得好，我也憋了一肚皮火呢。不过你记住，这次我们不是去打仗，而是一次冒险的运输，避险是第一位的。不能意气用事。"翁玉侃嘿嘿笑着："遵命，老大，反正我老翁都听你的。"三人拱手，船鸣起航。

2

轮船向前方行驶中，翁玉侃感叹："这几十年，国家就没太平过啊。"浦成栋说："就像这海水，看起来风平浪静，实际上暗潮汹涌。"翁玉侃晃晃脑袋："怎么讲啊？""国家危难到今天这种地步，不是没有原因的。你说，日本为什么欺辱我们？""要抢我们的地盘，要我们的资源。""但他凭什么抢呢？他们在卧薪尝胆，我们却不思进取，积贫积弱才是更重要的原因。你看，从甲午到现在，我们的海军走到了哪一步，日本又走到了哪一步，再比比两国的军人，你就知道日本为什么这么疯狂了。""说得对呀，是这个道理。""清朝虽然推翻了，那根小辫子还没去掉。"

一路上走得还算顺利，前面就是长江黄石港段了。7月中旬，暑气盘桓，在正午的烈日直射下，江面就像烧开的锅水，热气蒸腾。轮船从上海出发，夜以继日，船上十分闷热，浦成栋决定在这里歇歇脚。晴空如洗，万里无云，却有闷闷的响声在云层中滚动，这天气不可能出现雷雨或者台风的征兆。浦成栋很快看到了从云层中钻出的几个小黑点，渐渐变大。他立刻警觉起来，是日机。他向船员发出预警的时候，战斗机已经俯冲下来，炸弹在轮船上爆炸，浓烟中夹杂着被炸飞的肢体，接着是机枪扫射。轮船上烟雾弥漫，气浪击碎了舱室玻璃，水柱冲天而起，船体猛烈摇晃。浦成栋撑着手杖倚靠桅杆。翁玉侃急匆匆奔过来："老大，快去舱内。"浦成栋仰头冷笑："册那，东洋乌龟王八蛋，我倒要看看，啥人吓啥人。"翁玉侃看浦成栋神态沉静，那种骨子里的傲气和临危不惧确使他极为钦佩。浦成栋对船员们喊道："大家不要怕，听我指挥，把拆开的机器零部件都放到舱底。"又对翁玉侃说，"快去驾驶室，把航行日志、船舶证书抢出来。"两人刚走到驾驶室门口，见报务员双手紧抱着电报机。他的两腿被炸飞，鲜血成了紫黑色，但依稀还有知觉，见浦成栋过来，他甚至还牵了牵嘴角。浦成栋撒开手杖，单腿蹲下，一把抱住他的头，他能感觉到报务员的头还点了一下，然后就无声无息了。浦成栋流泪了，泪水滴落到报务员血污的脸上。捧着这个年轻的头颅，还不知道他叫什么。出发前一小时，年轻人匆匆赶来，说他是在读大学生，说到家人死于淞沪会战中的日机轰炸，泪流满面，他无心再读书，要跟着轮船去重庆投身抗日。志兴号行前配置了电报机，上船后，年轻人就担任了临时报务员。在这个暑热逼人的中午，不止报务员，这些一腔热血的年轻躯体变成了冰冷残破的肢体，浦成栋悲痛异常，心如刀绞。

被轰炸后的轮船继续向目的地前行，夜间尽可能加快速度，连续五天紧赶慢赶，志兴号拖着沉重不堪的躯体到达重庆朝天门码头。

清点人数，少了三十多个。气候炎热，一路上已将一些腐烂的遗体沉入江中。人们站在甲板上，对着江水默默流泪，有人蹲着抱头痛哭。不少工人都是兄弟一起上的船，幸存者都不知道亲人是怎么离开他们的，船上的哪一处血迹是哥哥或弟弟的。

浦成栋沉重地说："各位兄弟，我们无数艘船冒着这么大的风险，拼着性命，付出这么大的代价，为了什么？为了中国不能亡。现在，全世界最繁忙最紧张的河流是哪一条？就是我们的长江。有了长江，我们就可以把内地的物资抢运到大后方来，跟日本人耗，看谁耗得过谁，中国绝不会亡。"他突然松开双手，手杖在甲板上发出沉重的声响。他摊开手对着众人："这是我们年轻的报务员的鲜血，我都不敢洗掉。他的双腿被日本飞机炸飞了……他躺在血泊里，我抱住他时，他还勉强对我笑了笑……我最痛苦的是连他的名字都不知道，可是兄弟们，长江会记住我们失去的亲人，他们都是壮士、是烈士。"船员和工人们看着这位满脸风霜、须发尽白，还撑着一根手杖的老船长，无不为之动容。

幸运的是，放在舱底的机器设备没被损坏，工人们都憋着一口气，仅用两天时间就全部安装到位，接着就投入使用了。

重庆的天空中，不时有日本陆海军航空部队的飞机狂轰滥炸，这已经成了常态。经过整整一周，志兴号带着累累伤痕返回上海。

这次长江大抢运让浦成栋和翁玉侃刻骨铭心。四十多年前，甲午海战是日本对中国的试探，侵占台湾后，他们仍未停止觊觎，现在干脆宣布要吞下中国。从二十刚出头的小伙子到步入花甲，这两个男人从未远离过战争。尽管浦成栋多年的商业生涯似乎隐匿了他曾经的身份，他并不愿回忆那段惨痛时光，但他的手杖时时戳着他的神经。翁玉侃的秉性与年轻时并无大变，与浦成栋相比，他的人生混沌多舛。相同的是，他们都成了单身汉。在老对手的入侵面前，他们依然不失前海军军人的血性。世事无常，命运还是把他们连接到了残酷的战争中。

第七章　同归于尽

1

"昭和十二年（1937）第二次上海事变（当时日本对淞沪会战的称呼），从夏天打到冬天，我们的武器数量和性能都远远超过了中国，但没想到中国人的顽强使帝国军人耗尽了力气。衫山元对昭和天皇说三个月解决中国问题，简直是弥天大谎。三个月换来的只是登陆上海，占领了南京，离解决中国问题还很遥远。占领南京值得庆贺，那毕竟是中国的首都。更令人兴奋的是，我们控制了中国最富饶的上海和苏杭地区，这样我们在长江航线上更不能满足于与英国人平分秋色了。不过英国人的狗鼻子一贯灵敏，事变刚过一个月，太古和怡和这两个大家伙就恢复了上海南北洋航运。现在中国又开放了浙江、福建、广东沿海的三十几个小港，很多欧美航运公司争先恐后去了原先不允许外轮航行的定海和沿江的崇明、启东、南通等航线。要控制中国，绝对不可忽视航运啊。日本资源贫乏，中国的物资都需要航运运回日本。但我们的航运公司正在致力于军事运输，无暇与欧美竞争，这将对我们的发展很不利，我这些日子非常焦灼……"

远在"满铁"的洋子读着黑川的来信，深有同感。这些日子他接二连三来信，谈的全是航运，只在信的头尾，蜻蜓点水一般表达对她的相思。航运使这个潦倒小说家变成了腰缠万贯的富商，而且越来越有远见了。洋子思量："杉山元这个莽夫除了一味进攻，不知道还会干什么。上海这一仗打下来，帝国实力必定巨耗。军事上解决不了中国问题，最有效的就是经济手段了。战争进行中的 8 月，海军已宣布封锁中国中部及南部海岸线的一部分，遮断他们的东南海岸交通，阻止一切战略物资进入。"洋子看到这个消息，心中钦佩，"日本并未对中国宣战，但战争已经开始，以模糊不清的'遮断'代替事实上的'封锁'。很恰当。这样一来，日本就可以在长江和内河航线检查各种中外船只。当然，正式宣布'封锁'也不会太久了。"

事实正如洋子的判断。11 月，日军登陆上海后宣布，对上海的港口、水路应一概保留军事上的要求和监督权。作为配合"军事"需要，随即成立上海内河汽船株式会社（上海内河轮船公司）。上海内河航运被日方控制。

黑川又在日记中写道："也许是我太心急了。看来军方的脑子很清楚，一切都在有条不紊地进行着。清廷倒台后，中国航运发展很快，如果他们真正发展起来，我们就会被挤出长江。上海内河汽船株式会社成立得真是时候，它将帮助日本航运在上海立稳脚跟。洋子，我非常想你，想与你有关的一切气息。秀诚长得越来越像你了，身材和容貌，简直就是你的嫁接一样。如果他是个坏男人，靠这身材和容貌，可以获得多少女人的青睐。我简直嫉妒他。不过他一点都不在乎，他在东亚同文书院干得不亦乐乎，整天带着学生在中国内地和沿海考察踏查，他是真正的中国通，他写的实录比我当年的报告厉害多了。一年前见到他的时候，他蓄着胡子，穿着和中国人一样邋遢的衣服，不修边幅，太对不起你的遗传了。他告诉我，他的踏查很成功，他比很多有名望的中国人走过的地方都多，更不用说那些从没有离开过家乡的人了。他还说，中国的山山水水太美了。他这样说的时候，我就想，当年我就是这样从静冈出来到的上海，才遇见了你，才有了这个家庭，有了秀诚。我有点担心秀诚会不会真的被中国吸引，被他们同化。中国文化的同化能力太强大了。尽管西方人的炮火打开了他们坚固的城墙，但从没有真正征服过他们脑袋里根深蒂固的东西。日本和西方一样，曾经深深迷醉于中国文化之中，至今想起来还是不寒而栗。"

黑川秀诚生在上海，他的童年、少年、青年都是在东亚同文书院度过的，直到1939年书院升格为大学，他成为教授。在学生时代的踏查中，他对京杭大运河的印象尤其深刻。从镇江、扬州……到徐州、济宁……再到天津、冀州……那些城镇乡村的自然风貌、人文风情、习俗癖好、政治经济，他做了足足几本笔记，他的写作才华超过他的父亲，整理成旅行报告书（专题性调查报告）后，据说得到通产省、外务省和军部的赞赏。

1937年11月，日军在金山卫登陆。年底，上海交通大学在徐汇区的校园进入两拨人，一拨是宪兵队，另一拨是同文书院师生。两拨人分别支配一边。那天黑川秀诚也在场，他觉得有些滑稽。对面的宪兵正在宽阔的校园草坪上放马，黑川秀诚看得有点别扭。他想："这是不是书生情结作怪？中国习俗，书生不堪与士兵为伍，不过日本完全不理会那一套了。"三个月前的淞沪会战中，他的很多学生担当了随军翻译。一阵寒风吹过，带着细微的沙粒，军马接连打起响鼻，难道它们比人类更敏感吗？他从小喜欢观察，生性敏感，还承袭了父母的资质，一切都在显示他的禀赋。

突然他听到了尖叫，是女声。然后他听到了上海话："做啥，侬做啥啦？"黑川秀诚循着声音走过去，靠近军营那边。很快走近了，一个宪兵连连抽打一个年轻女性耳光，鲜血从她的嘴角泌出来。黑川秀诚走近宪兵，对他鞠了个躬："请客气点。"宪兵回头打量着他："你是谁？""我是黑川秀诚，东亚同文书院教授。"宪兵哼了一声："请你走开，管好你自己的事。"然后搡了一把女青年："走，跟我上车。"女青年不动，宪兵"八嘎"了一句，再次伸出右手向女青年脸上甩过去，但他的手被黑川秀诚拉住了。两个人的手以一种奇怪的姿势停在空中。宪兵腾出另一只手准备拔刀，黑川秀诚明白了他的意图，大声说："少尉，

第二部分
沉船

287

你要对你的行为负责。"

"嗖"的金属撞击声，少尉抽刀出鞘，然后迅速收回停留在空中的那只手，从左手换过刀，对着黑川秀诚："我会负责，教授，跟她说，让她跟我走，否则我就要用刀说话了。""你不应该强迫她。""是她自己闯进来的，我要调查她。你能保证她不是来复仇的吗？""请等一下，我问问她究竟怎么回事。"

黑川秀诚走到女青年面前，用汉语问："你是谁？到这里来干什么？"

女青年愤怒地瞪着他，也有猜测和疑问的意思："这里本来就是我工作的地方，我倒是要问你们是谁，你们到这里来干什么？"

"我是东亚同文书院教授，我叫黑川秀诚。从现在起，这个地方，交通大学属于被占领区域了。我很抱歉，但这就是战争。我们到这里来，是为了保全中国，中国只有和日本携手才能对抗欧美在亚洲的霸权。"

"说得真好听。"

"女士，你要知道，你的国家失败了，就要接受失败的结果，包括被占领。难道你不明白？"

"只有强盗才会这么说。"

"你认为我是强盗吗？"

"是不是你自己最清楚，但我还得谢谢你刚才帮了我。"

"现在你可以告诉我为什么出现在这里了吗？"

"我一直在这里，根本就不想离开。只是被你们发现了而已。"

"这个谎撒得不好。"

"随你怎么想吧，反正你们是征服者，但是征服者也得讲人道。"

宪兵少尉过来了，问黑川秀诚："教授，你问清楚了吗？"

　　　　大江大船

"少尉，她原来就在这里工作，她不是今天闯进来的。"

"你这么相信她的话？"

"她是平民，不是军事人员。"

"军事人员也会伪装，在彻底排除她的嫌疑之前，必须带她去调查。"

女青年突然身体一歪，软软地倒在地上。宪兵少尉上前踢了一脚："八嘎，装死。"黑川秀诚俯身去看，发现她脸色煞白，手足痉挛，再伸手试了一下鼻息："她晕过去了。"他对宪兵说，"少尉，接下来的事与我无关，告辞了。"少尉原地转着圈，愤愤地把刀插进刀鞘，又骂了一声，怒气未消地走了。黑川秀诚摊了摊手，走回办公室，拿起了电话。

两个星期前，交通大学研究所会计与统计学研究生浦天禾随学校一起撤往法租界，时间仓促，不时传来闸北的枪炮声，人们被恐惧笼罩着，都在担心校园被日军占领。战争使所有人都变得异常敏感，手无寸铁的师生更是如此。一天后，天禾忽然想起她还有个笔记本遗留在宿舍，里面有她的学习研究笔记和父亲钱庄账册的一些数据。到学校附近，发现周边已有日军警戒，根本无法靠近，但这个笔记本对她来说太重要了。她连续在校园门口徘徊了几天，对学校的各个出入口她了如指掌，不管怎样，她也要试一试。她终于在黑夜的掩护下潜入校园，轻车熟路到了宿舍，找到笔记本。正准备出去时，发现走不了了。警哨大作。在这个零度以下的严寒之夜，她一会儿热得发烫，一会儿如掉落冰窟。她战战兢兢地挪进狭小的储藏室，身体随着警哨筛糠一般抖动，储藏室里的陈年霉味和污浊气味缕缕渗入她的鼻腔，她禁不住干呕，她用手罩住嘴，又伸着舌头，觉得自己像一条炎夏中的狗。更尴尬的是，她非常不争气地产生了便意，而且非常羞耻地尿湿了裤子。屁滚尿流真实地发生在她的身上。太耻辱了。直到警哨声湮灭，她还是不敢出来。储藏室的味道混杂着尿液的气味。她想，如果这时日本人牵着一条狗走到这里，她就死翘翘了。这么一想，尿湿的裤子更加冰冷，她又筛糠般抖了起来。牙齿剧烈打战，她把笔记本塞进牙齿，强迫自己镇定下来。一夜下来，食欲并没有因为恐惧受到抑制，前胸贴了后背，脑袋还昏沉沉的。唯一带来一点安抚的就是笔记本。她把笔记本从齿间拿出来，前后两个深深的齿印。第二天上午，她终究没有躲过日本宪兵的搜查，尽管这次并没有响起警哨。愤怒、恐惧和饥饿终于使她昏厥过去。

醒来，躺在医院单人病房。窗外熙熙攘攘，不时有车辆鸣笛声、小贩叫卖声传进来。她想到了笔记本。赶快下床，打开病床边的小箱子，谢天谢地，它还躺在换下来的衣服里。护士进来，告诉她这里是福民医院（今上海市第四人民医院）。天禾又问自己的病情，又问谁送她到这里来的。护士说她昨天是昏迷着来的医院，别的就不知道了。

傍晚，一个西装革履的年轻人出现在病房。残阳在他身上落下越来越淡的细碎痕迹，他向她鞠躬，然后问："你还好吗？"

她认出来，是昨天那个帮助她的人。她下床来，还礼："是你送我来的？"

"是的，当时你晕过去了。所以我打了救护电话。"

"谢谢你第二次帮了我。"

"不足挂齿。不过我至今不明白，为什么要回到学校。难道你不怕吗？"

她沉默了好久："当然怕。你也认为你们的占领会引起人们的恐惧？"

他在选择措辞，似乎对刚才这个提问有点后悔。"我的意思是说，戒严了，你不应该出现，这会引起……误会，进入战争状态，双方都在防范对方。"

"你……为什么要帮我？"

"很简单，同情弱者。我毕竟是大学教授，不是军人。"

"那你们，不就是冲着中国这个弱者来的吗？"

"恕我无法回答你的问题，那是政府的事。"

不管怎么说，他们算是认识了。不过浦天禾并没有回答黑川秀诚的问题。

2

上海沦陷后的第一个盛夏，开始谢顶的黑川淳一郎又获得了一项新的任命，上海内河汽船株式会社社长。该公司名义是中日合办，实际由日方控制。先是苏州河、黄浦江的客货运输，接着苏浙皖三省近百条长短航线、六千多公里航路都归于它的名下。黑川坐在船上，浑浊的苏州河水在艳阳和热风的双重照拂下泛着黑亮的光，平日里令人作呕的感觉似乎消失了。

深秋，离别三年多后，洋子重回上海。她负有一项极其重要的任务，考察在上海成立经营长江各口岸航运行驶公司的可能性，这是维持日本对中国持续性战争的重大战略。洋子演绎了好几种方案，渐渐成熟，就等定下实施细节了。她在满铁的工作深得上司赏识，当她提出要回上海，上司没有同意，并以升职劝阻。但她铁了心，上海是她发迹的福地，还有她的丈夫和儿子。更吸引她的是日本航运拓展，上海无可取代。为此她越过上司，直接向参谋本部递交了她的请调报告，如愿以偿。

黑川对自己的新职务很满意，他喜欢坐着汽艇在江河里穿梭。这片水域孕育了中国最富饶的江南，现在他成了这里说一不二的人。

他还常常沉浸在去年炎夏上海日本人俱乐部举行上海内河汽船株式会社成立仪式的盛况。据说这是日本"陆海外三省共同研究"的结果，日本陆海军特务部长、递信省、外务省官员和伪中华民国维新政府（傀儡政权）官员都来了。而且，他们认为会社拥有中国内河航行唯一统制会社的特权，除它而外，"不允许新设同种事业"，这就意味着这片水域由会社垄断，甚至还被赋予"免除登记费和使用土地及其他物质"的优惠权。黑川想，真是集万千宠爱啊。但他的任务也很重，株式会社将"统制华中内河航运，圆满发达水陆交通"。一年来，他丝毫不敢怠慢，在军方支持下，苏州河和黄浦江客货运输顺利达到了目的，接着还有很多内河航线等待他去开辟。

又一个夏季到来，上海内河汽船株式会社已拥有近三百艘轮船，一千七百余艘驳船，黑川连续巡航在几十条长短航线上，热汗涔涔，浑身舒爽。他想，进驻上海的日本海军第三舰队司令官长谷川清也不过如此吧。他的轮船浩浩荡荡，行驶在各个航道上，每个月运输货物四十万吨以上，并向日本源源不断输送着资源。这气势与军舰不相上下啊。

溽热熏浸，黑川抹着额头上不断沁出的汗，手掌上立刻湿漉漉一片，一甩就是一串。

回到狄思威路（今溧阳路）的家，打开门，听见浴室里有水声传出。仔细听，是洗浴木桶里的洗澡声。是谁呢？洋子在满铁，秀诚在学校，没有他们的消息啊。他想去推门，手刚到门边，又缩了回来。算了，就让这个不知道是谁的人洗完澡吧。他刚坐下来，浴室门打开了，闪出一个人影，裸身，面对着他。他惊讶："洋子，是你吗？"

"是啊，这还有假。"

"嗯……"

"你想打开门，犹豫了，没打开。"

"你都看见啦？"

"真是位有涵养的先生。"

黑川站起来，眼睛直直地盯着洋子："洋子，你怎么突然回来了？"

"给你一个惊喜啊。"

　　洋子肌肤雪白紧致，四十多年的岁月没有留下多少痕迹。黑川目光往下移，她的倒三角区葳蕤葱茏，在灯泡的映射下闪着黑亮柔顺的光色。黑川常常为此心旌摇荡。他完全忘记了蓄积了几天的汗酸，一把抱住洋子，洋子没推开他。他几乎无法控制自己了。当脱去衬衫时，他被浓烈的汗渍味熏了一下，抬脚要去浴室，却被洋子拉住了。她帮他脱去了全身衣服，然后把他推倒在榻榻米上。一以贯之的她在上他在下，这是她喜欢的。也满足了他开着灯看她的抖动的嗜好。他像一台她得心应手的机器，等待进入她的程序化操作，稍显遗憾的是几乎看不到她面部表情的变化，即便在她呻吟甚至叫喊的时候她的脸仍保持静如止水的状态。这时他听她说："知道这次我为什么回来吗？"

　　黑川猝不及防，他正渐入佳境，这个问题迫使他隐隐退潮，像一把利刃霍然遇阻："嗯，你说什么？"

　　她自顾自继续说："明天我将整理出建立国策性海洋公司的详尽计划……嗯，我喜欢你身上的味道……唔……啊啊……啊……"她轻车熟路驾驶着一辆缓缓抵达终点的"汽车"，踩下了刹车片，可这辆"汽车"还没有熄火的意思，黑川踩着她最后的颤动，双手紧紧握住她的细腰，凶狠地向上顶起、顶起，她的身体都被他顶了起来，她的喊叫使黑川的发动机再次激活，终于在他的顶峰引爆了。

　　黑川甩下一把汗珠："你刚才说，国策公司……"

　　"对，我们将会有更多的船更多的航线。"洋子依然跨在黑川身上，保持着双手交叉向后抱头的招牌姿势，黑川的视线中心是两团浓密黝黑的腋毛，他内心又蓬勃起来，但是裆部却软塌塌滑溜出来。洋子长腿一划，离开了黑川，对他说："快洗澡去。"

　　几分钟后，洋子听到了黑川的呼噜声。她打开浴室门，黑川竟然歪着脑袋在浴桶里睡着了。洋子无奈地摇摇头。她也想睡觉，几天来在闷热的火车里，她的心早已到了上海。不，她不能睡，今天将有一个通宵等待着她。她打开那盏心仪的纯铜台灯，乳化玻璃灯罩，有人称它牛奶玻璃，太贴切了。这个台灯陪伴了她无数个不眠之夜。有时为了舒展一下疲惫的身体，她会在灯光中翩然起舞。潜心跳舞的日子早已结束，她发觉自己的身肢越来越沉重、僵硬，但她得到了更重要的使命。她把几天来的想法倾注于笔端，特别流畅，就像她当年的舞姿。写到最后一个字，她的耳膜再次闯入呼噜声，她跳跃着打开浴室的门，试了试水温，居然还没有完全凉透，简直是专为黑川准备的享受。不过该叫醒他了。她蹲下来，摸着他的脸，没反应，呼噜照旧，她用水泼他的脸，居然没有反应。她拧了一把他的耳朵。呼噜声戛然而止，他惊叫了一声，醒了。洋子说："你这个澡洗得真是舒服啊。"他甩了甩满脸的水："我睡着了？在这里？""你觉得呢？再睡下去，这桶水都要发臭了。"黑川很不好意思地挠了挠头："真是太失体面了。""起来吧，看看我的计划书。""你的计划书？""这一觉真是把你睡傻了。"

黑川这才完全清醒了。

他凑近洋子放在桌上的计划书，非常认真地看了起来，并不时地以"太厉害了"回应，看到最后，他又抱着洋子的脸狂吻。他的行事方式是亦步亦趋，洋子却是跳跃着的。洋子激动地看着黑川，深为自傲。两个人又完成了一次激烈而身心俱疲的交合，然后静等又一个酷夏的太阳。

两个月后，统制长江航线的东亚海运株式会社华中总局正式设于上海，社长正是计划创始者黑川洋子。南京、镇江、芜湖、安庆、九江、大冶、汉口设立支局。黑川非常羡慕："这些航道流经中国经济最发达的腹地。"洋子告诉他："这才是开始，当中国乃至整个东亚海域都变成日本的内海和近海那一天，帝国获得'大东亚战争'胜利就不远了。"洋子一如既往地敢想敢做，

大江大船

她说这些话的时候，就像一切都已经开始了那样。黑川想，如果洋子写小说，一定会比自己有更大的成就。他很快看到，这不是小说，洋子的计划正朝着既定方向推进。美英轮船在以上海为中心的长江航道上大幅减少，日本轮船吨位数已超过英国将近六倍。而中国的轮船从五千余吨锐减到十余吨，只有淞沪会战战前一年的百分之零点二。

3

简单修缮后，志兴号重新起航，装载食品罐头生产机件和刚进口的马口铁皮二十余吨，向汉口进发。这些设备都是抢出来的。没抢出来的，全被日军毁坏了。进入苏州河不久，浦成栋就发现，航道已被日军封锁，通不了航了。他下令转入芜湖内河进入长江。

到了靠近芜湖的江面，天色暗黑下来。内河航道挤满了内迁的船，行驶速度越来越慢。

远处传来轮船强劲的马达声，一束强光在河面上摇曳，一艘日军巡逻舰驶来，命令所有轮船停靠接受检查。

巡逻船靠近志兴号。两个人敏捷地跳上轮船，其中一个用上海腔汉语问道："啥人是船长？"这发音简直和上海人一样，但他的装束和卫生胡写着自己的身份。浦成栋想了想，回答说："是我，请问有何公干？"

"我们怀疑这艘船有资敌嫌疑。"

浦成栋用英语说："我们船上装的是刚进口的马口铁，用于生产民用食品，不存在资敌行为。"

"船长先生，战时状态一切必须符合占领军的管辖规定。"对方也用英语说。

"战时双方不得损害平民基本生活，这也是国际上公认的。"

"也许你说得对，但在这里，必须听我的。"

另一个一直铁青着脸的家伙用日语大声喊道："扣下这艘船，所载货物全部卸到巡逻艇上。"

"他在说什么？"翁玉侃问浦成栋。

"看这架势是要卸我们的货啊。"

翁玉侃一下子就抓住了"铁青脸"的衣领：'你敢动，老子就先动了你。"

"卫生胡"掏出手枪顶在翁玉侃脑门上："是不想活了吗？"

浦成栋用力将"卫生胡"的手腕一拧，手枪应声落地。"卫生湖"忍不住叫了起来，感觉这手劲还是留一手了。浦成栋对翁玉侃说："让他们搬。"

大半夜都没卸完。

翁玉侃悄声问："老大，就这么算啦？"

"不算能怎么样？现在内河航道完全被日本人控制了，很多公司轮船被劫，昨天日军在十六铺又炸了民船。连趾高气扬的西洋人都只能屈辱低头，听说德国、英国、意大利、葡萄牙在内河跑的轮船都被扣押了，还没收了他们的货。"

"这帮日本畜生什么都干得出来。"翁玉侃咬牙切齿。

"再忍一忍。货被劫还不是最坏的，如果这帮赤佬不让我们走，我们也不是吃素的。"

"老大，就等你这句话。"

"玉侃兄，我对不起你啊。把你从老家拉过来，没让你发财，反而跟着我过这种提心吊胆的日子。我心中有愧啊。"

"老大，这是哪儿的话嘛。你我相识到现在，就是缘分嘛，再说，当年跟小日本结下的仇还没报呢。"

天色开始发亮的时候，货终于卸完。浦成栋发出返航指令，志兴号鸣响了汽笛。对面的巡逻艇立即跟过来，"卫生胡"拿着话筒说："志兴号被内河轮船公司接管了，听候指令，不得擅自出航。"

翁玉侃瞪大眼睛："老大,这他妈怎么回事,劫了货,还要劫船?"

　　"真的给我料到了。为了满足他们的战时运输需求,需要大量轮船,接着他们就会逼着我们把中国的物资运往日本。"

　　"这不成了汉奸了吗?"

　　"你说,我们这两个跟日本人真枪实弹干过的老头子能当汉奸吗?你立刻告诉随船的工人和船工弟兄,他们还有一家老小,趁现在天还没大亮,让他们尽快弃船逃生,不要让日本人发现。快去。"

　　"明白了,老大。"

　　十几分钟后,船工和随船工人们陆续离船。浦成栋拄着手杖,气定神闲地向驾驶室走去,翁玉侃紧随身后。到驾驶室,浦成栋让已是舵工的阿九下船,阿九无论如何都要和浦成栋在一起。浦成栋把手杖一扔:"阿九,侬还年轻,刚开始过日脚。我命令侬下去。我准备撤离,弄不好会招来日本人炮击。侬晓得哦?"阿九硬着头颈:"浦船长,我晓得。侬回来我就一直跟牢侬,侬还教我做人个道理,教会我开船,我一直记牢侬讲过的一句话,一个好船工就要永远跟船辣一道。今朝正好是个机会,我也不是孬种。"浦成栋不再坚持了,他拍拍阿九的肩胛,然后双手把舵,问左右两人:"都准备好了吗?"翁玉侃说:"老大,我就听你的,谁叫我们是生死弟兄呢。"阿九很庄重,就一个字:"嗯。"浦成栋向两人跷着大拇指:"都是我的好兄弟。我做人就是两条,一对得起国家,二对得起自己良心。阿拉的船绝对不可以帮日本人做事体。"

　　几分钟后,志兴号掉转方向,巡逻艇再次高声喊叫,并把炮口转向志兴号。浦成栋毫无惧色,操纵着船舵,随即听到了炮弹的呼啸,他猛一转舵,躲过了,呼啸声再起,浦成栋突然掉转船头,加速驶向巡逻艇。他说着:"东洋乌龟,老子不报甲午之仇,就不姓浦。老天爷张张眼睛啊。"巡逻艇被加速的志兴号拦腰撞击，艇上各种惊惧叫喊哭号，紧接着被更剧烈的爆炸巨响淹没，两艘船瞬间火光冲天。

三个人躺倒在地，昏迷着。不知道过了多少时间，阿九的脑袋晃了晃，感觉自己还有意识，用手一摸，一股浓重的血腥味直冲鼻孔，脸上全是血。头一歪，见浦成栋和翁玉侃纹丝不动，两个人的头靠在一起，脸色青紫。阿九艰难地挪动着身体，摇晃浦成栋："船长，船长……"浦成栋微微动了一下，想睁眼但没睁开。阿九又去推翁玉侃，翁玉侃断断续续吁出一口气来，又急刹车一样无声无息了。阿九认为是自己的错觉，又推了推他，连连叫他爷叔。没反应。血腥味与金属燃烧的气味混杂在一起，令人作呕。阿九想，这样躺着逃不了烧死的结局。他吃力地把头歪向一边，听到了流淌的水声。心里一动，还有逃生的可能。好像突然打了强心针一样，他试着去拉浦成栋，手臂异常锐痛。他又试探着伸了伸腿，慢慢地屈起膝盖，可以动。他终于站了起来，发现志兴号和巡逻艇像一对不情愿却又搅在一起的搭档，边燃烧着边慢慢下沉。这是浦船长要的结果吧，同归于尽。他蹲下去，对着浦成栋大喊，浦成栋终于睁开了眼睛。驾驶舱内物件撞得变了形，七零八落压在浦成栋和翁玉侃的身上和腿上。阿九咬着牙，用受伤的手把那些东西挪开，下面淌着大片殷红的血。显然，他俩站不起来了。他忽然听见浦成栋微弱的声音，阿九忙用耳朵凑上他的嘴。浦成栋硬挤着力气说："阿九，阿拉值了。侬快逃出去，勿要管阿拉两个人了。"阿九的热泪滴在浦成栋耳朵里："浦船长，我就是拖也要拿俩拖到岸上去，送俩到医院。侬要挺牢。"浦成栋大喘着气说："阿九，来不及了……听我个……侬快走啊。"

船还在下沉，又是一阵爆炸声，浦成栋屏足力气喊道："阿九……快走啊。"

阿九倒退几步，失魂落魄跳入河中。

两艘扭曲缠绕的轮船终于被河水吞没。

就在不远处的阿九一步三回头地向岸上游去。

两天后的《申报》上刊登了一条消息："一艘中国运输船在通往芜湖的内河中与一艘日本巡逻艇相撞后引起连环爆炸，最终两船均沉入江中。据有关人士称，事发时上海内河汽船株式会社一名日籍高级主管正在巡逻艇中。"

这天一早，黑川洋子接到华中振兴株式会社发来的电报，确认"上海内河汽船株式会社社长黑川淳一郎先生已在一次反日分子制造的爆炸事故中罹难"。

洋子把电报看了几遍，异常冷静。在她看来，一切都有可能发生。在这个被占领的地方，付出什么代价都是合理的。但必须报复，只有强硬的报复才能最终征服他们。在过去的几天里，他们全家刚刚团聚过。三个人聚在一起，说的都是"大东亚战争"的话题。黑川秀诚回来了，洋子把电报递给他。他一看，泪水飞快盈出。洋子看了他一眼："你跟你父亲真像。"黑川秀诚立即抹了一把泪水："妈妈，我忍不住，真对不起。""我只不过说你像你父亲，没什么对不起的。"黑川秀诚是奶妈带大的，他眼里的母亲几乎不怎么对他笑。在东亚同文书院，他一直是老师口中的学生榜样。父亲有时会表现出极大的赞赏，甚至欣喜若狂，母亲却保持着特有的沉静。长大后他知道，母亲是极具理智和注重行动的人，这样的性格特点似乎与一个女人不太相称。他还发现父亲对母亲的言听计从，实际上是一种依赖。但他承认，母亲的观察和预见能力的确高人一筹，就像这次她决意放弃在满铁的升职，到上海来另起新灶。母亲说："秀诚，你要为你父亲感到骄傲。他是一个纯粹的人，有时也难免狂热，这是他致命的弱点。"他听得懂母亲话里的意思——既惋惜，也暗含了责备。母亲继续说："所谓三个月解决中国问题已经证明了狂热分子的无知，控制中国经济才最有用。经济崩溃了，中国就缺乏抵抗的动力，只有投降一条路了。所以要抓住一切机会，尽可能多地引导那些掌握着各种实业的中国人明白，跟我们合作才有他们的未来。记住，所有的资本在利益面前都得甘拜下风。你出生在上海，了解这个城市的一切，你还到过许多中国人都没到过的地方，你更要知道自己的责任。""妈妈，我记住了。"在母亲的影响下，黑川秀诚的眼神中也愈加掺杂了邪恶与疯狂的意味。

第八章　胁迫

1

相比于商场的角力和争斗，更大的烦恼使俞光甬心力交瘁。

当年他和浦辰璋一起建码头搞航运，浦辰璋把大部分利润再投入造船，抗战开始后又沉船塞江，几乎倾尽家当。俞光甬涉及多行业，尤其是接连接盘外资轮船公司，经他翻云覆雨的资本操作，组建了航业集团，在航运界鳌头独占。他高人一筹的商业头脑和左右逢源的人际关系，使他成为上海商界说话极有分量的人。然而上海沦陷，百业殆丧。他这样一个大佬怎么可能隐匿于占领者的眼皮底下。"八一三"战事结束后，在日方的"上海市战区善后整理会"计划中，俞光甬被确定为参与建立与占领者合作政权的人员，但日方的拉拢未获成功。抵抗当局和附逆一方也都把眼睛盯着他。商界领袖、航运大亨、工部局华董，这个时候，显赫的地位迫使他身不由己地处于各方角力的拉锯战中，无从逃遁。

他当起了寓公。

那天他接到一封来自日本的信件，落款的名字面熟陌生（似曾相识）。拆开，才想起来是十几年前他到访日本结识的商界名人森岛大介。信中回顾当年他们的相识，表达挂念，说中日经济提携将是两国商界未来的目标。俞光甬不想看下去，把信一扔，随它去吧。

几天后他又收到一封信，信有点厚，拆开信封习惯性一抖，桌上清脆的"哐当"一声，他瞬间瞪大了眼睛，竟是一颗子弹，大白天里闪着亮晶晶的、骇人的银色。还有一张纸条，上写五个字："铁血锄奸团。"蛰喇嗯子（宁波骂人话：贼坏子），日本人想拉我，中国人警告我。我的一举一动，啥人侪晓得。我这点能耐让人家这样子看重，真抬举我呀。忽然他又笑了，我是见过大世面的人，东洋人西洋人，红眉毛绿眼睛，清王朝、民国、北洋、保皇党、革命党、国民党、共产党，啥东西吭没看见过，啥人吭没打过交道。区区一封信，一颗小子弹，就想摆平我。不过他明白，这寓公恐怕也做不太平了。

午饭，黄泥螺加咸菜豆瓣汤。这几天在家里，正好天天吃小辰光欢喜的下饭（宁波话：小菜），过念头（过瘾）了。宁波菜馆还有一只他亲自发明的"糟钵斗"，把猪的肠、心、肝、肺等内脏切成薄片，放在砂锅内文火久炖酥烂，然后浸入糟卤，鲜得眉毛也要落下来。今朝夜里去叫一只来。

"糟钵斗"还没上门，门房来报，有个老先生登门拜访，但不肯报上姓名。俞光甬想，我的府上，也不是谁想来就来，既然想见我，又不通报，究竟是哪尊菩萨。他回话说不见。

门房很快又回来，说老先生不走，还让他带一句话，说俞先生错过机会，以后做人就更难了。

俞光甬摆弄着手里的船模，想了想，不紧不慢地说让他到后院的偏房候着。

俞光甬隔着窗看着门房把老先生带进大门，来人银灰头发，清瘦矍铄，派头十足。俞光甬紧急调动记忆储存，怎么都想不起这人究竟是谁。十多分钟后，俞光甬慢吞吞往后面院落走。一个用人已在那里等候。他示意用人撤走，自己朝前走去。刚到那间偏房门口，那人就站起身来，说："俞先生收到我的信了吗？"

俞光甬一下子惊醒了："是森岛先生？"印象突然活泛起来，但跟十几年前明显对不上了。

精瘦男人说："正是在下，俞先生真是健忘啊。我可是一眼就认出来阁下了。"

俞光甫加快了脚步走近对方："抱歉啊森岛先生，是我老朽了，老眼昏花了。在我的印象中，先生十分魁梧啊，怎么现在……"

"那时候忙于经商，一心只想着赚钱，所谓魁梧只是虚胖。后来我离开商界去做文化研究，这才有时间让我重修剑道，才有了今天的样子。不过，却让俞先生眼生了，把我带到了这里。"话里带着自嘲，也有揶揄。

俞光甫尴尬地笑："时过境迁，森岛先生变得幽默了。"

"我完全理解俞先生，开个玩笑罢了。"

"先生是刚从日本而来？"

"不，两年前我就到上海了。"

"这么说，森岛先生对上海也是了如指掌了。"

"了如指掌不敢说，但我对上海的航运，尤其是俞先生的航运公司了解不少啊。记得当年在日本，俞先生还观光过我的商船株式会社呢。您还有印象吗？"

俞光甫拍了拍前额："对，对，是有这么回事。我记得森岛先生公司的船也有跑横滨到上海的航线。"

"因为上海是全世界的海运枢纽，大家都盯着这个地方。这也是我今天登门拜访俞先生的原因。"

"怎么讲？"

"俞先生应该知道，日清战争后，日本就进入了长江及内河。去年战后，英国人也不敢像过去那样在长江上自由航行了。嗯，我这么说并没有想引起俞先生不舒服的意思，我只是在陈述事实。俞先生不会介意吧。"

俞光甫叹了一口气："介意不介意也没有实际意义了。森岛先生要讲的是这个意思吧。"

"也可以这么理解。不过在商言商，我是想请俞先生与我合作。"

"森岛先生不是退出商界了吗？"

森岛一笑："就不可以重出江湖吗？中国有句话，姜还是老的辣。俞先生知道成立不久的东亚海运株式会社吧，本人将出任顾问。当然，我们非常需要合作者，有人递给我一个名单，我毫不犹豫地选择了俞先生。"

俞光甫想，日本人的速度倒是真快啊，这也说明，这场战争暴露了这个岛国对资源的渴望。人心不足蛇吞象啊。他说："我也是在商言商，现在的上海航运界一片狼藉，我无心再去投入，只想安静下来。"

"以俞先生的威望和能力，有多少人看着，恐怕你难以把这个寓公做下去喽。看清时局才是最重要的。还请俞先生慎重考虑我的建议。"

"森岛先生高看俞某了。"

"我经商多年，又深研贵国文化，自信不会看错。只要合作，您的航运公司就能得到帝国海军的保护，在长江航运大有作为。想一想，这是多么美妙的前景啊。"

"俞某恐怕要让森岛先生失望了。"

"俞先生，跟您透露一下，贵国高层人士一直在与我方接触，洽谈和平方案，如果谈成，上海将进入一个新的发展时期，航运是离不了的。我诚挚希望俞先生不要放弃这个千载难逢的机会啊。告辞了。"

森岛快速从俞光甫身边经过，向门外走去。俞光甫没动，目送这个清癯的背影。心里又骂了一句蛰喇嗯子。

傍晚，"糟钵斗"送来了。上桌掀盖，那股独特的香糟味就蹿入了鼻腔，这是俞氏独家配方，他叫众人一起来吃。这顿晚饭吃下来，下午的不愉快一扫而尽。

他忽然想起来，小时候宁波老家穷得叮当响，他隔三岔五去山脚下的海涂里捡拾蛤蜊、泥螺补贴家用，最欢喜吃的就是阿姆

大江大船

烧的笋干炒泥螺，怎么也吃不厌。到上海做学徒的前夜，阿姆照例一碗笋干泥螺，关照伊吃了泥螺，有忘记阿拉是石刮铁硬宁波人。后来发达了，也呒没忘记过这个味道。他吩咐厨师，明朝（明天）吃笋干炒泥螺。

2

出院了，天禾想起送她到医院的东亚同文书院教授，要不要去答谢一下？一连几天，她都因这个念头焦灼着。

回到家里，发现阿爸和香菱阿姨发呆似的看着她，她被他们的眼神弄得很紧张，两人突然站起来，异口同声："天禾，侬到哪里去了？啊？到处寻不到侬……"

学校迁到法租界时，和大多数师生一样，天禾根本没时间告诉家人。浦冀宁在报纸上看到消息后，急忙和香菱赶去打听，师生眷属都急切地想确认他们的家人是否都安全撤离了。等浦冀宁终于找到天禾所在的部门，却被告知她不在，也不知去了哪里。闸北的硝烟还未散尽，浦冀宁的心一下子吊到了喉咙口，整个人好像也悬浮起来。他们在能想到的地方寻找，杳无踪迹。两人什么话都不说，生怕说出让自己惊骇的话来。

天禾突然又出现了，像一出悲喜交加的戏剧结尾。女儿只说她很安全，躲在一个朋友家里。然后关上了自己小屋的门，她要在这个小小的空间尽情流泪。

浦冀宁想去叫她，香菱对他摆摆手，示意让她安静一会。

外面敲门声急促响起。香菱起身开门，原来是浦辰璋。浦辰璋把一张报纸放在浦冀宁手里："大阿哥，搿张报纸侬看了哦？"浦冀宁拿过报纸，眼睛里立即闯进黑色标题中的"志兴号"三个字。他迅速读了起来："前几日在内河与日巡逻舰相撞沉江的中国运输船确认为志兴号……"浦冀宁泪流满面，浦辰璋也噙着泪说："要拿二阿哥和玉侃兄弟带回来，一定要带回来。"

天禾从小屋里跑出来，叫了一声"小爷叔"，就抱着香菱呜呜哭出声来。香菱也忍不住抽泣着。浦辰璋说："大阿哥，我马上跟光甬打电话，叫伊弄只船，马上到沉江地点打捞。"

俞光甬接到电话，二话不说，亲自带着公司一艘船挂起意大利国旗直驶目的地，第二天清晨到达沉船江边。日军警戒线还未撤走，但因为船挂着意国旗帜，并未受到干扰。

两具遗体被打捞上来。躯体已被泡得浮肿，头颅膨胀如斗，浦辰璋和浦冀宁颤抖着，控制不住脚跟发软，双膝倒地。俞光甬也禁不住鼻子发酸，他蹲在两人中间，伸开双臂抚慰着他们。

俞光甬流着泪说："阿栋和玉侃是甲午老兵，他们这是殉国，是真正的抗日勇士，我要为他们办一个盛大的葬礼。"

地点就选在被日军炸成一片焦土的咸瓜街。半年多前的深秋，日军在浦东沿江地区用大炮和军舰排炮轰击南市，这个曾经孵育了上海本地工商业的繁华地区在炮火中连续燃烧了三天三夜。淞沪会战三个月，南市每天挣扎在日军的狂轰滥炸中。沿江地区几乎全被炮火淹没。华商电气、有轨电车被毁，自来水厂被毁大半。大南门的交通部上海电话总局也难逃战火。无电、无水，难民潮暴发，接着是大规模的烧杀掠夺。

被浦成栋下令跳水的船工和他们的眷属来了，他们在浦成栋和翁玉侃的遗体前默立很久。从志兴号上拆下来的船舵和船锚安放在遗体边。这些朝夕相处的物件，是他们在海上的生存之魂啊，浦成栋更是他们的依托。人们看到这些吃海上饭的男人涕泗横流、撕心裂肺、肝肠寸断地号啕。很多上海市民也自发赶来送两位壮士最后一程，抽泣声连绵不绝。尽管这座城市已经沦陷，但两名前海军军人的葬礼分明在告诉世人什么叫决绝，什么是面对屈辱宁愿同归于尽的胆魄。

人们在遗体前慢慢挪动着脚步，万分不舍。一个戴着墨镜的女人几乎不动，好像涌动的吊唁人潮中的一根桩子。她听到了浦辰璋声泪俱下的悼词，她看着浦成栋变形的脸，看着与她有过肌肤之亲却覆盖在大片白布下的膨胀的躯体。泪水从眼睛里涌出来，流到嘴角边吮吸掉，咽下去，她觉得这样泪水就可以在她的身体里循环，不致干涸，源源不断。

一个戴着鸭舌帽的记者挤进人群，照相机对着遗体，镁光灯连续闪着。似乎觉得角度不够好，又调整着位置，连连按下快门。

这一天，这座城市因为一场葬礼而肃穆。

一年后的这一天，青弋江边。一个女人鬓云凌乱，神气涣散，沿着江边徘徊很久，终于对着江水坐下来。她原以为眼泪都枯竭了，面对江水，泪水竟然又涌泉一样泌出，刹也刹不住。她认定浦成栋就是在这里与日舰相撞的。她多年行走于水上，熟识南方江河。青弋江自东南向西北穿城而过，汇入长江。日军封锁长江，浦成栋运输物资一定会选择这条河道。她目睹了两位英雄接受一座城市的凭吊，她想在这里默默为他举办一个葬礼。

后来几年里，水清常常一个人到此地，对着江枯坐着，然后摘几朵不知名的野花投入江水。这是她为他祭奠的仪式。抗战胜利后，她又在江岸上为他竖了一个墓碑。

3

回到书院，黑川秀诚脱下鸭舌帽，走进暗室洗照片。暗红色的光线中，那两个中国人的脸渐渐清晰起来，尽管经过仪容整修，依然难掩肿胀。猛然一声炸雷，一道裂帛般凄厉的闪电瞬间把暗室照得白亮，照片上的两张脸咄咄逼人地对着他。黑川秀诚蒙住双眼，突然抓起照片，两只手捏在照片上端中间很久，终究没有撕开，重新放回洗片盒中。

中国人说，杀父之仇，不共戴天。

那个女青年叫浦天禾，来历不凡。把昏晕中的她送进医院之前，他给她拍了照片。这是多年来在中国实地考察给他带来的习惯。通过与她的对话，确定她是这所学校的工作人员，而且不像出身贫苦的人。第二天他带着照片去了北四川路上的兴亚院华中联络部。调查的结果使他非常兴奋，她的家世与他的判断基本吻合。

她来自闻名上海的航运世家。在董家渡，人人都知道浦家和他们家的船队。她的叔叔浦辰璋是大名鼎鼎的中法合资球鑫船厂的创始人，也是后来的华兴航运公司总经理。而撞击巡逻艇的浦成栋就是她的另一个叔叔。她的父亲经营着一家小钱庄。浦成栋死了，还有两个兄弟呢。黑川秀诚心想，华兴公司所属轮船违反战时物资禁运规定，并撞击我方巡逻艇导致人员死亡，这两个罪名坐实了。

凌晨四点多，浦辰璋家忽然响起一阵打门声。不是敲，是打。浦辰璋还没走到门边，就听到门外响起噼噼啪啪的劈门声。他站在原地不动了，卢西亚也趿着鞋急匆匆过来。门被劈开，那人手里拿着的消防斧在静谧的夜色中闪着一道白森森的冷光。走进来七八个穿着黑衣的男人。浦辰璋望了一眼他们，就知道是日本人。其中一个走到浦辰璋面前，用生硬的中文问："是浦辰璋先生吗？"浦辰璋反问："天还没亮就擅闯民宅，砸我屋门？"这人拿出一张搜查令，对浦辰璋晃了一下："我们有宪兵司令部的搜查令。你是明白人，请好好配合，不必多问。"七八个人在浦家上下转了一圈，没得到他们想要的东西，就推搡着浦辰璋往外走。卢西亚竭力保持着冷静，在浦辰璋被带上车的那一刻，轻声用法语说了句："我会营救你的。"浦辰璋被蒙上了眼睛。二十几分钟后，车停了。有人把他带下车，进到一个房间，才把蒙着的黑布摘掉。这是一个陈设简单的小屋，对面办公桌坐着一个男人，头发油亮。男人站起来，走到浦辰璋面前："怠慢浦先生了。自

大江大船

我介绍一下，我叫沈亢，南市事务局局长。"

浦辰璋听说过这个名字，但对这个职衔很陌生，也无意究问，对方又说："本人受地方推举，维持地面上的秩序。"

浦辰璋仍不理会。他干脆闭起了眼睛，但比闭目养神累得多。

他知道自己早就被日本人盯上了。果然来了。这些年来，他掏尽心血的船厂被法国人合资了，隆鑫等四艘船沉了江底，二哥和志兴号撞了日军巡逻艇殉国。所幸瑞远带着宏泰号去了香港，为浦家留了种。从青年到壮年，他饱尝艰辛，在不断的抗争与开创中不断收获又不断失去，花甲已过，壮志未酬，人生尽空，无可留恋，倒也坦然。

阳光透进门窗的时候，走进一个年轻人，身后跟了端着托盘的厨师。年轻人走近浦辰璋，拍了拍他。浦辰璋对他翻个白眼，置之不理。年轻人感到了轻慢，但没有激烈的表示，尽量和颜悦色地说："浦先生，我叫黑川秀诚，东亚书院教授。以这种方式请你到这里来，我表示遗憾，也请你理解。请先用早餐。"说着鞠了一躬。

浦辰璋与他对视了一下："不想吃，拿走吧。"

"据我所知，浦先生曾经留法，创立了大名鼎鼎的造船厂，是成功的实业家，我非常愿意与您交朋友。"

"教授太抬举我了，我不想高攀。我的船和家当都没有了，还被人随意呼来唤去，这也是成功？我承受不起啊。"

"中国有句古语，叫瘦死的骆驼比马大，即便如浦先生所说，您依然是上海航运界翘楚，我希望浦先生正视现实，让您的航运公司复业，与我们合作，这才是趋利避害的上佳之选。"

"我已逾六旬，除了一心向善，再没有雄心壮志了，不值得你这位大教授花费口舌了。"

"请不要误解了我的苦心。纵使您不想东山再起，也摆脱不了找上门来的事情。您的兄长给您的公司惹了事，您也难辞其咎。"

"哈，说了半天，拿这事来要挟我。抱歉，作为总经理，我对此事完全不知情。"

"军方很快会对这次蓄意撞击做出反应，但不会像我们现在的谈话那么温和。"

"就是把我带到宪兵队，我还是这句话。"

黑川秀诚向沈亢招了招手，他指着沈亢说："浦先生，话不要说死，这位沈先生曾经是一位仗义执言的律师，现在，南市在他的治理下井井有条，百姓安居乐业，市场繁荣，他也赢得了声望。这不是浦先生想看到的吗？"

浦辰璋看了看沈亢："沈先生，是这样吗？"

沈亢嘴角牵动了一下："当然，事实就是这样的，浦先生可以去了解一下。"

"我就在南市，知道你治下的百姓背地里怎么称呼你。你一定享受着主宰的乐趣和声望，但请记住，覆巢之下无完卵。沈先生好自为之吧。"

沈亢有点尴尬，想辩解，又咽了回去。

黑川秀诚竭力克制着自己："浦先生，今天的谈话很不愉快，那你就要在这里待上几天了。再次请你考虑我的建议。告辞了。"

大江大船

第九章　走还是不走

1

一大早，卢西亚急匆匆赶到浦冀宁那里，浦冀宁安慰着卢西亚，拿起电话给能想到的人打了一圈电话，均一无所知。香菱在家陪着卢西亚，浦冀宁出门继续找人。一大圈转下来仍无功而返。他刚回家坐定，家里就来了一个中年男人。浦冀宁觉得在哪里见过他，踌躇中只听他说："浦先生，我叫沈亢，冒昧前来，还请见谅。"浦冀宁想起来了，应该是淞沪会战后一年的6月下旬，梅雨季节，潮湿响势，在南市商会的一次会议中，此人以新建的事务局局长身份表态要与商界同人携手，控制和监督粮食贩卖销售，救济难民，强化税收，刺激南市经济复兴。印象中此人口才不错，但谁都清楚，外来占领之下，何谈复兴。所以没人应和他。

浦冀宁问："原来是沈局长，怎么突然光临陋室？""浦先生是明知故问吧，当然是为令弟嘛。""这么说，你是来通报此事的？""正是。""日本人叫你来的吧？""也是我自己要来的，是为你们浦家考虑。""我三弟现在哪里？""浦辰璋先生现在很安全。我们想让他出来做一些事，但是谈得很不愉快，所以想请您这位大阿哥出面劝劝他。"卢西亚说："你们的做法实在令人气愤，凌晨四点把人带走，还砸门。太过分了。""夫人，这件事……他们的长官已经训斥过了，还要我代为向您表示歉意。""我会向公董局控告你们。"

浦冀宁沉默着，三弟安全，让他稍微安心了点。所谓叫他去劝，就是要答应与日本人合作。"八一三"以来，租界以外已全被日军占领，人们一觉醒来，就会在虹口和杨浦的大片空地上看到一夜之间冒出来的各种机器和物资堆成的"山峦"。这是日军"清扫班"从大大小小的工厂里抢夺的"成果"展示。他们瞪大着眼睛，咽着口水，像饿疯了的乞丐突然面对一大堆难以消化的食物。他们知道这只是抢劫，抢劫是不能维持多久的，复业才是长久之道。他们迫切需要中国实业家的合作，当然是在他们的控制之下。

"我理解浦先生的顾虑。"沈亢又说了，"其实我也是不得已嘛，我还要被众人唾骂。难道我愿意为日本人做事？战后混乱不堪，我不过是想减轻一点地方上的困难。浦先生，不为五斗米折腰说起来容易，可人活着总要吃饭穿衣睡觉吧，何况还有这么多难民。我希望浦先生理解我的苦衷。"

这套说辞浦冀宁很熟悉，给日本人干的都这么说，似乎以一己之力救民众于水火之中。其实他们在侵略者的羽翼下霸行一方，窃权弄政，苛征扰民，趁机捞足油水。然而现在三弟在他们手里，硬抗恐怕不是办法。不管怎么说，也得利用这个机会去看看三弟的境况。

狄思威路那个平房门口挂着一块牌子，叫"市政府顾问部"。浦冀宁并不知道其实这是日军特务部西村班的驻地。

兄弟俩见面，老泪纵横。

浦冀宁刚要开口，浦辰璋掐了一把他的虎口，凑到他耳朵边告诉他此地装有窃听器。他早就料到这一步，让大阿哥来劝他，然后抓住一些细节，制造舆论，逼他就范。所以两人尽量把声音放低。浦冀宁要去找俞光甫，但浦辰璋觉得俞光甫现在的情况比他好不到哪里去。不过现在日本人封锁消息，如果能把话传出去倒是可以引起社会关注。浦冀宁担心日本人不放人，久而久之生变。浦辰璋却坦然，"大不了把我送到新亚饭店（指日本宪兵队），我这把老骨头吃点皮肉之苦有啥稀奇。"浦冀宁想，我两个阿弟俉是戆种，天不怕地不怕，就我怕事体。算了，啥俉勿要讲了。

窗外寒气逼人。卢西亚感到心里更冷。

公董局总办听完卢西亚的陈述，脸上的表情复杂得令人诧异，甚至在回避她的目光。看得出他在努力寻找准确的表达，似乎都不达意，所以他什么都没说。

"总办先生，法国难道要听命于日本强盗了？"

总办摇摇头："不，卢西亚女士，我会向日本驻军当局提出强烈抗议，这是我的职责。"

卢西亚觉得这是一句言不由衷的话，只是为了安慰她，或者说，虚张声势。

总办需要在他的同胞面前显示尊严，但他知道，即便是租界，在日军越来越咄咄逼人的态势下，这种尊严又能撑多久。工部局在日军压力下订立了《上海公共租界维持治安详细协定》，允许日本宪兵常驻租界与工部局协力维持租界治安。公董局对日方的拒绝也越来越苍白无力。后来发生的事正如卢西亚猜测的那样，日方对总办的抗议仍是口头致歉。在日本人眼里，如果他们认为必要，可以随时随地采取特殊措施。即使是法国公民眷属的身份也不能阻止日方对所谓危险分子的搜捕和羁押。

浦冀宁还是去找了俞光甬。

刚踏进家门，就看到香菱被绑在椅子上，嘴里塞着一团东西。浦冀宁疾步向香菱走去，两个男人挡住了他，浦冀宁大声喊道："你们是谁呀，要做啥？"

"浦冀宁先生，你的行为让我们的头很失望。本来让你去劝劝你的兄弟，这样一个良好的愿望却被你利用了。既然如此，我们就只能失礼了。"

"我一人做事一人当，跟她有关系吗？这是威胁。"浦冀宁这才意识到，他被跟踪了。

门被打开。天禾和一个青年进来。天禾走近香菱，拉出了她嘴里的那团东西。浦冀宁快步跑到厨房，找出一把剪刀，剪断了绑在香菱身上的绳子。

然后他才注意到那个青年，高挑修长，架着眼镜，颇有气质。青年朝他走过来，先鞠躬，"浦先生，他们做事不当，我深为抱歉。"然后示意那两人立刻出去。天禾说："阿爸，香菱阿姨，他是黑川秀诚，日本东亚同文书院教授。"

"教授，哦，教授先生大驾光临有何指教？"

"浦先生，请听我解释。我与浦天禾小姐虽萍水相逢，但已交往了一段时间，彼此颇为欣赏。今天前来是为与浦先生谈谈，想不到遭遇如此尴尬，我再次表示抱歉。"

"这么说来，刚才那两个是教授属下？"

"他们曾经是我的学生。"

这时浦天禾说："阿爸，黑川教授曾经救过我。"

浦冀宁和香菱立即想起来天禾突然回家的那个晚上。香菱问："天禾，到底哪能一桩事体？"天禾说："鹑天我到学堂里拿物事，碰着日本宪兵，要拉我到宪兵队调查，正好黑川教授看到，拦下来了。我吓得一记头（一下子）昏过去，伊又送我到医院去了。"

浦冀宁和香菱听完，向黑川秀诚道谢。黑川秀诚摆摆手说："宪兵太紧张了，见到谁都调查。我当时在场，问了天禾小姐一些问题，就跟他们交涉不必调查。但她受到惊吓，晕过去了。"

香菱泡好一杯茶，请黑川坐下。黑川矜持了一下。浦冀宁与他对面落座。香菱和天禾悄悄离开了。

"浦先生，我和天禾是朋友，我就实不相瞒了。我受华中振兴株式会社之托，与您谈谈钱庄的事。"

浦冀宁感到头皮触电似的麻了一下。

黑川继续说道："在南市，浦先生的宁永信钱庄无人不知，

　　　　大江大船

战后各业经济窘迫，也殃及钱庄业。我们将与南京国民政府（此处日本人的语境中，指汪伪政府）筹划成立中央储备银行，我诚恳希望浦先生支持，与我们合作开拓金融业务。浦先生觉得怎么样？"

浦冀宁沉吟许久，尽量放缓语气："黑川先生，浦某从没想过这个问题，恐怕一时难以表态，要给我考虑的时间啊。"他额头上微微沁出汗来，下意识地掏出手绢擦了一下。

"我理解。确实仓促了，但我有耐心、有信心等着浦先生给我满意的答案。"

浦冀宁想，日本人真是无孔不入，连我一个小钱庄都盯上了。他怎么可能知道，华中振兴株式会社早已把上海实业过了筛子，然后分门别类：军事管制、委托经营、"日中合办"、租赁、收买，都是变相的抢夺。如此繁多的名目，就是为了给抢夺戴上一顶"合法"的冠冕，实现日本"以战养战"的国策。

黑川秀诚走后，浦冀宁问天禾，他怎么晓得宁永信钱庄？而且了解得这么清楚？天禾完全不知。她住院的时候他问她那天为什么回学校，她都没有告诉他，后来也没有再问起过。浦冀宁又问，他刚才说的那个华中振兴株式会社是什么？浦天禾还是摇头。浦冀宁想了想说："我去看了侬三爷叔，出来就被日本人盯梢了。天禾，你这位教授朋友来者不善啊。"天禾一惊："阿爸，他跟你说什么？"浦冀宁沉吟半天说："他要宁永信跟他们合作。我哪能做这种事体啊。"他想，伊讲伊有耐心等，潜台词就是直到你答应为止，否则不会罢休。二弟为国捐躯了，三弟还在他们手里，接着是我，日本人是要拿阿拉浦家弄死啊。跟日本人合作就是汉奸，这个名声我是不背的。

2

俞光甬得知浦辰璋的消息后，心急如焚。他企图通过工部局干预，却被告知爱莫能助。眼下的形势，西洋人也对肆无忌惮的东洋人没什么制约力了。被逼到墙角的也包括他自己。他拒绝了森岛与东亚海运株式会社合作的要求后，俞府周边陆续多出了一些莫名其妙的地摊和行踪诡异的人。他心想，我不会屈膝低头，但也不能坐以待毙。这么多年了，我与阿璋息息相通，既是生意搭档，又是亲家，岂能眼看着他被东洋乌龟绑架。浦冀宁来过之后，他连着琢磨几天，想了好几个方案，又全否定了。脑筋活络是当年穆先生和商界同人对他一致的评价，现在却横竖都不是。黔驴技穷了吗？他不承认，我俞光甬还没老到这种地步。

他叫来一位属下，面授机宜，前往曾在战前合作的山下汽船株式会社探听情况，把握分寸，见机行事。几天后，社会上传言，俞光甬正与日方洽谈，不晓得谈什么，但洽谈两个字很要命。这个时候，任何与日方的接触都会被认为是附逆之举。他毕竟是上海滩举足轻重的人物，是航运业大佬，一举一动都会引起人们注意。这天他接到一个电话，自称是南京要人，想与他会面。俞光甬既喜又忧，他暗自庆幸事情正按自己预设的轨道运行，忧的是"弄假成真"，授人以柄，会给自己招来更大的麻烦。他的商界朋友中，有遭日军暗杀的，也有死于军统之手的。刀切豆腐两面光，太难了。

森岛又来了。森岛是闻着山下汽船的味道来的。森岛说："俞先生何必舍近求远，绕个大圈子，想探我虚实吧。"俞光甬回应："是属下擅自所为，我不知此事。"森岛又说："既然俞先生信不过我，那我就再次表示我的诚意，我请东亚海运株式会社社长洋子夫人做东，与俞先生商谈具体合作事宜。希望俞先生不要驳了我的面子。"俞光甬沉吟了一下，算是答应了。尽管知道这也是一种风险，但既然走出了第一步，为了阿璋，也为他自己，只能顺势而为，不得不为了。

四川路，原来的三井洋行上海分行，这是一幢文艺复兴风格的四层砖混结构建筑，清一色的红砖外墙，顶部、边角和窗框用白色勾勒，窗与窗之间是精美的雕塑，三层楼的窗顶上有山花纹饰，底层的门和窗框上饰有羊头图案，整体建筑稳定对称，简洁和谐。

把请柬交给门童后步入大厅。俞光甫的视线里，森岛和一位女士对面而坐，正说着什么。见他过来，森岛立即站起来与他握手，随后把手朝向女士，介绍她就是洋子夫人。洋子伸手与俞光甫相握，用上海话说她久仰俞先生大名，今日得见三生有幸。俞光甫心里一惊，这是告诉我她对上海对他都了如指掌。俞光甫淡淡地说："我就是个做生意的，夫人的话担当不起。"森岛在一旁说："我诚挚希望俞先生和洋子夫人合作成功。"接着又说，"俞先生，今天你将见到几位尊贵的客人。"话音未落，俞光甫看到一个身材颀长的青年到了门口，他停住脚步，做了一个先请的手势，后面进来的竟然是浦冀宁、香菱和天禾。他心里飘过一丝不安。他听到森岛对自己说："都是你的老熟人、老朋友。为了避嫌，我今天特别安排了这个家庭聚会。本来南京也有一位想来，被我拒绝了。"他又指着那个青年，"黑川秀诚先生，洋子夫人的儿子。不过，最使我高兴的还是俞先生的大驾光临，因为俞先生才是我们这次聚会的中心。"俞光甫连连摆手："俞某不过一个生意人，怎么经得起森岛先生如此抬举。"其实他明白，森岛这是告诉他，他们对他与浦家的关系十分清楚，一切都在他们的掌控之中。俞光甫不失礼节地与众人握手，心里却在思谋着如何应对。浦冀宁的目光里疑虑重重，俞光甫特地把另一只手也搭上他的手，用了点劲。

这是一个冷餐会，长条形的餐桌上放着葡萄酒、威士忌和煎鱼、烤肉、水果。更多的还是日本清酒和色彩鲜艳的刺身、寿司。

俞光甬还是第一次品尝刺身，不就是生鱼吗？听穆先生说我们老祖宗在周朝的时候就这样吃鱼了，老早东洋人啥都学阿拉，后来改学西洋人，吃生鱼倒是没改。俞光甬撷起一块，芥末酱油里蘸一蘸，酸尖尖辣蓬蓬（微酸辛辣），多嚼几口有点甜味味（微甜）。阿拉宁波人是吃鱼的祖宗，随便依哪能吃。森岛问："俞先生吃得惯生鱼片吗？"

俞光甬说："生鱼的吃法是中国发明的，后来我们不吃了，你们倒是一直没改，变成你们最出名的料理了。"

洋子笑吟吟地说："俞先生说得对，中国周朝把生鱼叫作'鱼脍'，唐朝传到了日本。不过日本凡事追求精致，有了洁净的海洋和冷冻技术，所以才能保留至今。"

俞光甬喉咙噎了一下，他听得出这句话的意思，蓦地一口气嗳上来，他赶紧用手遮住嘴巴，背转身去，缓缓地轻轻地泄出来。嗯，这女人不简单。

那一边天禾吃得兴意正浓，只有浦冀宁和香菱迟迟不对刺身下箸，天禾看了看，为阿爸撷起一块，往他嘴里送，浦冀宁企图直接吞入喉咙，被芥末的辛辣呛到，但必须往下咽，是一副哭笑不得的嘴脸，惹得众人都笑起来。香菱嗔怪天禾："侬出阿爸的洋相咪。"天禾说："试一试嘛就晓得好坏了。"黑川秀诚对香菱说："阿姨可否赏光也试一试？"香菱说："我可没那个本事。我从小到大没吃过生的东西。"俞光甬想，这话回得好。

洋子把黑川秀诚招呼过来站在俞光甬面前，说："我儿子秀诚对俞先生深怀仰慕，今后还请多多关照。"

黑川秀诚对俞光甬鞠躬行礼："请俞先生多多关照。"

俞光甬微微欠身还礼。

洋子说："俞先生对森岛先生向您提议的与东亚海运合作有何考虑？"

"实不相瞒夫人，我非常感谢贵方对我的抬爱，然而我的航运企业因为时局之变负债累累，而且基本已无轮船可用，根本不值得投入资金重起炉灶，这个账贵方是否算过？"

"那是当然。我还听说上海商界有个传言，俞先生只要脑筋一转，就会有一个主意。是这样吗？"

俞光甬哈哈大笑："都是瞎说，我哪有这么神奇。夫人，传言就是传言，不可信的。生意场上，无非就是杀伐决断而已。"

"说得好，我钦佩的正是俞先生的大谋略，生意场上输赢是常态，一个好的想法就能创造更多的利润。目前战事趋于稳定，我们真诚地希望俞先生抓住时机，展示雄才大略，将来一定是上海航运最大的赢家。"

"夫人说得我都无地自容了。"

黑川秀诚说："俞先生在上海航运界一呼百应，当然有这个能力。现在从长江到沿海，都在我们控制下，欧美航运已逐步退出。这就说明，只要日中提携，就能对抗欧美。这是千载难逢的黄金机遇啊。将来不仅是上海、长江，还有整个太平洋。想一想它的远景吧。"

俞光甬转着葡萄酒杯，似乎专注于葡萄酒的成色，他与黑川秀诚的清酒碰了一下："来，我们干一杯。"然后一饮而尽。黑川秀诚说："刺身与清酒是绝配，俞先生要不要试试？"俞光甬说："在我的老家宁波，有一种叫作泥螺的软体动物，无论严冬酷暑都可以自由生长，用黄酒浸泡后，味道极为鲜美。我想象不出还有比泥螺更好吃的东西。"

浦冀宁心想，光甬脚色厉害，轻描淡写就让对方没话说了。那个叫洋子的女人口口声声要与光甬合作，光甬却顾左右而言他。斗嘴中语藏机锋，不甘下风。他们煞费苦心组了这样一个局，就是想让我们就范。外界都在传光甬与日本人做交易，刚才他与我握手时用了点劲道，啥意思呢？

俞光甬绞尽脑汁还觉得不够用，他想金蝉脱壳，要褪一层皮，还得瞒天过海。

　　洋子再向俞光甬敬酒："俞先生，我还要告诉您，南京与我们的谈判很顺利。您是做大生意的人，务必要审时度势啊。"她又看向浦冀宁，"浦冀宁先生的钱庄也有意向与我们合作，浦先生您说是吗？"

　　浦冀宁猝不及防，心里暗暗骂道，东洋乌龟，女人比男人还要狠，又不想附和，脸上的表情就怪异，俞光甬忽然听到这个说法，但立即就从浦冀宁的脸色中判断这是诈术，转念一想，何不就此将计就计。他故作惊讶地问浦冀宁："阿宁，是哦？"浦冀宁支支吾吾："八字还呒没一撇咪。""阿璋晓得哦？"他向浦冀宁悄悄霎霎眼睛，浦冀宁心领神会："阿璋啊，侬问黑川先生。"黑川秀诚略显尴尬地一笑："我们请浦辰璋先生商量一点事情。可能有点误会。"俞光甬紧盯不放："哦，什么误会？他可是我的老朋友。""这个嘛，牵涉到商业机密，我择时向俞先生解释。"俞光甬说："那就是说，浦辰璋先生在你手里？可以让我见见他吗？"洋子嫣然一笑："可以。不过，浦辰璋先生可能会发脾气，俞先生要有所准备。浦先生太执迷，可不太像一个商人。""洋子夫人有所不知，我这位朋友生性耿直，认准的事不会轻易回头，而且很讲信用，所以深受业界推崇。""俞先生，这个世界上没有什么事是一成不变的。我很欣赏中国人一句话，识时务者为俊杰，我诚恳希望浦辰璋先生成为一个识时务者。""夫人，说到时务，眼下正是我们生意人最痛切的时刻，商人以利润为先，两国交战，吃亏最大的一是流离失所的难民，除此就是商人。""所以才更要看清时势，做出正确的决断。""俞某会考虑夫人的建议。"

　　俞光甬见到浦辰璋后，把自己的计划告诉他，做出顺水推舟、佯装合作的举动，摆脱日本人的盯梢，然后两人一起离开上海到香港。浦辰璋说他不走，决不离开上海。俞光甬一路上担心的事果然发生了，这让他很犯难。这个阿璋，真的犟起来，是拉不回来的。问题是这样硬撑着的结果显而易见，日本人不会放过他们两个，可是阿璋又坚决不走，他就重复一句话，大不了一死，船都沉没了，还有啥值得牵挂的呢。是啊，船就是他的命，他就是为船而生的。从童年到花甲，从未改变。但是无论如何，自己要把阿璋弄出来。他消瘦、萎靡，面无血色，毫无食欲，就像在等死。俞光甬打开门，让站在门口的那个所谓的警卫立即打电话给黑川秀诚，送浦辰璋先生去医院。警卫看了看他，原地不动。俞光甬突然高声大吼："快去打。再这样下去要出人命的。"警卫被他这么一吼，倒是惊醒过来一样，立刻跑到办公室去打电话。一个多小时后，黑川秀诚来了。俞光甬指着浦辰璋说："这就是你说的邀请他来谈事情？是不是要让这个误会再延续下去？立即送他去医院检查吧。"黑川秀诚走近浦辰璋，把他的脸微微抬起，皱起眉头。他的确成了一个病人。到医院一查，一堆毛病。俞光甬对黑川秀诚说："你们这样对待他太令人失望了。"黑川秀诚赔着不是，说他这几天忙于公务，以后一定会多派人照看浦先生。俞光甬说："他讨厌你们的照看，你要是真把他当你请来的客人，就不致如此了。"俞光甬进一句出一句地让黑川秀诚搞不清楚究竟是讥诮还是指责。这位是上海商界要人，还是工部局华董，又是他们工作的重点对象，他不敢造次，只能按着俞光甬的说法，让浦辰璋在医院里静养几天，不要打扰他，这样也许能得到自己要的结果。俞光甬还说："你知道，浦辰璋先生在造船和航运这两头都是有号召力的人物，他现在这种情况要是传出去，上海航运界恐怕是更不愿合作了。"黑川秀诚只能暗中派人监视，但显然没有在西村班驻地那么好控制了。

俞光甬再次劝说浦辰璋跟他一起走，但浦辰璋铁了心，没有商量余地。其实俞光甬也是万般不舍，他积四十多年之力，创出一片江山。全面抗战前，他已拥有三十多艘轮船，总吨位九万以上，堪称船王。眼看着日本人打进来，这些船沉江的沉江，被劫掠的被劫掠。不与日方合作是他的底线，但他没有浦辰璋这般决绝，他还想迂回，还想保存实力。那就只剩下一条路，走。两天后的一个夜晚，俞光甬亲自驾着劳斯莱斯车，悄无声息地把浦辰璋带到崇明的一个朋友那里，留下一笔足够花销十年的钱，叮嘱他，别跟任何人联系。一定要等阿远回来，等我光甬回来。

3

卢西亚简直要疯了。

日本人再次来家里搜查，她被告知，浦辰璋从医院里出逃了。

出逃了？他没回来过呀。他已经在她的视线中消失了十五天。浦冀宁告诉她，在森岛安排的宴席上见到俞光甬，他正与日本人周旋，看起来也有不小的压力。俞光甬向他们提出了要见浦辰璋的要求，他们同意了。但见后发生了什么，浦冀宁完全不知。卢西亚揪着心。几天后，她在报纸上看到了俞光甬赴香港的报道，同时称他正收到日本海军当局向他发出的警告，要他"遵守商业道德"。一天后，卢西亚又在报上看到，俞光甬发表声明，他的航运公司与日本东亚轮船公司的"合作"纯粹是日方的阴谋，他从未在合同上签过字，合同当然是不成立的。他在商言商，坚守商业立场，不参与政治，也不会接受任何威胁。

字里行间看不出任何与浦辰璋失踪关联的痕迹。冷静下来想，既然俞光甬是安全的，那么他一定会安排好阿璋的事情。这两个人是心心相印的。

又是一年的深秋初冬，梧桐树叶在这个城市第一阵寒潮来临之前纷纷坠落，弹硌路上铺陈出叶子们在枯萎之前悲壮的绚烂。脱离了树干的滋养，绿色渐渐由深变浅，再渐变成黄。叶子的水分枯涸了，卷曲了，茎脉嶙峋而峥嵘，在瑟瑟寒风中撑持着坚韧的颜容。人们在梧桐树叶的稚嫩、青涩、恢宏、缤纷，再到飘零、腐烂和新一轮的重生中经历着流年岁月。

那天一早，浦冀宁在家里吃过泡饭油条，像往常一样前往宁波路上的宁永信钱庄。到了那里，却见门板紧闭，两个伙计站在那里，还有几个顾客，围在一起说着什么。伙计见浦冀宁过来，抖抖索索地把一封信交到他手中。浦冀宁问："紧张兮兮，出啥事体啦？"伙计不说话，指了指信的落款。浦冀宁一看，极司菲尔路（今万航渡路）七十六号。见到这几个字，他也觉得冷汗微微沁出，撕信的手指竟然有点抖豁（因害怕而颤抖）。潦草一看，字体粗黑，都跳出了信笺的边框，"必须使用中储券，若不配合，严惩不贷"云云。1941 年初，汪伪政府在日本扶植下成立中央储备银行，随后推出中储券。此时已迁都重庆的国民政府的中央、中国、交通和农民四大银行的各个上海分行都坚守在租界内正常营业，市场上流通的钞票都是国民政府发行的"法币"。上海历来是财政金融重地，中储券的出现把上海金融和工商市场搅乱了。

面对"中储券"，上海银行钱业公所的态度很强硬，声明拒绝与"中储行"的任何业务往来，获得众多响应。市面上所有商店、公司一概拒绝使用中储券，连菜市场小商贩都对中储券嗤之以鼻。如此一来，汪伪政府急了。印钞机里源源不断的货币用不出去，这个政权还怎么维持，就祭出非常手段了。市面上出现了"奇景"，各大公司和商店里不时有挂着枪用中储券强行购货的顾客，大都是"七十六号"特工。店员如果拒收，脑门上立即被顶上黑洞洞的枪口。

围在钱庄门口的人多了起来，浦冀宁对众人说："今天钱庄有点事，不营业了，请大家回去吧。"话音刚落，背后就有人说："浦冀宁先生吧，别走啊。"浦冀宁停下脚步，心里很清楚，他们动手了。另一个跟了上来："跟我们走一趟。千万不要反抗，否则大家都很难看。"两人一左一右夹着浦冀宁，到了一条弄堂口，那边停着一辆吉普，三人上车，直奔沪西而去。

一年多了，三弟仍杳无音信，也无从打听下落。瑞远到港后，开始还有几封信，渐渐随着管制的森严越来越少。这场灾难什么时候才能熬过去呀？

不宽的通道，几个缭乱的转弯，浦冀宁仍被架着，他的身体微微发抖，步态凝滞，像是装置了减速器。他被推进了门，那人手上的力度有点大，他原来就有点发软的腿费了点劲才立稳。对面正襟危坐的男人身形臃肿，又要竭力端着架子。男人盯着他看了许久，才慢吞吞地说："不好意思啊，让浦先生受惊吓了。"声音有点尖，也有点故意压抑的腔调，与他的身形不相配。浦冀宁的惊吓在这种声音的搅拌下又加剧了几分。那人接着说："浦先生，请坐。"他用下巴朝他办公桌对面的椅子努了努。浦冀宁渐渐镇定，拉开椅子坐了下来。

"自我介绍一下，本人是特工总指挥部行动处副处长朱政碌。幸会浦先生，很高兴。"

浦冀宁想，我做啥要跟侬搿只众牲（畜生）幸会，真是无耻透顶。

"浦先生，你的宁永信钱庄经营得还好吗？"

浦冀宁回应道："这几年的情况大家都知道，怎么可能好呢？"

"所以我奉劝浦先生识时务。汪主席殚精竭虑，发行货币，稳定经济，你是钱庄业界前辈，要拿出行动支持政府，与政府同心同德，你的钱庄也会有美好的前景嘛。"

"我的钱庄小本经营，只图混个温饱，不敢有所奢望。"

"浦先生不要过于自谦，谁不知道宁永信在上海滩也是有一号的。希望你做个表率。汪先生要和平建国，发行中储券是稳定财政金融的举措，你这样躲躲闪闪可不是配合的态度啊。"

"朱处长可以查我的账，我区区一个小钱庄，只能尽点绵薄之力。朱处长别为难我。"

"今天是我请浦先生到这里来的，如果为难你，你我就不会和颜悦色在这里谈话了。浦先生，我给你一天时间考虑，千万不要让我失望。我还要布置下午的行动。告辞了。"朱政碌站起来，打开门，朝外走去。浦冀宁看着他肥硕的背影，五爪挠心。

他不知道是怎么回到家的。他不敢对香菱说。晚上天禾回家，浦冀宁对女儿说起上午的事，天禾心里一震。这些日子她几乎没跟黑川秀诚接触，昨天他忽然找她，告诉她这几天将要宣布一件重要的事，希望她有个准备。她问是什么事，他却再也不说了。阿爸说的这件事与黑川要宣布的事有关系吗？

一个月前，洋子告诉秀诚，日本政府发行的"军用票"虽然控制了占领区的经济和金融市场，但也导致了通货膨胀，物价飞涨，而维持日本战争需求的财政日趋捉襟见肘，为了强化利用中国资源，必须迅速发动基层社会力量，组织新的机构。在上海驻军的主导下，将"维持会"改组成"自治会"，通过自治会恢复当地经济，征收各种税款。因此必须选择当地有影响有财力的人士担任会长。此事必须限期实行。

经过一番部署，黑川秀诚决定由浦冀宁担任这个会长。为了避免他推脱，先把他的钱庄控制起来，作为迫使他上任的筹码。

第十章　笼头

1

宣布任命时，浦冀宁感到周围一双双眼睛都变成了箭镞，上下翻飞，向他射过来，刺得他生疼。他完全无法抵挡，只能闭上眼睛。他已经按"七十六号"的要求买进中储券，黑川秀诚依然不放过他，还要他发表就职演说，他感到非常羞耻。此地是老城厢中心区，在座的都是当地士绅，大家都是敢怒而不敢言。他终于睁开眼，目光却如无视，眼神空洞："我什么都说不出，不晓得说什么。现在大家日脚不好过，我只晓得要让老百姓日脚好过一点，包括我自家。"黑川秀诚马上接过话头，并用熟稔的上海话说："浦会长讲得好，成立自治会就是要让大家过好日脚。我从小生长在上海，我也晓得老城厢，我对伊有感情，请各位前辈相信我。"他站起来，毕恭毕敬对众人鞠躬。

第二天的报纸刊登了这条消息，浦冀宁无地自容，躲在家里不出门。

天禾当天下午去了黑川秀诚的办公室。见她怒气冲冲的样子，黑川秀诚微笑着问："又有谁欺负了你？"

"你欺负我父亲。"

"是任命自治会长的事吧？我知道你会来兴师问罪的。"

"这是你故意做的局？"

"纠正一下，这是策略，不是做局。"

"为什么要这样，你究竟想干什么？"

"浦小姐请别激动，你知道，用这种口气质问别人是很不礼貌的。"

"你还讲礼貌。"

"当然，我事先就跟你讲过。尽管这么做违反军方的规定，但我愿意冒这个险。我认为这么做没什么不对，你父亲的身份非常符合刚任命的这个位置。"

"你知道他并不愿意做这事，为什么要强按笼头呢？"

"笼头，这个说法很形象。浦小姐，你是知识分子，应该从更远的视角去看问题。日中两国同文同种，就说这个同文书院，它的办学宗旨就是强化日中亲善。中国前辈梁启超先生主张联合日本，保存亚洲文化。章太炎先生也曾说，甲午战争是日本自救的成果，中国要效法日本变法，才是出路。"

"保存文化没错，效法变法也没错，他们所说的联合，不是日本的侵略。"

"新文明的崛起必然对旧文明带来强大冲击，这就是日本和中国发生冲突的根源，解决冲突最有效的办法就是双方的合作。其实中国对日本的态度很矛盾，心里羡慕，又出于民族义愤而不满、不安。知识界尤其如此。"

这番话像一个巨大的铅块坠在浦天禾胸中，但她仍然反驳："中国不愿意合作，就是日本侵略中国的理由？"

"日本倡导东亚共荣，实现亚洲的联合，这是黄种人崛起于世界的正途。"

"这只不过是你们企图主导亚洲政治、经济秩序的欺骗说辞。人们看到的是，'大东亚共荣'就是日本军队带着武器闯入别人的领土，掠夺别人的财富。"

黑川秀诚恼怒地站起来，突然指着天禾说："你，给我出去。"

天禾冷笑一声："不能说服我，也别失了教授的风度啊。"

回到家里，天禾发现阿爸神情呆滞，香菱轻声对他说着什么，他似乎置若罔闻。香菱有点发急，就摇着他的肩："阿宁，侬哪能啦？侬勿要吓我呀。"

天禾赶紧过来，香菱对她说："天禾侬看，侬阿爸到底哪能啦？"

天禾凑近浦冀宁："阿爸，阿爸，侬看看我呀，我是天禾。"

浦冀宁回过神来一般，盯着天禾看了好久："噢，侬是天禾啊。侬马上跟我到三爷叔屋里向去，我要去跟阿爸讲两句闲话。"

"阿爸，老爹老早……"

浦冀宁置若罔闻，径直往门外走。香菱和天禾只得紧紧跟在他身后。

到了浦辰璋家，卢西亚打开门，见浦冀宁一家三人突然赶来，不禁心里一震。赶紧叫了一声："大阿哥。"浦冀宁也不回应，直接往里面走。香菱和卢西亚迅速交换了一下眼神，也跟着走。浦冀宁走到浦斋航遗像前，"扑通"跪下来，连连磕了几个响头，三人看得心疼，又不敢去拉他，只听浦冀宁讲："阿爸，我不是人啊。短命的东洋人逼我当狗屁会长。我不是人啊。阿爸啊，我到头来还是呒没勇气，不敢跟东洋人顶啊。阿栋拿东洋人撞杀了，阿璋死也不睬东洋人，就是我……呒没骨气啊。我哪能做人啊，阿爸……侬讲句闲话啊……"他又痴痴地看着遗像下面的船模，看了一会儿，又笑起来，"阿拉屋里，还是阿璋顶结棍，侬看，三千吨的船也造出来了……可惜，四只船沉到江里了，一只撞脱了……还好有一只到香港去了……"香菱赶紧捂住浦冀宁的嘴："勿要讲呀，勿要讲呀。"浦冀宁朝她看看，点点头，"勿讲。勿讲。"

天禾把事情经过悄悄讲给卢西亚听，卢西亚眼里充溢了愤怒："日本人太无耻了，太无耻了！"

浦冀宁拿着船模出神，左看右看，忽然眼睛里有了特别的光彩，他把船模小心放回原处，然后双手十指相贴，对浦斋航的遗像说："阿爸，我晓得了。我晓得了。阿爸侬放心。"

浦冀宁转过身来看着众人，如梦初醒一般，大惑不解："俪哪能侪来了？"众人面面相觑，香菱顺着他说："是啊，阿拉刚刚一道过来的。陪侬来看阿爸。"浦冀宁完全恢复了常态："噢，晓得了。走，跟我回去。"目光正与卢西亚对上，对她说，"弟妹，侬勿要急，阿璋我会打听的。香菱讲，呒没消息，说不定是好消息。"卢西亚说："大阿哥，我晓得。侬自家要当心哦。"回家路上，浦冀宁对香菱和天禾说："俪两个人先回去，我要去上班了。"两人点头说好，浦冀宁疾步向前走去。

天禾悄声对香菱说："阿爸今朝像变戏法一样。一歇歇，啥也不晓得；一歇歇，啥侪晓得了。"

"魂灵出窍了。我小辰光听人家讲过，好像受了老大的刺激就会辩能样子，真是碰着了。但愿伊勿要再……呸呸。"

浦冀宁不知道魂灵出窍，他拿着船模的时候，心里就想到了船，被日军禁运的船。内河禁运，老百姓怨声载道，不少人陷于绝境。松江的大米、柴火、蔬菜要通过轮船运到南市来，就等着一张许可证。那我就以会长名义多签发点内河航运许可证，不让奸商操纵价格。至于税收，睁一只眼闭一只眼，多给百姓行方便。一段时间下来，情况有所好转。但日本人发现，税收与运营数量对不上号。他们开始查账，问浦冀宁怎么回事，浦冀宁说对不上或者有点误差很正常。日军军官甩着账单对浦冀宁号："这不是误差，这是漏洞，大大的漏洞。"浦冀宁也瞪着他："你喊什么，误差也好，漏洞也罢，慢慢改嘛。"军官说："你是要对抗皇军吗？"浦冀宁说："我执行的正是你们的规定。刺激经济，多发点许可证，有啥了不起。"军官恼怒地抓着浦冀宁的衣领，浦冀宁憋着，脸涨得通红。他想，有种你就憋死我。军官终于松了手，大声对他说："限你三天内补上，不然的话……"浦冀宁打断了他："不然怎么样？把我撤了，我求之不得啊。"浦冀宁话一出口，把自己都吓了一跳，原来他也是可以硬扎的。军官指着他，脖子上青筋暴绽，竟然半天没说出一句话来。浦冀宁想，如果军官对他动手，他一定以牙还牙。大不了两败俱伤，大不了杀了我，也成全了我。浦冀宁与军官对峙着，心里暗笑，世上之事恐怕就是这样，你硬了，对方就会软。浦冀宁第一次感到自己有了强硬的气势，有了敢跟日本人硬顶的快意。就算被黑川秀诚强按头颈套上笼头也要利用这个狗屁会长为朝夕相处的父老兄弟们做些力所能及之事。不是说惹不起还躲不起吗？可他躲不掉，既然躲不掉，那就"顺势而为"。他知道已经有人背后骂他为虎作伥了，怪不得人家，这个狗屁会长不就是给人骂的吗？骂去吧。做一点是一点吧，也算抵消一点。心里好过一点。

2

陪浦瑞远去香港回来，陈阿宗就被盯上了。

只要是在浦家做事的，有点实力的，都已进入投笔从戎的黑川秀诚的"合作"档案。在黑川秀诚眼里，相比其他家族中人，陈阿宗毕竟是外人，这是他的软肋。为浦家出力，是为回报浦斋航的收留，感恩戴德。此人懂船，懂航运，行事胆大心狠，重义气，有赌性，有魄力，还有水匪的经历。这是一个复杂的人。

陈阿宗的抬头纹越来越重，如同沟壑，隔上几天，就能从沟壑中抠出黑泥一般的东西。从香菱结婚那天起，他心里的那个结渐渐在脸上安营扎寨，深重的抬头纹下方，两边眉毛合力挤压，蹙成明显的一个肉结。

阿四撒手而去，水清踪影全无，香菱的身世成谜。他不敢去打扰浦冀宁，大少爷对他有恩，看着他和香菱和睦，他心里也蛮高兴，但这种高兴总会被心里那个谜团稀释。他跟着瑞远护送宏泰号赴港，觉得瑞远有眼光，思路清爽，做事果断。否则浦家的船真就全军覆没了。回到上海，才知道发生了这么多事，他心里钦佩二少爷，敢说敢做的真汉子。三少爷毫无音信，不知死活。大少爷被逼无奈，被日本人摁住了。他到底怎么办？他不识几个大字，眼下的乱世还是知道的。除了日本人，蒋中正的重庆国民政府、汪精卫的南京国民政府，前几年还有上海市大道政府，都说自己是正统。不过日本人的枪炮肯定厉害，否则蒋中正不会迁到重庆去。为了阻挡日本人的进攻，我们沉了多少船，数也数不清。浦家这么多年的打拼打了水漂。不过比浦家大的老板还有很多。抗日，没啥说的。

回来几天后，浦冀宁来找他喝酒。在一个小酒馆里，喝的是崇明老白酒，用的是碗。

浦冀宁说："这两天忙着内河运输的事，怠慢阿宗爷叔了，先干为敬。"陈阿宗忙说："慢慢喝，这酒后劲大，灌猛了醉得一塌糊涂。我虽然白酒一斤都不在话下，但这老白酒喝醉过一次，两天都没缓过来。"浦冀宁说："爷叔，我就是想醉得一塌糊涂。不过好像这几年酒量越来越好，就是不醉。""大少爷，醉酒伤身啊。我晓得你心情不好，熬一熬就过去了。"浦冀宁愤愤："爷叔侬不晓得，这事他妈的太难熬了。给日本人办事，这辈子就像电烙铁一样烫在身上，永远擦不掉了。"他说着，一头趴倒在桌上。陈阿宗也不知道怎么宽慰他，就抓着他的手，握紧，再握紧："大少爷，人有劫数，该来的逃不掉。别多想，过一天混一天。"浦冀宁抬起头，眼睛血红，又大喝一口，然后又趴下了。陈阿宗有点急："大少爷，你不要这样，今天不喝了，我送你回家。"浦冀宁摆着手："不能回家，香菱不让我喝，才到这里来。"说到香菱，陈阿宗心里"别"了一记，就问："香菱还好吧？"这么问的时候，他又想起那个魂牵梦萦的时刻。那天他从水清手里抢过女儿，水清在女儿右手腕上狠狠咬了一口，这一圈齿印是他心里最痛也是最柔软的地方。浦冀宁说："香菱蛮好。她比我看得开，家里全靠她操心。"陈阿宗说："大少爷是有福之人啊。"

浦冀宁想起他和香菱结婚那天喝喜酒，从水清那里看出一点端倪，后来在二弟那里打听，二弟欲言又止，只说"大阿嫂是好人，侬要好好待她"。二弟把陈阿宗和水清的关系告诉了他。直到水清突然失踪，他才把这根线串起来。他似乎听懂了那天在杜阿四坟前，香菱对着墓碑不出声的自言自语。陈阿宗一直记挂着香菱，香菱晓得吗？难道阿宗爷叔真是香菱的生父？他趴在桌上，脑袋有点晕，但思路出奇地清晰。他抬起头盯着陈阿宗，陈阿宗被他看得有点发毛，说："大少爷，你这是？"浦冀宁揉着胸口，然后放开，缓缓呼出一口气，似乎要使气息匀下来："阿宗爷叔，我一直想问你一件事，又开不出口。趁今天多喝了几口，胆子大了，就……""大少爷跟我还不好意思，随便问。"浦冀宁打出一个很响的酒嗝："阿宗爷叔，我在香菱右手腕上看到一个齿印，很好奇，问她是谁留下的，她说她根本没记忆。后来有一阵，我好几次看到水清在我们家门口转悠。有一次我从钱庄下班回家，天很黑了，她还在，一看见我，她马上就走了。阿栋跟我说过爷叔和水清的关系。我当时有点惊讶，后来几次看到水清这样，就想她是不是……"陈阿宗一把抓住浦冀宁的手："大少爷别说下去了，我心痛。"浦冀宁见陈阿宗脸色发白，忙说："爷叔，可能是我胡思乱想，但我心里一直有这个疙瘩，侬别当真。"陈阿宗点头："嗯，我晓得，我晓得。谢谢大少爷跟我说这些事。来，喝酒。我没事。"浦冀宁说："没事就好，现在船也没了，也没啥事干，无事一身轻。我真羡慕爷叔，七十多了吧，身体还这么结实，好过几年清闲日子了。"陈阿宗说："你阿爸跟我说过，没事干也不能吃闲饭。这话对。就是再多的钱也要坐吃山空的。我就是想，二少爷为国殉难了，三少爷一点消息都没有，瑞远去了香港。浦家就靠你一个撑着了，今后怎么办呢？"浦冀宁晃着头："爷叔，讲心里话，我也是混日子，混过一天算一天。短命的东洋乌龟不走，谁有好日子过？"陈阿宗宽慰他："大少爷，人家也知道你这个会长是被日本人硬搞的。都会过去的。"浦冀宁端起酒碗："爷叔，借你吉言。我一定要熬过去。"

陈阿宗迷茫的时候，日本人找上门来了，直接把他带到业广大厦。那时宪兵队已从新亚饭店移到了这里。日本人带着他在各种刑具边上走了一圈，还让他实地感受了正受刑具煎熬的号叫和痛苦。

陈阿宗听说过宪兵队的厉害，今天算是开眼界了。他倒是不怎么怵，他毕竟是古稀老头了，日本人想让他干啥呢？黑川秀诚认为，对陈阿宗这样的人，就直来直去，没必要绕弯子。不过也要威慑他一下，让他心生戒惧。陈阿宗被带过来的时候，黑川秀诚盯着他，水上岁月刀刻斧凿一般堆在这张脸上，却很难把老年人与这个短粗敦实肌肉发达的家伙联系起来。这样一想，黑川秀诚笑了，他对自己的选择充满信心。

仗打到现在，完全不是预想的那样，连以战略思维见长的母亲都看不明白了。东条英机的参谋本部执意轰炸珍珠港，还把战线拉到了东南亚。这个"剃刀将军"就知道进攻、进攻，从不知迂回。随着日本在与美国的海上争战中日渐失势，大量日本船只和六百多艘潜艇被击沉于美军炮火之下。船被击沉了，继续造。黑川秀诚接到了在上海大量收购木材，并在舟山等地大量制造平底帆船的指令。现在他的身份是经济特务队中佐。这是兴亚院华中联络部次长的新举措。他也不知道未来是什么，现在也不是考虑未来的时候，任何时候都不要怀疑天皇的决策。他知道，浦家已经没有船了，船是这个家族的命，浦辰璋下落不明，浦冀宁被套上了自治会长的"笼头"（浦天禾的这个形容很贴切），能不能套上眼前这个陈阿宗的"笼头"呢？

黑川秀诚向陈阿宗作揖："陈先生，我是黑川秀诚中佐。知道为什么请你到这里来吗？"

陈阿宗回道："不知道。"

"皇军节节胜利，物资供应自然要跟上，我们要建一个木船厂，你愿意出头干吗？"

陈阿宗硬拤拤（态度生硬）地问："凭什么？"

"就凭你。"黑川秀诚一脸笑容。

陈阿宗暗暗欣喜这个说法，一辈子在水上，还有几分江湖地位。黑川秀诚又说："陈先生在水上多年，对木船也内行，如果把这个厂交给你，你就是老板了。"

陈阿宗心里掠过一丝欣喜，从小在水上混，当过水匪的头。跟了浦先生后，就知道要报恩，忽然有人对他说当老板，脑袋像炸起一颗雷，一震，麻麻的、酥酥的。这感觉真他妈的好。干还是不干呢？"我还知道，陈先生正在到处找活干，原来在船上的很多兄弟都没了饭碗，你出来干，既帮了自己，又帮别人渡了一劫，这是救人之举、积德之善啊。日后他们会从心里感激你。"

"这个劫不是拜你们所赐吗？"

黑川秀诚一愣，这番话好像给自己埋了个雷，没想到陈阿宗会这么说。想了一下他说："渡劫嘛，看怎么说，大日本帝国正在帮助中国，帮助整个亚洲渡劫。"

"哼，谁信呢，我们的船给你们炸了，航道被你们封了，才没了糊口的营生，还讲什么渡劫。"

"陈先生不要赌气嘛。开始，是你们的国民政府不合作才造成如今的局面。汪先生与我们合作后，我们着力提携中国航运业，投资了更多的码头、仓库。陈先生在水上多年，老当益壮，就不想东山再起吗？机会就在眼前，你好好想想。"

这番话对陈阿宗的杀伤力很大。值得赌吗？要赌就等于押上了身家性命，包括名声和未来。

黑川围着他转了几个圈，知道老头犹豫了。船是他的人生，他当过水匪头，做了老板等于人生重塑了，他的江湖地位又上了一个档次，谁不想上档次呢？还有金钱。他现在坐吃山空，比他那帮在死亡线上挣扎的兄弟好不到哪儿去。再添一把火。黑川秀诚在抽屉里拿出几张纸，唰唰抖了抖："陈先生，这是你曾经效力的浦先生的船队兄弟名单，要看看吗？"陈阿宗瞄了一下，他妈的欺负我不识字，也不知道是真是假。不过这个东洋乌龟念了几个名字，都对。"不骗你的吧，你的兄弟都等着你去拯救呢。"

陈阿宗决定赌一把。为了众多弟兄，他情愿背上耻辱。

3

昏天黑地。九死一生的阿九强撑着游到对岸，终于摸到一条泥泞小径。一头栽倒。醒过来时肚子像被掏空一样。这个信号逼迫他站起来。浦船长说过，要活下去，要活下去。他沿着河岸，踉跄前行。泪水、汗水、血水全都融于河水。他不知道这是哪里。无论如何先找到吃的。生命的叫喊从没有这样强烈过。走一段，歇一段，第二天终于进入一个小镇，阿九彻底被饥饿击倒，昏睡过去。他梦见自己在一家馆子狂吃海喝，梦醒的时候馋唾水湿了船工服一大片。他忽然打了个激灵，还穿着船工服，日本人会追上来吗？被他们抓到就没命了。这么一想，饥饿被藏到一个不为人知的角落去了，脑子里全是衣服的事。天已大亮，他得赶紧去弄一件衣服。这事比吃饭还要紧。说是小镇，也就是有几家店铺而已。阿九弄到一件当地农家的小褂子，破是破了点，反正像当地人了。人家务农，他在水上，都是黑黝黝的。他的灵活劲又回来了。他溜进一家小馆子的厨房，顺了两个馒头。他啃着馒头，眼泪又止不住下来了。还是浦成栋驾船撞向日本巡逻艇的那一幕。尽管他也是个天不怕地不怕的角色，但浦成栋那种气概还是令他钦佩。现在想想，那时他心里是怕的，他还不到三十，浦成栋说他还没做人呢，但越是叫他下船，他就越觉得不能在他崇拜的船长这里丢脸。咸涩的泪水和着馒头在口腔里翻滚。他要在这里躲一阵了。他像个贼一样隐姓埋名，做苦力，当伙计，打零工，就是不能干船上的活。在漏风的小屋，无人光顾的小庙，或荒野，或墙角，每天醒来都觉得又赚了一天，然后担心怎么打发今天，到哪里寻一碗残羹剩饭。

终于有一天，阿九想回上海了。默默一算，快四个年头了。小日本还赖着。

物是人非了。

哪儿还有浦家的轮船、公司。那块刺眼的红膏药明晃晃地在外滩的高楼上飘着，日军蹬着皮靴不时从马路上踩过。还不如不回来，看着就来气。最来气的是黄浦江江面上，哪里还有中国船的影子，连英国美国船都稀有了，轮船上几乎清一色的烂膏药。侪哪娘个小日本。啥辰光黄浦江变成日本人的了？

董家渡是他唯一熟悉的地方了，一片萧条荒芜，他无趣地在这一带游荡，白天像瘪三，夜里像鬼魂。吃呢，有一顿算一顿，实在饿极了，就翻泔脚。睡呢，桥洞算个好地方。他知道浦家就在附近，他很想去找，想想还是不能添麻烦。那天傍晚他晃荡到老城厢，看到一个小吃摊，肚皮里立刻伸出几个拳头掏着他的胃，熬到天黑，他趁着夜色捞出一根冷油条，没想正好落入摊主视线中，脸上热辣辣吃了一记耳光。他被扇得眼冒金星，也没反击之力，软软倒了下去。摊主慌神了，马上蹲下拍他，拿油条往他嘴里塞。他恍恍惚惚，浑身绵软，想举起的手又无力垂了下去。摊主急了，小赤佬要死啊。摇着他大声喊，聚拢几个人来，有人说掐人中掐人中，一边蹲下来，对着阿九人中一阵猛掐，阿九终于缓缓吐出一口气，回过神来。听到有人叫他，好像很遥远："阿九，阿九。"他吃力地睁开眼睛，又无力闭上，用劲睁开，他认出了对方，叫"大少爷"。正是浦冀宁。浦冀宁掏出几张钞票给摊主："这点够了吧？多拿点大饼油条来。"他把油条放在阿九

大江大船

嘴边，阿九终于张嘴，一口就把半根刎囵吞了下去，直接跳过了咀嚼，头颈伸了半天。"阿九，侬真是饿昏脱了。作孽啊。""大少爷……侬哪能会来辒搭？"浦冀宁说："侬先填饱肚皮，等歇跟我回去。"那天浦冀宁办完事，一路走到董家渡，这是他最近排遣愁绪的一个方式，走路。六十多了，但他的腿脚还不错，他尽量走快，好像跟自己较劲一样走，让思绪集中在这里。走到这里，被一群围着的人吸引，他本能地想是不是能帮上一点忙，想不到是失踪多年的阿九。

　　一直到凌晨，阿九断断续续讲着他当时亲历的一幕。浦冀宁和香菱、天禾泪眼滂沱，阿九说："从小到大，我没见过浦船长这样结棍、有魄力的人。假使阿拉中国人侪像浦船长跟老翁爷叔一样，日本人老早就滚出去了。"这句话听得浦冀宁触心触肺，他哭得不能自已。他唏嘘着："阿栋啊，大阿哥吰没面孔做人啊。侬叫阿九骂我几句吧，让我心里好过一点。"

　　阿九不解，浦冀宁说出自己目前的状况。阿九不知道该说什么。

　　香菱说："阿九，不管哪能，侬先安顿下来。这几天就住辣阿拉屋里，让爷叔想想办法。侬记牢，爷叔也是日本人逼的。浦家吰没一个是孬种。"天禾说："阿九阿哥，侬就听阿拉姆妈，随便做啥，肚皮先要填饱。"阿九站起来，向三人鞠躬。

　　几天后，浦冀宁安排阿九随同一个司机开卡车去接救济难民的大米和面粉。到了粮库，阿九眼睛就直了。这些年来，他没好好吃过一顿饭。司机出示了领取粮食的证明，两个人开始搬运。闻着粮食的味道，阿九力气陡增，搬得很快。司机点了一遍，说到数了。阿九看着卡车，说还有这么多空着的地方，索性多搬几袋回去。司机不敢。阿九说"怕什么，有啥事体我担着，侬就当吰没看到"。司机说"我上有老下有小，万一查出来我吃不消"。阿九想了想对司机说"我们赌一把，如果这趟阿拉混过去了，就算侬帮我忙，我的工钿归侬。反正我一人吃饱全家不饿。侬勿要看小日本凶，离灭脱的日脚不长了。再讲阿拉也是为大家吃口饭"。司机犹豫着答应了。

阿九赌赢了，也兑现了对司机的承诺。司机对阿九有了几分钦佩。

有了第一次就有第二次。阿九继续赌，跟日本人玩捉迷藏的游戏。记不清第几次了，终于被发觉了。阿九被带到宪兵队。阿九咬死就这一次，"是我做的，与他人无干。"阿九在皮鞭和烙铁的伺候中度过了两天，他只有一个念头，我不能给自己丢脸。第三天审讯室里进来两个人，一个是浦冀宁，另一个阿九不认识。浦冀宁说："阿九啊，侬吃苦头了。"又朝旁边歪了一下，"他叫黑川秀诚。"黑川秀诚看了看阿九，问浦冀宁："浦会长是要为这个人说情吗？""是啊，是我叫他去搬粮食的。为了几袋米，你们把他打得这样。太小题大做了。"一名宪兵凑近黑川秀诚耳语了几句。黑川秀诚问阿九："啥人叫侬孛能做个？"阿九想这东洋乌龟会讲上海闲话啊。回答他："呒没啥人，就是我自家。"黑川秀诚"哼"了一声。浦冀宁冷言："有啥好哼，勿相信啊，是我叫伊做的。侬满意了？"黑川秀诚忽然指着浦冀宁："浦会长，请你自重。""我这种人还用自重，我早就没重量了。阿九是我手下，他做错了，理应由我来承担责任，折磨他有什么意思？"黑川秀诚咬着牙："你的责任我会跟你算，先跟他算。该算的都要算。"浦冀宁还以冷笑："黑川中佐，也不用等你来算，我自己早就算好了。要么撤了我，要么把我杀了。算来算去不就是这回事吗？你天天说大东亚共荣，老百姓要吃口饱饭都被打成这样，还他妈共荣，简直是笑话。"最后几个字，浦冀宁突然拉高了嗓门。黑川秀诚放下斯文，指着浦冀宁对宪兵说："把这个人给我关起来。"浦冀宁哈哈大笑："狐狸尾巴终于露出来了，装了这么长时间，不容易啊。强盗就是再斯文，还是强盗。"

两个宪兵要过来夹他，浦冀宁说："不劳你们动手，我跟着走就是。"又回头看了一眼恼羞的黑川秀诚，大着嗓门，"谢谢你成全我，黑川秀诚中佐。阿九，我来陪你，你有伴了。"

第十一章 报应来了

1

暮春时节，偶尔仍有刀割似的风刮过。球鑫船厂里的法国人收拾行囊，离开他们工作了二十多年的厂区。接替他们的是日本三菱公司。

这个曾经制造出五千吨级海船和常规炮舰的造船厂成了日军制造弹壳和修船的地方。太平洋战争爆发后，日本在与美国的海战中渐趋下风，被击沉的军舰越来越多，日本国内人力物力已完全不允许新建舰艇，修船变成当务之急。除了大量制造帆船确保物资运输，修理军舰重新投入海战是日本维持战争的绝对需求。这种窘迫已是末路将近之兆，但参谋本部一如既往地坚持强硬路线，孤注一掷。

无论造船、航运还是码头，三菱都是捷足先登。可这一次的接手并没什么兴奋点，似乎仅仅用了它显赫的声望。

残缺不全的舰艇陆续到达，工程师和技工们忙了起来。一位面容清癯、蓄着修剪妥帖的山羊胡男人早早到了工地，直到晚上，他还迟迟没有走出厂区。月光泻了一地的惨白，他听见自己心底的啜泣，无限的忧伤，从心灵到身体都是痛彻的。他是浦辰璋。俞光甫在崇明的那位朋友的住所其实是军统安插的一个站点，俞光甫却不自知。蛰居崇明一段时间后，浦辰璋看出端倪，仍是云淡风轻。在上海外围区域，崇明是日军头痛的一个地方。在这里，浦辰璋与这位保护兼监视者心有戚戚，达成默契，并学到了化装术，其间自学日语，以他的聪敏都不在话下。当他得悉三菱接手球鑫船厂的消息时，再也无心蛰居下去，决定回到上海，回到他一手创立的心心念念的造船厂，即使与它共存亡，也在所不辞。

这些破了洞断了桅的日本军舰，作了多少的孽，然后在这里重生，再次投入战场屠戮生灵。他来，就是来阻止的。哪怕一艘，也是尽了一己之力。

他瞄上了排水量三万余吨的山岛号。这是一艘被美军击沉后打捞上来的战列舰。他和几个工程师一起接手山岛号的修复。了解船体结构和部件是第一步，熟记于心，见机行事。再看看那些被炸毁但装备技术精良的舰艇，他不禁又联想起曾经是世界第一的中国造船业来。心中愤懑难抑。

阿九和一批青壮年被带到木船制造厂，这里实在缺人手。阿九犟头倔脑，吊儿郎当，没少挨打。那天他猛力敲击一只完工的帆船船帮，被日本监工一顿狠揍。阿九控制不住还手，然后与他扭打在一起。闻声赶来的日军士兵瞄准了阿九，就在子弹飞过来的那一刻，一只手猛地把阿九搡到一边，阿九踉跄倒地。士兵接着还要打，一个矮壮的老者挡住了他，脸上赔着笑，指指阿九，又把大拇指朝向自己："太君，这个人，是我的。"士兵问："你是谁？""我是这里的厂长，黑川秀诚先生叫我来的。"两人的交流疙疙瘩瘩带着比画，士兵听到"黑川秀诚"几个字，就放下了枪。然后把监工拉过来，咕噜了几句日语，监工对阿九说："再发现第二次，格杀勿论。"阿九仍趴在地上，一脸的不买账。老者对监工说："明白，明白。"然后对阿九说，"快给我起来。"阿九看了他一眼："你是陈老大？""现在是陈厂长。"阿九一骨碌爬起来，盯着他："你是这里的狗屁厂长？"陈阿宗挥起拳头瞪了他一眼："小子，嘴巴干净点，别没大没小的。今天要不是我，你这条小命就交待了。""老大，混得不错啊，都吃上日本人的饭了。""那你吃不吃饭？你要是不想吃，就自己撞死吧。""我要撞死，就拉上几个垫背的，就像你这样的。"陈阿宗不由分说朝阿九脸上揍了一拳，阿九刚想还手，被陈阿宗轻松一攥，拧了拧，阿九大叫起来，陈阿宗趁势往前一推："你小子在船上没被教训够，到现在还欠打。"阿九对着陈阿宗远去的背影啐了一口，想不到这家伙也当了汉奸。

几天后，两人又打了照面。阿九一脸不屑，陈阿宗侧身而过，又走回来，对他说："晚上喝一杯。"阿九不理不睬的样子，陈阿宗点了一下他脑门："董家渡小酒馆。"

阿九比陈阿宗早到。坐定后，陈阿宗喊："七宝烧。"小伙计拿了一个小酒壶，两只碗，放在油腻腻的桌上。陈阿宗自己倒满，再把酒壶推给阿九，阿九也倒满。两人碗一碰，干了。陈阿宗接着倒，阿九也继续。几个来回，一壶酒就光了。阿九喊："再来一壶。"陈阿宗突然问："你有钱吗？"阿九说："没钱就把我人扣在这里。""好，有种。"很快又光了。陈阿宗喊："再来。"阿九已经趴在桌上了。陈阿宗说："看你这副屌样，还想跟我搞。算了，放你一马。"说完把钱放在桌上，"伙计，结账。"他拍了拍阿九，"回去好好睡一觉，明天再喝。"刚走到门口，阿九就追了出来，一把拉住他："老大，酒我喝不过你。""那你打得过我吗？"阿九垂头丧气："也打不过你。""那你还在我这里充好汉。""我不就是撒气嘛。""撒气也要看场合，看时候。""老大，你真要给东洋乌龟做下去啊？"陈阿宗嘿嘿笑了："其实看到你昨天这样子，我还蛮高兴的，说明你小子还有出息。不过我有我的打算，你别给我乱搞。""快说给我听听。""别多问。到时候听我的就是了。"阿九一把拉住他："老大，你知道浦船长是怎么死的吗？""我当然知道，只是知道得晚了。听说你跟他在一起？""其实我也准备好死了，爆炸后只伤了胳膊，浦船长命令我跳河，才留下一条性命。""你小子命够大的。""老大，我活着就是为浦船长报仇的。从小到大在船上，想不到现在他妈的帮东洋乌龟干活。我恨不得把这些船一把火点了。老大，你甘心啊？"陈阿宗瞪他一眼："还轮不到你小子来教训我。"

2

山岛号的修补和改装完成后运到了码头，外围有三四米的高墙，岗亭上有一名日军士兵把守。那晚沿厂区几十米的路灯全暗了，这是电路检修经常出现的状况。皎月悬空，夜色如此静谧。山岛号悄然下沉。围墙边上，人影绰绰，倏忽消失。

晨曦微露的时候，山岛号只剩下桅杆歪斜在水面上。一个小时前，厂区里哨声大作，一群日本海军陆战队队员迅速在厂区各处站好点位。浦辰璋冷冷地看着这一切。昨晚深夜，他在山岛号机舱间拆除了两只大的海底阀，听到了哗哗冲进来的水声。把事先准备好的麻袋扎在阀口，拖到舱底，减弱水声。他计算过舰艇沉没的速度，与后来发生的一切完全吻合。

他听着工程师们的议论，华中派遣军司令官大发雷霆，天皇诞辰日竟然发生此事，简直是奇耻大辱，声称要不惜一切代价找出破坏者。谁都知道，失去一艘战列舰对穷途末路的日军意味着什么。

浦辰璋想，当然是奇耻大辱，但对这帮东洋乌龟来说，将永远是一个谜了。

天大亮的时候，大街小巷都在谈论这件事，人们都在说这个不明身份的抗日英雄。按照国人思维，神秘奇侠、潜水大王等等传说不胫而走。

天禾找到黑川秀诚，问父亲被关押的事，黑川秀诚说浦先生激怒了宪兵，看在浦先生与他合作的分上，他尽力干预才使他免受刑具之苦。不过浦先生一点都不领情，反而对他破口大骂，还绝食。天禾一听就急了，他要是饿死了怎么办？黑川秀诚说："我也劝他，但他完全不听啊。你既然来了就去劝劝他。"天禾立即打电话给香菱，半个多小时后，香菱急匆匆赶来了。两个人到了那里，浦冀宁却迟迟不出来，里面传出话来，说浦先生不愿见她们。香菱急得大喊，带着哭腔："阿宁，浦冀宁，侬勿要阿拉啦，侬要做啥？快快出来呀……"

天禾也哭叫着："阿爸，侬出来看看阿拉，侬勿要想不通呀。"

过了几分钟，浦冀宁出来，脸上浮肿，眼睛边上还有一大块青紫，两个女人就哭了起来。浦冀宁说："所以我不出来嘛。就怕看到俫这副样子。"

妻子和女儿的声音混杂在一起："侬勿要绝食啊，侬要活下去。"

浦冀宁不说话了。他想的是，宪兵队要关我，我正好不做这个狗屁会长，让众人看看我浦冀宁到底是不是孬种，就是死在里面也无所谓。他已经绝食两天了，他怕看到这两个自己最亲近的女人就会坚持不下去。果然听她们这么一说，心就软了。但他还是不说。香菱说："侬听到哦？就是要活下去，总有一天阿拉会拿东洋乌龟赶出去。"香菱感觉这个大她十几岁、原先温良恭俭的丈夫变得越来越强硬了，心里倒是有一点欣喜。天禾还在呜咽，一抽一抽的，看得浦冀宁心疼。"我晓得了。俫回去吧。"天禾停止了抽泣，贴近阿爸的耳朵："阿爸，昨日夜里一只日本军舰莫名其妙沉下去了。外头侪辣讲这桩事体，讲是一个啥大侠做的。日本人气得双脚跳，伊拉日脚不长了。"听到这个消息，浦冀宁心里暗暗赞叹，弄沉一只军舰，结棍。他说："我会吃饭的。"巡哨的日本宪兵呵斥："时间到了，快快出去。"三人告别，浦冀宁忽然向香菱招手，示意她走近，轻轻说："有空去看看阿宗爷叔。"香菱不知所以，浦冀宁已经往回走，她记住了这句话。

陈阿宗听到日军军舰沉没的消息后，心中波澜骤起，浑身燥热。

阿九通红着脸对他说："老大，侬听讲了哦？"陈阿宗睃他一眼："只有侬晓得啊？""舍么阿拉……"陈阿宗一瞪眼："阿拉啥，做生活去。"阿九还想说什么，陈阿宗留下一句"夜里董家渡小酒馆"，抬脚走了。

照例是崇明老白酒。一人一壶。陈阿宗抓着酒壶说："今天就这点，说正事。"阿九从没看到陈阿宗这么严肃过，也一本正经起来。两人先干了一杯，陈阿宗降低嗓音："我准备弄船，干不干？"阿九立即回应："干。""好，此事天知地知你知我知。不许透露半点风声。"阿九学着陈阿宗的口音："若透露半点，阿九几几（自己）撞系（死）。"陈阿宗在阿九头上弹了一记响亮的麻荔子（荔枝，此处指栗暴），阿九痛得面孔都歪了，但还伸出了大拇指："老大力道结棍。"陈阿宗接着给阿九讲导致帆船故障的各种隐蔽的方法。

不久，日军运输帆船接二连三发生事故，或突然搁浅，或中途进水甚至沉没。

清晨，厂区里突然戒严，一队荷枪实弹的宪兵与刚来上班的工人面对面。工人们面面相觑，不知所以。几艘空船横七竖八堆在一隅。黑川秀诚在工人们面前走来走去，指指点点，被指到的工人出列，一会儿就有十几人。在黑川秀诚不断的注视下，他们都显出惊惶的神色。黑川秀诚对一个宪兵使了个眼色，宪兵迅速走向一个工人，啪啪两记耳光，接着对另一个工人屈膝向上，狠狠顶向他的裆部，工人痛苦倒地。阿九忍不住想冲出来，陈阿宗把他瞪了回去，被黑川秀诚尽收眼底。他走近陈阿宗说："陈厂长，请你把刚才那个摩拳擦掌的家伙叫出来。""哪个人？"陈阿宗想，这小日本声东击西，我上他的当了。黑川秀诚笑吟吟地指着阿九："就是他。对不对？"陈阿宗没办法了，躲不过去了。他走到阿九身边，推搡了一把，那意思全在里面了。阿九歪头斜脑的。黑川秀诚把他的脸扳过来："火气还不小，尽管发出来。"

阿九不看他。黑川秀诚对宪兵说："这个人一点都不懂礼貌，教教他。"宪兵抡起手掌，左右开弓，扇了阿九两耳光，然后把他的头扳正，凶狠地说："看着中佐。"阿九嘴角滴着血，看着黑川秀诚，听到他说："这就对了嘛。你刚才就想冲出来，有什么想说的，嗯？""你们为什么平白无故打人？""平白无故？我从来不做平白无故的事。"他朝向陈阿宗，"陈厂长，我是平白无故的吗？"陈阿宗摇头，漠然。黑川秀诚回头，指向一个少佐。少佐奔向出列的工人，突然拔刀出鞘，工人们禁不住哆嗦了一下。少佐走近一张稚嫩的脸，用生硬的汉语问道："告诉我，你看到了什么？"稚嫩的脸战战兢兢地回答："我，我什么都没看到。"少佐突然一脚踢向他的膝盖，稚嫩的脸惨叫一声，倒了下去。少佐对众人说："我再给你们五分钟时间，如果还没有人告诉我，我就要用这把刀说话了。"

黑川秀诚对陈阿宗说："一个多月了，从这里出去的运输船经常发生事故，你作为厂长，有什么对我说的？"

陈阿宗说："中佐先生，我还是刚刚听到这个消息，完全不知道啊。"

"是吗？你是老法师（老行家），你来看看这几艘打捞上来的船，是什么原因导致了它们的沉没？"

陈阿宗走到空船边，看了半天说："中佐先生，我实在不明白这是怎么回事。"

"你是在搪塞我。我们经过鉴定，船的内舱和底部明显有凿击的痕迹，这是蓄意破坏。我的上司命令我一天内查出嫌疑人。今天所有人都不准回家，明天早晨，我要看到谁是捣蛋的家伙。这件事由吉野少佐全权处置，就是刚才那个动不动就拔刀的家伙，他的绰号叫鬣狗，可没我这么好脾气。"

陈阿宗心里暗骂道，你他妈的鬣狗，我还是藏獒呢。

就在前天晚上，香菱来找他了。他感觉很突然，又有些欣慰。

　　　　　　大江大船

香菱说是浦冀宁嘱咐她来看看他。陈阿宗立即明白了，问是怎么找到的他，香菱说是阿九告诉他的。陈阿宗尽力克制着欣喜，不要吓跑了她。香菱叫他爷叔，说是跟着阿宁这么叫。她多次听阿宁提到阿宗爷叔，说起他的经历，在她听起来很传奇，有一次阿宁突然跟她说"他可能是侬亲生阿爸"，她大吃一惊。问阿宁为什么，他却没了下文。阿宁为什么现在叫她去看阿宗爷叔？陈阿宗很想细细打量香菱，却又不敢恣肆，就问阿宁现在怎么样。香菱一脸愁绪，说"阿宁很不开心，前几天还绝食。我晓得，自从戴上这顶会长帽子，他就像变了个人。看上去胆子大了不少，好像什么事都敢做，他是想用这顶帽子为老百姓做点事体，还顶撞了日本人。这在过去是想也不敢想的事。其实他心里越来越空虚，越来越无聊，折磨自己，就像等死一样"。陈阿宗安慰她："香菱，我晓得大少爷，他是个本分的人，很看重名节，这顶帽子被日本人强行戴上去，他就觉得他这个人完了，所以才会这样。别人不明白，我们可不能不明白。"香菱说："爷叔你真是这么想的？"陈阿宗说："真的，我就是这么想的。事情不都明摆着吗？你说那些得着阿宁好处的老百姓，心里难道不明白吗？人心都是肉长的。"香菱忍不住抽泣起来。陈阿宗说："香菱，别哭，爷叔晓得，你为大少爷，为家里操碎了心。"香菱抽泣得更厉害，陈阿宗有点不知所措，总算找到一块毛巾，又嫌不干净，正犹豫着，香菱涕泗滂沱地伸手来接，陈阿宗清晰地看到她手腕上那个影影绰绰的齿印。他瞬间感觉心脏狂跳不止，心里腾起一股暖意。大少爷真是好人哪。浦家真是满门英雄、满门贤人啊。我这辈子算是跟对人了。大少爷，我一定要报答你。但又不知怎么跟香菱说，总要找个合适的机会吧。而且，如果香菱知道自己现在做着这事，一定会来气。跟她解释也不是时候。还得忍忍，忍忍。水清说过："她现在过得很好，你不要去打扰她。"对，别打扰她。香菱说"爷叔，侬年纪大了，要保重啊"。陈阿宗使劲点头，"香菱，谢谢你。不过我还不老。就是东洋乌龟搞得我们不太平。你看着，老天爷会收拾他们的。"

3

第二天清晨，吉野牵着一条狼狗在工人们面前晃悠，他在一个脸色煞白的工人面前停了下来，扳起他的脸，工人退缩着，扭曲着脸。吉野低吼一声，狼狗扑向工人，工人立刻鲜血淋漓，疼得打滚。吉野还在继续观察，他的视线中出现了一条筛糠一样抖动的腿，他向狼狗发出了指令，狼狗扑向那条腿，那人惨叫着倒了下去。突然一个人影闪电般扑向吉野，那是阿九。阿九一下子掐住了吉野的头颈，狼狗回转身来扑向阿九，阿九眼疾手快，掷出一颗石块直中狼狗的脑袋，狼狗被砸晕，晃着狗脑袋，定了定神再次扑向阿九。阿九倒下了。陈阿宗忍不下去了，几个箭步追上狼狗，出手猛击它的头部，然后在它的腰部狠踹一脚，狼狗瘫在地上，只剩下呼哧呼哧大喘气了。吉野的头颈已经青紫，迟迟缓不过劲来。两个宪兵用枪对着阿九。黑川秀诚出现了，他拍了一下陈阿宗："好身手。"陈阿宗对黑川秀诚说："用这种下作手段吓唬人，不算本事。""陈厂长，那我倒是要请教，什么是不下作的呢？""凭本事查啊，查不出就没话说。""沉船的事，陈厂长真没什么可说的？""不知道，就没什么好说的。你就是关上十天半月也没用。""那就别怪我不客气了。"他转向吉野，"吉野少佐，你的方案我批准了，执行吧。"吉野大笑起来，这一笑，使他僵硬的头颈又扭了一下。吉野下令士兵瞄准一个工人，扣动扳机。工人倒下了。接着又是一个，两个……陈阿宗突然大喊："兄弟们，跟这帮狗娘养的拼了。"他奔向正往前走的黑川秀诚，黑川反应过来，两人扭打在一起。尽管正值壮年，但黑川秀诚显然不是老当益壮的陈阿宗的对手。陈阿宗先下了他的枪，然后反向环着他的颈部，叫道："吉野，狗杂种，再敢开枪，我立刻弄死他。"黑川秀诚说不出话来，无助地看着吉野。双方对峙着，这是黑川和吉野没想到的。吉野吹响了哨子，所有驻厂的日军士兵都来了。陈阿宗明白，自己一方明显落于下风。他一边拽着黑川秀诚，一边大声警告："都给我往后退。老子一人做事一人当，让我的兄弟们出厂。"他松了一下黑川秀诚的颈部，对他说："要想活命，就照我说的做。"黑川秀诚对吉野痛苦而不甘地做了个手势，工人们慢慢撤向工厂大门，喊着："老大，一定要活着回来。"陈阿宗大声回应："老哥哥对不住你们了，各奔东西，别再回来。"看到最后一个工人走出厂门，看着地上躺着的弟兄，昨天还是活生生的，现在却成了日本人枪下的冤魂，陈阿宗悲从心生。他想，是我把你们带到这里来的，老哥哥对不起你们啊，我马上就来陪你们了，到那个地方再向你们磕头，求你们原谅。唯一的遗憾就是这辈子不能与香菱父女相认了。罢了罢了，命中注定啊。吉野和几个宪兵渐渐向他靠近。吉野要举枪射击，黑川秀诚软绵绵地摆了摆手。陈阿宗知道，在得到他的口供之前，他们不会轻易杀了他。他减轻了箍在黑川秀诚头颈上的力道。黑川秀诚趁机脱身，从陈阿宗口袋里掏出自己的枪，对准他："说吧，把真相告诉我。""真相就是老天开眼，让这些船进了水，翻了船，搁了浅。老天要惩罚你们东洋乌龟王八蛋，逃不过的。""不要胡言乱语，我敬你是条汉子，给你最后一次机会。""老子一人做事一人当，就是老天叫老子来惩罚你们的。怎么干的，永远不会告诉你。来吧，朝老子开枪。错过机会，老子会咬死你。""哼，让你一枪毙命，太便宜你了。我要慢慢弄死你。"陈阿宗突然一个转身，眼疾手快，再次夺下黑川秀诚的枪，黑川秀诚的手腕脱臼了，痛得冷汗直冒。陈阿宗说："那我就先便宜了你。"但他的后背先中了弹。是吉野开的枪。陈阿宗侧身倒地时向吉野射击，伤了吉野的一条腿。吉野瘸着腿对陈阿宗射出致命一枪，陈阿宗左胸喷泉一样冒着鲜血。

看管阿九的宪兵被陈阿宗的突然行动带过去了，阿九潜着没动，他看到了惨烈的一幕，看到了年逾古稀的陈阿宗仍是一条好汉，然而他什么都不能做。直到两个宪兵用一条大麻袋把陈阿宗的遗体套起来，扛上一辆车。他才翻墙而出，一路跟踪而去。船厂离江边不远，阿九看着麻袋被扔进江中。他捂住嘴，热泪奔涌。宪兵车远去，阿九一头跃入江中，大约个把小时，摸到了正在下沉的麻袋。把遗体拖到江边时，阿九只剩下一口气。那时正值正午。人们很快围拢过来。阿九谁都不搭理，喘着粗气，等他气匀了，背起陈阿宗湿漉漉的遗体，朝前走去。他要把这个消息告诉浦家。他知道，陈阿宗跟了浦家后就再也没离开过，浦家就是他的至亲。他轻手轻脚把陈阿宗放下来，生怕弄痛了他，让他靠着墙根坐着。慢慢地松开麻袋，陈阿宗的眼睛还愤怒地瞪着。阿九心里说，老大，你闭眼吧。然后去敲门。开门的正是香菱。她看到了浑身湿漉漉、满脸惶恐的阿九。

"阿九，出啥事体了？"

"婶婶，陈老大……为了救阿拉大家，被东洋乌龟打死啦。"阿九呜咽着。

香菱顺着阿九手指的方向看到了陈阿宗，她浑身颤抖着走向他，听到自己的声音都是黏滞发颤的："爷叔，爷叔……侬哪能就走了呢？阿宁讲，侬是我亲生阿爸，我不敢相信……到底是真的还是假的……侬哪能还不闭眼啊……侬就是我阿爸，阿爸，我来帮侬闭上眼睛啊。"香菱将陈阿宗的眼睛轻抚了一下，他的眼睛终于闭上了，闭得好沉重。香菱泣不成声，阿九听得稀里糊涂。

香菱又说："阿爸，今朝我要专门为侬唱一段。"她站起来，啜泣着，唱起了申曲《女侠十三妹》。围观的人多了起来，见状无不落泪唏嘘。香菱唱得天昏地暗，唱得晕了过去。远处，一个戴着巴拿马草帽的男人静静地看着，神情肃然。

大江大船

香菱把陈阿宗的死讯告诉了浦冀宁。浦冀宁目光散乱，自言自语："阿爸去了，阿栋去了，阿四爷叔去了，阿宗爷叔去了，阿璋不见了，就剩下来我，像废物一样，让我陪偌一道去哦。"

"阿宁，侬勿要瞎讲，侬还有我跟天禾。"

浦冀宁两眼定洋洋（呆视、无神的样子）看着香菱："是啊，我还有侬，还有天禾。还有侬，还有天禾……"

"阿宁，侬哪能啦？阿宁……"

浦冀宁自说自话："反正我已经像个死人啦……"他忽然大喊起来："东洋乌龟王八蛋，偌这帮众牲，我杀脱偌一家门。"香菱发现，他的眼睛仍是定洋洋的。阿宁神经错乱了吗？

一个多月后，浦辰璋回到老屋，在江边久久伫立着。恍惚中他又看到了隆鑫号等四艘轮船歪斜着淹没在江中；看到了阿栋和翁大哥被浸泡得变了形的躯体和他们肿胀的脸，那样子刻在他内心最深处，此生无法忘记了；看到了被日本人占领的球鑫船厂；看到了陈阿宗湿漉漉的遗体……江水泛着血色，越来越浓，越来越稠。插着太阳旗的船在黄浦江上肆意嚣张，在中国的江河湖海中留下了累累罪孽和冤魂。现在，它们终于消失了。

泪水从眼眶中涌出，从他被日本宪兵带走的那个凌晨，他没有流过一滴泪，就让它们尽情畅快地倾泻吧。他将了一把被江风吹散的长发，远处，响起他熟悉的轮船汽笛声。世事沧桑，江海东流。他想，中国永远不会亡，中国船将继续前行，黄浦江上，将重现百舸争流、千帆竞发的壮阔之景。

此刻，江对岸的日军安置点里，一个女人整天披头散发，亢奋癫乱。有人过来，她就傻笑，十分无耻的样子。其他滞留的日本军方人员都远远躲着她。一个清晨，几个日本人突然听到一声撕破了嗓音的女人的狂喊，然后是墙上发出的重重的撞击声。人们迅速围拢过来，发现女人的头颅撞出一个明显的凹陷，头上是一团带着血污的黏滞纷乱的头发。她的左手紧握着，手指上还滴着血。掰开，是一张纸，上面是一行歪歪扭扭的日文血字——皇国万岁。安置点的负责人员迅速核实了这个自杀者的身份——黑川洋子，婚前姓山田。这个狂热的军国主义者终于迎来了她应得的下场。

黑川秀诚对江湾是熟悉的，只是原来的日军驻点改成了现在的日军安置点。许多滞留士兵盼着回国，他却心灰意冷。母亲失去了联系，他在这里等待中国政府的处置。所谓"大东亚共荣"简直可笑。他也成了被他自己的帝国和战争遗弃的人。他生长在上海，除了当年在中国各地的勘查，几乎没离开过这里。他也不知道日本的故乡还有谁知道他这个叫黑川秀诚的人，不，那已经不是他的故乡了。他惶惶不安、如坐针毡地数着日子，他虽然不在正面战场，但手里也是有血债的。一想起来，他眼前就会出现血糊糊的一片。他不知道命运的结局，他能有赎罪的机会吗？他期盼着留下来，留在这座城市，最好是隐姓埋名，但这可能吗？

第 三 部 分

远航

抗战胜利，万物生长
矢志不渝，远渡重洋进修造船
异国恋人遭遇狂风巨浪
中国人的万吨轮，扬帆启航！

第一章　海浪席卷而来

1

浦辰璋和俞光甬结成儿女亲家，浦瑞远和俞菁珊结合，然后就有了我。老爹给我起名瀛川。从浦斋航算起，我已经是浦家第四代了。

我满月那天，老爹浦辰璋抱着我去了河南路桥桥堍下的天后宫。老爹非常高兴，对我这个大孙子倾注了满满的爱与希望。我与老爹的眼光一对接，就咿咿呀呀不停，老爹发现我能和他互动，欣喜异常。他就跟我娓娓说起天妃娘娘的故事，我目不转睛地看着老爹，似乎能听懂他的话。老爹也认定我听懂了他的话，越讲越有劲，我很配合地发着稚嫩的咿呀声，老爹边说边跟我频频点头。我阿爸和卢西亚阿奶也觉得十分惊奇，我才刚满月，怎么能这么安静地躺在老爹的怀抱中，听他讲这些婴儿完全不明白的事，而且祖孙俩如此默契，有点见证奇迹的意思了。那天老爹送了我一个礼物，是他亲手用轮船甲板柚木精心微雕的妈祖像。那真是一件精美绝伦的雕刻艺术品。老爹心灵手巧，能把外国进口大型机器摆弄得舒舒服服，还时不时地改进一下，这样的微雕对他来说一点也不是难事。他把妈祖微雕塞进我的手心里，把我的拳头捏紧，我就一直这样捏着，回到家里都没松开过。我的血脉里藏着从太公到老爹和浦家船队的故事。老爹跟我讲的，这是一种家族基因的唤起。

我的童年不是跟着阿爸在船上，就是跟着老爹到处跑，我遗传了阿爸的寡言基因，但事体做得清爽。老爹说，迭个小囡心里样样晓得，煞煞清（清清楚楚）。重要的是，我是老爹的好听众，而且沟通起来心有灵犀。有一次老爹突然问我："瀛川，侬满月个日脚老爹抱侬到天后宫，老爹跟侬讲的事体侬真个晓得？"我点点头。老爹赞许地摸摸我的头，满意地"嗯"了一声。他相信我。老爹又说："老爹问侬，老爹现在最烦心啥事体？"我想了想说："东洋乌龟来了。"老爹击掌："对呀。小脑筋交关灵光。"老爹继续说："辣几年，我做内河航运刚刚有了点起色，东洋乌龟来了。讲来讲去，国家实力不够，人家就要欺负阿拉。本来我造船造得蛮好，我是想，制造业弄上去了，国家就会厉害。可惜啊，北洋政府不担肩胛，蛮好一爿造船厂拨法国人弄得去，老爹心里真不是味道啊。我就是呒没想到，当初法国银行帮忙贷款，想不到伊留了心机，等我还不出贷款，还欠了一大笔款子个辰光，伊就落手（下手）了，逼得狠啊，叫我用船厂抵押。讨价还价的余地也呒没。"我晓得，老爹做着航运，但对他亲手创办的船厂一直放不下。我去过造船厂，它挂着中法合资的牌子，实际上被法国人控制了。讲起这事，老爹总是愤愤不平。

老爹被日本人带走时，我还不满十岁。再见到老爹，我已经跟他差不多高了。我紧紧抱住他不肯松手，眼睛被泪水浸透了。老爹摸了摸我刚刚萌芽的胡须，男子汉了，要出去闯世界了。

抗战胜利第二年，我过了十七周岁，老爹把我送到英国留学，航运和船舶都要学。老爹说："抗战胜利了，国家要重建，这两样是跑不了的。你学成后要报效国家。"我晓得，英国在造船和航海领域都是世界领先的，去英国留学使我的知识结构更加系统化，也可以看出老爹雄心未泯。我浑身充满了动力。姆妈有点舍不得，老爹就讲"菁珊啊，我当年到法国去比瀛川还小了一岁。再讲侬阿爸，十五岁就一个人从宁波到上海来了。阿远廿岁出头就出海当船长了。男人总归要出去闯的"。

我到伦敦后转道普利茅斯大学。战后的英国遍地废墟，普利

大江大船

茅斯是爆炸重灾区，满目疮痍。我的学业就是在这种不太好的感觉中开始的。随着学业进展，我渐入佳境，第三年末，我迎来了一场不期而遇的热恋。

　　我的英国女同学格罗西老家就在普利茅斯，她是土生土长的当地人。格罗西深为家乡自豪，她说普利茅斯人都是天生的航海家。普利茅斯城市不大，历史悠久。作为一座商港，它的贸易史可以追溯到罗马帝国。从 16 世纪到 19 世纪，普利茅斯就是英国出海的港口。格罗西跟我讲起了她的家族故事。到普利茅斯之前，我只在二老爹那里只言片语地听说过这个名字，而作为航海人后代的格罗西很早就知道了上海，也许这个地处中国长江出海口的城市比普利茅斯的知名度更高，所以当我说起上海和我家船队的故事时，我们两人瞬间就成了知己，几乎没有任何距离感了，情愫也同时萌芽了。格罗西听我讲我的家族故事时，眼睛里始终有一种不解，却又神往。我对她说："我会带你去上海的。"她突然跳起来，在我的脸上狠狠嗐了一口。我也客气地回敬了她。她甜蜜地看着我。我注意到格罗西脸上星星点点的雀斑，当她笑的时候，它们忽而热烈相聚，忽而冷漠散开，好像一个变幻莫测的星相图。在那些月朗星稀的时刻，我会痴痴地捧着她的脸，觉得她的星相图是从星空上映射下来的，格罗西乖顺地让我探究她脸上的奥秘。我不解的是，她的兴奋和沮丧或者不快转换极快，说来就来。她喜欢突然在我脸上嗐一口，对她这个举动从仓皇无措到欣然接纳我花了整整几个月。我说我非常不习惯，她认真听着，然后又嗐我一下，说很快就习惯了。再把她的半边脸给我，让我回嗐。我的第一次回敬是出于礼貌，后来却是躲躲闪闪，我甚至臆想她的雀斑会不会被我嗐进嘴里。

2

那天格罗西对我说，要带我去她叔叔家，他和中国有特殊的……缘分。她用刚学到的这个词来表达，恰到好处。是的，缘分无处不在，一切皆为缘。就像我与格罗西，不也是缘分吗？

那里有个古城堡，面向一片宽阔的海域，海面上波光粼粼，岸边的古炮台上架着一尊威风凛凛的古炮。我们沿着古堡外墙漫步，一路上，格罗西一直叙述着德军当年的狂轰滥炸。这时我已经知道，普利茅斯是英国重要的海军基地，还有造船厂，当然成为德军的空袭目标。

一条鹅卵石铺成的小路把我们带进一片石砌小屋群落。小屋屋顶上盖着厚实的茅草，那些损毁的屋顶留存着当年轰炸的印迹。格罗西忽然喊了起来："弗朗西斯叔叔，你在干什么？"我看见一个老人爬在一把木梯上整理屋顶上的茅草，听见叫声，他回过头来做了个夸张的姿势，他居然能在木梯上做出这个姿势，我惊叹他的平衡力。他下了梯子，与快步走来的格罗西拥抱了一下："亲爱的格罗西，快半年没看到你了。""叔叔，我带来一个客人，我的中国朋友。"弗朗西斯又给我一个大大的拥抱，没想到他的劲道这么大："欢迎你，英俊的年轻人。""谢谢弗朗西斯叔叔。"我像格罗西那样称呼他。

"来吧，格罗西，你是我最重要的客人。"他又对我说，"还有你，年轻人。"

弗朗西斯先生打开屋门，我注意到房门似乎窄了点。

进了门，却是另一番天地，各种大大小小的物件琳琅满目。弗朗西斯看出了我的拘谨："年轻人，随意点。格罗西从小就在我这里玩大的，就像她自己的家一样。"格罗西对我说："是啊，浦，弗朗西斯叔叔送给我许多好玩的礼物，还有来自中国的。"弗朗西斯问我："年轻人，你在中国哪里？""我在上海。""上海？太好了。我在那里待了六年多。""真的吗？""当然，当然。上海真是个富得流油的地方。""弗朗西斯叔叔是在上海做生意吗？""是的，我做的是大生意。是你想不到的大生意。"弗朗西斯扬了扬骨节突出的大手。格罗西对我眨了眨眼："浦，猜猜，弗朗西斯叔叔做的是什么生意？你一定能猜到。"我想了想："大生意，当然是航海贸易了。"弗朗西斯兴奋地与我击掌，眼睛里射出一个耄耋老人少有的精光："真聪明，对，就是航海贸易。我和我弟弟有三艘船，在上海和伦敦之间来回跑。"格罗西说："在普利茅斯找一个航海家很容易，弗朗西斯叔叔就是。"我的情绪忽然低落了，我想起了老爹跟我说过的浦家船队的衰亡和沙船遭受的碾压，外轮在长江航运的横行，眼前这位正是参与其中的一个。弗朗西斯叹息道："开始我跟着美国佬干，后来他们做大了，就抛弃了我，我迫于无奈把两艘船卖给了他们。"我沉默着。格罗西打破了尴尬："弗朗西斯叔叔，浦也是航海家族。"弗朗西斯又兴高采烈了："那可太好了。也许就是因为这个你才到普利茅斯来的吧。"我说："来之前我对普利茅斯一无所知。"弗朗西斯说："普利茅斯和上海都是闻名世界的港口城市，它们对自己的国家很重要。"我忽然发现一张泛黄的旧照片，那上面有一艘船和两个头发被风吹得飘起的青年，我端详着，弗朗西斯说："这是我和弟弟当年在上海金利源码头的留影。身后那艘船是我留下来的。美国佬想把我的三艘船全部买进，我想方设法留了一艘。我不服输啊，想再和他们较量一下，但我还是输了。我把船卖给了太古公司，据说后来到了中国人手里。"他狡黠地笑。

　　房子突然震动了一下。格罗西微微颤抖了一下，脱口而出："空袭。"弗朗西斯轻抚着她的肩："不，格罗西，只是外面开过一辆大吨位卡车而已。战争结束了，别再提心吊胆了。""结束了？""是的，结束了。"然后他又对我说，"她的父母，也就是我的小弟弟和他的妻子都在德国佬的轰炸中去世了。格罗西很难过，至今缓不过劲来。"我隐隐感到担忧。弗朗西斯又说："德国佬终究滚蛋了。三百多年前，我们曾经在这里击败了前来挑衅的西班牙无敌舰队，这是普利茅斯人的骄傲。"

那天晚上，我们留宿在弗朗西斯先生的小屋里。格罗西一直在发抖。在我对她三年多来的印象中，她从没这样过。她突然说要跟我去上海，我说我们的学业还没结束呢。她继续哆嗦着说空袭还会继续，她听到了建筑物坍塌的声音，听到了人们凄厉的尖叫。这个城市将会失去很多人。我安慰她，她渐渐安静下来，睡了过去。迷迷糊糊中，我感觉格罗西突然从我的怀抱中挣脱出来，出了小屋。我惊醒过来，推开屋门，夜空中星星点点。格罗西抬头仰望，嘴里喃喃自语，忽然向前奔跑，我叫了她一声，她毫无反应，好像被什么牵引着，速度越来越快，我跟得气喘吁吁，快跟不上了。她还在跑，一点没有放慢的意思。我紧赶慢赶跟在后面，像拖在她身后的一根歪歪斜斜的风筝线，她时刻有可能脱离我的控制。她忽然做了一个奇怪的动作，哦，她在骑马，拿着马鞭，仰头，时而疾驰，时而短促停顿，富有节奏感。她终于停了下来，大声喊着什么。我完全听不懂。但我知道现在不能去打扰她，我基本确认她正处于梦游状态。她声嘶竭力地喊着，正当我渐渐靠近的时候，她的身体猝然歪倒在地，真像飞速掉落的一只风筝。我轻轻抱起了她，她一点反应都没有。我确认判断无误，她梦游了。这是普利茅斯最冷的季节，深夜气温接近零度，刚才奔跑激出的一身热汗与寒冷撞击，冷得我簌簌发抖。我才发现我和格罗西都穿着睡衣。格罗西沉沉睡去，我却不敢叫醒她，只能把她抱得更紧。后来我是被她摇醒的。她问我怎么会在这里，我说我是跟着你到这里来的。她试图否认，但我的目光阻止了她。她茫然地望向大海。

晨光熹微，我们俩站起来，不想往回走，我们抱在一起蹦跳着，这样的取暖符合现在的场景。格罗西忽然说："我昨天梦到一个人。"

"梦见谁了？"

"我知道了，一定是他带着我到这里来的。"她若有所思。

"谁呀？神灵还是巫师？"我故意这么说。

"都不是，但好像也是。知道弗朗西斯·德雷克吗？"

我摇头。

"是的，你当然不知道。"

"他曾经是海盗，他就是在这里打败了西班牙无敌舰队，我们喜欢叫他德雷克船长。"

"是他把你带到这里来的？"

"也许昨晚弗朗西斯叔叔那句话引导了我。你刚才说我一路狂奔，但我一点都没感觉到。"

"所以你梦游了。小时候听大人们说，梦游是不能叫醒的。"

"你说的都是真的？"

"那请你解释你怎么到的这里，难道是飞过来的吗？"

我们回到弗朗西斯先生家，门敞开着，还是我和格罗西跑出来后的样子。我们一进门，格罗西就大声叫弗朗西斯叔叔。没人应声。我也叫弗朗西斯先生。仍没人应声。走到他的卧室，发现他坐着，眼睛盯着前方，像在寻找什么东西。格罗西走过去，说："弗朗西斯叔叔，我叫你你没听见吗？"我忽然发现他的耳朵里流着血。再一看，不仅耳朵，鼻子、眼睛……这就是七窍流血吗？格罗西大喊着。我也仓促无措。但我们明白，他已无生还的可能了。

我们按当地风俗安葬了弗朗西斯先生。整理他的遗物时，发现了他当年的航海日志，有《太古抄档》，还有几枚簇新的半个便士，上面印着一艘三桅帆船，标识是 Golden Hind（金鹿）。格罗西告诉我，德雷克船长的船队在环球航行时，这是通过麦哲伦海峡时的最后一艘船。为了纪念，德雷克将它改名 Golden Hind，因为这艘船的赞助人海顿爵士的徽章铭牌上是一只金鹿。格罗西说："这些都是弗朗西斯叔叔告诉我的。他非常崇拜德雷克船长，所以一直珍藏着这几枚硬币。浦，你说，当年弗朗西斯叔叔到中国做航运贸易也是因为这个吗？"我不知道怎么回答她，也不知道怎么表达我没来得及整理的心情，沉默了一会儿，我答非所问："也许应该把它们捐给海事博物馆。"格罗西想了想说："我只有弗朗西斯叔叔一个亲人了，我该为他保存点什么，让我永远记住他。"

<h1 style="text-align:center">3</h1>

格罗西被父母死于轰炸困扰着，时常会有一些出人意料的举止。有一次我们相拥爱抚，她毫无征兆地把我当成了德军飞行员，在我脸上连连出拳，我大声喝止。她清醒过来，深陷苦恼和自责。我也不敢说什么，只能抱紧她。临近毕业时，她郑重其事地告诉我，她太痛苦了，她一定要离开，要跟我去上海。我看着她脸上聚散离合的雀斑，于心不忍，答应了她。很多年后我才知道，格罗西患上了创伤后应激障碍（PTSD），创伤使她处于极大的恐惧和忧患中。

一个月左右的远航颇有一种特别的意味。格罗西随身带着弗朗西斯先生的几件遗物，她说上海对他很重要，他的航海日志都是在上海的航行记录，带回上海也许是纪念他的最好方式。

进入印度洋，季风掀起的涌浪常常使轮船前后颠簸。印度洋十分空旷，大风掀着大浪奔涌而来，一道又一道凝聚度极高的白浪争先恐后与船头迎面拥吻，砸出骇人的声响。乌云低垂，与船上烟囱冒出的黑烟搅在一起，强风刺耳的号啸令人胆战。船身前后震荡，好像一头待宰的猪，刚刚被拽入浪谷，又被高抛顶出，随时可能被撕扯得骨肉崩裂。船上有人轻轻抽泣，低落的情绪弥漫开来，人们眼神里全是恐惧和担忧。我听老爹跟我讲过海上风险，没想到真的碰上了。又有人大口呕吐，蔓延的速度更快。我也忍不住反胃，因为没吃多少，呕的全是酸水。我使劲晃动脑袋，瞪大眼睛，发现格罗西脸色煞白，倒是没显得惊慌。我忽然领悟到，必须分散注意力，不能让惊恐的感觉左右自己。我让她和我一起靠着栏杆，紧紧抱住对方。我大声喊"格罗西，我爱你"。她大声回应"我也爱你"。我们的声音很快被淹没在汹涌的浪涛里，但我们坚持着大喊，喊得自己都觉得惊心动魄，喊得吸引了船上人们的目光，有人为我们鼓掌，有人学着我们的样子喊着"我爱你"。有年轻人，有成熟的中年人，还有白发苍苍的老人，一对老夫妻嘴角上扬，他们的眼泪竟然透着晶莹。人们高喊着，依偎着，亲吻着，我和格罗西都发现对方的眼睛湿润了。我抱着栏杆，觉得在风浪中跳跃的轮船变成了一匹刚骑上的烈马，不易被驯服，此刻我们开始熟悉它的脾性，直到自如地驾驭它。我相信，融于血液中的航海基因与大海是匹配的。海洋从来就是宁静和骁悍并存的，我们能做的就是适应它，与它和睦共处。船长在船上巡视着，神色镇定淡然，经过我和格罗西的位置时，他拍了拍我的肩，向我们伸出大拇指。轮船跟跄前行。时间流逝，隐约看到了前面锚泊的灯光，海浪渐渐平静，人们欢呼起来。我忽然感到力气耗尽，也许船上的人都这样。接下来的几天，航程十分平静，船上终于有了开航以来少有的欢笑，这才是长途航行应有的样子。

　　船进入马六甲海峡，风和日丽，将近一个月没见阳光，瞬间被充填得饱满过度。都说马六甲海峡是风平浪静的航行区域。两岸热带丛林无边无际。这里处于赤道无风带，终年高温多雨，风力很小，高达几十米的常青树长势蓬勃。各种藤萝攀缘植物搭起了窝棚，像是给大树的肢体缀上了曼妙的饰物和绸带，又像共生的连体。我在资料中看到过，马六甲海峡与中国的关系十分悠久。

远在晋朝，阿拉伯商人就从印度洋穿过马六甲海峡，经过南海到达中国。中国的丝绸、瓷器通过他们运往罗马，欧洲人与中国丝和中国瓷相遇，惊叹不已。从唐朝到明朝，中国、印度和中东阿拉伯国家的海上贸易都要通过马六甲海峡。19世纪苏伊士运河贯通后，从欧洲到东方的航路大大缩短，经过马六甲海峡的轮船急剧增多。

　　前方是大片沼泽和海滩。过了一会儿，烟雾弥漫，能见度急剧降低，船速明显慢了下来。很快，船上的人都成了其他人眼中模糊的影子。人们发出比上一次在风浪中剧烈颠簸更惊恐的喊叫。我大声叫着格罗西，我记得她刚才在船舱里，而我正在甲板上欣赏岸上的风景。我一边喊，一边朝着我认为正确的船舱方向奔跑，一路上与人相撞。船成了一个迷宫。我忽然听见格罗西也在叫我，但无法根据声音辨别方位。庆幸的是我们两个人的声音渐渐清晰，这说明应该接近了。我站在原地不动，等待着她。她的声音终于到了我的耳边。更大的惊恐还在继续，我发现船正缓缓下沉。我紧紧抱着格罗西，对她说："船在下沉，我们跳水吧。"她点点头。我随即大喊："船下沉了，赶快跳水。"不一会儿就听到了"扑通扑通"的跳水声。海里升腾着烟雾，带着树木焚烧的浓烈气味。我对格罗西说，我们得尽快游过去。我六岁就在黄浦江边游泳了，阿爸不许我游，但我一有机会就偷偷过瘾，想不到在这里派上了用场。格罗西的游泳技术与我想象的存在差距，所以我只能拉着她，一只手划着向前，这样就非常吃力。格罗西气咻咻的，力不从心。我贴着她的耳朵说："格罗西，你要坚持住，你一定要坚持住。"她努力点着头。暴雨突降，与仍未褪去的烟雾交汇，满是翳障。更糟糕的是我发现格罗西的手越来越无力，似乎正从我的掌心滑脱，我转过身去用胳膊揽住她的头颈，我觉得这应该是此时最有效的救助方式了。我希望能唤起格罗西的力量，很快发现这是徒劳之举。她突然抬起头来，眼神无力地对我说：

"把我内衣袋里的东西带走。"我心头一颤，瞬间明白了，那是弗朗西斯先生的遗物，她是在托付我。我说："格罗西，你要挺住，你没问题的。"她无力地摇头，就说一个字："快。"我像一个被强行启动的马达一样，浑身蓄满劲道，拽着她游了几十米，前方依稀看得见海滩了。已经到达那里的人向我们挥着手。我终于连拉带拽地让我们俩靠上了海滩。我仰面朝天，失去知觉一般浑身瘫软。也不知道过了多长时间，我感到脸上有什么东西在蠕动，一摸，毛刺刺的，软软的。我把它举起来细细观察，蚕一样的体态，一节一节伸屈着。我不认识这家伙，放下了。这才感觉到背硌得有点痛，我赶紧爬起来。我发现躺着的地方除了沙子，还有贝壳、小礁石、珊瑚之类的东西。还有我脚边的格罗西，这应该是当时我拽着她爬上海滩的状态。我大声喊着："格罗西，格罗西……"可她一动不动……我想起她跟我说要我拿走她内衣袋的东西。我把手伸进她湿漉漉的衣服内袋。我曾经缱绻在这个丰满柔软的部位，它让我兴奋，让我安宁，现在却没了温度。此刻我小心翼翼伸着发烫的手，伸向那里。这是一个用蜡纸包装的纸袋。我打开，果然是弗朗西斯的航海日志等物件，还有几张泛黄的旧照片。我摇晃着格罗西，她毫无反应。我无助地看着她，茫然四顾，欲哭无泪。远望，我们乘坐的那艘船不见了。

我抱起了格罗西。我想，即便如此，我也要把她带回上海。远方忽然响起滚雷一般的声音，很快，一排接着一排的海浪卷席一般奔袭过来，我们瞬间被淹没了……

第二章　遥远的梗水木

1

我记不清是怎么走出马六甲海峡的。兜兜转转回到上海，已经是 1949 年冬天了。

我第一时间想起的是老爹。老爹也在想我。每当老爹说起我刚出生他就抱着我去天后宫的那个场景，他都很忘情。我也是。我最钦佩老爹的是发生在他身上的那些堪称传奇的事，即使壮年遭遇极大挫折，暮年又逢外敌入侵，身陷困厄，他仍可以处之泰然，在夹缝中找到生存之道，以他自己的方式实现他的使命。老爹太有使命感，不把想做的事做完，他就不会歇手。尤其是老爹从崇明回到上海（当时崇明尚属江苏），潜回他亲手创办的造船厂，沉了日军军舰，成了上海人口中的传奇。他像一个资历不浅的特工那样做成了一件自己想做的事，了了心愿。老爹再次回到上海时看到了阿宗爷叔，不，是阿宗爷叔的遗体。他只能把帽檐压低，暗暗垂泪。但他没看见日思夜想的大阿哥。熬到收音机里放出日本天皇嘶哑着嗓音宣布投降那一天，他终于可以回家了。

却有点怕。卢西亚还在吗？如果不在了，他会怎么样？那天凌晨一别快八年了。如果在，他的突然出现会带给她什么？是害怕还是惊喜？他不敢做任何设想。他忐忑地握着铜门环，似乎握着命运，踌躇了几秒钟，试探性地敲了一记，又一记，不知不觉加重了声音。像是为自己打气。一记一记敲在心脏上，一记一记疼痛。终于听到里面的脚步声，他判断出，这是卢西亚。是迟疑的、踟蹰的，也可能跟他一样的忐忑。他的思维停滞了。铜环被

大江大船

那一边的力量牵扯过去，他一松手，门缝里闪出一张脸，朝思暮想的她的脸，连这扇漆皮掉落的门苍老的"吱呀"声都这么好听。一对久别重逢的老夫妻就在门边幸福而张扬地拥抱着，他们忘情地亲吻，好像回到了初恋，一直吻到两个人都涕泗横流。一种重新得到的巨大欢喜包裹了他们。他们对对方说着同样一句话："你不老。""你也不老。"他们就这样抱着对方，不肯松手。老爹问道："侬晓得大阿哥哪能啦？"卢西亚阿奶抽泣着说："他疯了。被日本人弄疯了。除了香菱，他都不认人了，连天禾都不认得了。""我要去看大阿哥。说不定伊还认得我。"老爹终于又见到大阿哥了，大阿哥抓着他的手不放，两眼定洋洋盯着他。老爹说"大阿哥，我是三弟啊。我是三弟啊"。大阿哥不点头也不摇头，就是紧紧抓着他的手，不说话。

万国公墓又添了陈阿宗的新冢，就安放在杜阿四旁边。这两个因船结缘、不打不相识的兄弟又在一起了。老爹带着家人前往祭拜。大老爹浦冀宁依然时而清醒时而糊涂。到了墓地，他忽然两眼失神，扑倒在他们的墓碑前，嘴里念念有词，谁都不知道他在说什么。香菱轻轻抚着他的背，他渐渐平息下来。他站起来，拉着香菱，分别对着两块墓碑叩首，双手合拢，拜了很久。到浦成栋和翁玉侃墓前，大老爹忽然停住脚步，向后退着。老爹一把拉住他："大阿哥，侬要去拜拜二阿哥。"因为二老爹经常带着我阿爸出航，我没见过他几次，从我懂事起，他一直是家人们肃然起敬的话题。大老爹说："我不好拜伊，阿栋是英雄，我帮日本人做事体，我朆没面孔拜伊。"老爹说："大阿哥，侬是日本人逼的，一家老小朆没地方逃，再讲侬为大家做了交关事体，大家侪记得。侬拜阿栋，伊一定会理解侬。"但大老爹决意说："我去拜伊，会拨伊抹黑。我心里拜伊就好了。"老爹不再坚持。老爹在二老爹墓前说："二阿哥，侬是阿拉上海人个英雄，是浦家个骄傲。阿爸九泉之下也会对侬伸出大拇指。二阿哥，我晓得侬一直想远航，侬放心，日本人赶出去了，外国人再也不敢欺负中国人了。我还要造船，还要搞航运，阿拉浦家人一定会开着大船到世界各地。"老爹说得满脸泪水，但还是中气十足。这时我们身后突然响起大老爹的声音："阿栋，大阿哥也不是孬种，大阿哥也敢顶撞东洋乌龟，大阿哥还绝过食。阿栋，侬原谅大阿哥……"老爹一把抱住大老爹，两个兄弟泣成一团。

2

1951年春。某日，我走进一艘伤痕累累的船，它的驾驶台设备缺损，收发报机、航海仪器失灵，船舱、甲板、汽缸盖漏水，钢板锈蚀。这就是我阿爸浦瑞远从香港开回来的宏泰号。这一路上，遇到的困难和风浪难以想象。开航不久，在骤然卷起的大风威势下，海浪像一个调皮又不知疲倦的疯小孩上蹿下跳，宏泰号简直成了它的玩偶，被随意高抛丢落。这几年在香港只做零零星星的短途运输，船员们似乎习惯了风平浪静，如此海峰浪谷完全超出了他们的心理承受力，有人吐得人事不省。主机发出"轰隆轰隆"的空车巨响一记一记敲击着所有人的魂魄。到了晚上，海浪仍未停歇，船体单边摇摆达到四十度，雷达架被暴风打坏了。我阿爸二话不说，与报务主任用绳子捆住腰部，登高雷达架修复。最令人担心的事出现了。主机车转速链在空车负荷的反复折磨下终于断裂，轮船失去动力，像一张叶子在风浪中随波逐流，随时都可能倾覆。我阿爸拉着轮机长在轮船的飘摇中突击更换设备。所幸我阿爸对宏泰号的脾性十分熟悉，当年他驾着它去香港，再没离开过。即便到了十分危急的时刻，阿爸还是能迅速找到症结。宏泰号终于回来了。阿爸后来说，也许回归本身就是一次考验。我至今还记得阿爸说起这次航程时的话："农民种地要看天吃饭，阿拉做航运就是辣海上种田。海洋让阿拉吃饭，不过伊也有脾气。

关键是侬不好退缩，要摸透伊脾气，伊就听侬了。"

　　我正在细细观察船的破损程度时，老爹来了。老爹已逾古稀，但还相当健朗，腰背挺直，一头银发梳得很有风度。老爹保持着多年来的生活习惯，清爽是最明显的。老爹说过，人要清爽，做生活也要清爽。这是他工作和生活的一贯状态，也是他的人生哲学，更是处世之道。老爹说："宏泰号是浦家最后的标本，这艘船要永远珍藏。阿远真的越走越远了，走到外国去了。侬太公一定交关开心咪。"我也开心，我阿爸浦瑞远那年四十五岁，成为刚成立的中波轮船公司一名船长。我稍稍遗憾的是，我曾经央求阿爸带我一起去。阿爸一句话就把我顶到角落里："迭个是国际航线，要经过层层选拔，上头领导批准。侬以为侬想去就去啊。侬蹲了屋里好好陪老爹阿奶。"

　　夜深人静，我把格罗西留给我的航海日志和那几张泛黄的旧照片拿出来反复看。其中一张是一排长长的房子，中间竖着一根烟囱，一缕冒烟的痕迹。房子前的两个人，一个中国人长袍马褂，一个外国人西装革履。我不止一次看过，也没看出所以然来。何不问问老爹。我走进老爹的卧室，老爹已经睡了，我刚转身，老爹就问："瀛川，啥事体啊？"我又回去，把两样东西拿给老爹看。老爹打开灯，双目炯炯，他拿起航海日志看了一会，愤愤摔在一边："当年就是这帮外国赤佬到长江来抢中国人地盘，迭个就是证据。"老爹又拿起照片，端详起来，他自言自语，"穆先生，我想侬呀。""老爹，穆先生是啥人？""穆先生是你侬太公好朋友，也是老爹忘年交。"我指着一边的外国人问："外国人是啥人呢？"老爹说："看穿西装样子应该是英国或者美国领事吧。穆先生头脑精明，跟外国人打交道一点也不落下风，拿自家生意做大，外国领事也服帖伊。哎，瀛川，后面这排房子侬应该认得啊。"老爹这么一说，我忽然明白："老爹造船厂嘛。"老爹拍拍我："对呀。侬呒没忘本。听讲人民政府马上要来接盘了。依太公讲过，国家总归需要船。讲得好啊。国家要强大，离不开航运，造船厂也要重新建起来。"老爹又说了很多，全无睡意。他又问我这些东西哪里来的，我把在普利茅斯与格罗西的交往告诉了老爹，这事连阿爸都没说过。一旁的卢西亚奶奶也醒了，看着老爹问："又有啥事体让侬兴奋得迭能样子？"老爹赶紧说："啊呀，拿侬吵醒了。瀛川，阿拉到外头去讲。"卢西亚奶奶说："反正我也困不着了，我听侬讲。"老爹笑眯眯地问卢西亚奶奶："侬晓得哦，阿拉造船厂国家马上要弄起来了。""侬听啥人讲个？"老爹故作神秘："暂时保密。"我被老爹和卢西亚奶奶的样子逗笑了。多么可爱的一对老夫妻啊。

老爹又对我说："明朝跟我到厂里，我拨侬看样物事。"看着老爹神秘而得意的样子，我有点迫不及待："啥物事啊？"老爹却挥挥手："困觉。明朝天亮再会。"老爹很绅士地对我做了个请的手势，我只好克制好奇，等待明天。

第二天天还未亮，老爹就轻轻拍醒了我，跟我使了个眼色，我还在甜蜜的睡梦中，睁开眼睛，老爹对我朝外跷着大拇指，意思是去厂里。我一骨碌起床，匆匆洗漱完毕，跟着老爹踏着晨曦出了门。走到一个小食摊，老爹跟摊主打起了招呼，然后对我说："来，吃点心。"他熟稔地跟摊主说，"老规矩，两份。"大约十分钟，摊主拿来两碗青菜炒面，两碗鸡鸭血汤。哦，原来这就是老爹的"老规矩"。我哈了一口气，搓搓手，老爹问我："侬欢喜哦？"我说："老爹欢喜我就欢喜。"我讲的是真话，这味道也对我胃口。我们祖孙俩总是这么默契。

老爹告诉我，当年他从法国留学回来，到上海吃的第一口就是炒面加血汤。抗战辰光他躲在崇明，有时突然想这两样东西，想得馋唾水都要流出来，也只好想想。现在摊主的儿子接班了，味道还是交关灵。

我们到球鑫船厂的时候，太阳已经笑得很灿烂了。厂里冷冷清清，生产设备锈蚀，江岸线边杂草丛生，一派荒芜。干船坞、船台和厂房都在废弃状态。老爹不怨不恨。他带着我径直到一座干船坞龙骨墩的凹陷处，翻出一根目测六到七米长的半圆形状的朽木。老爹轻轻抚摸着，又要考我了："瀛川，侬晓得迭个是啥？"我想这一定是老爹昨晚说要给我看的东西。看得出老爹很珍惜，既然是浦家的宝贝，一定是沙船上的东西。我说"迭个是阿拉沙船上的啥……"看我支吾着，老爹说："伊就是沙船上的减摇龙骨，古代辰光叫梗水木。叫梗水木交关形象，帆船辣风浪中横摇，迭根木头可以让帆船减轻横摇，产生阻尼力矩，保持稳定。侬要晓得，减摇龙骨技术宋代就有了，是阿拉中国人对世界造船业航海业最大的贡献，比外国早了大约七百年。后来轮船进来，沙船没落了。沙船是侬太公的心头肉啊。太公心痛啊。沙船沉的沉，烂的烂，连一根整齐的梗水木也寻不着了。当年我从沙船上拆下来囥了一根，几十年下来，已经不成样子了。我想，将来国家打捞技术发展了，阿拉沙船一定会重见天日的。瀛川啊，侬要记牢，从侬太公的太公，再到上几代，阿拉浦家就脱船脱航海打交道了，现在侬阿爸远航到外国了，多少代浦家人的梦想啊。这桩事体侬要一直做下去，将来浦家后代也要做下去。造船、航运对中国太重要了。大航海时代开始，每一个世界大国起来，起步就是靠造船航运，做海洋个文章。"老爹一口气讲了这么多，我觉得心胸也撑大了很多。

第三章　远航，向未来

1

日有所思夜有所梦，晚上我梦到了格罗西。格罗西说她在伦敦，非常想见我。我惊讶，她在伦敦……两年前马六甲海峡巨大的排浪兜头向我们覆盖而来。我们瞬间被海浪吞噬。我浑身坠落一般，大叫起来。醒了。

我和格罗西被海浪冲散了。她真的在伦敦，究竟发生了什么？个把月后我收到了来自伦敦的一封信，落款就是格罗西，是我熟悉的字体。我忐忑不安地打开信，好像正在打开一个盲盒。我的心情很矛盾，我希望这是真的，又担心有人模仿格罗西，想通过我达到什么目的。但我仅仅是一个肄业的留学生，一个微不足道的小人物。我把信抽出来的时候手还是抖的。格罗西告诉我，她回到普利茅斯大学完成学业后，加入了一个海洋生物研究团队，但她很遗憾那一次没能如愿来到上海。她还描述了一些只有我和她才知道的细节。我确认写信人就是格罗西本人。我一遍遍读着信，越读越心慌意乱，惴惴不安。我也想念格罗西，想念普利茅斯的阳光、大海、沙滩，但我不知道怎么回复她。一个多月过去了，我依然没有回复。我没告诉任何人。又过了几个月，格罗西再次来信，说她已经随一个专家考察团到了香港，非常期待与我见面。我依然不知道怎么回复她，因为她说的我根本做不到。而从信的邮戳来看，已经辗转了很久。这事就这么搁下来了。

1960 年，我经过努力考出了船舶工程师证书，接着参加了中国自主设计的第一艘万吨远洋船东风号的建造。八年后，这艘由我国自行研究、设计、建造，且全部采用国产材料和设备的万吨级远洋船建成了。它的速度、装载量、钢材消耗量和机舱长度等指标都达到了当时的国际先进水平。

那些年，我把自己完全交给这艘船了，醒着和梦中都是设计图纸、机器零部件等等，难得有时间回一趟家。

东风号下水后，我也终于以三十九岁高龄抓住了婚姻的尾巴。阿爸没来得及赶回来参加我的婚礼。后来才知道，不久前阿爸在爪哇海域遇到了一次很大的险情，被迫拖延了返航时间。阿爸返航后几个月，浦家三个男人同时升了级，老爹成了太公，阿爸成了老爹，我成了阿爸。阿爸复制了当年老爹抱着我去天后宫的仪式，不过当时天后宫已无香火和戏台，破败而落寞。董家渡的商船会馆也另作他用。阿爸抱着他的孙子浦维东也就是默默遥望寄托一下。

东风号之后，万吨级远洋船建造进入高潮。每次我跟老爹见面，这都是祖孙俩的谈话主题。老爹年逾九十了，只要说起船就两眼放光。卢西亚奶奶前几年去世后，他难过了一段日子。他很久没这么高兴了。老爹告诉我，前几日他徒弟的徒弟带着小徒弟来看他，告诉他国家投资二千多万元恢复球鑫船厂的生产和扩建。船台和放样楼都接长了，还重修了船坞码头，买了新的起重机，添了一批机床和专用设备。老爹说："讲得我这把老骨头也有点痒兮兮了。""老爹，侬勿要逞强哦。"老爹给我看他的牙齿："瀛川侬看，我的牙齿全部是原装的，手劲还蛮大。侬跟我拗手劲，还讲不定啥人输。"拗手劲是老爹从小就跟我玩的游戏，小时候老爹为了鼓励我，总是让我赢。我看着老爹昂扬的样子，心想这个不服输的老爹，太可爱了。老爹又说："我真想去新放样楼看看新船的施工设计图纸。当年我造三千吨轮船绞尽脑汁，现在万吨船随便造。万吨船图纸摆开来，哈哈，排场结棍了。我老早就脱侬讲过，阿拉中国造船总归要重新回到世界顶峰。"老爹好像回到了他的年轻时代。

1979 年，我成为浦家第四代也是第四位船长。那年我驾驶申江号远洋轮出航西欧。在此之前一个多月，我按着格罗西当年给我的地址给她写了一封信，尽管我知道完全可能杳无音信。算起来我们已中断联系三十年了。在伦敦港上岸后我按图索骥，不出意料无功而返。

回到上海，我最后一个从船上下来时，远远发现阿爸在码头等我。我倏忽间闪过一丝不祥之感。果然，阿爸神情严肃地拉着我就走。我问阿爸怎么回事。他说勿要问了。阿爸和我迅速坐进早已等候着的那辆车。车很快到了南市。我心一动，凑近阿爸耳朵："是老爹……"阿爸一下子把我的手攥紧了，紧抿着嘴，看得见他腮帮肌肉的咬合，法令纹刀刻一样重叠。我的心剧跳起来。到了球鑫船厂，远远看见水域岸边的船台上，竖着一艘巨轮。边上围着很多人，我加快脚步走在阿爸前头，拨开人群。啊，老爹躺在一张担架上，他嘴巴微张着，眼睛空洞无光。我感觉心在往下宕，宕到无底深渊一般。老爹的两代徒弟围着他，都微红着眼睛。大徒弟已年逾古稀，是老爹最贴心的，此刻他攥着老爹的手不放。第二代徒弟悄悄告诉我："昨日是先生（这是老爹徒弟对他的专有称呼）一百零一岁生日，阿拉一道去看先生，讲起厂里新造的沪兴号，先生开心得不得了。伊讲一定要到现场看看。依阿爸讲不来事。但先生态度坚决，伊讲'有倷介许多人陪我，有啥好担心'。今朝一早，阿拉一道陪伊到厂里，伊交关开心，伊讲'上一趟带我孙子去到现在，眼睛一霎，廿七年呒没到厂里去过了'。"我听到这里，忍不住鼻头一酸。我的记忆一下子回到那天老爹带我到厂里给我看梗水木的情形。因为这一阵心思一直在这次远航上，连老爹生日都忘记了。我自责地咬着嘴唇，尽量不让泪水溢出眼眶。第二代徒弟继续说："在新的放样楼，我推着先生的轮椅车，围着摊开的图纸转，先生讲，灵光灵光。伊想从轮椅车下来自家走走，侬阿爸不同意。从放样楼出来，到船台，沪兴号就在眼门前，先生交关兴奋。伊跷着大拇指讲'伟大，真是伟大'。"就一歇歇我发现先生像泄了气一样，突然呒没声息了。不好，先生昏过去了。阿拉马上叫来厂医，厂医检查后说快叫120。120来，脉搏血压已经测不出了。侬阿爸叫了先生几遍，先生只是含糊不清地发出几个音节。侬阿爸讲，伊辣叫孙子。阿拉刚刚晓得侬在国外出航，正好今朝回来。大家心里交关难过。后来侬阿爸讲，'我阿爸就是为船而生个，船就是伊个归宿。'这句闲话总结了先生一辈子。不过，先生眼睛一直呒没闭上。"我晓得，老爹是等我。我俯下身去，久久凝视老爹。老爹也凝视我，虽然眼睛空洞而停滞，我希望老爹一直这样凝视我。我实在不忍心，我的手颤抖着，放到老爹沉重的眼帘上，足足等了一分钟，我微微转过头，为老爹合上了眼睛。我再也无法控制自己，冲出人群双手捂脸，无声大哭。

2

我知道，老爹心里还藏着一桩心事。

老爹和老友兼亲家、我的外公俞光甬分手后，外公音讯全无。抗战胜利后，俞光甬的名字又渐渐出现在香港报端。俞光甬在接受记者采访时表示，他将竭尽所能，重振香港海运。因为没有俞光甬的联系方式，老爹只能盼着哪一天俞光甬突然出现在他面前。但望眼欲穿，俞光甬人没来，信也没到。跟香港来往很敏感，还不能张扬，只好闷在肚里。就在老爹一筹莫展的时候，有一天家里来了一位不速之客，操着一口粤语。老爹听起来比英语和法语都难懂，比画了好长时间才弄清原来他是来内地参观的港澳观光团成员，也是位商界人士，是俞光甬先生叫他来给浦先生带个口信。这个口信的传达费时费力。老爹问他："为什么不能亲笔写封信呢？"带信人说，俞先生是怕惹麻烦。老爹说："这有啥麻烦的，他是不愿意写还是？"那人吃力地用不标准的普通话说"浦先生唔几（不知道）啦，就像我们来内地参观，雷（你）不能随便去香港啦"。老爹想想也对，那我也只能给他带口信啦。其实也没啥说的，就一句话，想他啦，天天想啊，让他早点回来吧。在费劲的交谈中，老爹觉得，光甬在香港辰光长了，可能对国家新政策不理解，觉得在香港发展对他更有利，但是为什么不回来看看呢？眼见为实嘛。光甬啊，阿拉老兄弟两个十多年呒没见面了。

这两个相伴相知、不是兄弟胜似兄弟的人根本没想到，那次崇明之别竟是他们的永诀。

俞光甬不是甘于沉沦的人，日军占据香港那些年，他只能蛰伏，不可能有多大作为。在维多利亚港看到的情形非常刺激他，巨轮上清一色的洋文，华资只是做些短途运输的小轮船，相形见绌。二战以世界反法西斯胜利告结束，经济复苏大时代降临。全球贸易发展迅速，改变香港航运的时机出现了。俞光甬重组资产，与大儿子一起组建了新的航运公司，购置新船，再造新船。那年他以八十五岁高龄主持了在香港创业以来第一艘新船开建仪式，揿下动工按钮的那一刻，他想起了浦辰璋。

他在心里默念，阿璋，我想侬啊。我晓得侬也想我。上次阿拉两个人互相带口信，眼睛一霎，又十几年了，侬还好？不过现在阿拉碰头不方便啊。勿要急勿要急，再等等。活到一百岁，阿拉再碰头。

20世纪60年代中，拥有十五艘巨轮的俞氏航运王国在香港崛起。俞光甬预见到了，可惜未能亲见。

这一切，我是在1997年后才知道的。我老爹和外公都已作古。老爹活过了一百岁，但两个老兄弟终究没能相见。

3

21世纪初，我以上海外高桥造船有限公司船舶建造技术顾问的身份受邀前往香港参加第一艘船的开建签字仪式。收到这份邀请书，我颇为讶异。因为外高桥开发规划中的船舶建造业，我刚办完退休手续后不久又被返聘，担任技术顾问并参加筹建。我在进入古稀之年时，见证了这个后来被誉为"中国第一船厂"的建立。时过境迁，我离开岗位多年了，怎么又把我这个过气的老家伙"挖"出来了呢？我拿着邀请书有些踌躇。可以想见，这将是船舶界和航运界的一次盛会，躬逢其盛荣幸之至，却又觉得自己不够规格，然而不出席又显得对邀请方不尊重。我就在这种彷徨的心情中踏上了沪港列车。

到了指定宾馆，我感觉有点累，倒头便睡，一会儿就被门铃声惊醒了。我起床开门，门口站着一个身材高大的年轻人，先向我点头示意，确认我的身份后他满脸兴奋，立即向我鞠躬，叫我叔叔，告诉他他叫俞同泽，是俞光甫先生的曾孙。老爹心心念念的俞光甫先生，我没见过几次的外公的后人突然出现在我面前，我赶快把他让进门来。他的港味口音把我带入别有意趣的状态。我们俩一个上海话一个粤语聊起来，不时因为对方的理解有误大笑。我这才知道，原来我的邀请书是他父亲特地关照要找到我参加这个仪式。他花了个把月的时间才辗转找到了我的通信方式。这次签约的两艘十七万吨环保好望角型散货船订购方正是20世纪50年代初我外公在香港成立的航运公司，现已发展成集团，由他的二儿子执掌。眼前的俞同泽先生也开始参与集团高层管理。他对我说："您既是叔叔又是前辈，我虽然没见过曾祖父，但我们家族中都知道曾祖父在上海有个亲兄弟一样的同行，也因此结了亲家的浦辰璋先生。曾祖父常常说起他在上海的事情，讲在五马路开茶馆的高祖父，讲他跟穆先生学生意，讲他跟外国人打交道，讲得最多的还是浦家船队和浦辰璋先生。"我听他说着，禁不住老泪纵横。我说："我老爹晚年最开心最自豪的事就是他当年创建的造船厂也能造万吨轮、造军舰了，最大的遗憾就是再也没有和我外公俞光甫先生碰头。所以我要感谢你父亲和你找到了我，更要感谢船，这是我们两家的纽带啊。"

这天晚上，俞同泽的父亲为我设宴接风，说起两位家族前辈当年的创业经历，我们百感交集。参加造船签字仪式后，在俞同泽父子的陪同下，我又专程拜谒了在新界富贵山庄墓园的外公墓地。我告诉外公："老爹一直想侬啊，我代老爹来看侬了。香港回归了，外公亲手奠基个航运事业一定会一天比一天发达。"

回到上海，我出了列车站台，没有回家，直接前往老爹墓地。我把一束特地从香港带回来的紫荆花放在他的墓碑前。我说："老爹，我看到外公后人啦，伊拉侪想侬，等阿拉两艘船交货，伊拉一道来看侬。老爹侬放心，做航运、造大船，浦家后辈会一代一代传下去。"

两年中，两艘船先后顺利交货。外高桥造船厂接到了香港、台湾船东更多的订单。再后来就更不用说了，世界各地订单纷至沓来。

转眼我年过八旬，仍是耳聪目明，体健心敏。我还会玩电脑，在这个数字年代，也许不值得一提。那天我邮箱里突然出现一封英文信，就几个字："尊敬的浦瀛川先生，我是你多年不见的朋友，我很想见你，不知道能不能实现这个愿望。"这封邮件是通过外办转的。想了好一会儿，我一点头绪都没有。正当我苦思冥想的时候，我的手机响了。是一个陌生号码。然后有个柔和标准的女生口音确认我的姓名，我说是。接着问我是否认识一位叫格罗西的英国女士。我的大脑忽然像手机自动关机或无法识别 SIM卡一样，搁（堵塞）牢了。而后记忆缓缓恢复，进入应用程序，系统升级，重启与存储空间的联网。这个名字曾使我魂牵梦萦，又使我万分沮丧。粗粗一算，半个多世纪过去，她再次出现了。我似乎又回到当年，面对马六甲海峡奔涌而来的海浪，我无措地抱着她，海浪把我们冲散了……后来接到她的两封来信没回，从此天各一方杳无音信了……对方的女声在提醒我："先生，您在听吗？"我赶忙从当年跳出来："是的，是的。我认识。"我重复着这句话。我在回复邮件的时候，话语潮水般汹涌，最后却是简短的一句："我非常期待与你相见。"我竟然比她还要惜墨如金。这算"一切尽在不言中"吗？

　　一个星期的等待变得十分漫长。说起来到了我这个年龄应该是无所事事的状态了，我却还一直停不下来，停不下来就会有所期待，故人重见就是正在到来的期待。

　　航班抵达浦东国际机场。我在国际到达接机口等了很久，却没有看到格罗西。之前两天，我曾向她要照片，她没答应，她也没要我的照片，她说让我们测试一下是否找得到对方。这还真是格罗西的风格。正当我准备离开，我的肩胛被一只手拍了一下，接着是一个女声，熟悉又陌生："嘿，浦。"我回头，一个目测七十左右的外国女士站在我面前，格罗西比我小三岁，应该也快八十了。我迟疑地问："你是……格罗西？""是啊，浦，我一眼就认出了你。没错吧？"说着她一把抱住了我。我回应着，显然不够热烈。等我再看她时，她已泪流满面。我也流泪了。

4

　　格罗西被海浪带到一个无名小岛上。

　　热带雨林里的小动物们惊慌失措，它们被海浪追逐着，不情愿地跃入大海，很快被卷得无影无踪。被海浪卷入岛上小洞中的格罗西突然被激活，她醒了。

　　小岛上的石头被滔天巨浪卷起抛下，热带树木连根拔起。叫不出名字的鱼类狂躁蹦跳，平时趴着的海龟使劲挪动笨拙的身体，螃蟹也变了横行的格调，海藻无力地倒伏着。海洋深处似乎正在排放几千吨的炸药。格罗西闭上眼睛又睁开，眼前突然出现年代不详的沉船骨架残骸，还有破损的肢体白骨。瞬间海面上卷起大风，气温骤降。格罗西浑身湿透的衣服快速结霜。再次睁开眼睛，却是当空的烈日，海面上风平浪静，似乎根本没发生过什么，从地狱回到了人间。混沌之间，格罗西一头栽倒，她第二次昏厥了。

她说的这些与我当时经历的情形完全一致。也许我们被冲散得很远，也许我们近在咫尺，总算都幸存了。

在不知名小岛的山区里，格罗西被蒙上眼睛，由人推着走了很长的一段路。一路上手臂不断被刺痛，她判断应该是荆棘。布条摘去，对面站着一群衣着奇异操着古怪语言的当地人。远眺，连绵的高山和大片森林。周边分布着零星而简陋的草舍。一个头上插着一大圈羽毛、肤色黝黑的男人对她说了一串话。推着她走的人用蹩脚的英语向她转述，大意是你迷路了，我们救了你。你就在这里好好待着，别想着离开这里，那将会使你更危险。

尽管格罗西觉得她与当地人互相视对方为异类，但对方并不对她构成威胁。后来她渐渐明白，他们不想改变刀耕火种的生活方式。他们只想维持原状，如果有人出去，将会与外界沟通，这在他们看来是灭顶之灾。人家收留了她，虽然形同扣押，毕竟让她生存了下来。这里没有时间概念，她无法知道日历已经翻到了1950年。她渐渐学会了他们的语言，掌握了他们的习俗，她告诉他们为何会来到这里，他们似乎在听一个未知的星球故事。她最终说服了他们。在持续了几个小时的繁复仪式中她承诺将永远保守秘密，然后获准离开。

回到普利茅斯，她才偶然从一张旧报纸中发现她遭遇的海上恐怖，是一次强烈地震引发的海啸，波及印度洋周边。她很庆幸自己存活了下来，然后想到了我，根据我留给她的地址给我写了

大江大船

两封信，可是没有得到我的回复。

最初的那段日子里，她常常焦虑、恐惧，噩梦频现。亲人死于轰炸，极度惊骇的海啸，被迫困闭小岛，她告诫自己忘掉，但那些场景时不时与她缠绕，她的 PTSD 加重了。就在这种状态下，她进入了海洋生物研究领域。随着研究的进展，她对原始生命起源于海洋这个命题发生了浓厚兴趣。潮汐、波浪、海水温差、海流产生的巨大能源和它的持续性再生，永远不会枯竭，也不会造成污染。人类对海洋动力资源的探究和利用还有无穷无尽的空间。格罗西想到了川流不息这个词，这个词真是太美妙了。只要海水不枯竭，遍布地球各大洋的海流蕴藏的能量也就永远处于生命的勃发状态。海洋对人类的馈赠无与伦比。格罗西深深为此着迷。在她五十岁那年，她正式进入水下实验室，探究水下高压环境中加压对人体的影响，从几天到十几天的不间断实验。回到陆地后隔一段时间，她就会格外想念水下的"度假"，最出人意料的是在实验室里她的睡眠超乎寻常地好，噩梦几乎绝迹。后来她在论文中专题论证了人类在水下世界和孤立、封闭、极端环境的状态下心理和精神的容忍度。她的结论是，人类的潜能还有许多没有开发，就像人类对浩瀚的大海的认识还在浅层次一样。十几年下来，她意外地发现自己年轻了，更欣喜的是 PTSD 不治而愈。

格罗西第一次说出了她的秘密。我听完，长长舒了口气，好像随她完成了一次历险。她释然了，我将信将疑："我是在听一段科幻小说吗？"

"不，这不是科幻，是我的亲身经历。"

我沉默着。

格罗西说："我理解，如果不是亲身经历，别人很难相信这是真实发生在人体上的变化。因此，我又从海洋动力联想到人类能量系统。人类与海洋共生共存，造福人类也是研究和利用海洋的重要目标之一。也许有一天，人类将回归海洋。"

我从未想过这些，也许是我的知识结构老化，跟不上科学技术发展的节奏了。我承认，她是科学家，有严谨的科学思维，她勇敢地参与常人不敢涉足的科学实验，她摆脱了PTSD的困扰。

　　"格罗西，我真心为你高兴。"

　　她沉默了好久说："我也一直在找你。庆幸的是，你没有离开过这个行业，所以也没脱离过我的视线。后来我是在《人民画报》上看到了你。"

　　《人民画报》？我的思绪立即回到了建造东风号的那个年代。我至今珍藏着我们欢呼东风号竣工照片的那本《人民画报》。是的，《人民画报》在世界一百多个国家和地区发行，格罗西当然也能看到。

　　"浦，你不知道，我当时在照片上看到你，一整天，断断续续地都在流泪。"我忍不住一把抱住了她："格罗西，谢谢你这么多年对我默默的关注。其实，三十多年前我跑远洋时曾经去伦敦找过你，但也没能如愿。因为你的执着，我们两个老头老太太终于又见面了。这是一件多么值得庆幸的事。"

　　"我们可是两个不肯服输的老头老太。"

　　"格罗西，我完全同意。"我郑重其事地说。

　　格罗西突然神秘地说："浦，这次来上海之前，我做了一个梦，你知道梦见什么了吗？""嗨，又要跟我玩猜谜游戏了。"

　　她瞥了我一眼，竟有娇嗔的意味："浦，看来你真是老了。那好吧，我告诉你谜底，还记得我在普利茅斯港那次令我惭愧的梦游吗？"

　　"哦，那真是一个令人恐怖的回忆。"我故意夸大其词，"你觉得后怕吗？"

　　格罗西慢悠悠地说："人们认为，梦游是大脑信息指挥系统失控的一种疾病，这也许是一种偏见。对梦游人来说，他们经历的是一个特别的环境和未知危险的寻找。这样看，是不是很有意思？"

"人类对已知和未知世界永远存在着新的寻找和探索。"

"人们曾经远隔重洋，地理大发现使海洋对人类具有了非凡的意义，越来越多的航路使人类相遇，发现对方，不再陌生。"

"遗憾的是，人类在寻找的开始就发生了血与火的争夺，沟通海洋的轮船也不幸变成了可耻的征服工具，这是轮船发明者始料未及的。"

"这的确令人遗憾。"

"未来是过去和现在的延续，它义无反顾地带着我们向前走，不管你愿不愿意。人类一直在经历改变，所有的改变都前所未有，每一步都令人揪心，所以知道来路才是找到了更好的参照物。"

余　音

　　我把那个蜡纸包装袋交给格罗西："你的这个家族藏品应该物归原主了。"

　　她当然知道这是什么，她没有打开它，反复抚摸了一会儿，然后说："你说过，把它存放在博物馆是最合适的。既然它们来自上海，就让它留在这里吧。"不久后，在我的陪同和见证下，格罗西把它捐赠给了位于临港新片区的上海中国航海博物馆。

　　初春某日，途经南浦大桥的时候，我告诉格罗西："当年我老爹的造船厂就在这座桥下，你还记得那张一排长房子的旧照片吗？"她说"记得，那应该是厂房吧"。我说"是啊，现在还保留着几间楼房呢"。正午时分，我们来到董家渡外滩，晴空碧如洗，气象通透，黄浦江上大船竞航，满载集装箱的巨轮移动着一个世界。东岸，越来越高的建筑袒露着刺破穹顶的欲望。高大的电子广告牌令人眼花缭乱，运动高速摄影像一支支勃发的箭镞，嗖嗖嗖，拉出激越昂扬的迷彩线条，在我的视觉成像中幻化为一根根射出去的梗水木。我禁不住连连惊叹。格罗西的问话把我拉了回来："你看见什么啦？"我说："我看到了梗水木，像箭一样射出去了。""你也科幻了？""不，那是大船，更大的船。"

　　我的手机突然响了，是儿子维东的微信视频通话请求，我按下接通键，他在那里说："阿爸，你在哪里？"我回答："我在董家渡外滩。你呢？""我在比雷埃夫斯港。"我知道，比雷埃夫斯港是希腊第一大港和航运业基地，也是地中海最大的港口之一。2008年，中国远洋海运集团获得了在比雷埃夫斯港的特许经营权，2016年收购比雷埃夫斯港多数股权。这是中国企业第一次整体性接管海外港口。维东从上海海事大学毕业后，在中国远洋海运比雷埃夫斯港口有限公司工作多年，现在是某下属公司总经理。维东经常和我微信互动。我说："你好早啊。"中国比希腊早六小时，那里应该是清晨。维东说："一艘从上海首航的大型集装箱船正在进入比雷埃夫斯港，这艘船将近四百米长呢。阿爸你打开视频，我就在现场。"

视频里，消防水炮在集装箱船两边喷出两面对称的数十米高的水柱，形成一个圆弧形的水门，带着彩虹般的光晕，非常壮观。这是航海水门礼，是航海人的最高礼遇。

从一个港口到另一个港口，从地球的这一端到另一端，人类文明最初时，当这个"舟"字被中国人造出来的时候，人们也许不会想到这个器物将要承载的重大使命。由舟而船，由一叶扁舟到万吨货轮，再到承载二十余万吨的超大型集装箱船。太公当年说，要把我们的船越开越远。这句话就是浦家最珍贵的预言哪。

我想，如果大型集装箱船达到时速一百公里或者更高，那么未来的轮船都将变成我们想象中的飞船。用飞机发动机驱动，用天然气做燃料，利用用之不竭的海洋动力资源，再大吨位的船也许都可以飞起来。这个"飞"不用打引号。我把这个想法告诉格罗西，她看着我笑："每一个想法都带着航运世家的气息啊。不过嘛，这才是科幻。"我坚定地回答："不，绝对不是。""那，应该是开脑洞。"

嗯，这她也知道？！

2023 年 7 月 10 日初稿
2023 年 8 月 18 日二稿
2023 年 10 月 13 日改毕